Robert Harris

L'HOMME DE L'OMBRE

roman

Traduit de l'anglais par
Natalie Zimmermann

PLON
www.plon.fr

Titre original :
The Ghost

Ce livre est publié
sous la direction éditoriale
d'Ivan Nabokov

ISBN édition originale : 978-0-09-179626-6,
Hutchinson, a division of The Random House Group Limited, UK.
ISBN Plon : 978-2-259-20387-6.

Pour Gill

« Je ne suis pas je : tu n'es pas il ou elle : ils ne sont pas ils. »

Evelyn WAUGH,
Retour à Brideshead

UN

« De tous les avantages qu'offre le travail de nègre, l'un des principaux est sans doute l'occasion qui vous est donnée de rencontrer des gens intéressants. »

Andrew CROFTS, *Ghostwriting**

A l'instant où j'ai appris que McAra était mort, j'aurais dû prendre le large. Je le sais maintenant. J'aurais dû dire « Désolé, Rick, ce n'est pas pour moi. Je ne le sens pas », finir mon verre et partir. Mais il savait si bien raconter les histoires, Rick – j'ai souvent pensé qu'il aurait dû être l'écrivain et moi l'agent –, qu'une fois qu'il a commencé à parler, il n'était plus question pour moi de ne pas écouter, et, le temps qu'il termine, j'étais ferré.

Voici l'histoire, telle que me l'a présentée Rick ce jour-là, pendant le déjeuner :

Deux dimanches plus tôt, McAra avait embarqué sur le dernier ferry pour Martha's Vineyard à Woods Hole, dans le Massachusetts. J'ai calculé que ce devait être le 12 janvier. Le ferry avait bien failli ne pas partir. Le vent

* Toutes les épigraphes sont tirées de cet ouvrage. Par ailleurs, le mot *ghost* en anglais signifie écrivain professionnel, c'est-à-dire nègre (*N.d.E.*).

soufflait en tempête depuis le milieu de l'après-midi et les dernières traversées avaient été annulées. Cependant, vers vingt et une heures, les rafales s'étaient un peu calmées, et, à vingt et une heures quarante-cinq, le capitaine décida que le bateau pouvait appareiller sans danger. Le ferry était bondé : McAra eut de la chance de trouver une place pour sa voiture. Il se gara tout en bas puis monta prendre l'air.

Personne ne l'a revu vivant.

La traversée dure habituellement quarante-cinq minutes, mais, ce soir-là, le mauvais temps ralentissait considérablement le voyage. Comme le dit Rick : piloter un bateau de plus de soixante mètres par des rafales de force huit n'est pas franchement une partie de plaisir. Il était près de vingt-trois heures quand le ferry aborda à Vineyard's Haven et que les voitures commencèrent à remonter – toutes sauf une : une Ford Escape SUV flambant neuve. Le commissaire de bord demanda par haut-parleur au propriétaire de venir dégager son véhicule qui empêchait ceux qui étaient garés derrière lui de sortir. Comme il ne se montrait pas, l'équipage chercha à ouvrir les portières, qui en fait n'étaient même pas fermées à clé, et poussèrent à la main la voiture jusque sur le quai. Ils fouillèrent ensuite le bateau méthodiquement : les escaliers, le bar, les toilettes, même les canots de sauvetage – rien. On appela la gare d'embarquement de Woods Hole pour s'assurer que personne n'était descendu juste avant l'appareillage du ferry ou n'avait été accidentellement laissé à quai – cette fois encore, rien. C'est alors qu'un responsable de la Massachusetts Steamship Authority finit par contacter les gardes-côtes de Falmouth pour signaler qu'un homme avait pu tomber par-dessus bord.

La police vérifia le numéro d'immatriculation de la Ford et découvrit qu'elle était enregistrée au nom d'un certain Martin S. Rhinehart, qui résidait à New York bien que l'on dénichât ledit M. Rhinehart dans son ranch en

Californie. Il était alors minuit sur la côte Est, vingt et une heures sur la côte Ouest.

Je l'ai interrompu :

– Il s'agit bien *du* Marty Rhinehart ?

– En personne.

Rhinehart confirma aussitôt par téléphone que la Ford lui appartenait bien. Il la conservait dans sa propriété de Martha's Vineyard pour son usage personnel et celui de ses invités en été. Il confirma également que, malgré l'époque de l'année, il y avait tout de même du monde là-bas en ce moment. Il assura qu'il allait demander à son assistante d'appeler à la propriété pour savoir si quelqu'un avait emprunté la voiture. Une demi-heure plus tard, l'assistante rappela pour annoncer qu'il manquait effectivement quelqu'un, un certain McAra.

Il n'y avait rien d'autre à faire qu'attendre le matin. De toute façon, cela n'avait plus d'importance. Tout le monde savait que quand un passager était passé par-dessus bord, on ne pouvait espérer retrouver que son cadavre. Rick fait partie de ces Américains particulièrement énervants qui, à quarante ans, en paraissent dix-neuf, sont toujours en forme et soumettent leur corps aux pires turpitudes avec un vélo ou un canoë. Il connaît cette mer : il a même passé deux jours à parcourir en kayak les soixante miles du tour de l'île. Le ferry de Woods Hole traverse le bras de mer à l'endroit où le détroit de Vineyard rencontre celui de Nantucket, et ce sont là des eaux très dangereuses. A marée haute, on voit les courants aspirer les énormes balises de signalisation avec une telle force qu'ils les renversent sur le côté. Rick a secoué la tête. En janvier, en pleine tempête, sous la *neige* ? Personne ne peut survivre plus de cinq minutes.

Une femme du coin découvrit le corps le lendemain matin, rejeté sur la plage de Lambert's Cove, une crique située à plus de six kilomètres vers le sud de l'île. Le permis de conduire trouvé dans son portefeuille confirma qu'il s'agissait bien de Michael James McAra, âgé de cinquante ans et qui venait de Balham, au sud de Londres. Je me souviens d'avoir éprouvé un soudain élan de sympathie à l'évocation de cette banlieue morne et si peu exotique : le pauvre diable était sacrément loin de chez lui. Son passeport donnait sa mère comme plus proche parent. Les policiers emportèrent le corps à la petite morgue de Vineyard Haven puis se rendirent chez Rhinehart pour annoncer la nouvelle et trouver quelqu'un parmi les autres invités qui puisse l'identifier.

Rick a alors souligné que ç'avait dû être quelque chose, quand l'invité qui s'était porté volontaire était enfin arrivé pour reconnaître le corps.

– Je parie que l'employé de la morgue en parle encore.

Il y avait une voiture de patrouille d'Edgartown avec un gyrophare bleu, un deuxième véhicule contenant quatre gardes armés chargés de sécuriser le bâtiment, et un troisième véhicule, blindé, pour amener le personnage parfaitement reconnaissable qui, jusqu'à dix-huit mois plus tôt, avait été le Premier ministre de Grande-Bretagne et d'Irlande du Nord.

*

Ce déjeuner était l'idée de Rick. Je ne savais même pas qu'il était en ville avant son coup de fil de la veille au soir. Il avait insisté pour qu'on se retrouve à son club. En fait, ce n'était pas vraiment *son* club – Rick faisait en réalité partie d'un sanctuaire similaire à Manhattan, dont les membres avaient des accords d'entrée réciproques avec celui de Londres – mais il ne l'en aimait pas moins. Au déjeuner, seuls les hommes étaient admis. Ils portaient tous un costume bleu foncé et avaient tous plus de soixante ans : je ne m'étais plus senti aussi jeune depuis que j'avais quitté l'université. Dehors, le ciel hivernal pesait sur Londres comme une grande pierre tombale grise. A l'intérieur, la lumière électrique jaune de trois énormes lustres se reflétait sur le bois sombre des tables cirées, ainsi que sur l'argenterie et les carafes de vin vermeil. Une petite carte placée entre nous annonçait que le tournoi annuel de backgammon aurait lieu le soir même. C'était comme la relève de la Garde devant le Parlement – une image de l'Angleterre pour les étrangers. J'ai commenté :

– Je trouve ça incroyable que les journaux n'en aient pas parlé.

– Oh, mais ils en ont parlé. Personne n'en a fait mystère. Il y a eu des nécrologies.

Et, en y réfléchissant, je me rappelais vaguement avoir vu quelque chose. Mais je travaillais ce mois-là quinze heures par jour pour terminer mon dernier livre, l'autobiographie d'un footballeur, et tout ce qui sortait de mon sujet se perdait dans un grand flou.

– Mais comment un ex-Premier ministre britannique pouvait-il se retrouver en train d'identifier le corps d'un homme tombé du ferry de Martha's Vineyard ?

– Michael McAra, a annoncé Rick avec toute l'emphase de quelqu'un qui a fait cinq mille kilomètres en avion pour arriver à cette chute, *l'aidait à écrire ses mémoires.*

A ce moment-là, dans une vie parallèle, j'exprime mes condoléances polies pour Mme McAra mère (« C'est si terrible de perdre un enfant de cet âge »), je plie mon épaisse serviette de lin, vide mon verre, dis au revoir et sors dans les rues glaciales de Londres avec toute ma carrière médiocre qui se déroule sans risque devant moi. Au lieu de quoi je me suis excusé, suis allé aux toilettes du club et ai examiné une planche humoristique de *Punch* même pas drôle tout en urinant pensivement.

– Tu te rends compte que je ne connais rien à la politique ? ai-je dit quand je suis revenu m'asseoir.

– Tu as voté pour lui, non ?

– Adam Lang ? Oui, bien sûr. Tout le monde a voté pour lui. Ce n'était pas de la politique ; c'était du délire.

– Eh bien, justement. Qu'est-ce qu'on en a à faire, de la politique ? Quoi qu'il en soit, mon pote, c'est d'un écrivain professionnel qu'il a besoin, pas d'un autre politicard de mes deux.

Il a jeté un coup d'œil autour de lui. La règle de fer du club exigeait qu'on ne parle pas travail dans l'enceinte de l'établissement, et c'était un problème pour Rick, vu qu'il ne parlait jamais d'autre chose.

– Marty Rhinehart a payé dix millions de dollars pour ces mémoires à deux conditions. La première, c'est que le livre soit en librairie moins de deux ans après la signature du contrat. La seconde, c'est que Lang ne prenne pas de gants au sujet de la guerre contre le terrorisme. D'après ce que je sais, il est très loin de ces deux objectifs. La situation était telle aux alentours de Noël que Rhinehart lui a laissé sa maison de vacances à Vineyard pour que Lang et McAra puissent travailler sans être distraits. Je suppose que la pression a fini par avoir raison de McAra. Le médecin légiste lui a trouvé assez d'alcool dans le sang pour dépasser quatre fois les limites autorisées par le code de la route.

– C'était donc un accident ?

– Accident ? Suicide ? (Il a eu un petit geste insouciant de la main.) Qui saura jamais ? C'est le livre qui l'a tué.

– C'est encourageant, ai-je commenté.

Pendant que Rick poursuivait son baratin, je gardais les yeux rivés sur mon assiette. Je m'imaginais l'ancien Premier ministre regardant le visage blême et froid de son écrivain secret à la morgue – contemplant son ombre pourrait-on dire. Qu'avait-il ressenti ? Je pose toujours cette question à mes clients. Je dois bien la poser une centaine de fois par jour pendant la phase d'entretiens. Qu'est-ce qu'ils ont ressenti ? *Qu'est-ce qu'ils ont ressenti ?* Et la plupart du temps ils ne peuvent pas répondre, ce

qui explique pourquoi ils doivent m'engager pour leur fournir des souvenirs : à la fin d'une collaboration réussie, je suis plus eux qu'ils ne le sont eux-mêmes. C'est un processus qui, pour être honnête, me plaît assez : cette liberté fugitive d'être quelqu'un d'autre. Vous trouvez ça malsain ? Si c'est le cas, permettez-moi d'ajouter qu'on exige de moi un véritable savoir-faire. Je ne me contente pas d'extirper à ces gens l'histoire de leur vie, je donne forme à des existences qui étaient souvent invisibles ; je leur restitue parfois la vie qu'ils n'ont même pas conscience d'avoir vécue. Alors, si ce n'est pas de l'art, qu'est-ce que c'est ?
J'ai demandé :

– J'aurais dû avoir entendu parler de McAra ?

– Oui, alors ne prétends pas le contraire. Il lui servait plus ou moins d'assistant quand Lang était Premier ministre. Il écrivait des discours, menait des recherches, mettait au point des stratégies politiques. Quand Lang a démissionné, McAra est resté à ses côtés, pour gérer toute la paperasserie.

J'ai fait la grimace et j'ai dit :

– Je ne sais pas, Rick.

Pendant tout le repas, j'avais coulé des regards vers un vieux comédien de télévision assis à la table voisine. Il avait été célèbre dans mon enfance pour avoir interprété dans une série le père isolé de deux adolescentes. A présent, alors qu'il se levait en vacillant et se dirigeait d'une démarche traînante vers la sortie, il avait l'air d'avoir été créé pour interpréter le rôle de son propre cadavre. C'était exactement le genre de personne dont je réécrivais les mémoires : des gens qui avaient dégringolé l'échelle de la célébrité de quelques degrés, ou à qui il restait encore quelques degrés à gravir, ou encore qui s'apprêtaient à atteindre le sommet et qui voulaient absolument en tirer le meilleur parti pendant qu'il était temps. Je me suis senti soudain submergé par le ridicule de l'idée même que je puisse collaborer à l'écriture des mémoires d'un Premier ministre.

– Je ne sais pas, ai-je répété, mais Rick m'a interrompu :

– La boîte de Rhinehart panique complètement. Ils vont organiser un petit défilé dans leur bureau londonien demain matin. Maddox lui-même arrive de New York pour représenter la société. Lang envoie l'avocat qui a négocié le contrat original pour son compte – le juriste le plus retors de Washington, un type incroyablement habile qui a pour nom Sidney Kroll. J'ai d'autres poulains dans mon écurie que je pourrais mettre sur le coup, alors, si tu n'es pas partant, dis-le-moi tout de suite. Mais d'après ce qu'ils en disent, j'ai l'impression que tu es le meilleur pour faire ça.

– Moi ? Tu plaisantes.

– Non, je t'assure. Il faut qu'ils fassent quelque chose d'extrême – qu'ils prennent des risques. C'est une grande chance qui se présente pour toi. Et ce sera bien payé. Les gosses ne mourront pas de faim.

– Je n'ai pas de gosses.

– Non, a rétorqué Rick avec un clin d'œil, mais moi j'en ai.

*

Nous nous sommes séparés sur le perron du club. Rick avait une voiture qui l'attendait, moteur allumé. Il ne m'a pas proposé de me déposer quelque part, et j'en ai déduit qu'il allait voir un autre client, à qui il débiterait exactement le même boniment qu'il venait de me servir. Quel est le nom collectif qu'on emploie pour tout un groupe de ces écrivains de l'ombre : un théâtre ? Un royaume ? Une armée ? Quoi qu'il en soit, Rick en avait une pleine écurie. Si vous jetez un coup d'œil sur la liste des best-sellers, vous serez étonné de savoir combien de ces titres sont l'œuvre de nègres, aussi bien parmi les romans que parmi les documents. Nous sommes les ouvriers fantômes qui font marcher l'édition, pareils aux employés invisibles qui animent le monde de Walt Disney. Nous empruntons les couloirs souterrains de la célébrité, surgissant ici ou là sous l'apparence de tel ou tel personnage, préservant l'illusion parfaite du royaume de la magie.

– A demain, a-t-il dit avant de disparaître de façon spectaculaire dans un nuage de fumée d'échappement : Méphistophélès à quinze pour cent de commission.

Je suis resté planté là un moment, indécis, et si je m'étais trouvé dans une autre partie de Londres, les choses auraient pu tourner différemment. Mais j'étais dans cette zone étroite où Soho se heurte à Covent Garden : une bande jonchée de détritus et peuplée de théâtres déserts, de ruelles sombres, de néons rouges, de snack-bars et de librairies – tant de librairies qu'on en est écœuré rien qu'à les regarder, des minuscules échoppes de bouquinistes hors de prix de Cecil Court aux monstres spécialisés dans le prix cassé de Charring Cross Road. Je passe souvent dans un de ces supermarchés du livre pour vérifier si mes derniers titres font bonne figure, et c'est ce que j'ai fait cet après-midi-là. J'ai franchi sans m'en apercevoir le court espace de moquette rouge râpée qui sépare la section Célébrités du département Biographies et Mémoires de la section Politique.

J'ai été surpris de voir qu'il y avait autant de choses sur l'ancien Premier ministre – toute une étagère d'ouvrages allant de l'hagiographie du début, *Adam Lang, homme d'Etat de notre temps*, à un récent démolissage en règle intitulé : *Quand Adam Lang de bois : les mensonges complets d'Adam Lang*, les deux du même auteur. J'ai pris la biographie la plus épaisse et l'ai ouverte au cahier de photographies : Lang tout petit en train de nourrir un agneau au biberon près d'un mur de pierres sèches, Lang en lady Macbeth dans une pièce scolaire, Lang déguisé en poulet dans un spectacle du Cambridge University Footlights,

Lang en banquier d'affaires visiblement défoncé dans les années soixante-dix, Lang avec sa femme et ses enfants en bas âge sur le seuil d'une maison neuve, Lang arborant une rosette et saluant du haut d'un bus à étage découvert, le jour de son élection au Parlement, Lang avec ses collègues, Lang avec les dirigeants du monde, avec des pop stars, avec des soldats au Moyen-Orient. Un client chauve en pardessus de cuir élimé, qui examinait le même rayon que moi, a regardé la couverture. Puis il s'est pincé le nez d'une main et a fait mine de tirer une chasse d'eau de l'autre.

Je suis passé de l'autre côté du rayonnage et ai cherché McAra, Michael, dans l'index. Je n'y ai trouvé que cinq ou six références assez vagues – autrement dit, aucune raison d'avoir entendu parler de lui à l'extérieur du parti ou du gouvernement, alors tu peux aller te faire voir, Rick, ai-je pensé. Je suis revenu à la photographie du Premier ministre assis, souriant, à la table du Conseil, le personnel de Downing Street rangé derrière lui. D'après la légende, McAra était la silhouette baraquée au dernier rang. Il était légèrement flou – tache pâle, à l'air grave et aux cheveux bruns. Je l'ai examiné plus attentivement. Il avait exactement l'air de ces inadaptés au physique ingrat qui sont poussés depuis la naissance vers la politique et font que les gens comme moi en restent à la page sportive. On trouve un McAra dans tous les pays, tous les systèmes, derrière n'importe quel chef ayant une machine politique à faire tourner : un mécanicien graisseux dans la salle des chaudières du pouvoir. Et c'était à cet homme que l'on avait confié la rédaction de mémoires à dix millions de dollars ? Je me suis senti personnellement insulté. J'ai acheté une petite pile de documentation et quitté la librairie avec la conviction de plus en plus ferme que Rick avait raison : peut-être étais-je vraiment l'homme de la situation.

Il paraissait évident, à l'instant où je suis sorti, qu'une

nouvelle bombe venait d'exploser. A Tottenham Court Road, les gens surgissaient du sol par les quatre bouches de la station de métro comme une pluie d'orage d'un égout engorgé. Un haut-parleur annonçait un « incident à Oxford Circus ». On aurait dit une comédie romantique survoltée : *Brève rencontre* mâtinée de guerre contre le terrorisme. J'ai continué à marcher sans trop savoir comment j'allais rentrer chez moi – les taxis, comme les faux amis, ont tendance à toujours disparaître au premier signe de problème. Dans la vitrine d'un de ces grands magasins d'électroménager, la foule suivait le même bulletin d'information relayé simultanément par une dizaine d'écrans : des images aériennes d'Oxford Circus, de la fumée noire sortant de la station de métro, des langues de flammes orange. Une bande de téléscripteur électronique défilait au bas de l'image pour annoncer un probable attentat suicide, de nombreux morts et blessés, et pour donner un numéro d'urgence à appeler. Un hélicoptère s'est incliné et a viré au-dessus des toits. Je respirais l'odeur de fumée – un mélange âcre et irritant pour les yeux de gasoil et de plastique en feu.

Il m'a fallu deux bonnes heures pour rentrer à pied en me traînant cette saleté de sac bourré de livres – plein nord jusqu'à Marylebone Road puis à l'ouest vers Paddington. Comme d'habitude, ils avaient fermé tout le réseau métropolitain afin de s'assurer qu'il n'y avait pas d'autre bombe ; et ils avaient fait pareil avec la plupart des gares de chemin de fer. De part et d'autre de la grande artère, la circulation était bloquée et le resterait vraisemblablement jusqu'au soir. (Je me dis que si seulement Hitler avait su, il n'aurait pas eu besoin de toute une armée de l'air pour paralyser Londres : un simple adolescent bien endoctriné muni d'une bouteille d'eau de Javel et d'un paquet de désherbant aurait suffi.) De temps en temps, une voiture de police ou une ambulance grimpait sur le trottoir et le remontait dans un vrombissement pour essayer de prendre une rue latérale.

J'ai continué de marcher vers le soleil couchant.

Il devait être dix-huit heures quand je suis arrivé chez moi. J'occupais les deux derniers niveaux d'une haute maison ornée de stuc dans ce secteur que les gens du quartier appellent Notting Hill et que la poste s'entête à appeler North Kensington. Des seringues usagées brillaient dans le caniveau ; à la boucherie halal d'en face, on tuait les animaux sur place. Ce n'était pas très gai. Mais, de la partie en grenier qui me servait de bureau, j'avais une vue sur tout l'ouest de Londres qui valait bien celle d'un gratte-ciel : des toits, des voies de chemin de fer, l'autoroute et le ciel – un paysage de grande plaine urbaine avec, en pointillé, les feux des avions qui descendaient vers Heathrow. C'est ce panorama qui m'avait convaincu de prendre l'appartement, et non le discours de l'agent immobilier sur la revalorisation certaine du quartier – heureusement, vu que la riche bourgeoisie n'est pas plus revenue dans le coin qu'elle n'est retournée dans le centre de Bagdad.

Kate était déjà là et regardait les infos. Kate : j'avais oublié qu'elle venait passer la soirée ici. C'était ma... ? je ne savais jamais comment l'appeler. Dire que c'était ma petite amie était absurde : on n'a plus de *petite amie* quand on est du mauvais côté de la trentaine. « Compagne » ne convenait pas non plus puisque nous n'habitions pas sous le même toit. « Amante » ? – comment ne pas éclater de rire ? « Maîtresse » ? Oh, je vous en prie. « Fiancée » ? – certainement pas. J'imagine que j'aurais dû trouver de mauvais augure que quarante mille ans de langage humain n'aient pas réussi à produire un terme s'appliquant à notre relation. (D'ailleurs, elle ne s'appelle pas réellement Kate, mais je ne vois pas pourquoi la mêler à cette histoire. Et de toute façon, ça lui va mieux que son vrai prénom. Elle est du genre à s'appeler

Kate, si vous voyez ce que je veux dire – raisonnable et en même temps insolente, féminine mais jouant tout le temps les garçons manqués. Et on ne va pas lui en vouloir parce qu'elle travaille à la télévision.) J'ai lancé :

– Merci pour ton coup de fil angoissé. Je suis mort, en fait, mais ne t'inquiète pas pour ça.

Je l'ai embrassée sur le haut du crâne, ai laissé tomber les livres sur le canapé et suis allé me servir un whisky à la cuisine.

– Le métro est complètement bloqué. Il a fallu que je marche depuis Covent Garden.

– Mon pauvre chéri, l'ai-je entendue dire. Et tu as fait des courses.

J'ai complété mon verre à l'eau du robinet, en ai bu la moitié puis l'ai rempli à nouveau, cette fois de whisky. Je me suis souvenu que j'étais censé avoir réservé une table au restaurant. Quand je suis revenu dans le séjour, elle sortait un à un les livres du sac.

– Qu'est-ce que c'est que tout ça ? a-t-elle demandé en levant les yeux vers moi. Tu ne t'intéresses pas à la *politique*.

Puis, comme elle était maligne, plus maligne que moi, elle a compris de quoi il s'agissait. Elle savait comment je gagnais ma vie ; elle savait que je devais voir un agent ; et elle savait ce qui était arrivé à McAra.

– Ne me dis pas qu'ils veulent que tu sois *son* nègre ? a-t-elle dit en riant. Tu n'es pas sérieux.

Elle essayait de tourner la chose à la plaisanterie – prononçant le « Tu n'es pas sérieux » à l'américaine, comme ce joueur de tennis, il y a quelques années – mais j'ai bien vu qu'elle était consternée. Elle détestait Lang ; c'était comme s'il l'avait trahie personnellement. Elle avait été membre du parti. Ça aussi, je l'avais oublié.

– Ça ne donnera sans doute rien, ai-je dit en reprenant quelques gorgées de whisky.

Elle s'est remise à regarder les infos, cette fois en croisant les bras contre sa poitrine, ce qui n'était jamais bon signe. La bande de téléscripteur annonçait un bilan de sept morts, qui n'avait rien de définitif.

– Mais si on te le propose, tu le feras ? a-t-elle demandé sans tourner la tête.

Je n'ai pas eu à répondre grâce au présentateur qui annonçait un direct avec New York pour recueillir la réaction de l'ancien Premier ministre. Et là, soudain, Adam Lang est apparu sur un podium estampillé au nom du Waldorf Astoria, où il avait visiblement pris la parole à un déjeuner. « Vous avez tous connaissance des événements tragiques qui viennent de frapper Londres, où, une fois encore, les puissances du fanatisme et de l'intolérance... »

Rien de ce qu'il a pu dire ce soir-là ne mérite d'être cité. C'était presque une parodie de ce qu'un homme politique peut dire après un attentat terroriste. Pourtant, en le regardant, on aurait pu penser que c'étaient sa propre femme et ses enfants qui avaient été éventrés dans l'explosion. C'était l'essence même de son génie : renouveler et élever les clichés de la politique par la seule force de son interprétation. Kate elle-même avait gardé le silence. Ce n'est qu'une fois qu'il a eu terminé et que son public, en grande partie féminin et d'un certain âge, s'est levé pour applaudir, qu'elle a marmonné :

– Qu'est-ce qu'il fabrique à New York ?

– Il donne des conférences.

– Il ne peut pas en donner ici ?

– Je suppose que personne ne le paierait cent mille dollars la séance ici.

Elle a coupé le son.

– Il fut un temps, a dit Kate après ce qui a semblé un très long silence, où les princes qui conduisaient leur pays à la guerre étaient censés risquer leur vie au combat – tu sais, pour mener la bataille, par exemple. Aujourd'hui, ils se baladent en voiture blindée avec des gardes du corps armés et se font plein de fric à cinq mille kilomètres de chez eux pendant qu'on est coincés ici à subir les conséquences de leurs actes. Je ne te comprends pas, a-t-elle ajouté en se tournant vers moi pour me regarder en face pour la première fois. Ça fait des années que je lui casse du sucre sur le dos – que je le traite de criminel de guerre et ainsi de suite – et que toi, tu restes là à opiner et acquiescer. Et maintenant, tu voudrais lui écrire sa propagande et l'enrichir encore. Tout ça n'a donc jamais eu aucun sens pour toi ?

– Eh, attends un peu, ai-je protesté. Tu peux toujours parler. Ça fait des mois que tu essayes de décrocher une interview de lui. Quelle différence ça fait ?

– Quelle différence ça fait ? Nom d'un chien !

Elle a crispé les mains – ces mains blanches et fines que je connaissais si bien – et les a levées avec emportement, mi-griffes, mi-poings. Les tendons saillaient sur ses bras.

– *Quelle différence ça fait ?* Nous, on veut qu'il rende des comptes, voilà la différence ! On veut lui poser les bonnes questions ! Au sujet de la torture, des bombes et des mensonges ! Pas : « Qu'est-ce que vous avez ressenti ? » *Putain !* Je perds mon temps, là.

Elle s'est levée et est allée dans la chambre pour récupérer le sac qu'elle apportait toujours quand elle comptait passer la nuit ici. Je l'ai entendue y jeter à grand bruit tube de rouge à lèvres, brosse à dents, vaporisateur de parfum. Je savais qu'en allant la rejoindre, je pouvais encore sauver la situation. C'était sûrement ce qu'elle attendait : nous avions déjà connu des scènes pires que ça. J'aurais été contraint de concéder qu'elle avait raison, d'admettre mon incompétence en la matière, de reconnaître sa supériorité morale et intellectuelle là-dessus comme sur tout le reste. Il n'y aurait même pas eu besoin d'une confession verbale : une étreinte éloquente aurait probablement suffi à me valoir un sursis. Mais la vérité était que sur le moment, si l'on me donnait le choix entre une soirée à entendre sa morale de gauche pleine de suffisance et la perspective de travailler avec un prétendu criminel de guerre, je choisissais le criminel de guerre. Alors je me suis contenté de continuer à regarder la télé.

Je fais parfois ce cauchemar dans lequel toutes les femmes avec qui j'ai couché se réunissent. Elles forment un nombre respectable plutôt que considérable – s'il s'agissait d'une soirée mondaine, disons qu'elles pourraient se tenir sans problème dans ma salle de séjour. Et si d'aventure – pourvu que cela n'arrive jamais – une telle assemblée devait se réunir, Kate en serait sans conteste l'invitée d'honneur. C'est pour elle qu'il faudrait avancer un siège, d'elle que des mains serviables rempliraient le verre, elle qui serait assise au centre d'un cercle incrédule tandis que l'on disséquerait mes déficiences physiques et morales. Elle était celle qui s'était accrochée le plus longtemps.

Au lieu de claquer la porte en partant, elle l'a fermée tout doucement. J'ai trouvé ça très classe. Sur l'écran de télévision, le bilan des victimes venait de passer à huit.

DEUX

> « Un nègre qui est profane dans le sujet traité n'aura de cesse de poser les mêmes questions que le lecteur profane, et saura donc étendre le lectorat potentiel du livre à un public beaucoup plus large. »

Le groupe d'édition Rhinehart Publishing UK consistait en cinq sociétés plus anciennes rachetées au cours d'un accès particulièrement sévère de kleptomanie d'entreprises dans les années quatre-vingt-dix. Arrachées à leurs mansardes très dickensiennes de Bloomsbury, développées, réduites, réorientées, rebaptisées, modernisées et fondues, elles avaient finalement été parachutées à Hounslow, dans un immeuble de bureaux en acier et verre fumé dont tous les conduits étaient apparents à l'extérieur. L'immeuble en question était planté au milieu de cités au crépi granité, tel un vaisseau spatial abandonné lors d'une vaine mission visant à trouver une vie intelligente.

Je suis arrivé, avec une ponctualité toute professionnelle, à midi moins cinq, et j'ai trouvé la grande porte fermée. J'ai dû sonner pour entrer. Une affichette placardée dans le hall annonçait que l'alerte terroriste était passée au niveau ORANGE. Par le panneau vitré, je pouvais voir les agents de sécurité m'examiner sur un écran de surveillance dans leur aquarium miteux. Une fois à l'intérieur du bâtiment, j'ai été contraint de retourner mes poches et de passer par un détecteur de métaux.

Quigley m'attendait près des ascenseurs.

– De quelles bombes avez-vous peur ? ai-je demandé. Celles de Random House ?

– On publie les mémoires de Lang, a répondu Quigley d'une voix crispée. Apparemment, cela suffit à faire de nous une cible. Rick est déjà là-haut.

– Vous en avez vu combien ?

– Cinq. Vous êtes le dernier.

Je connaissais assez Roy Quigley pour savoir que je n'avais pas son soutien. Il devait avoir dans les cinquante ans, grand et plutôt genre gentleman-farmer. À une époque plus festive, il aurait fumé la pipe et proposé des à-valoir ridicules à des universitaires de petite envergure lors de déjeuners copieux à Soho. Aujourd'hui, son déjeuner se réduisait à une salade en barquette de plastique avalée dans son bureau avec vue sur l'autoroute M4, et il recevait ses ordres de la directrice des ventes et du marketing, une gamine qui devait avoir dans les seize ans. Il avait trois enfants inscrits dans des écoles privées largement au-dessus de ses moyens. Afin d'assurer sa survie, il avait bien été obligé de commencer à s'intéresser à la culture populaire, de s'occuper de la vie de divers footballeurs, de super-top models et autres comédiens dont il prononçait soigneusement les noms et étudiait les us et coutumes dans les tabloïds avec un savant détachement, comme s'il s'agissait d'une lointaine peuplade micronésienne. Je lui avais proposé une idée, l'année précédente, les mémoires d'un magicien qui avait – bien entendu – subi des abus sexuels dans son enfance, mais qui utilisait ses talents d'illusionniste pour se créer une vie nouvelle, etc. Il avait refusé le projet. Le bouquin était monté en tête des listes des meilleures ventes : *Passez muscade, rien dans les mains, tout dans les pages.* Il m'en voulait encore.

– Je dois vous avouer, m'a-t-il dit alors que l'ascenseur nous propulsait au dernier étage, que je ne crois pas que vous soyez l'homme de la situation.

– Alors, heureusement que ce n'est pas vous qui décidez, Roy.

Oh oui, je connaissais assez bien le poids réel de Quigley. Il était en fait directeur du groupe pour le Royaume-Uni, ce qui signifiait qu'il avait à peu près autant de pouvoir qu'un chat crevé. L'homme qui menait véritablement la danse nous attendait dans la salle de conférences et c'était John Maddox, P-DG de Rhinehart Inc., grand New-Yorkais aux épaules de taureau et atteint d'alopécie. Son crâne chauve brillait sous l'éclairage au néon comme un gros œuf vernissé. Tout jeune, il avait développé un physique de lutteur dans le but (d'après le *Publisher's Weekly*) de pouvoir balancer par la fenêtre quiconque contemplait son crâne un peu trop fixement. J'ai fait bien attention de ne jamais laisser mon regard se poser plus haut que son poitrail de super-héros. A côté de lui, il y avait l'avocat de Lang venu de Washington, Sidney Kroll, quarantenaire à lunettes, au visage pâle et fin, cheveux noir corbeau tombants, et doté de la poignée de main la plus molle qu'il m'ait été donné de recevoir depuis le jour où Dippy le dauphin avait sauté de son bassin, lorsque j'avais douze ans.

– Et Rick Riccardelli, que vous devez connaître, a conclu Quigley, qui a terminé les présentations avec un imperceptible frisson.

Mon agent, qui portait une chemise grise luisante et une fine cravate en cuir rouge, m'a fait un clin d'œil. J'ai lancé :

– Salut, Rick.

Je me sentais nerveux en m'asseyant près de lui. La pièce était tapissée, façon Gatsby, de livres à couverture cartonnée impeccables qui n'avaient jamais été ouverts. Maddox tournait le dos à la fenêtre. Il a posé ses grandes mains glabres sur le plateau de verre de la table, comme pour prouver qu'il n'avait pas l'intention de dégainer tout de suite, et il a dit :

– D'après ce que m'a dit Rick, vous êtes au courant de la situation et vous savez ce que nous recherchons. Alors peut-être allez-vous pouvoir nous exposer ce que vous pensez être capable d'apporter à ce projet.

– Mon ignorance, ai-je répondu sur un ton enjoué, ce qui a eu au moins le mérite de créer la surprise.

Puis, avant qu'on ne puisse m'interrompre, j'ai débité le petit monologue que j'avais répété dans le taxi.

– Vous connaissez mon parcours. Inutile pour moi de prétendre être ce que je ne suis pas. Je vais être tout à fait franc avec vous. Je ne lis pas les biographies politiques. Et alors ? ai-je fait avec un haussement d'épaules. Personne ne les lit. Ce qui, d'ailleurs, n'est pas mon problème, ai-je ajouté en me tournant vers Maddox. Ça c'est *votre* problème.

– Oh, pitié, a commenté Quigley à voix basse.

– Et pour me montrer d'une franchise encore plus suicidaire, ai-je continué, la rumeur veut que vous ayez payé dix millions de dollars pour ce livre. Au point où nous en sommes, combien pensez-vous récupérer au bout du compte ? Deux millions ? Trois ? Ce n'est pas une bonne nouvelle pour vous, et c'est même particulièrement mauvais pour votre client, ai-je précisé en me tournant vers Kroll. Parce que, pour lui, ce n'est même pas une question d'argent. C'est une question de réputation. Adam Lang aura avec ce livre la chance de pouvoir s'adresser directement à l'Histoire, de faire entendre sa version des faits. La dernière chose dont il a besoin, c'est de sortir un livre que personne ne lira. De quoi cela aurait-il l'air, si l'histoire de sa vie restait sur les tables des invendus ? Mais cela ne doit pas obligatoirement finir comme ça.

Je sais rétrospectivement que je devais avoir l'air d'un vrai vendeur de foire. Mais ce n'était rien d'autre que du boniment et, à l'instar des déclarations d'amour éternel à minuit dans la chambre d'une inconnue, il y aurait prescription le lendemain matin. Kroll souriait pensivement en griffonnant sur son calepin jaune. Maddox me dévisageait avec insistance. J'ai repris ma respiration avant de poursuivre :

– Force est de constater qu'un grand nom ne suffit pas à faire vendre un livre. Nous sommes tous payés pour le savoir. Ce qui fait vendre un livre – ou un film, ou une chanson –, c'est le *cœur*.

A ce moment de mon speech, je crois même que je suis allé jusqu'à me frapper la poitrine.

– Et c'est bien pour ça que les biographies politiques sont *le* trou noir de l'édition. Le nom en haut de l'affiche peut être aussi gros qu'on veut, tout le monde sait qu'une fois dans la salle, ce sera encore et toujours le même spectacle fatigué, et qui veut payer vingt-cinq dollars pour ça ? Il faut mettre un peu de cœur là-dedans, et ça, c'est ma spécialité. Et où trouver plus de cœur que dans l'histoire d'un type qui est parti de rien et a fini par diriger un pays ?

« Vous voyez, ai-je continué, c'est toute l'ironie de la chose : les mémoires d'un chef politique doivent être *plus* intéressants que la plupart des autobiographies, pas *moins*. Je vois donc mon ignorance en matière de politique comme un atout. En fait, je dois même dire que je *cultive* mon ignorance. Et puis Adam Lang n'a pas besoin de mes lumières sur les questions politiques de son livre – c'est déjà un génie de la politique. Ce qu'il lui faut, à mon humble avis, c'est la même chose que ce qu'il faut à une star de cinéma, à un champion de base-ball ou à un chanteur de rock, à savoir un collaborateur expérimenté qui saura lui poser les bonnes questions pour mettre son cœur à nu.

Il y a eu un silence. Je tremblais. Rick m'a tapoté le genou sous la table pour me rassurer.

– Bien joué.

– Quel ramassis de conneries, a commenté Quigley.

– Vous trouvez ? a fait Maddox, qui ne m'avait pas quitté des yeux.

Il a dit cela sur un ton neutre, mais, si j'avais été Quigley, je me serais méfié.

– Oh, John, *évidemment*, a répliqué Quigley avec le mépris dédaigneux de quatre générations d'études en école privée derrière lui. Adam Lang est un personnage de l'histoire mondiale, et son autobiographie va être un événement pour l'édition mondiale. C'est même un événement historique. Et on ne doit pas l'aborder comme un... – il a fouillé dans son cerveau bien rempli pour y trouver une analogie convaincante mais a terminé assez platement –... un article pour la presse *people*.

Le silence s'est de nouveau installé. Derrière les vitres teintées, l'autoroute était complètement embouteillée. La pluie ridait la lueur des phares des automobiles à l'arrêt. Londres n'était pas encore revenu à la normale depuis l'explosion.

– Il me semble, dit Maddox de cette même voix lente et tranquille, ses mains roses de mannequin toujours posées sur la table, que j'ai des entrepôts remplis d'« événements pour l'édition mondiale » dont je n'arrive pas à me débarrasser. Qu'en pensez-vous, Sid ?

Pendant quelques secondes, Kroll a continué de sourire pensivement en griffonnant sur son calepin. Je me suis demandé ce qu'il trouvait de si drôle.

– Adam a une position très simple sur la question, a-t-il dit enfin. (*Adam* : il avait lâché le prénom dans la conversation aussi négligemment qu'on jette une pièce dans la casquette d'un mendiant.) Il prend ce livre très au sérieux – c'est son testament, si vous voulez. Il veut s'acquitter de ses obligations contractuelles. Et il veut que ce soit un succès commercial. Il est donc tout à fait prêt à suivre vos conseils, John, et ceux de Marty aussi, dans les limites du raisonnable. Evidemment, il est encore très perturbé par ce qui est arrivé à Mike, qui était irremplaçable.

– Evidemment.

Nous avons tous émis les commentaires de circonstance.

– Irremplaçable, a-t-il répété. Et pourtant... *il doit être remplacé.*

Il a levé les yeux, content de son bon mot, et j'ai compris à cet instant qu'il n'y avait pas une seule horreur au monde – pas une guerre ni un génocide ni un cancer infantile ni une famine – dont Sidney Kroll ne parvenait pas à voir le côté amusant.

– Adam appréciera certainement l'avantage qu'il y a à essayer quelqu'un de radicalement différent. Au bout du compte, tout se résume de toute façon à un lien personnel.

Ses lunettes ont étincelé sous les néons tandis qu'il me scrutait.

– Vous pratiquez la musculation, peut-être ?

J'ai fait non de la tête.

– Dommage. Adam aime s'entraîner.

Quigley, encore ébranlé par la rebuffade de Maddox, a tenté un retour :

– Il se trouve que je connais un très bon écrivain du *Guardian* qui fréquente les salles de gym.

– Peut-être, est intervenu Rick après une pause embarrassée, pourrions-nous voir comment vous prévoyez les choses d'un point de vue pratique.

– D'abord, il faut que tout soit bouclé dans un mois, a répondu Maddox. C'est l'avis de Marty et c'est le mien aussi.

– Un mois ? ai-je répété. Vous voulez un livre en un mois ?

– Il existe déjà un manuscrit complet, a assuré Kroll. Il a juste besoin d'être remanié.

– Très remanié, a commenté sombrement Maddox. Si l'on prend les choses dans l'autre sens : on sort le livre en juin, ce qui signifie qu'on expédie en mai, ce qui signifie qu'on corrige et qu'on imprime en mars et avril, ce qui signifie qu'on doit avoir le manuscrit fin février. Les Allemands, les Français, les Italiens et les Espagnols commenceront la traduction tout de suite. Les journaux auront besoin de le voir aussitôt pour discuter des extraits à publier. Il y a des accords avec la télévision. La tournée publicitaire doit être fixée suffisamment à l'avance. Nous devons réserver les espaces dans les magasins. Donc fin février – c'est comme ça, point. Ce qui me plaît dans votre CV, a-t-il dit en consultant une feuille de papier devant lui, sur laquelle figurait apparemment la liste de tous mes livres, c'est que vous avez visiblement de l'expérience et que, surtout, vous êtes rapide. Vous assurez.

– Il ne m'a jamais lâché, est intervenu Rick en serrant son bras autour de mes épaules. C'est un bon gars.

– En plus, vous êtes britannique. Il me semble qu'il est absolument indispensable que le nègre soit britannique aussi. Pour trouver le ton juste.

– Nous sommes d'accord, a dit Kroll. Mais tout le travail devra être effectué aux Etats-Unis. Adam s'est engagé là-bas dans un cycle de conférences qui se déroulent en ce moment, et dans un programme d'appel de dons pour sa fondation. Je ne le vois pas revenir en Angleterre avant mars au plus tôt.

– Un mois aux Etats-Unis, pas de problème... oui ? fit Rick en me regardant avec impatience.

Je sentais à quel point il voulait que je dise oui, mais tout ce que je pensais, c'était : « Un mois, ils veulent que j'écrive un bouquin en un mois. »

J'ai hoché lentement la tête.

– J'imagine que je pourrai toujours apporter le manuscrit ici pour y mettre la dernière main.

– Le manuscrit reste en Amérique, a dit Kroll sans ambages. C'est l'une des raisons pour lesquelles Marty a prêté sa maison de Vineyard. C'est un environnement sûr. Seules quelques personnes l'auront entre les mains.

– A vous écouter, on croirait plus à une bombe qu'à un livre ! a plaisanté Quigley.

Personne n'a ri. Il s'est frotté les mains, l'air malheureux.

– Vous savez, il y aura bien un moment où il faudra que je le voie par moi-même. En tant qu'éditeur, je suis censé lire le texte.

– En théorie, a répliqué Maddox. En fait, nous reparlerons de ça plus tard. Ce calendrier ne nous laisse pas de place pour des révisions, a-t-il ajouté en se tournant vers Kroll. Il faudra corriger au fur et à mesure.

Pendant qu'ils continuaient de discuter du programme, j'ai observé Quigley. Il se tenait droit, mais immobile, pareil à l'une de ces victimes de cinéma qui se font poignarder au milieu d'une foule sans que personne le remarque. Sa bouche s'ouvrait et se fermait imperceptiblement, comme s'il voulait nous livrer un dernier message. Cependant, même sur le moment, je me suis bien rendu compte que son intervention était tout à fait pertinente. S'il était l'éditeur désigné, pourquoi ne pouvait-il pas voir le manuscrit ? Et pourquoi fallait-il que celui-ci soit confiné dans un « environnement sûr », sur une île à l'est de la côte américaine ? J'ai senti le coude de Rick me toucher les côtes et j'ai pris conscience que Maddox me parlait.

– Est-ce que vous pouvez vous rendre rapidement là-bas ? En supposant que nous poursuivions le projet avec vous plutôt qu'avec les autres – combien de temps vous faut-il ?

– Nous sommes aujourd'hui vendredi, ai-je répondu.

Donnez-moi une journée pour me retourner. Je pourrais prendre l'avion dimanche.

– Et commencer lundi ? Ce serait super.

– Vous ne trouverez personne qui puisse aller plus vite, est intervenu Rick.

Maddox et Kroll se sont regardés, et j'ai su que je l'avais emporté. Ainsi que Rick l'a fait remarquer par la suite, le truc est de toujours se mettre à leur place.

« C'est comme quand tu dois choisir une nouvelle femme de ménage. Tu veux quelqu'un qui te donne tout l'historique du ménage et théorise sur le sujet, ou tu veux quelqu'un qui se mette tout de suite au travail et qui te nettoie ta baraque ? Ils t'ont choisi parce qu'ils ont pensé que tu allais nettoyer leur putain de baraque. »

– Nous continuons avec vous, a lâché Maddox.

Il s'est levé et m'a tendu sa main à serrer.

– En admettant que nous arrivions à un accord satisfaisant avec Rick, bien entendu.

– Vous devrez également signer un accord de confidentialité, a ajouté Kroll.

– Pas de problème, ai-je assuré en me levant également.

Ça ne me dérangeait pas. Les clauses de confidentialité entrent dans la procédure standard des contrats de nègre.

– Tout est pour le mieux, alors.

Et c'était vrai. A part Quigley, tout le monde souriait, et il a soudain flotté dans la pièce comme une atmosphère virile de vestiaire après le match. Nous avons bavardé une minute, et c'est à ce moment-là que Kroll m'a pris à part et m'a dit, négligemment :

– J'ai ici quelque chose qui vous intéressera peut-être.

Il s'est baissé et a pris sous la table un sac en plastique jaune vif portant en belle ronde noire le nom d'un magasin de vêtements chic de Washington. Ma première pensée a été que ce devait être le manuscrit des mémoires de Lang et que tout ce cirque autour d'un « environnement sûr » n'avait été qu'une plaisanterie. Mais lorsqu'il a vu mon expression, Kroll s'est mis à rire et a dit :

– Non, non, ce n'est pas *ça*. C'est juste le livre d'un autre de mes clients. J'aimerais vraiment beaucoup avoir votre avis si vous trouvez un moment pour y jeter un coup d'œil. Voilà mon numéro.

J'ai pris sa carte et l'ai glissée dans ma poche. Quigley n'avait toujours pas prononcé un mot.

– Je t'appelle dès que nous avons conclu l'affaire, m'a dit Rick.

– Fais-les hurler, lui ai-je conseillé en lui pressant l'épaule.

Maddox a ri.

– Eh ! Souvenez-vous ! a-t-il lancé tandis que Quigley me raccompagnait à la porte. (Il a frappé de son gros poing le pan de sa veste bleue au niveau de sa poitrine.) Le cœur !

Pendant que l'ascenseur descendait, Quigley gardait les yeux rivés au plafond.

– C'est mon imagination, ou bien est-ce que je viens vraiment de me faire lourder ?

– Ils ne pourraient pas vous laisser partir, Roy, ai-je assuré avec toute la sincérité possible, ce qui ne faisait pas grand-chose. Vous êtes le seul qui puisse donner un peu de cohésion à cette boîte.

– « Vous laisser partir », a-t-il dit avec amertume. Oui, c'est bien l'euphémisme qu'on emploie aujourd'hui, n'est-ce pas ? Comme si on vous faisait une fleur. Vous êtes accroché au bord de la falaise et quelqu'un vous dit : « Oh, je suis affreusement désolé, mais nous allons devoir vous laisser partir. »

Au quatrième étage, deux personnes qui prenaient leur pause déjeuner sont montées et Quigley s'est tu jusqu'à ce qu'ils sortent au niveau du restaurant, soit au deuxième étage. Dès que les portes se sont refermées, il a ajouté :

– Il y a quelque chose qui ne va pas dans ce projet.

– Vous voulez parler de moi ?

– Non. Avant vous. Mais je n'arrive pas à mettre le doigt dessus, a-t-il dit en fronçant les sourcils. Le fait que personne ne soit autorisé à voir quoi que ce soit, pour commencer. Et puis ce type, Kroll, il me fait froid dans le dos. Et ce pauvre vieux Mike McAra, bien sûr. Je l'ai rencontré quand on a signé le contrat, il y a deux ans de ça. Il ne m'a pas donné l'impression d'être un type suicidaire. Plutôt l'inverse. Il m'a paru plutôt du genre à pousser les autres à se tuer, si vous voyez ce que je veux dire.

– Dur ?

– Dur, oui. Lang était là, tout sourire, et il y avait cette espèce de gangster à ses côtés, avec des yeux de serpent. J'imagine qu'il faut avoir quelqu'un comme ça avec soi quand on est dans la position de Lang.

Nous sommes arrivés au rez-de-chaussée et sortis dans le hall.

– Vous trouverez un taxi au coin de la rue, a dit Quigley et, pour cette mesquinerie minable – me laisser marcher sous la pluie au lieu de m'appeler un taxi sur le compte de la société –, je l'ai mentalement envoyé se faire pendre.

– Dites-moi, a-t-il soudain demandé, depuis quand est-ce la mode d'être stupide ? C'est le truc que je ne comprends vraiment pas. Le culte de l'imbécillité. La consécration de la crétinerie.

– Vous parlez comme un vieux, Roy, lui ai-je répondu. Les gens se plaignent que le niveau baisse depuis que Shakespeare écrit des comédies.

– Oui, mais maintenant, on est en plein dedans, n'est-ce pas ? Ça n'a jamais été à ce point avant.

Je savais qu'il essayait de me faire sortir de mes gonds – le nègre des stars parti pour écrire les mémoires d'un ex-Premier ministre – mais j'étais trop content de moi pour y prêter attention. Je lui ai souhaité une bonne retraite et j'ai traversé le hall en balançant ce satané sac en plastique jaune au bout de mon bras.

*

Il m'a fallu une bonne demi-heure pour dégoter un moyen de rentrer en ville. Je n'avais qu'une idée très floue de l'endroit où je me trouvais. Les rues étaient larges, les maisons petites. Il tombait un crachin régulier et glacé. J'avais mal au bras à force de me trimballer le manuscrit de Kroll. A en juger par le poids, il devait approcher le millier de feuillets. C'était qui son client ? Tolstoï ? J'ai fini par m'arrêter dans un abribus en face d'un épicier et d'une entreprise de pompes funèbres. La carte d'une compagnie de taxis était coincée dans sa structure métallique.

Le trajet jusqu'à chez moi a pris près d'une heure et j'ai eu tout le temps de jeter un coup d'œil sur le manuscrit. Le livre s'intitulait *Un parmi tant d'autres*. Il s'agissait de l'autobiographie d'un ancien sénateur américain passé à la postérité uniquement pour avoir continué de respirer pendant près de cent cinquante ans. Sur l'échelle habituelle des pensums, il dépassait toutes les mesures – il s'envolait au-delà des limites de l'ennui pour atteindre la stratosphère privée d'oxygène de la plus complète nullité. La voiture était surchauffée et sentait le vieux plat à emporter. J'ai commencé à me sentir nauséeux. J'ai remis le manuscrit dans son sac et baissé la vitre. La course m'a coûté quarante livres.

Je venais de régler le chauffeur et traversais le trottoir pour rentrer chez moi, tête baissée sous la pluie et cherchant mes clés, quand j'ai senti qu'on me touchait l'épaule. Je me suis retourné et j'ai heurté un mur, ou bien je me suis fait rentrer dedans par un camion – c'est l'effet que ça m'a fait. Une espèce de force implacable m'a heurté de plein fouet et je suis tombé en arrière, entre les mains d'un second assaillant. (On m'a dit ensuite qu'ils étaient deux, deux hommes d'une vingtaine d'années. L'un d'eux attendait près de l'entrée de l'appartement en sous-sol, l'autre a surgi de nulle part et m'a attrapé par-derrière.) Je me suis écroulé et ai senti la pierre rugueuse de la bordure du trottoir contre ma joue, puis j'ai hoqueté, aspiré l'air et crié comme un bébé. Mes doigts ont dû se crisper involontairement sur le sac en plastique parce que j'ai eu conscience, au milieu de cette douleur envahissante, d'une douleur vive beaucoup plus localisée – un son de flûte dans la symphonie – tandis qu'un pied m'écrasait la main et qu'on m'arrachait quelque chose.

Quand on ne peut plus respirer, on dit qu'on a la respiration coupée, ce qui sous-entend quelque chose de net et précis, une opération bien propre. Moi, on ne m'avait pas *coupé* la respiration, on m'avait cogné, défoncé et à moitié asphyxié, on m'avait précipité par terre et humilié. J'avais l'impression d'avoir pris un coup de couteau dans le plexus solaire. Cherchant l'air, j'étais sûr d'avoir été poignardé. J'ai senti que des gens me prenaient par les bras et me redressaient en position assise. On m'a appuyé contre un arbre, dont j'ai senti l'écorce dure me rentrer dans le dos, et quand j'ai enfin pu me remplir un peu les poumons d'oxygène, je me suis aussitôt palpé le ventre pour toucher la plaie béante qui ne pouvait manquer de se trouver là, imaginant déjà mes entrailles répandues autour de moi. Mais j'ai eu beau chercher le sang sur mes doigts, je n'y ai aperçu que la pluie sale de Londres. Il m'a fallu une bonne minute pour prendre conscience que je n'allais pas mourir – que j'étais, dans l'ensemble, indemne – et, alors, je n'ai plus eu en tête que d'échapper à tous ces gens bien intentionnés qui se pressaient autour de moi et sortaient leur téléphone portable en me demandant s'ils devaient appeler la police et une ambulance.

La perspective exaltante de devoir attendre dix heures aux urgences puis de perdre une demi-journée à l'antenne de police locale pour porter plainte a suffi à m'arracher au caniveau puis à me propulser dans l'escalier jusqu'à mon appartement. J'ai fermé la porte à clé, retiré mon manteau et suis allé, tout tremblant, m'allonger sur le canapé. Je n'ai pas bougé pendant peut-être une heure, tandis que les ombres froides de cet après-midi de janvier s'accumulaient peu à peu dans la pièce. Enfin je suis allé dans la cuisine et j'ai vomi dans l'évier, après quoi j'ai avalé un whisky bien tassé.

Je me suis alors senti passer de l'état de choc à une sorte d'euphorie. De fait, avec un peu d'alcool dans les veines, j'ai été gagné par une véritable allégresse. J'ai tâté la poche intérieure de ma veste puis mon poignet : j'avais toujours ma montre et mon portefeuille. La seule chose qu'on m'avait prise était le sac en plastique jaune contenant les mémoires du sénateur Alzheimer. J'ai éclaté de rire en m'imaginant les voleurs descendant Ladbroke Grove au pas de course puis s'arrêtant dans une petite rue sombre pour examiner leur butin. « Mon conseil à toute jeune personne qui voudrait entrer dans la vie publique aujourd'hui... » Ce n'est qu'après un deuxième verre que j'ai pris conscience de ce que la situation pouvait avoir de gênant. Le vieil Alzheimer ne représentait rien pour moi, mais Sidney Kroll verrait peut-être les choses autrement.

J'ai sorti sa carte de ma poche. Sidney L. Kroll de Brinkerhof Lombardi Kroll, avocats, M Street, Washington, DC. Au bout d'une dizaine de minutes de réflexion, je suis retourné m'asseoir sur le canapé et je l'ai appelé sur son portable. Il a répondu à la deuxième sonnerie :

– Sid Kroll.

J'ai deviné à son intonation qu'il souriait.

– Sidney, ai-je commencé en m'efforçant de prononcer son prénom d'un ton naturel, vous ne devinerez jamais ce qui vient de m'arriver.

– On vient juste de vous voler mon manuscrit ?

J'en suis resté sans voix.

– Bon sang, ai-je fini par dire. Il n'y a donc rien dont vous ne soyez déjà au courant ?

– Comment ? s'est-il exclamé sur un tout autre ton. Nom d'un chien, je plaisantais. C'est *vraiment* ce qui vient de se passer ? Vous allez bien ? Où êtes-vous, maintenant ?

Je lui ai raconté toute l'histoire. Il m'a dit de ne pas m'en faire. Le manuscrit était absolument sans importance. Il ne me l'avait remis que parce qu'il pensait qu'il pourrait m'intéresser à titre professionnel. Il m'en ferait envoyer un autre exemplaire. Quelles étaient mes intentions ? Prévenir la police ? J'ai répondu que je porterais plainte s'il voulait que je le fasse, mais qu'en ce qui me concernait, l'intervention de la police risquait de poser plus de problèmes qu'autre chose. Je préférais considérer l'incident comme un tour de plus sur le manège bariolé de la vie urbaine.

– Vous savez, *que sera sera*, victime d'un attentat à la bombe un jour, d'une agression le lendemain.

Il était du même avis.

– Ça a été un réel plaisir de faire votre connaissance aujourd'hui. Je suis ravi que vous soyez de la partie. Tchao, a-t-il dit avant de raccrocher, son sourire perçant à nouveau dans sa voix.

Tchao.

Je suis entré dans la salle de bains et j'ai ouvert ma chemise. Une marque horizontale rouge violacé était imprimée dans la chair juste au-dessus de l'estomac, au ras de la cage thoracique. Je me suis planté devant la glace pour mieux voir. Elle atteignait pas loin d'une dizaine de centimètres de long sur un bon centimètre de large, avec des bords curieusement nets. Je me suis dit que ce n'était pas de la chair et des os qui m'avaient esquinté de la sorte. Je penchais pour un coup de poing américain. A nouveau, je ne me suis pas senti très bien et je suis retourné m'allonger sur le canapé.

Lorsque le téléphone a sonné, c'était Rick, pour me dire que l'affaire était conclue.

– Qu'est-ce qu'il y a ? a-t-il soudain demandé avant de s'interrompre. Tu n'as pas l'air dans ton assiette.

– Je me suis fait agresser.

– Non !

Je lui ai décrit ce qui m'était arrivé. Rick a dûment prononcé les commentaires de sympathie appropriés, mais dès qu'il a su que j'étais assez bien pour travailler, sa voix a perdu tout accent d'inquiétude et il s'est empressé de ramener la conversation au sujet qui l'intéressait vraiment.

– Tu es donc toujours prêt à prendre l'avion dimanche ?

– Bien sûr. Je suis un peu mal fichu, c'est tout.

– D'accord, eh bien voilà de quoi t'achever. Pour un mois de travail sur un manuscrit qui est censé être déjà écrit, Rhinehart Inc. va te payer deux cent cinquante mille dollars, plus les frais.

– *Quoi ?*

Si je n'avais pas déjà été assis sur le canapé, je serais tombé à la renverse. On dit que tout le monde a un prix. Un quart de million de dollars pour quatre semaines de travail, c'était à peu près dix fois le mien.

– Ça fait cinquante mille dollars versés chaque semaine pendant les quatre semaines à venir, a dit Rick, plus une prime de cinquante mille si tu finis à temps. Ils prennent en charge les frais d'avion et ton séjour là-bas. *Et* ton nom apparaîtra sur le livre.

– En page de titre ?

– Je t'en prie ! Dans les remerciements. Mais ça n'échappera pas à la presse spécialisée. J'y veillerai. Même si, pour le moment, ta participation reste strictement confidentielle. Ils insistent particulièrement là-dessus.

Je l'ai entendu ricaner dans le combiné et je l'ai imaginé en train de se renverser en arrière dans son fauteuil.

– Oh oui, c'est tout un nouveau monde qui s'ouvre devant toi, mon garçon !

Ce en quoi, il avait raison.

TROIS

> « Si vous êtes affreusement timide et si vous avez du mal à installer un climat de détente propice à la confidence, alors vous n'êtes peut-être pas fait pour le travail de nègre. »

Le vol 109 d'American Airlines devait quitter Heathrow à dix heures trente le dimanche matin. Rhinehart m'a fait envoyer par coursier, le samedi après-midi, un aller simple en classe affaires, ainsi qu'un contrat et l'accord de confidentialité. J'ai dû signer les deux pendant que le coursier attendait. J'ai fait confiance à Rick pour avoir vérifié toutes les clauses du contrat et n'ai même pas pris la peine de le lire ; quant à l'engagement de confidentialité, je l'ai parcouru rapidement dans l'entrée. Avec le recul, c'est presque amusant : « Je considérerai toutes les informations confidentielles comme étant strictement privées et confidentielles, et prendrai toutes les mesures nécessaires pour empêcher qu'elles ne soient divulguées ou transmises à un quelconque tiers ou autorité compétente... Je n'utiliserai ni ne divulguerai ni ne permettrai la divulgation par quiconque des informations confidentielles dans l'intérêt d'un tiers... Ni moi ni les autorités compétentes ne pourrons en aucune façon reproduire ou céder tout ou partie des informations confidentielles sans accord préalable du propriétaire... » J'ai signé sans la moindre hésitation.

J'ai toujours aimé pouvoir disparaître rapidement. Il ne m'a jamais fallu plus de cinq minutes pour mettre ma vie londonienne en veilleuse. Toutes mes factures étaient réglées par prélèvement automatique. Je n'avais aucun abonnement à suspendre – ni laitier ni livreur de journaux à prévenir. La femme de ménage, que je ne voyais d'ailleurs pratiquement jamais, passait deux fois par semaine et en profitait pour monter le courrier. J'avais débarrassé mon bureau. Je n'avais pas de rendez-vous prévus. Je ne connaissais mes voisins ni d'Eve ni d'Adam. Kate semblait partie pour de bon. La plupart de mes amis avaient depuis longtemps intégré le royaume lointain de la vie de famille d'où, si j'en crois mon expérience, aucun voyageur ne revient jamais. Mes parents étaient morts. Je n'avais pas d'enfants. J'aurais très bien pu me faire disparaître : pour ce que le reste du monde en aurait su, ma vie aurait suivi son cours normal. J'ai fourré des affaires pour une semaine, un pull et une paire de chaussures dans une valise. Puis j'ai mis mon ordinateur portable et mon enregistreur miniature dans ma sacoche. J'utiliserais les services de blanchisserie de l'hôtel. J'achèterais ce qui me manquerait sur place.

J'ai passé le reste de la journée et toute la soirée confiné dans mon bureau, à lire les livres que j'avais achetés sur Adam Lang et à préparer une liste de questions. Je ne voudrais pas trop rentrer dans le délire Docteur Jekyll et Mister Hyde, mais, à mesure que le jour déclinait – tandis que les lumières s'allumaient dans les grandes tours de l'autre côté de la gare de triage et que des étoiles clignotantes vertes, blanches et rouges filaient vers l'aéroport –, je commençais à entrer dans la peau d'Adam Lang. Il avait quelques années de plus que moi, à part ça, nous avions des origines similaires. Ces analogies ne m'avaient pas frappé auparavant : enfant unique, né dans les Midlands, scolarisé au lycée local, diplômé de Cambridge, passionné de théâtre universitaire, et qui ne s'intéressait nullement à la politique étudiante.

Je suis revenu vers les photos : « La performance désopilante de Lang en poulet responsable d'un élevage d'humains en batterie dans le spectacle du Footlights de Cambridge en 1972 lui valut une ovation. » Je nous imaginais tous les deux en train de draguer les mêmes filles, de filer présenter une mauvaise pièce au Festival « off » d'Edimbourg à l'arrière d'une vieille camionnette Volkswagen, de crécher à plusieurs dans un meublé, de nous défoncer. Cependant, d'un point de vue métaphorique, j'en étais, d'une certaine façon, resté au stade du poulet alors que lui avait fini par devenir Premier ministre. C'est à ce moment-là que mes capacités naturelles d'empathie m'ont fait défaut, car il ne semblait rien y avoir dans ses premières vingt-cinq années d'existence pour expliquer la suite. J'aurais bien le temps, me suis-je raisonné, de trouver sa voix.

Cette nuit-là, j'ai fermé la porte à double tour avant d'aller me coucher et j'ai rêvé que je suivais Adam Lang sous la pluie, dans un labyrinthe de rues en briques rouges. Puis je montais dans un taxi ; le chauffeur se retournait pour me demander où je voulais aller, et il avait le visage souriant de Lang.

*

Le lendemain matin, Heathrow évoquait un de ces mauvais films de science-fiction situés dans un futur proche, où les forces de sécurité ont pris le contrôle de l'Etat. Deux véhicules blindés de transport de troupes étaient garés devant le terminal. Une douzaine de types armés de fusils-mitrailleurs à la Rambo, les cheveux mal coupés, patrouillaient à l'intérieur. De longues files de passagers faisaient la queue pour être fouillés et passés aux rayons X, leurs souliers dans une main, et dans l'autre une poche en plastique transparent contenant leurs pitoyables affaires de toilette. On nous vend le voyage comme étant la liberté, mais nous sommes à peu près aussi libres que des rats de laboratoire. Alors que je piétinais en chaussettes, je me suis dit que c'était de cette façon qu'ils allaient gérer le prochain holocauste : il leur suffirait de nous donner des billets d'avion et nous ferions exactement ce que l'on nous dirait de faire.

Une fois franchis les services de sécurité, j'ai traversé le hall parfumé des boutiques hors taxes pour gagner le salon d'American Airlines, ne cherchant qu'un distributeur de café et les pages sportives du journal du dimanche. Une chaîne satellite d'informations marmonnait dans un coin. Personne n'y prêtait attention. Je me suis servi un double espresso et je m'apprêtais à lire les résultats de football dans un tabloïd quand j'ai entendu le nom « Adam Lang ». Trois jours plus tôt, comme tout le monde dans la salle d'attente, je n'y aurais pas prêté attention, mais à présent, on aurait pu aussi bien appeler mon nom. Je suis allé me planter devant l'écran pour essayer de comprendre de quoi il était question.

Au départ, ça ne paraissait pas très important. Rien de nouveau sous le soleil. Quatre citoyens britanniques avaient été interpellés au Pakistan quelques années auparavant – « enlevés par la CIA » d'après leur avocat – puis avaient été conduits dans divers centres secrets et torturés. L'un d'eux était mort pendant l'interrogatoire, les trois autres avaient été emprisonnés à Guantanamo. Mais l'histoire prenait apparemment un nouveau tour : un journal du dimanche avait obtenu un document du ministère de la Défense qui semblait suggérer que Lang avait ordonné à une unité du SAS de s'emparer de ces hommes et de les remettre à la CIA. Suivaient diverses déclarations indignées, de la part d'un représentant des droits de l'homme, puis d'un porte-parole du gouvernement pakistanais. Des images d'archives montraient Lang encore Premier ministre arborant une couronne de fleurs autour du cou lors d'une visite au Pakistan. On citait ensuite un porte-parole de Lang qui affirmait que l'ancien Premier ministre ne savait rien de ce rapport et se refusait à tout commentaire. Le gouvernement britannique n'avait cessé de rejeter toutes les demandes d'enquête. Le magazine est ensuite passé à la météo et c'en a été terminé d'Adam Lang.

J'ai jeté un coup d'œil autour de moi. Personne n'avait bougé. Pourtant, curieusement, j'avais l'impression d'avoir reçu une douche glacée. J'ai pris mon portable et j'ai appelé Rick. Je ne savais plus s'il était déjà rentré aux Etats-Unis ou non. En fait, il était assis à environ un kilomètre de moi, dans le salon de British Airways, et il attendait de prendre son vol pour New York. Je lui ai demandé :

– Tu as vu les infos ?

Contrairement à moi, Rick était accro aux informations.

– L'histoire avec Lang ? Oui, bien sûr.

– D'après toi, c'est fondé ou pas ?

– Comment veux-tu que je le sache ? Et qu'est-ce qu'on en a à cirer ? Au moins, ça maintient son nom à la une des journaux.

– Tu crois que je devrais lui poser la question ?

– On n'en a rien à foutre !

Dans l'écouteur, j'ai entendu en bruit de fond un haut-parleur beugler.

– On annonce mon vol. Il faut que j'y aille.

– Rien qu'une seconde, ai-je glissé rapidement, je voudrais juste avoir ton avis. Quand j'ai été agressé, vendredi... en y réfléchissant, ça n'avait aucun sens, le fait qu'ils aient filé sans même me prendre mon portefeuille, juste avec le manuscrit. Seulement, en regardant les infos... eh bien, je me demandais... tu ne crois pas qu'ils ont pensé que je transportais les mémoires de Lang ?

– Comment auraient-ils pu le savoir ? a répliqué Rick d'une voix perplexe. Tu venais juste de rencontrer Maddox et Kroll. J'étais encore en train de négocier avec eux.

– Je ne sais pas, il y avait peut-être quelqu'un qui surveillait la boîte d'édition et qui m'a suivi ensuite. C'était un sac en plastique jaune vif, Rick, c'était comme si je portais une balise.

C'est alors qu'une autre pensée m'est venue, tellement inquiétante que je ne savais pas par où commencer.

– Pendant que je t'ai, qu'est-ce que tu penses de Sidney Kroll ?

– Le jeune Sid ? a fait Rick avec un petit rire admiratif. Ça, c'est un vrai requin ! Il ne va pas tarder à mettre les escrocs honnêtes dans mon genre au chômage. Il bosse au forfait plutôt qu'à la commission, et tu ne trouveras pas un ex-président ou membre du cabinet qui ne veuille être dans son écurie. Pourquoi ?

– Il n'est pas envisageable, n'est-ce pas, ai-je avancé sur un ton hésitant, exprimant ma pensée plus ou moins à mesure qu'elle me venait, qu'il m'ait donné ce manuscrit parce qu'il s'est dit – au cas où on serait surveillés – que j'aurais l'air de partir avec le manuscrit d'Adam Lang ?

– Mais pourquoi voudrait-il faire une chose pareille ?

– Je ne sais pas. Pour se marrer ? Pour voir ce qui allait arriver ?

– Pour voir si tu allais te faire agresser ?

– D'accord, c'est bon, ça a l'air dingue, mais réfléchis une minute. Pourquoi ce manuscrit rend-il tout le monde paranoïaque dans cette boîte d'édition ? Quigley lui-même n'a pas été autorisé à le lire. Pourquoi ne veulent-ils pas le laisser sortir d'Amérique ? Peut-être que c'est parce qu'ils pensent qu'il y a quelqu'un ici qui est prêt à tout pour l'avoir.

– Et alors ?

– Alors, peut-être qu'il s'est servi de moi comme appât – comme d'une chèvre attachée à un piquet – pour tester ceux d'en face... pour voir jusqu'où ils sont prêts à aller.

Au moment où je prononçais ces mots, je savais que ça paraissait absurde.

– Mais le bouquin de Lang n'est qu'un tas de merde chiant au possible ! a protesté Rick. Les seuls qu'ils veulent absolument tenir éloignés pour l'instant, ce sont leurs actionnaires ! C'est pour ça qu'ils le gardent sous scellés.

Je commençais à me sentir un peu bête. Je serais même volontiers passé à autre chose, mais Rick trouvait ça trop drôle.

– « Une chèvre attachée à un piquet » ! (Il riait si fort que j'aurais pu l'entendre, téléphone coupé, depuis l'autre terminal.) Je récapitule : d'après ta théorie, quelqu'un devait savoir que Kroll était à Londres, savoir où il se trouvait vendredi matin, savoir ce qu'il était venu faire...

– C'est bon, j'ai dit, laisse tomber.

– ... savoir qu'il devait remettre le manuscrit de Lang à un nouveau nègre, savoir qui tu étais quand tu es sorti de la réunion et savoir où tu habitais. Parce que tu as dit qu'ils t'attendaient, non ? Wouah. Ça a dû être une sacrée opération à monter. Trop grosse pour un journal. Il doit s'agir d'un coup organisé par le *gouvernement*...

– Oublie ça, ai-je enfin réussi à lui glisser. Tu ferais mieux de monter dans ton avion.

– Oui, tu as raison. Enfin, bon voyage. Essaie de dormir dans l'avion. Tu as l'air un peu bizarre. On se reparle la semaine prochaine. Et ne t'en fais pas pour tout ça.

Il a raccroché.

Je suis resté un moment avec mon téléphone silencieux à la main. C'est vrai : je devais paraître bizarre. Je suis allé dans les toilettes. L'ecchymose, là où j'avais été frappé vendredi soir, avait viré au violacé et au noir, le tout, cerné de jaune, évoquant l'explosion d'une supernova dans un manuel d'astronomie.

On a peu après annoncé l'embarquement sur le vol de Boston et, une fois en l'air, je me suis calmé. J'aime ce moment où le paysage morne et gris disparaît peu à peu et où l'avion fonce à travers les nuages pour émerger en plein soleil. Qui peut rester déprimé à dix mille pieds d'altitude, quand le soleil brille et que vos malheureux congénères sont encore cloués au sol ? J'ai pris un verre. J'ai regardé un film. J'ai sommeillé un peu. Mais je dois avouer que j'ai passé toute la classe affaires au crible et que j'ai fait main basse sur tous les journaux du dimanche que j'ai pu trouver. Pour une fois, j'ai délaissé les pages sportives et lu tout ce qui avait été écrit sur Adam Lang et ces quatre terroristes présumés.

*

Nous avons entamé la phase d'approche de l'aéroport Logan à treize heures, heure locale.

Tandis que nous volions bas au-dessus de Boston, le soleil que nous avions pourchassé toute la journée semblait avancer avec nous au ras de l'eau, heurtant les gratte-ciel les uns après les autres pour en faire des colonnes jaillissantes de blanc et de bleu, d'or et d'argent, en un feu d'artifice sur verre et acier. Ô mon Amérique, ai-je songé, ma terre neuve à moi – pays où le marché du livre est cinq fois plus important que celui du Royaume-Uni –, éclaire-moi de ta lumière ! Pendant que je faisais la queue au contrôle de l'immigration, j'en étais presque à fredonner *The Star Spangled Banner*. Même le type des services de sécurité de la patrie – preuve vivante que plus le nom d'une institution est ringard, plus celle-ci exerce des fonctions staliniennes – n'a pu altérer mon optimisme. La simple idée qu'on puisse parcourir cinq mille kilomètres pour passer un mois sur Martha's Vineyard en plein hiver lui a fait froncer les sourcils derrière son panneau de verre. A partir du moment où il a découvert que j'étais écrivain, il m'a traité avec au moins autant de méfiance que si j'avais porté une combinaison de saut orange.

– Qu'est-ce que vous écrivez, comme genre de livres ?

– Des autobiographies.

Ma réponse l'a visiblement dérouté. Il a supputé que je me moquais de lui, mais sans en être complètement certain.

– Des autobiographies, hein ? Faut pas être célèbre pour faire ça ?

– Plus maintenant.

Il m'a dévisagé avec insistance, puis a secoué lentement la tête, pareil à un saint Pierre fatigué devant les portes du paradis, confronté à un nouveau pécheur cherchant à le convaincre de le laisser entrer.

– « Plus maintenant », a-t-il répété avec une expression de dégoût infini.

Puis il a pris son tampon métallique et l'a abattu deux fois. Il me laissait entrer pour trente jours.

Une fois passés les contrôles d'immigration, j'ai rallumé mon portable. Il affichait un message de bienvenue de la secrétaire particulière de Lang, une certaine Amelia Bly, qui s'excusait de ne pouvoir envoyer de voiture me chercher à l'aéroport. Elle me suggérait donc de me rendre en car à Woods Hole pour prendre le ferry, et me promettait qu'une voiture serait là à mon arrivée à Martha's Vineyard. J'ai acheté le *New York Times* et le *Boston Globe*, et les ai parcourus en attendant le départ du car pour voir ce qu'ils disaient sur l'affaire Lang, mais soit l'information leur était parvenue trop tard, soit cela ne les intéressait pas.

Le car était presque vide, et je me suis assis à l'avant, près du chauffeur, pour filer vers le sud dans un entrelacs de routes à plusieurs voies, quittant la ville pour la pleine campagne. Il faisait quelques degrés en dessous de zéro et le ciel était dégagé, mais il avait neigé peu de temps auparavant. La chaussée était bordée de congères, et la neige s'accrochait aux plus hautes branches de la forêt qui s'étendait de part et d'autre en grandes déferlantes vertes frangées de blanc. La Nouvelle-Angleterre, c'est un peu comme la vieille Angleterre sous stéroïdes – des routes plus larges, des forêts plus vastes, des espaces plus grands ; le ciel lui-même paraissait particulièrement immense et lumineux. J'avais la sensation gratifiante de gagner du temps en imaginant un dimanche soir sombre et humide à Londres alors que je me trouvais dans ce paysage hivernal par un après-midi étincelant. Cependant, la lumière a fini par décliner ici aussi. Je crois qu'il devait être près de dix-huit heures quand nous sommes arrivés à Woods Hole et nous sommes arrêtés devant la gare du ferry. La lune et les étoiles s'étaient déjà levés.

Curieusement, ce n'est qu'en voyant le panneau du ferry que je me suis souvenu d'avoir une pensée pour McAra. Je n'avais, et c'était compréhensible, pas vraiment envie de m'étendre sur le côté « prendre la place du mort » de ma mission, surtout après mon agression. Mais alors que je tirais ma valise dans la gare pour acheter un billet au guichet, puis une fois ressorti dans le vent glacial, il n'était pas difficile d'imaginer mon prédécesseur exécutant les mêmes gestes tout juste trois semaines plus tôt. Il avait bu, bien sûr, ce qui n'était pas mon cas. J'ai regardé autour de moi. Il y avait plusieurs bars de l'autre côté du parking. Peut-être était-il entré dans l'un d'entre eux ? Un verre ne m'aurait pas fait de mal. Mais alors, j'aurais très bien pu m'asseoir sur le même tabouret que lui, et j'ai trouvé que cela aurait eu quelque chose de morbide, un peu comme de suivre ces circuits de scènes de meurtres qu'on propose à Hollywood. J'ai donc préféré prendre la queue des passagers en m'efforçant de lire le magazine du dimanche du *Times*, tourné vers le mur pour m'abriter du vent. Il y avait un panneau en bois avec une inscription peinte : « LE NIVEAU DE MENACE IMMINENTE EST ÉLEVÉ DANS TOUT LE PAYS. » Je respirais l'odeur de la mer, mais il faisait trop sombre pour que je puisse la voir.

Le problème, c'est qu'une fois qu'on a commencé à penser à quelque chose, on n'arrive pas toujours à s'arrêter. La plupart des voitures qui attendaient d'embarquer avaient le moteur qui tournait au ralenti pour permettre à leurs occupants de garder le chauffage allumé, et je me suis retrouvé à chercher une Ford Escape SUV de couleur brune dans la file. Puis, une fois sur le bateau, lorsque j'ai gravi l'escalier métallique sonore qui menait au niveau des passagers, je me suis demandé si c'était le chemin qu'avait suivi McAra. Je me suis répété de ne plus y penser, que je me faisais des idées pour rien. Mais j'imagine que les ombres et les écrivains de l'ombre font naturellement bon ménage. Je me suis installé dans la cabine confinée réservée aux passagers et j'ai observé les visages honnêtes et ordinaires de mes compagnons de voyage, puis, au moment où le ferry s'écartait d'une secousse du quai d'embarquement, j'ai plié mon journal et je suis sorti prendre l'air sur le pont.

Il est stupéfiant de constater à quel point le froid et l'obscurité conspirent à tout altérer. Je veux bien croire que le ferry de Martha's Vineyard soit des plus agréables par un soir d'été. Il y a une grande cheminée rayée sortie tout droit d'un livre d'images, et, sur toute la longueur du pont, des rangées de sièges en plastique bleu tournés vers la mer, occupés certainement par des familles entières en short et tee-shirt, les adolescents traînant leur ennui avec eux tandis que les pères bondissent d'excitation. Mais, en ce soir de janvier, le pont était désert, et le vent du nord qui soufflait de Cape Code tranperçait ma veste et ma chemise pour me donner la chair de poule. Les lumières de Woods Hole se sont évanouies. A l'entrée du détroit, nous avons dépassé une balise qui s'agitait frénétiquement en tous sens, comme si elle essayait de se libérer de l'étreinte d'un monstre sous-marin. Sa cloche sonnait tel un glas au rythme des vagues, et les embruns infects semblaient cracher de la bave de sorcière.

J'ai fourré les mains dans mes poches, rentré le cou dans les épaules et traversé le pont vers tribord. La rambarde m'arrivait à la taille et j'ai compris alors qu'il avait été très facile à McAra de passer par-dessus bord. Il a d'ailleurs fallu que je m'accroche pour ne pas glisser. Rick avait raison. La frontière entre l'accident et le suicide n'est pas toujours très simple à déterminer. On peut se tuer sans l'avoir vraiment décidé. Le simple fait de se pencher un peu trop pour voir ce que ça fait pouvait vous faire basculer. On heurtait alors la houle noire et glacée avec une force qui vous plongeait trois mètres sous l'eau, et, le temps de remonter à la surface, le bateau s'était déjà éloigné. J'espérais que McAra avait absorbé assez d'alcool pour atténuer l'horreur qu'il avait dû éprouver, mais je doutais qu'il y eût un seul ivrogne au monde qu'une immersion complète dans une mer à moins de un degré au-dessus de zéro ne fasse pas instantanément dessoûler.

Et personne n'avait dû l'entendre tomber ! C'était ça aussi. Il faisait bien moins mauvais que trois semaines plus tôt, et pourtant, en regardant autour de moi, je ne voyais pas âme qui vive sur ce pont. Je commençais à trembler sérieusement ; mes dents s'entrechoquaient comme un de ces jouets mécaniques à ressort.

Je suis descendu prendre un verre au bar.

*

Nous avons contourné le phare de West Chop et sommes arrivés au terminal de Vineyard Haven juste avant dix-neuf heures, l'abordant dans un grand bruit de chaînes et avec un choc sourd qui a failli m'envoyer dinguer en bas de l'escalier. Heureusement que je ne m'étais pas attendu à un comité d'accueil, parce qu'il n'y en avait pas, juste un vieux chauffeur de taxi du cru qui tenait une feuille de cahier arrachée sur laquelle on avait écorché mon nom. Pendant qu'il mettait ma valise à l'arrière, le vent a soulevé un grand plastique transparent et l'a envoyé battre et se tordre sur les couches de glace du parking. Le ciel était couvert d'étoiles blanches.

J'avais acheté un guide de l'île, aussi avais-je une vague idée de ce qui m'attendait. En été, la population atteint cent mille personnes, mais dès que les estivants ferment leurs maisons de vacances pour aller passer l'hiver à l'ouest, elle tombe à quinze mille. Ceux qui restent sont des insulaires purs et durs : des gens qui appellent le continent « l'Amérique ». Il y a deux routes, quelques rares feux de signalisation et des dizaines de longs chemins de sable conduisant à des endroits portant des noms comme Squibnocket Pound ou Neck Cove. Mon chauffeur n'a pas prononcé un mot de tout le trajet et s'est contenté de m'examiner dans le rétroviseur. Lorsque mon regard a croisé ses yeux chassieux pour la vingtième fois, je me suis demandé s'il avait une raison de m'en vouloir d'être venu me chercher. Peut-être l'avais-je empêché de faire quelque chose ? C'était difficile à imaginer. Les rues qui entouraient le terminal du ferry étaient dans l'ensemble désertes et, une fois que nous sommes sortis de Vineyard Haven pour prendre la grand-route, il n'est plus rien resté d'autre à voir que les ténèbres.

Il y avait maintenant dix-sept heures que j'étais parti de chez moi. Je ne savais pas où j'étais ni quel paysage je traversais ni même où j'allais. Toutes mes tentatives de conversation s'étaient soldées par un échec. Je ne distinguais que mon reflet dans la froide obscurité de la vitre. J'avais l'impression d'être arrivé aux confins de la terre, tel l'un de ces explorateurs anglais du dix-septième siècle prêt à rencontrer les autochtones Wampanoags pour la première fois. J'ai laissé échapper un gros bâillement avant de plaquer précipitamment le dos de ma main contre ma bouche.

– Pardon, me suis-je empressé d'expliquer aux yeux désincarnés dans le rétroviseur. Là d'où je viens, il est plus de minuit.

Il a secoué la tête. Je n'ai pas pu déterminer tout de suite s'il compatissait ou bien s'il me désapprouvait ; puis j'ai saisi ce qu'il essayait de me faire comprendre : il ne servait à rien de lui parler car il était sourd. Je me suis remis à contempler la vitre.

Au bout d'un moment, nous sommes arrivés à un carrefour et avons tourné à gauche dans ce que j'ai supposé être Edgartown, un ensemble de maisons en bois entourées de clôtures blanches avec petit jardin et véranda, éclairées par de beaux lampadaires victoriens. Neuf fenêtres sur dix étaient plongées dans le noir, mais, par celle qui brillait d'une lumière jaune, je pouvais distinguer de vieilles peintures à l'huile de navires à voiles et d'ancêtres portant favoris. Au pied de la colline, derrière l'église Old Whaling, une grande lune embrumée projetait une lueur argentée sur les toits de bardeaux et découpait la silhouette des mâts dans le port. Des volutes de fumée s'élevaient de deux ou trois cheminées. J'avais l'impression d'évoluer dans un décor de cinéma pour *Moby Dick*. Les phares ont éclairé une pancarte indiquant le ferry de Chappaquiddick, et nous nous sommes arrêtés peu après devant le Lighthouse View Hotel.

J'imagine qu'il y a en été des seaux, des pelles et des filets à crevettes entassés sur la véranda, des espadrilles laissées près de la porte et des traînées de sable blanc rapporté de la plage... ce genre de choses. Mais à la morte-saison, le grand hôtel de bois vénérable craquait et claquait à tous les vents tel un navire à voiles échoué sur un récif. Je suppose que la direction attendait le printemps pour décaper les peintures et gratter la croûte de sel accumulée sur les vitres. Le ressac se faisait entendre tout près, dans l'obscurité. Je suis resté sur les planches, ma valise à la main, à regarder avec un sentiment proche de la nostalgie les feux arrière du taxi disparaître au coin de la rue.

Dans le hall de l'hôtel, une fille coiffée comme une servante victorienne d'une charlotte blanche en dentelle m'a remis un message du bureau de Lang. On viendrait me prendre à dix heures le lendemain matin, et je devais apporter mon passeport pour franchir la sécurité. J'avais l'impression d'être en pleine chasse au trésor : à peine arrivais-je dans un endroit qu'on me remettait de nouvelles instructions pour continuer jusqu'au suivant. L'hôtel était vide et le restaurant plongé dans le noir. On m'a dit que je pouvais choisir ma chambre, alors j'ai jeté mon dévolu sur une chambre au deuxième étage, avec un bureau sur lequel je pourrais travailler et des photographies du vieil Edgartown au mur : la maison de John Coffin, vers 1890 ; le baleinier *Splendid* au quai Osborn, vers 1870. Après le départ de la réceptionniste, j'ai posé mon ordinateur portable, ma liste de questions et les articles que j'avais arrachés aux journaux du dimanche sur le bureau et je me suis allongé sur le lit.

Je me suis endormi aussitôt et ne me suis réveillé qu'à deux heures du matin, mon horloge biologique fonctionnant avec la régularité de Big Ben. J'ai passé dix minutes à chercher le minibar avant de comprendre qu'il n'y en avait pas. Sans réfléchir, j'ai composé le numéro de Kate à Londres. Je n'avais aucune idée de ce que j'allais lui dire. De toute façon, ça n'a pas répondu. Je voulais raccrocher, mais je me suis retrouvé en train de débiter je ne sais quoi sur son répondeur. Elle avait dû partir travailler très tôt. Ou bien elle n'était pas rentrée de la nuit. Ça donnait à réfléchir, et j'y ai réfléchi consciencieusement. Le fait de ne pouvoir m'en prendre qu'à moi-même ne m'a pas aidé à me sentir mieux. J'ai pris une douche puis je me suis remis au lit et j'ai éteint la lumière avant de remonter les draps humides jusqu'à mon menton. A intervalles réguliers, la lente pulsation du phare emplissait la pièce d'une légère lueur rouge. J'ai dû rester allongé ainsi pendant des heures, les yeux grands ouverts, pleinement éveillé et pourtant comme séparé de mon corps. C'est ainsi que s'est déroulée ma première nuit sur Martha's Vineyard.

*

Le paysage qui a surgi de l'aube le lendemain matin s'est révélé plat et alluvial. De l'autre côté de la route, sous ma fenêtre, il y avait une crique, puis des bancs de roseaux et, au-delà, une plage et la mer. Un joli phare victorien avec un toit en forme de cloche et un balcon de fer forgé donnait sur le détroit, vers une longue langue de terre à environ un mille de la côte. Il devait s'agir de Chappaquiddick. Une nuée de plusieurs centaines de tout petits oiseaux de mer blancs, volant en formation aussi serrée qu'un banc de poissons, s'élevait puis virait et plongeait vers les vagues courtes.

Je suis descendu et j'ai commandé un petit déjeuner pantagruélique. Dans la boutique près de la réception, j'ai acheté le *New York Times*. L'article que je cherchais était enfoui dans les pages consacrées à l'étranger, relégué en bas de page afin d'assurer le maximum de discrétion :

> LONDRES (AP) : D'après la presse britannique de ce dimanche, l'ancien Premier ministre anglais Adam Lang aurait autorisé l'envoi illégal de troupes des forces spéciales britanniques pour arrêter quatre personnes soupçonnées d'être des terroristes d'al-Qaida au Pakistan et aurait remis celles-ci à la CIA pour interrogatoire.
>
> Les suspects – Nasir Ashraf, Shakeel Qazi, Salim Khan et Faruk Ahmed –, tous ressortissants britanniques, ont été arrêtés il y a cinq ans dans la ville pakistanaise de Peshawar. Ils auraient été transférés vers des lieux secrets à l'extérieur

du pays et y auraient été torturés. M. Ashraf serait mort pendant son interrogatoire. MM. Qazi, Khan et Ahmed ont ensuite été retenus à Guantanamo pendant trois ans. Seul M. Ahmed est toujours prisonnier des forces américaines.

Selon des documents obtenus par le *Sunday Times* de Londres, M. Lang aurait cautionné personnellement l'« opération Tempête », mission secrète qui chargeait les forces d'intervention de l'armée aérienne du Royaume-Uni (SAS) de procéder à l'enlèvement des quatre hommes. Une telle opération serait illégale, tant au vu de la loi britannique que du droit international.

Le ministère de la Défense britannique refusait hier soir de commenter l'authenticité des documents ou même l'existence d'une « opération Tempête ». Un porte-parole de M. Lang a assuré qu'il ne ferait aucune déclaration.

J'ai relu la dépêche trois fois. Il ne semblait pas y avoir grand-chose, en fin de compte. Si ? Je n'arrivais plus à savoir. Nos repères moraux n'étaient plus aussi solides qu'auparavant. Des méthodes que la génération de mon père aurait considérées comme inadmissibles, même pour lutter contre les nazis – la torture par exemple –, semblaient maintenant passer pour un comportement civilisé acceptable. J'estimais que les dix pour cent de la population qui se soucient de ces choses seraient horrifiés par le rapport, en supposant qu'ils puissent mettre la main dessus ; les quatre-vingt-dix pour cent restants se contenteraient de hausser les épaules. On nous avait bien dit que le Monde libre filait un mauvais coton. Ce n'était pas vraiment surprenant.

J'avais deux heures à tuer avant que la voiture ne vienne me chercher, alors j'ai emprunté le pont de bois qui conduisait au phare et j'ai marché jusqu'à Edgartown. De jour, l'endroit paraissait encore plus désert que la veille au soir. Des écureuils trottinaient tranquillement le long des trottoirs et filaient dans les arbres. J'avais déjà dépassé une bonne vingtaine de ces pittoresques maisons de capitaines baleiniers, et il semblait bien qu'aucune d'entre elles ne fût occupée. Les belvédères en façade et sur les côtés restaient absolument vides. Aucune femme enveloppée dans un châle noir ne contemplait la mer avec mélancolie, guettant le retour de son homme – sans doute parce que les hommes du coin se trouvaient tous à Wall Street. Les restaurants étaient fermés ; il ne restait plus rien sur les rayons des petites boutiques et galeries marchandes. J'avais pensé acheter un coupe-vent, mais je ne trouvai aucun magasin ouvert. les vitrines n'offraient que poussière et cadavres d'insectes. « Merci pour cette saison magnifique !!! » pouvait-on lire sur les cartes. « Rendez-vous au printemps ! »

Sur les quais, c'était la même chose. Les couleurs qui dominaient le port étaient le gris et le blanc – mer grise, ciel blanc, toits de bardeaux gris, murs de planches blanches, mâts blancs sans drapeaux, appontements verts et bleus grisés par les intempéries, sur lesquels perchaient des mouettes assorties blanc et gris. On aurait dit que Martha Stewart avait entièrement coordonné les couleurs de ce paysage – L'Homme et la Nature. Le soleil lui-même, qui brillait discrètement au-dessus de Chappaquiddick, avait le bon goût de projeter une lumière blanche.

J'ai porté ma main en visière au-dessus de mes yeux pour scruter la longue bande de plage bordée de maisons de vacances isolées. C'est ici que la carrière du sénateur Edward Kennedy avait pris un tour désastreux. D'après mon livre, Martha's Vineyard avait été tout entière le terrain de jeu estival des Kennedy, qui aimaient à partir en bateau pour la journée du port de Hyannis. On raconte que Jack, alors qu'il était président, avait voulu accoster l'appontement privé du Yacht Club d'Edgartown, mais qu'il y avait renoncé en voyant ses membres, républicains jusqu'au dernier, massés en rangs, bras croisés, pour le défier d'aborder. Cela se passait l'été précédant son assassinat.

Les quelques yachts amarrés à présent étaient bâchés pour l'hiver. Le seul mouvement provenait d'un bateau de pêche solitaire équipé d'un moteur hors-bord, qui allait relever ses casiers à homards. Je me suis assis quelques instants sur un banc et j'ai attendu de voir s'il allait se produire quelque chose. Les mouettes tournoyaient en criant. Le vent faisaient tinter les drisses contre un mât métallique tout proche. Des coups de marteau dans le lointain indiquaient des travaux de rénovation dans une propriété avant l'été. Un vieux type promenait son chien. Sinon, il ne se passa rien en près de une heure qui fût susceptible de distraire un auteur de son travail. C'était l'idée que pouvait se faire quelqu'un qui n'écrivait pas d'un paradis pour écrivains. Je voyais très bien pourquoi McAra avait peut-être perdu la raison.

QUATRE

> « Le nègre sera également pressé par les éditeurs de dénicher de quoi susciter la controverse afin de s'en servir comme argument de vente des droits audiovisuels et comme publicité au moment de la publication. »

C'est mon vieil ami le chauffeur sourd qui est venu me chercher à l'hôtel plus tard dans la matinée. Comme on m'avait pris une chambre dans un hôtel d'Edgartown, j'en avais tout naturellement déduit que la propriété de Rhinehart devait se trouver quelque part sur le port. Il y avait là de grandes maisons surplombant la mer, dont les jardins descendaient en pente douce jusqu'à des pontons privés, qui me paraissaient des résidences idéales pour milliardaires – preuve que je n'avais aucune idée de ce que la vraie richesse peut acheter. Au lieu de ça, nous nous sommes éloignés de l'agglomération pendant une dizaine de minutes en suivant les pancartes en direction de West Tisbury, nous enfonçant en terrain plat et densément boisé, puis, avant même que je puisse remarquer une brèche dans la forêt, nous avons tourné à gauche sur un sentier sableux.

Jusqu'alors, je ne connaissais pas vraiment le chêne de Bannister. Peut-être qu'il a belle allure quand il est en feuilles. Mais en hiver, je doute que la nature ait à nous proposer vision plus déprimante que ces kilomètres d'arbres torturés et rabougris couleur de cendre. Seules quelques rares feuilles brunâtres et racornies témoignaient que ces arbres avaient pu être vivants un jour. Nous avons tressauté et bringuebalé pendant cinq bons kilomètres de ce chemin étroit en pleine forêt, et la seule créature que nous avons croisée a été une moufette écrasée. Puis nous sommes enfin arrivés à une grille fermée, et là, a surgi de ce paysage pétrifié un homme muni d'une planchette à pince et portant les Oxford noires cirées et le sombre pardessus Crombie caractéristiques du policier anglais en civil.

J'ai baissé ma vitre pour lui remettre mon passeport. Sa grosse figure maussade présentait dans le froid la couleur de la brique et ses oreilles approchaient celle de la terre cuite : il n'était visiblement pas satisfait de son sort. Il avait l'air de celui qui, chargé de monter la garde auprès d'une princesse dans les Caraïbes pendant une quinzaine de jours, se retrouve transféré ici à la dernière minute. Il a plissé le front en vérifiant si mon nom figurait sur sa liste, a essuyé la grosse goutte qui lui pendait au nez et a fait le tour du taxi pour l'examiner. J'entendais les rouleaux de la mer revenir inlassablement à l'assaut d'une plage toute proche. Le type a réapparu et m'a rendu mon passeport, puis il a dit – ou du moins j'ai cru l'entendre dire car il marmonnait dans sa barbe :

– Bienvenue dans cette maison de fous.

Cela m'a rendu plutôt nerveux, et j'espère que ça ne s'est pas trop vu, car la première impression que produit un nègre a son importance. J'essaye de ne jamais montrer d'anxiété. Je m'efforce d'avoir l'air professionnel, toujours. Mon code vestimentaire est celui du caméléon : je tâche de me conformer à ce que je m'attends à voir mon client porter. Pour un footballeur, je mettrai des baskets ;

pour un chanteur de pop, une veste en cuir. Pour ma première rencontre avec un ancien Premier ministre, j'avais évité le costume – trop guindé : j'aurais eu l'air d'un avocat, ou d'un comptable – et opté pour une chemise bleu pâle, une cravate rayée classique, un veston et un pantalon gris. Je m'étais soigneusement peigné, lavé les dents et mis du déodorant. J'étais aussi prêt que possible. « Cette maison de fous » ? Est-ce qu'il avait vraiment dit ça ? Je me suis retourné vers le policier, mais il avait disparu.

La grille s'est ouverte, le chemin a suivi une courbe et, quelques instants plus tard, j'ai eu ma première vision de la propriété de Rhinehart : quatre bâtiments en forme de cubes – un garage, une réserve et deux maisons pour le personnel – puis, un peu plus loin, la résidence proprement dite. Elle n'était que sur deux niveaux mais paraissait aussi vaste qu'un château, avec un long toit bas et deux grandes cheminées de briques carrées, de celles qu'on pourrait voir sur un crématorium. Le reste du bâtiment était constitué entièrement de bois, et, bien que neuf, celui-ci avait déjà pris une teinte gris argenté pareille à celle que prennent les meubles de jardin après un an passé dehors. De ce côté-ci, les fenêtres étaient aussi hautes et étroites que des meurtrières, et cela ajouté à la grisaille, aux blockhaus un peu plus loin, à la forêt environnante et à la sentinelle devant la grille... l'ensemble évoquait un centre de vacances conçu par Albert Speer ; le Nid d'Aigle venait à l'esprit.

Avant même que la voiture ne se soit arrêtée, la porte d'entrée s'est ouverte, et un autre policier – chemise blanche, cravate noire, blouson gris – m'a introduit sans sourire dans le hall. Il a fouillé rapidement ma sacoche pendant que je regardais autour de moi. J'avais, au cours de ma carrière, rencontré beaucoup de gens riches, mais je ne crois pas avoir jamais mis les pieds dans la maison d'un milliardaire auparavant. Il y avait des rangées de masques africains sur les murs blancs et lisses, et des vitrines éclairées remplies de sculptures sur bois et de poteries primitives figurant des silhouettes assez crues dotées de phallus géants et de seins en obus – le genre de choses que pourrait faire un sale gosse dès que le prof a le dos tourné. Le tout était totalement dépourvu de talent artistique, de la moindre beauté ou de mérite intellectuel. (J'ai découvert par la suite que la première Mme Rhinehart siégeait au comité directeur du Metropolitan Museum d'art moderne ; la seconde était une actrice de Bollywood qui avait cinquante ans de moins que lui et que ses banquiers lui avaient conseillé d'épouser pour percer sur le marché indien.)

De quelque part à l'intérieur de la maison, j'ai entendu une femme crier avec un accent britannique :

– Putain, mais c'est complètement *ridicule* !

Puis une porte a claqué et une blonde élégante en tailleur bleu foncé, un cahier à couverture rigide noir et rouge, format A4, à la main, a remonté le couloir en faisant claquer ses talons hauts.

– Amelia Bly, a-t-elle annoncé avec un sourire figé.

Elle devait avoir dans les quarante-cinq ans, cependant, de loin, elle aurait pu paraître dix ans de moins. Elle avait de beaux yeux bleus, grands et limpides, mais était trop maquillée, comme si elle travaillait au rayon cosmétiques d'un grand magasin et avait été contrainte de faire la démonstration de tous les produits en même temps. J'ai supposé qu'elle était le porte-parole mentionné par le *Times* de ce matin.

– Malheureusement, Adam est à New York pour le moment et ne reviendra qu'en fin d'après-midi.

– En fait, oubliez ce que j'ai dit, a crié la femme invisible. C'est complètement ridicule, *putain de merde* !

Amelia a étiré un peu plus son sourire, créant de minuscules fissures dans ses joues lisses et roses.

– Oh. Vraiment, je suis désolée. J'ai bien peur que Ruth ne soit dans un mauvais jour.

Ruth. Le nom a claqué comme un tambour d'alarme ou un lancer de sagaie parmi tout cet art tribal africain. Il ne m'était pas venu à l'esprit que la femme de Lang puisse se trouver ici. J'avais supposé qu'elle était restée à Londres. Elle était connue, entre autres, pour son indépendance. J'ai dit :

– Si ce n'est pas le bon moment...

– Non, non, elle est tout à fait décidée à vous voir. Venez prendre un café. J'irai la chercher. Comment est l'hôtel ? a-t-elle ajouté par-dessus son épaule. Tranquille ?

– Une vraie tombe.

J'ai repris mon sac au type des Services spéciaux et j'ai suivi l'assistante vers l'intérieur de la maison, happé par son nuage de parfum. J'ai remarqué au passage qu'elle avait de très jolies jambes ; ses cuisses faisaient crisser le nylon à chaque pas. Elle m'a conduit dans une pièce meublée de cuir couleur crème, est allée me servir une tasse de café à une cafetière posée dans un coin, puis s'est éclipsée. Je suis resté un moment devant les portes-fenêtres, la tasse à la main, à contempler l'arrière de la propriété. Il n'y avait pas de plates-bandes – rien de délicat ne pouvait sans doute pousser dans ce lieu désolé –, juste une grande pelouse qui expirait une centaine de mètres plus loin dans des buissons bruns et trapus. Un lac s'étendait au-delà, aussi lisse qu'une feuille d'acier sous un immense ciel d'aluminium. Sur la gauche, le terrain s'élevait en douceur jusqu'aux dunes qui indiquaient la lisière de la plage. Je n'entendais pas l'océan : les vitres étaient trop épaisses – à l'épreuve des balles, comme je le découvrirais par la suite.

Un brusque crépitement de morse en provenance du couloir signala le retour d'Amelia Bly.

– Je suis désolée, mais j'ai bien peur que Ruth ne soit un peu occupée pour le moment. Elle vous prie de l'excuser. Elle viendra vous rejoindre plus tard.

Le sourire d'Amelia s'était quelque peu durci. Il avait l'air aussi naturel que son vernis à ongles.

– Donc, a-t-elle repris, si vous avez terminé votre café, je vais vous montrer où nous travaillons.

Elle a insisté pour que je monte en premier.

La maison, a-t-elle expliqué, avait été disposée de sorte que les chambres soient toutes au rez-de-chaussée et les pièces de vie au premier, et j'ai compris pourquoi à l'instant où nous avons débouché dans le gigantesque salon ouvert. Le mur face à la côte était tout en verre. Il n'y avait rien en vue qui laissât deviner la main de l'homme, juste l'océan, le lac et le ciel. C'était une vision primordiale : une scène immuable depuis dix mille ans. Le chauffage par le sol et le verre antibruit vous donnaient l'impression de vous trouver dans une luxueuse capsule à voyager dans le temps propulsée au néolithique.

– Pas mal comme endroit, ai-je commenté. On ne se sent pas un peu seul, la nuit ?

– Nous sommes ici, a dit Amelia.

Je l'ai suivie dans un grand bureau contigu au salon, où l'on pouvait supposer que Marty Rhinehart travaillait pendant ses vacances. La vue y était sensiblement la même, mis à part que cet angle favorisait l'océan au détriment du lac. Les rayonnages étaient remplis de livres sur l'histoire militaire allemande, leur tranche marquée d'un swastika blanchi par le soleil et l'air salin. Il y avait deux bureaux – un petit dans le coin, derrière lequel une secrétaire travaillait sur un ordinateur, et un plus grand, complètement vide à l'exception d'une photo de hors-bord et d'un modèle réduit de voilier. Le vieux squelette revêche qu'était Marty Rhinehart se tenait à la barre du bateau, contredisant le vieil adage selon lequel on n'est jamais ni trop maigre ni trop riche.

– Nous sommes une petite équipe, a expliqué Amelia. Moi, Alice, que voici (la fille dans le coin a levé les yeux), et Lucy, qui est à New York avec Adam. Jeff, le chauffeur, est aussi à New York – il doit ramener la voiture cet après-midi. Six agents de protection venus d'Angleterre – trois ici et trois qui sont avec Adam en ce moment. Ce ne serait pas du luxe d'avoir quelqu'un d'autre, ne serait-ce que pour gérer les médias, mais Adam n'arrive pas à envisager de remplacer Mike. Il y avait tellement longtemps qu'ils travaillaient ensemble.

– Et vous, depuis combien de temps êtes-vous avec lui ?

– Huit ans. Je travaillais Downing Street. Je suis détachée du bureau du cabinet.

– Pauvre bureau du cabinet.

Elle m'a gratifié de son sourire vernis-à-ongles.

– C'est mon mari qui me manque le plus.

– Vous êtes mariée ? Je remarque que vous ne portez pas d'alliance.

– Je ne peux pas, malheureusement. Elle est beaucoup trop grosse. Ça sonne quand je passe par les services de sécurité de l'aéroport.

– Ah.

Nous nous comprenions parfaitement.

– Les Rhinehart emploient aussi un couple de Vietnamiens à demeure, mais ils sont tellement discrets que vous les remarquerez à peine. Elle s'occupe de la maison et lui se charge du jardin. Dep et Duc.

– Qui est qui ?

– Duc est l'homme, évidemment.

Elle a sorti une clé de la poche de sa veste élégante et ouvert un grand fichier métallique vert-de-gris d'où elle a tiré une boîte à archives.

– Cela ne doit pas quitter cette pièce, a-t-elle indiqué en la posant sur le bureau. Impossible de faire des copies. Vous pouvez prendre des notes, mais je vous rappelle que vous avez signé un accord de confidentialité. Vous avez six heures pour le lire avant qu'Adam ne rentre de New York. Je vous ferai porter un sandwich pour le déjeuner.

Alice... venez. Nous ne voudrions pas le distraire de sa tâche, n'est-ce pas ?

Dès qu'elles m'eurent laissé, je me suis assis dans le fauteuil pivotant recouvert de cuir, j'ai sorti mon ordinateur portable, l'ai allumé et créé aussitôt un document intitulé « Lang manuscrit ». Puis j'ai desserré ma cravate, défait ma montre et l'ai posée sur le bureau, à côté de la boîte. L'espace d'un instant, je me suis permis de me balancer dans le fauteuil de Rhinehart, savourant la vue de l'océan et la sensation générale d'être le maître du monde. Puis j'ai ouvert le couvercle du boîtier, en ai tiré le manuscrit et me suis mis à lire.

*

Les bons livres sont tous différents, alors que les mauvais sont tous exactement pareils. Je le sais avec certitude parce que, dans mon domaine, on lit beaucoup de mauvais livres – des livres tellement mauvais qu'ils ne sont même pas publiés, ce qui est un véritable exploit quand on regarde ce qui *est* publié.

Et ce qu'ils ont tous en commun, ces mauvais livres, qu'il s'agisse de romans ou de mémoires, c'est qu'*ils sonnent faux*. Je ne dis pas qu'un bon livre raconte nécessairement des choses vraies, seulement qu'on a l'impression que c'est vrai au moment où on le lit. J'ai un ami dans l'édition qui appelle ça le Test de l'hydravion, à cause d'un film qu'il a vu un jour : l'action se passait à Londres et le film commençait avec le héros qui venait travailler dans un hydravion qu'il posait sur la Tamise. Mon ami assurait qu'à partir de là, ce n'était même plus la peine de regarder.

L'autobiographie d'Adam Lang échouait au Test de l'hydravion.

Ce n'était pas forcément que les faits relatés n'étaient pas exacts – je n'étais pas alors en position d'en juger –

mais plutôt que le livre tout entier sonnait faux, comme s'il y avait un vide en son centre. Il consistait en seize chapitres rangés par ordre chronologique : « Les débuts », « Entrée en politique », « La lutte pour la tête du parti », « Modifier le parti », « Victoire aux élections », « Réformer le gouvernement », « L'Irlande du Nord », « L'Europe », « Les liens privilégiés », « Second mandat », « Le défi du terrorisme », « La guerre contre le terrorisme », « Rester en course », « Ne jamais capituler », « Le temps de partir » et « Un avenir d'espoir ». Chaque chapitre faisait entre trente et soixante-dix feuillets, et n'avait pas tant été écrit que bricolé à partir de discours, comptes rendus officiels, communiqués, circulaires, retranscriptions d'interviews, agendas, manifestes du parti et articles de presse. De temps à autre, Lang se permettait une manifestation d'émotion (« J'étais fou de joie à la naissance de notre troisième enfant »), une observation personnelle (« Le président américain était beaucoup plus grand que je ne m'y attendais ») ou une remarque acerbe (« en tant que ministre des Affaires étrangères, Richard Rycart semblait souvent préférer défendre les étrangers devant la Grande-Bretagne que l'inverse »), mais c'était assez rare, et il n'en tirait aucun parti. Et où était passée sa femme ? Elle était à peine mentionnée.

Rick avait qualifié le manuscrit de « tas de merde ». En fait, c'était pire que ça. Un tas de merde, pour citer Gore Vidal, aurait eu au moins le mérite d'avoir sa propre intégrité. Là, c'était un tas de Rien. Tout était d'une précision rigoureuse et aboutissait cependant à un mensonge général – il était impossible qu'il en soit autrement. Aucun être humain ne pouvait traverser ainsi la vie et ses aléas en éprouvant si peu de choses. Surtout Adam Lang, qui avait fondé toute sa carrière politique sur sa capacité d'empathie. Je suis passé directement au chapitre intitulé « La guerre contre le terrorisme ». S'il devait y avoir quoi que ce soit qui puisse intéresser le lecteur américain, ce devait être là-dedans. Je l'ai passé au crible, cherchant des mots comme « livraison de prisonniers », « torture », « CIA ». Je n'ai rien trouvé, et, bien évidemment, pas la moindre allusion à une opération Tempête. Qu'en était-il de la guerre au Moyen-Orient ? Il devait bien y avoir une petite critique du président des Etats-Unis, ou du ministre de la Défense, ou du secrétaire d'Etat ; une allusion à une trahison ou à une déconvenue ; un scoop des coulisses de la politique ou un document anciennement classé secret ? Eh bien non. Nulle part. Néant. J'ai avalé ma salive, au sens propre et au sens figuré, et j'ai tout repris depuis le début.

A un moment, la secrétaire, Alice, a dû m'apporter un sandwich au thon et une bouteille d'eau minérale, parce que je les ai remarqués plus tard dans l'après-midi à l'extrémité du bureau. Mais j'étais trop concentré pour m'arrêter et, en plus, je n'avais pas faim. En fait, je commençais même à me sentir nauséeux à force de parcourir ces seize chapitres, scrutant la paroi blanche de cette prose monotone en quête de la moindre aspérité un tant soit peu intéressante à laquelle je pourrais me raccrocher. Pas étonnant que McAra se soit jeté du haut du ferry-boat de Martha's Vineyard. Pas étonnant que Maddox et Kroll se soient précipités à Londres pour tenter de sauver le projet. Pas étonnant qu'ils me payent cinquante mille dollars par semaine. Tous ces éléments qui avaient pu paraître bizarres devenaient parfaitement logiques au vu de la nullité du manuscrit. Et maintenant, c'était *ma* réputation qui allait plonger, attachée au siège arrière de l'hydravion kamikaze d'Adam Lang. C'est moi qu'on allait pointer du doigt dans les cocktails littéraires – en admettant qu'on m'invite encore à un cocktail littéraire – comme étant le nègre qui avait participé au plus grand flop de l'histoire de l'édition. Soudain transpercé par un trait de perspicacité paranoïaque, j'ai cru voir le rôle que l'on m'avait en réalité attribué dans cette distribution : celui du bouc émissaire.

J'ai terminé de lire la dernière des six cent vingt et une pages au milieu de l'après-midi (« Ruth et moi regardons ensemble vers l'avenir, quoi qu'il nous réserve »), puis j'ai posé le manuscrit et pressé mes mains contre mes joues en ouvrant grands les yeux et la bouche, donnant une imitation passablement convaincante du *Cri* d'Edvard Munch.

C'est alors que j'ai entendu tousser à la porte et levé les yeux pour découvrir Ruth Lang qui m'observait. Je ne sais toujours pas depuis combien de temps elle était là. Elle a haussé un mince sourcil noir, et a demandé :

– C'est si mauvais que ça ?

*

Elle portait un gros pull-over d'homme blanc et informe, avec des manches si longues qu'elles ne laissaient apparaître que ses ongles rongés. Une fois en bas, elle a enfilé un anorak bleu clair par-dessus, disparaissant un instant pendant qu'elle passait la tête à l'intérieur, son visage pâle émergeant enfin en fronçant les sourcils. Ses cheveux noirs coupés court se dressaient telle la chevelure de Méduse.

C'est elle qui avait proposé d'aller faire un tour. Elle a assuré que je semblais en avoir besoin, et c'était vrai. Elle m'a trouvé le coupe-vent de son mari, qui m'allait parfaitement, ainsi qu'une paire de bottes imperméables qui faisaient partie de la maison, et nous sommes sortis ensemble dans les rafales de l'Atlantique. Nous avons suivi le chemin qui bordait la pelouse et gagné les dunes. A droite, il y avait le lac avec un appontement et, juste à côté, un canot à rames qui avait été remonté par-dessus les roseaux et retourné. Sur notre gauche, s'étendait l'océan gris. Devant nous, le sable blanc s'étirait sur plusieurs kilomètres, et, derrière nous, le tableau était le même, à l'exception d'un policier en pardessus qui nous suivait à une cinquantaine de mètres de distance.

– Vous devez en avoir marre, ai-je dit en esquissant un signe de tête en direction de notre escorte.

– C'est comme ça depuis si longtemps que je n'y prête plus attention.

Nous avons continué dans la bourrasque. De près, la plage n'était plus aussi idyllique. De curieux morceaux de plastique brisés, des amas de goudron, une chaussure de toile bleu marine raidie par le sel, un tambour de câble en bois, des oiseaux morts, des squelettes et des fragments d'os – on aurait cru marcher le long d'une autoroute à six voies. Les rouleaux affluaient avec un rugissement puis se retiraient dans un bruit de camion qui s'éloigne.

– Alors, a fait Ruth, c'est mauvais à quel point ?

– Vous ne l'avez pas lu ?

– Pas entièrement.

– Eh bien, ai-je répondu poliment, il va falloir le remanier.

– A quel point ?

Les mots « Hiroshima » et « 1945 » m'ont fugitivement traversé l'esprit.

– C'est réparable, ai-je répondu, et c'était sans doute vrai : même Hiroshima avait fini par être réparé. Le problème, c'est le délai. Il faut absolument terminer en quatre semaines, ce qui laisse moins de deux jours par chapitre.

– Quatre semaines ! fit-elle en laissant échapper un rire grave, plutôt vulgaire. Vous n'arriverez jamais à le faire tenir en place si longtemps !

– Il n'aura pas à proprement parler à l'écrire. C'est pour ça qu'on me paye. Il faut juste qu'il me parle.

Elle avait remonté sa capuche et je ne pouvais pas vraiment voir son visage. Seule l'extrémité blanche et pointue de son nez apparaissait. Tout le monde disait qu'elle était plus intelligente que son mari et qu'elle avait apprécié plus encore que lui leur vie à la tête de l'Etat. Quand il y avait une visite officielle dans un pays étranger, elle l'accompagnait presque toujours : elle refusait d'être laissée à la maison. Il suffisait de les regarder ensemble à la télé pour voir qu'elle profitait pleinement de la réussite de son époux. Adam et Ruth Lang : la Puissance et la Gloire. Là, elle s'est arrêtée et s'est tournée vers l'océan, les mains enfoncées dans les poches. Un peu plus loin sur la plage, comme s'il jouait à Un, deux, trois, soleil ! le policier s'est figé lui aussi.

– Vous étiez mon idée, a-t-elle dit.

J'ai vacillé dans le vent, manquant presque de tomber.

– Vraiment ?

– Oui. C'est vous qui avez écrit le livre de Christy à sa place.

Il m'a fallu quelques secondes pour comprendre de qui elle parlait. Christy Costello. Il y avait longtemps que je n'avais plus pensé à lui. C'était mon premier best-seller. Les mémoires intimes d'une rock star des années soixante-dix. Alcool, drogues, filles, un accident de voiture qui avait failli être fatal, chirurgie, rééducation, et enfin la rédemption dans les bras d'une femme de bien. Tout y était. On pouvait l'offrir pour Noël à son adolescent rebelle aussi bien qu'à sa grand-mère bigote, et cela ferait autant plaisir à l'un qu'à l'autre. Le livre s'était vendu à trois cent mille exemplaires en édition cartonnée pour le Royaume-Uni seulement.

– Vous avez lu *Christy* ?

Ça paraissait tellement incroyable.

– Nous avons séjourné chez lui, sur l'île Moustique, l'hiver dernier. J'ai lu son autobiographie. Elle se trouvait à côté du lit.

– Je suis confus.

– Non ? Pourquoi ? C'était génial, quoique assez horrible. En écoutant ses petits bouts d'histoires pendant le dîner et en voyant que vous aviez réussi à en tirer quelque chose qui ressemblait à une vie, j'ai dit à Adam : « C'est l'homme qu'il te faut pour écrire ton livre. »

J'ai ri. Je n'arrivais plus à m'arrêter. J'ai fini par lâcher :

– Eh bien, j'espère que les souvenirs de votre mari sont un peu moins embrumés que ceux de Christy.

– N'y comptez pas trop, a-t-elle répliqué.

Elle a abaissé sa capuche et respiré profondément. Elle était mieux en chair et en os qu'à la télévision. La caméra la trahissait presque autant qu'elle flattait son mari.

– Seigneur, ce que j'ai envie d'être chez moi, a-t-elle lâché. Même si les enfants sont partis à l'université. Je le lui répète tout le temps : j'ai l'impression d'être mariée à Napoléon à Sainte-Hélène.

– Pourquoi ne rentrez-vous pas à Londres ?

Elle est restée silencieuse pendant un moment et s'est contentée de contempler l'océan en se mordillant la lèvre. Puis elle s'est tournée vers moi pour me jauger.

– Vous avez signé cette clause de confidentialité ?

– Evidemment.

– Vous en êtes certain ?

– Vérifiez auprès du bureau de Sid Kroll.

– Parce que je n'ai pas envie de retrouver ça dans le premier torchon de la semaine prochaine, ni dans un bouquin de révélations croustillantes sous votre nom d'ici un an.

– Hou là ! me suis-je exclamé, pris de court par son agressivité. Je croyais que j'étais votre idée ? Ce n'est pas moi qui ai demandé à venir. Et je ne cherche rien de croustillant.

– C'est bon, a-t-elle fait en hochant la tête. Alors je vais vous dire pourquoi je ne peux pas rentrer, entre vous et moi. C'est parce qu'il ne va pas très bien en ce moment et que j'ai un peu peur de le laisser.

« Nom de Dieu, me suis-je dit. C'est de mieux en mieux. »

– Oui, ai-je répondu, très diplomate. Amelia m'a dit qu'il était très éprouvé par la mort de Mike.

– Ah oui, vraiment ? Je ne sais pas depuis quand *Mme Bly* est devenue spécialiste de l'état émotionnel de mon mari.

Elle n'aurait pu manifester plus clairement ses sentiments en crachant et en sortant les griffes.

– La perte de Mike n'a sûrement pas arrangé les choses, mais il n'y a pas que ça. La perte du pouvoir, voilà le vrai problème. Avoir perdu le pouvoir et devoir se contenter de tout revivre mentalement, année par année. Et cela pendant que la presse ne cesse d'exploiter ce qu'il a fait et ce qu'il n'a pas fait. Il n'arrive pas à se libérer du passé, vous comprenez. Il ne peut pas entamer une autre chose. Il est coincé, a-t-elle ajouté en ayant un geste d'impuissance en direction de la mer, du sable et des dunes. Nous sommes coincés tous les deux.

Alors que nous revenions vers la maison, elle a glissé son bras sous le mien.

– Seigneur, a-t-elle dit, vous devez commencer à vous demander dans quoi vous vous êtes fourré.

*

A notre retour, il y avait beaucoup plus d'animation dans la maison. Une limousine Jaguar vert foncé immatriculée à Washington était garée devant l'entrée, et un minibus noir aux vitres fumées s'était rangé juste derrière. La porte d'entrée s'est ouverte et j'ai entendu plusieurs sonneries de téléphone retentir en même temps. Un homme grisonnant, plutôt avenant, en costume brun bon marché, était assis à l'entrée et buvait une tasse de thé en parlant avec l'un des policiers. Il s'est relevé vivement dès qu'il a vu Ruth Lang. Visiblement, ils avaient tous l'air de la craindre.

– Bonjour, madame.

– Bonjour, Jeff. Comment était New York ?

– Un vrai merdier, comme d'habitude. On se croirait dans le sud-est de Londres à l'heure de pointe, a-t-il fait avec un accent typique appuyé. J'ai bien cru que j'arriverais jamais à temps.

Ruth s'est tournée vers moi.

– Ils préfèrent avoir la voiture prête quand Adam atterrira.

Elle entreprenait un long processus : s'extirper de son anorak, quand Amelia Bly a fait son apparition, un portable coincé entre son épaule rembourrée et son menton sculpté, ses doigts agiles refermant la fermeture à glissière d'un attaché-case.

– C'est bon, c'est bon, je le lui dirai.

Elle a adressé un signe de tête à Ruth sans interrompre sa conversation.

– Jeudi, il est à Chicago, a-t-elle continué en regardant Jeff tout en tapotant sa montre.

– En fait, je crois bien que je vais aller à l'aéroport, a soudain dit Ruth en remettant son anorak. Amelia n'a qu'à rester ici à se limer les ongles ou je ne sais quoi. Pourquoi ne viendriez-vous pas ? a-t-elle ajouté à mon intention. Il est impatient de vous rencontrer.

Un point pour l'épouse, me suis-je dit. Mais non : dans la plus belle tradition de l'administration britannique, Amelia ne s'est pas avouée vaincue.

– Je monterai dans la voiture d'escorte, a-t-elle répliqué en refermant son portable d'un coup sec avec un sourire doucereux. Je me ferai les ongles en route.

Jeff a ouvert l'une des portières arrière à Ruth tandis que je faisais le tour et manquais de me casser le bras à tirer sur la portière opposée. Je me suis glissé sur le siège de cuir et la portière s'est refermée avec un bruit bizarre.

– Elle est blindée, monsieur, a commenté Jeff dans le rétroviseur alors que nous démarrions. Ça pèse deux tonnes et demie. Mais elle continuerait de rouler sur plus de cent kilomètres avec ses quatre pneus crevés.

– Oh, taisez-vous, Jeff, a dit Ruth avec bonne humeur. Il n'a pas envie d'avoir tous les détails.

– Les vitres font deux centimètres et demi d'épaisseur et ne s'ouvrent pas, au cas où vous voudriez essayer. La voiture est hermétique en cas d'attaque chimique ou biologique, avec assez d'oxygène pour tenir une heure. Ça fait réfléchir, pas vrai ? En ce moment précis, monsieur, vous êtes probablement plus en sûreté que vous ne l'avez jamais été de toute votre vie et que vous ne le serez jamais.

Ruth s'est esclaffée et a fait la grimace.

– Oh, les mecs et leurs jouets !

Le monde extérieur semblait étouffé, lointain. Le chemin dans la forêt se déroulait, aussi lisse et silencieux qu'une piste de caoutchouc. Je me suis demandé si c'était l'impression qu'on avait dans le ventre maternel : ce merveilleux sentiment de complète sécurité. Nous sommes passés sur le cadavre de la moufette sans que la grosse voiture enregistre le moindre frémissement.

– Nerveux ? m'a demandé Ruth.

– Non. Pourquoi ? Je devrais ?

– Pas du tout. C'est l'homme le plus charmant que vous ayez jamais rencontré. Mon prince charmant à moi ! a-t-elle ajouté en émettant à nouveau ce rire grave, masculin. Seigneur, a-t-elle dit en regardant par la vitre, je serai contente de laisser ces arbres derrière moi. J'ai l'impression de vivre dans une forêt enchantée.

J'ai jeté un coup d'œil par-dessus mon épaule en direction du minibus banalisé qui nous suivait de près. Je m'y habituais déjà. Etre contraint d'y renoncer après s'y être accoutumé devait revenir à laisser partir sa maman. Mais, grâce au terrorisme, Lang n'aurait jamais à y renoncer – n'aurait jamais à faire la queue dans les transports publics, n'aurait même jamais à prendre un volant. Il était aussi protégé et couvé qu'un Romanov avant la révolution.

Nous avons quitté la forêt et pris la nationale, puis nous avons tourné à gauche et, presque immédiatement, à droite pour franchir la clôture de l'aéroport. J'ai été très surpris de découvrir aussitôt la grande piste.

– Nous y sommes déjà ?

– En été, Marty aime quitter son bureau de Manhattan à quatre heures pour être sur la plage à six heures.

– Je suppose qu'il a un jet privé, ai-je commenté en essayant de prendre un air entendu.

– Bien sûr qu'il a un jet privé.

Elle m'a gratifié d'un tel regard que j'ai eu le sentiment d'être un péquenaud qui vient de beurrer sa tartine avec son couteau à poisson. *Bien sûr qu'il a un jet privé.* On ne possède pas une maison de trente millions de dollars pour y aller en car. Ce type devait avoir une empreinte de pollueur digne d'un yéti. J'ai pris conscience à cet instant que pratiquement tous les gens que les Lang fréquentaient alors avaient un jet privé. Et de fait, Lang a surgi aussitôt à bord d'un Gulfstream d'entreprise, tombant du ciel déjà sombre pour raser les pins sinistres. Jeff a enfoncé la pédale d'accélérateur et, une minute plus tard, nous nous arrêtions devant le petit terminal. Il y a eu une véritable canonnade de claquements de portes et nous nous sommes engouffrés à l'intérieur – Ruth, Amelia, Jeff, l'un des agents de protection, et moi. Là, un policier du poste d'Edgartown attendait déjà. Derrière lui, sur le mur, j'ai repéré une vieille photo passée de Bill et Hillary Clinton accueillis à leur descente d'avion pour des vacances présidentielles marquées par le scandale.

Le jet privé a quitté lentement la piste. Il était peint en bleu foncé, avec, près de la porte, la mention « Hallington » inscrite en lettres d'or. Il paraissait plus gros que le symbole phallique habituel des P-DG, avec une dérive haute et six hublots de chaque côté. Lorsqu'il s'est immobilisé et que les moteurs ont été coupés, le silence qui a suivi sur l'aéroport désert a été étonnamment profond.

La porte s'est ouverte, la passerelle abaissée, et deux agents des Services spéciaux sont apparus. L'un d'eux s'est dirigé directement vers l'aérogare. L'autre s'est posté au pied des marches, scrutant avec ostentation le tarmac désert, surveillant bien les alentours. Lang lui-même ne paraissait nullement pressé de débarquer. Je parvenais tout juste à le deviner dans la pénombre de l'appareil, en train de serrer la main du pilote et du steward avant de sortir enfin – presque à contrecœur, m'a-t-il semblé – et de s'arrêter en haut de la passerelle. Il portait lui-même son attaché-case, ce qu'il ne faisait pas lorsqu'il était Premier ministre. Le vent a soulevé les basques de sa veste et tiré sur sa cravate. Il a lissé ses cheveux. Puis il a regardé autour de lui comme s'il essayait de se rappeler ce qu'il était censé faire. Cela commençait presque à devenir embarrassant quand il nous a soudain aperçus, qui l'observions de l'autre côté de la grande vitre. Il a tendu le bras, nous a salués et a souri, exactement de la même façon que lorsqu'il était à son apogée, et le moment de flottement – ou de quoi que ç'ait pu être – s'est évanoui. Lang s'est approché d'un pas décidé, passant son attaché-case dans l'autre main, suivi par un agent des Services spéciaux et une jeune femme qui tirait une valise à roulettes.

Nous nous sommes écartés de la vitre juste à temps pour l'accueillir au portail des arrivées.

– Bonjour, chérie, a-t-il dit avant de se baisser pour embrasser sa femme.

Il avait le teint vaguement orangé. J'ai pris conscience qu'il était maquillé.

Elle lui a caressé le bras.

– Comment était New York ?

– Super. Ils m'ont donné le Gulfstream 4 – tu sais, le

transatlantique, celui qui a des lits et une douche à bord. Bonjour Amelia. Bonjour Jeff, a-t-il dit. Qui êtes-vous ?

– Je suis votre homme de l'ombre, ai-je répondu.

Je l'ai regretté à l'instant où je l'ai dit. J'avais prévu cela comme un trait d'esprit autodépréciateur destiné à briser la glace, mieux, m'avait-il semblé, que de me présenter comme son nègre. J'avais même répété ma réplique avant de quitter Londres. Mais, curieusement, dans cet aéroport désert, au milieu de toute cette grisaille et de ce silence, elle a sonné particulièrement mal. Il a tressailli.

– D'accord, a-t-il commenté sur un ton dubitatif, et, quoiqu'il m'ait serré la main, il a aussi légèrement écarté la tête, comme pour m'examiner sans danger.

« Bon Dieu, ai-je pensé. Il doit me prendre pour un fou. »

– Ne t'en fais pas, lui a dit Ruth. Il n'est pas toujours aussi nul.

CINQ

> « Il est essentiel pour le nègre de faire en sorte que le sujet se sente parfaitement à l'aise en sa compagnie. »

– Belle entrée en matière, a commenté Amelia pendant le trajet du retour. C'est ce qu'on vous enseigne, dans votre école de nègres ?

Nous étions assis à l'arrière du minibus. La secrétaire qui rentrait de New York – Lucy – et les trois agents de sécurité occupaient les sièges de devant. J'apercevais par le pare-brise la Jaguar qui nous précédait, avec les Lang à son bord. La nuit commençait à tomber. Pris dans le faisceau des phares, les chênes gris se tordaient, menaçants.

– Vraiment, c'était plein de tact, a-t-elle continué, quand on sait que vous remplacez un mort.

– C'est bon, j'ai grogné. Stop.

– Mais vous avez tout de même un atout, a-t-elle dit à voix très basse pour que personne d'autre ne puisse entendre, tout en tournant vers moi ses grands yeux bleus. Il semble que vous soyez quasi le seul spécimen de la race humaine à qui Ruth Lang daigne accorder sa confiance. Pourquoi, d'après vous ?

– Les goûts et les couleurs, ça ne se discute pas.

– Exact. Elle pense peut-être que vous obéirez au doigt et à l'œil ?

– Peut-être. Ce n'est pas à moi qu'il faut le demander.

La dernière chose dont j'avais besoin était de me retrouver coincé au milieu d'un crêpage de chignon.

– Ecoutez, Amelia... je peux vous appeler Amelia ? Pour ma part, je ne suis ici que pour aider à écrire un livre. Je ne veux pas être mêlé à de quelconques intrigues de palais.

– Bien évidemment. Tout ce que vous voulez, c'est faire votre travail et partir d'ici.

– Ça y est, vous me mettez encore en boîte.

– Vous me facilitez tellement la tâche.

Ensuite, je me suis tu un moment. Je comprenais pourquoi Ruth ne l'aimait pas. Elle était un brin trop intelligente et nettement trop blonde pour être honnête, surtout du point de vue d'une épouse. En fait, il m'est soudain venu à l'esprit, alors que j'étais assis là, à respirer malgré moi son Chanel, qu'elle devait avoir une liaison avec Lang. Cela aurait expliqué beaucoup de choses. Il avait témoigné une froideur manifeste à son encontre, à l'aéroport, et ne fallait-il pas toujours y voir la meilleure preuve ? Auquel cas il n'était pas surprenant qu'ils se montrent aussi paranoïaques au sujet de la confidentialité. Il y avait assez de matière ici pour faire les choux gras de la presse à scandale pendant des semaines.

Nous avions déjà parcouru la moitié du chemin non goudronné quand Amelia a remarqué :

– Vous ne m'avez pas dit ce que vous pensez du manuscrit.

– Franchement ? Je ne m'étais pas amusé autant depuis les mémoires de Leonid Brejnev. (Elle n'a pas souri.) Je ne comprends pas comment on a pu arriver à ça, ai-je insisté. Vous étiez quand même à la tête de l'Etat il n'y a pas si longtemps. Il y en a bien un parmi vous qui a fait anglais en première langue ?

– Mike..., a-t-elle commencé avant de s'interrompre. Mais je n'aime pas dire du mal des morts.

– Pourquoi ce régime de faveur ?

– Bon, d'accord : Mike. Le problème, c'est qu'Adam a confié le bébé à Mike dès le début, et que le pauvre Mike s'est retrouvé complètement submergé. Il est parti effectuer ses recherches à Cambridge et on l'a à peine vu pendant un an.

– Cambridge ?

– Cambridge – où sont stockées toutes les archives Lang. Vous êtes sûr d'avoir bossé votre sujet ? Deux mille boîtes de documents. Deux cent cinquante mètres de rayonnages. Un million de documents distincts, ou dans ces eaux-là – personne n'a jamais pris la peine de compter.

– McAra a tout passé en revue ?

J'étais incrédule. Ma conception d'un programme de recherche rigoureux se limitait à une semaine passée en tête à tête avec mon client et un enregistreur, étoffé par le tissu d'inexactitudes que pouvait fournir Google.

– Non, a-t-elle répliqué avec irritation. Il n'a évidemment pas ouvert toutes les boîtes. Mais il en a fouillé suffisamment pour en ressortir épuisé et à bout de nerfs. Je crois qu'il a tout simplement perdu de vue le but de sa mission. Cela semble avoir déclenché une dépression nerveuse, bien qu'aucun d'entre nous ne l'ait remarqué à l'époque. Il n'a même pas pris le temps de voir tout ça avec Adam avant Noël. Et bien entendu, à ce moment-là, il était déjà trop tard.

– Pardon, ai-je commenté en me tordant sur mon siège pour pouvoir la regarder en face. Vous êtes en train de me dire qu'un homme qui est payé dix millions de dollars pour rédiger ses mémoires se décharge du projet tout entier sur quelqu'un qui n'a pas la moindre idée de ce que c'est que d'écrire un livre, et qu'on laisse se débrouiller tout seul pendant un an ?

Amelia a posé un doigt sur ses lèvres et m'a désigné du regard l'avant de la voiture.

– Vous n'êtes pas très discret, pour un homme de l'ombre.

– Mais il ne fait aucun doute, ai-je insisté, qu'un ancien Premier ministre sait à quel point ces mémoires sont importants pour lui ?

– Si vous voulez la vérité, je ne crois pas qu'Adam ait jamais eu la moindre intention de rendre ce livre avant deux ans. Il s'était dit que ça irait. Il a donc laissé Mike s'en charger comme s'il lui accordait une récompense après toutes ces années passées auprès de lui. Mais quand Marty Rhinehart a bien fait comprendre qu'il tenait à ce que le contrat soit respecté, et quand les éditeurs ont lu ce qu'avait produit Mike...

Sa voix s'est perdue.

– Pourquoi ne pas tout simplement rendre l'argent et repartir de zéro ?

– Je pense que vous connaissez la réponse à cette question mieux que moi.

– Il n'avait plus de quoi rembourser une telle avance ?

– Deux ans après avoir quitté le pouvoir ? Il n'aurait pas pu en rendre ne serait-ce que la moitié.

– Et personne n'a rien vu venir ?

– J'ai régulièrement abordé la question avec Adam. Mais l'histoire ne l'intéresse pas – ça ne l'a jamais intéressé, pas même la sienne. Il se sentait beaucoup plus concerné par la création de sa fondation.

Je me suis redressé sur mon siège. Je voyais très bien comment tout avait pu s'enchaîner : McAra, le politicard devenu stakhanoviste des archives, qui s'était acharné à assembler aveuglément toutes ces pages de données inutiles ; Lang, l'homme des grands projets devant l'Eternel – « l'avenir et non le passé » : n'était-ce pas l'un de ses slogans ? –, que l'on acclamait sur les circuits de conférences et qui préférait vivre, non, revivre sa vie ; puis l'affreuse prise de conscience que le grand projet d'autobiographie battait de l'aile, suivie, sans doute, par des récriminations, l'éclatement de vieilles amitiés et une angoisse suicidaire.

– Ç'a dû être dur pour vous tous.

– Ça l'a été. Surtout après la découverte du corps de Mike. J'ai proposé de me charger de l'identification, mais Adam a trouvé que c'était à lui d'y aller. Ç'a été une expérience horrible. Tout le monde se sent coupable après un suicide. Alors je vous en prie, si ça ne vous dérange pas, plus de plaisanteries sur le royaume des ombres.

J'étais sur le point de l'interroger sur les articles concernant la livraison des prisonniers dans les journaux de ce week-end, quand les stops de la Jaguar se sont allumés devant nous. Nous nous sommes arrêtés.

– Ça y est, nous y revoilà, a commenté Amelia, et, pour la première fois, j'ai détecté une pointe de lassitude dans sa voix. A la maison.

Il faisait déjà bien sombre – il était dans les dix-sept heures –, et la température avait baissé avec le soleil. Je suis resté près du minibus pour regarder Lang sortir de sa voiture et être emporté à l'intérieur par le tourbillon habituel de son personnel et de ses gardes du corps. On l'a introduit si vite qu'on aurait pu croire qu'il y avait un tireur embusqué dans les bois avec un fusil à lunette. Aussitôt, les vitres se sont illuminées tout le long de la façade de la grande maison, et il a été soudain possible, brièvement, d'imaginer que c'était là le centre du vrai pouvoir, et non une malheureuse parodie de ce pouvoir. Je me sentais très étranger à tout cela, incertain du rôle que je devais tenir et ressassant encore la gêne que j'avais ressentie lors de ma gaffe à l'aéroport. Je me suis donc attardé un peu dans le froid. A ma grande surprise, c'est Lang qui a remarqué que je manquais à l'appel et qui est venu me chercher.

– Ohé ! a-t-il crié depuis l'entrée. Qu'est-ce que vous

faites là-bas ? Tout le monde va vous chercher, non ? Venez prendre un verre.

Il m'a touché l'épaule quand je suis entré et m'a conduit dans le couloir, vers la pièce où j'avais bu du café le matin. Il avait déjà troqué sa veste et sa cravate contre un gros pull-over gris.

– Je regrette de n'avoir pas pu vous saluer convenablement à l'aéroport. Qu'est-ce qui vous tenterait ?

– Qu'est-ce que vous prenez ?

J'ai prié pour que ce soit quelque chose d'alcoolisé.

– Du thé glacé.

– Le thé glacé sera parfait

– Vous êtes sûr ? Je préférerais quelque chose de plus fort, mais Ruth me tuerait. Luce, a-t-il appelé l'une des secrétaires, vous voulez bien demander à Dep de nous apporter du thé, mon chou ? Alors, a-t-il poursuivi en se laissant tomber au milieu du canapé et en écartant les bras pour s'appuyer contre le dossier, vous allez devoir vous mettre dans ma peau pendant un mois et je vous souhaite bien du plaisir.

Il a vivement croisé les jambes, la cheville droite sur le genou gauche. Puis il a tambouriné des doigts et agité le pied en l'examinant un instant avant de reporter son regard sans nuage sur moi.

– J'espère que ce sera sans douleur pour nous deux, ai-je plaisanté, puis j'ai hésité, ne sachant trop comment m'adresser à lui.

– Adam, a-t-il dit. Appelez-moi, Adam.

Quand on travaille face à face avec des personnalités très célèbres, j'ai constaté qu'il y a toujours un moment où on a l'impression d'être dans un rêve, et c'était maintenant le cas pour moi : une véritable expérience de sortie de corps. Je me suis contemplé depuis le plafond, devisant de façon apparemment détendue avec un homme d'Etat mondial, dans la maison d'un milliardaire des médias. Il faisait vraiment tout son possible pour se montrer gentil avec moi. Il avait *besoin* de moi. J'ai pensé : « Quelle blague ! » J'ai dit :

– Merci. Je dois vous avouer que je n'avais jamais rencontré d'ex-Premier ministre auparavant.

– Eh bien, a-t-il dit en souriant, je n'avais jamais rencontré de nègre, alors nous sommes quittes. Sid Kroll dit que vous êtes l'homme de la situation. Ruth est du même avis. Comment sommes-nous censés procéder, exactement ?

– Je vais vous poser des questions, et puis je ferai de la prose avec vos réponses. Quand ce sera nécessaire, je devrai intégrer des passages de transition en m'efforçant d'imiter votre voix. J'ajoute en passant que vous aurez la possibilité de corriger ensuite tout ce que j'aurai pu écrire. Je ne veux pas que vous puissiez penser que je vais vous prêter des propos que vous ne voudriez pas assumer.

– Combien de temps cela va-t-il prendre ?

– Pour un livre important, j'accumule généralement cinquante à soixante heures d'entretiens. Ça me donne une base de quatre cent mille mots que je réduis à une centaine de milliers de mots, soit dans les trois cents feuillets.

– Mais vous avez déjà un manuscrit.

– Oui, ai-je convenu, mais il n'est franchement pas publiable. Ce sont des notes de recherche, mais ça ne fait pas un livre. Il n'y a pas de ton. (Grimace de Lang.) Cela dit, me suis-je empressé d'ajouter, ce n'est pas vraiment du travail perdu. Nous pourrons y piocher des informations et des citations, et la structure générale me convient – les seize chapitres –, même si je préférerais commencer autrement, trouver quelque chose de plus intime.

L'intendante vietnamienne nous a apporté du thé. Elle était tout de noir vêtue – pantalon de soie noire, chemise noire sans col. J'ai voulu me présenter, mais, en me tendant mon verre, elle a évité mon regard.

– Vous avez appris, pour Mike ?

– Oui, ai-je dit, je suis désolé.

Lang a détourné les yeux, vers la vitre assombrie.

– Nous devrions mettre quelque chose de bien sur lui dans le livre. Ça ferait plaisir à sa mère.

– Ça ne devrait pas poser de problème.

– Il était avec moi depuis longtemps, avant même que je ne sois Premier ministre. Il était arrivé là par le parti et c'est mon prédécesseur qui me l'a légué. On croit qu'on connaît bien quelqu'un, et puis...

Il a haussé les épaules et contemplé la nuit.

Je ne savais pas quoi dire, alors je n'ai rien dit. Il est de la nature même de mon métier d'agir comme une sorte de confesseur et, avec les années, j'ai appris à me comporter comme un psy – à me taire et à donner du temps au client. Je me suis demandé ce qu'il voyait dehors. Au bout d'une trentaine de secondes, il a paru se rappeler que j'étais encore dans la pièce.

– Bon. Combien de temps va-t-il vous falloir avec moi ?

– En travaillant à plein temps ?

J'ai bu mon thé en essayant de ne pas tiquer sur le goût sucré. Puis j'ai ajouté :

– En nous y mettant vraiment, nous devrions pouvoir abattre le plus gros en une semaine.

– Une semaine ? a répété Lang en prenant une expression affolée.

J'ai résisté à la tentation de lui faire remarquer qu'avec dix millions de dollars pour une semaine de travail, il était assez loin du SMIC.

– J'aurai peut-être besoin de revenir vers vous après, pour combler quelques trous, mais si vous pouviez m'accorder jusqu'à vendredi, j'aurais de quoi réécrire la majeure partie de ce brouillon. Le plus important, c'est que nous commencions dès demain, et que nous nous débarrassions des années de jeunesse.

– Parfait. Plus vite ce sera terminé, mieux ce sera.

Soudain, Lang s'est penché en avant, l'incarnation même de la franche intimité, les coudes sur les genoux, le verre entre les mains.

– Ruth devient folle à rester ici. Je ne cesse de lui dire de retourner à Londres pendant que je termine cette histoire de bouquin, d'aller voir les gosses, mais elle ne veut pas me laisser. Je dois vous avouer que j'adore votre travail.

J'ai failli m'étrangler avec mon thé.

– Vous avez lu quelque chose ?

J'essayais d'imaginer quel footballeur, quelle rock star, quel magicien ou concurrent d'un jeu de téléréalité quelconque avait pu attirer l'attention d'un Premier ministre.

– Mais oui, a-t-il assuré sans l'ombre d'un doute. Il y a un type avec qui on passait des vacances...

– Christy Costello ?

– Christy Costello ! Génial. Si vous avez réussi à trouver la logique de sa vie vous devriez trouver la logique de la mienne.

Il s'est levé d'un bond et m'a serré la main.

– Ç'a été un plaisir de vous rencontrer, vieux. On commencera demain matin à la première heure. Je vais demander à Amelia de vous trouver une voiture pour vous raccompagner à l'hôtel.

Puis il s'est mis tout à coup à chanter :

Une fois dans une vie
Il faut qu'on ait la totale
Mais on ne sait qu'on l'a eue
Que quand on a tout perdu.

Il a tendu le doigt vers moi.

– Christy Costello, *Une fois dans sa vie*, mille neuf cent soixante-dix... – il a secoué sa main comme un balancier, tête penchée, yeux fermés pour mieux se concentrer –... sept ?

– Huit.

– 1978 ! C'était le bon vieux temps ! J'ai l'impression que tout me revient.

– Gardez ça pour demain, ai-je conseillé.

*

– Comment ça s'est passé ? a demandé Amelia en me raccompagnant à la porte.

– Plutôt bien, je crois. Il a été très amical. Il m'a même appelé « vieux ».

– Oui, a-t-elle répliqué, il fait toujours ça quand il ne se souvient pas du nom de quelqu'un.

– Demain, il me faudra une pièce à part où je puisse conduire mes entretiens. J'aurai besoin d'une secrétaire pour transcrire ses réponses au fur et à mesure – je lui apporterai les nouvelles bandes chaque fois qu'on fera une pause. J'aurai besoin d'avoir une copie sur disque du manuscrit existant. Oui, je sais, ai-je ajouté en levant la main pour couper court à toutes ses objections. Ça ne sortira pas d'ici. Mais j'ai besoin de l'avoir pour pouvoir intégrer certains passages au nouveau manuscrit et aussi pour tenter de le réécrire afin de donner l'impression qu'il a été produit par un être humain.

Elle notait tout dans son cahier noir et rouge.

– Autre chose ?

– Que diriez-vous d'un dîner ?

– Bonsoir, a-t-elle dit d'un ton sans réplique avant de fermer la porte.

C'est l'un des policiers qui m'a reconduit à Edgartown. Il était aussi morose que son collègue à la grille.

– J'espère que vous allez terminer ce bouquin vite fait, a-t-il dit. Les gars et moi, on commence à en avoir ras le bol d'être coincés ici.

Il m'a laissé à l'hôtel et m'a dit qu'il passerait me prendre le lendemain matin. Je venais juste d'ouvrir la porte de ma chambre quand le téléphone a sonné. C'était Kate.

– Tu vas bien ? a-t-elle demandé. J'ai eu ton message, et tu avais l'air un peu... bizarre.

– Vraiment ? Excuse-moi. Ça va bien maintenant.

J'ai repoussé l'impulsion de lui demander où elle était quand j'avais appelé.

– Alors ? Tu l'as rencontré ?

– Oui. Je viens juste de le voir.

– Et ? Non, a-t-elle repris avant que je puisse répondre. Ne dis rien : *charmant*.

J'ai écarté rapidement le téléphone de mon oreille et lui ai adressé un geste obscène du doigt.

– Le moins qu'on puisse dire, c'est que tu choisis ton moment, a-t-elle poursuivi. Tu as vu les journaux d'hier ? Tu dois être le premier cas jamais enregistré de rat qui embarque sur le navire en train de couler.

– Mais oui, bien sûr que je les ai vus, ai-je fait, sur la défensive. Et je vais l'interroger là-dessus.

– Quand ?

– Quand le moment sera venu.

Elle a produit un son explosif qui a réussi le tour de force d'exprimer à la fois l'hilarité, la fureur, le mépris et l'incrédulité.

– Oui, c'est ça, interroge-le. Demande-lui pourquoi il a fait enlever illégalement des citoyens britanniques dans un pays étranger pour les livrer à la torture américaine. Demande-lui s'il a entendu parler des techniques dont se sert la CIA pour simuler la noyade. Demande-lui ce qu'il compte dire à la veuve et aux orphelins de celui qui a succombé à une crise cardiaque...

– Attends, l'ai-je interrompue. Je n'ai pas entendu après « noyade ».

– Je vois quelqu'un d'autre, a-t-elle lâché.

– Bien, ai-je conclu avant de raccrocher.

Il ne me restait pas grand-chose à faire après ça, à part descendre au bar et me saouler.

Il était décoré pour évoquer le genre d'endroit où le capitaine Achab aurait aimé passer après une dure journée de pêche au harpon. D'anciens tonneaux et barriques faisaient office de sièges et de tables. Il y avait de vieux filets de pêche et casiers à homards accrochés aux murs de planches grossières, ainsi que des bateaux à voiles dans des bouteilles et des photos sépia de pêcheurs en haute mer qui se dressaient fièrement à côté de leur prise : je me suis dit que ces pêcheurs devaient à présent tous être aussi morts que leurs poissons, et mon état d'esprit était tel que cette idée m'a plu. Au-dessus du bar, un gros téléviseur diffusait un match de hockey. J'ai commandé une bière et une soupe de clams, et je me suis installé à un endroit d'où je pouvais voir l'écran. Je ne connais rien au hockey sur glace, mais le sport est formidable pour se perdre un moment, et j'étais prêt à regarder n'importe quoi.

– Vous êtes anglais ? a demandé un homme assis à une table voisine.

Il avait dû m'entendre passer commande. C'était le seul autre client du bar.

– Oui, comme vous, ai-je répliqué.

– Effectivement. Vous êtes ici en vacances ?

Il avait une voix plutôt sèche, du genre salut-vieux-un-petit-parcours-de-golf-ça-vous-dirait ? Ça et la chemise rayée à col uni, le blazer à double boutonnage, les boutons dorés et la pochette de soie bleue, tout signalait le raseur, raseur, raseur aussi clairement que l'aurait fait le phare d'Edgartown.

– Non, pour le travail.

Je me suis remis à regarder le match.

– Vous bossez dans quelle branche ?

Il avait un verre d'un liquide transparent agrémenté de glace et d'une tranche de citron. Vodka tonic ? Gin tonic ? Je ne voulais surtout pas me laisser entraîner dans une conversation avec lui.

– Ça dépend, rien de particulier. Excusez-moi.

Je me suis levé et me suis rendu aux toilettes pour me laver les mains. Le visage que m'a renvoyé le miroir était celui d'un homme qui n'avait dormi que six heures au cours des quarante dernières heures. Lorsque je suis retourné m'asseoir, la soupe était servie. J'ai commandé un autre verre, mais me suis ostensiblement gardé de lui en proposer un. Je sentais ses yeux posés sur moi.

– J'ai entendu dire qu'Adam Lang était sur l'île, a-t-il dit.

Du coup, je l'ai observé attentivement. Il avait dans les cinquante-cinq ans, mince mais large d'épaules. Puissant. Ses cheveux gris fer étaient lissés en arrière à partir du front. Il donnait une impression vaguement militaire. J'ai répondu sur un ton neutre :

– Vraiment ?

– C'est ce que j'ai entendu dire. Vous ne sauriez pas où on peut le trouver, par hasard ?

– Non, malheureusement pas. Je vous prie de m'excuser.

J'ai commencé à manger ma soupe de clams. Je l'ai entendu pousser un gros soupir, puis poser son verre dans un tintement de glaçons.

– Connard, a-t-il lâché en passant près de ma table.

SIX

« Des sujets m'ont souvent assuré qu'à la fin du processus de recherche, ils avaient l'impression de sortir d'une psychothérapie. »

Il n'y avait pas trace de l'homme lorsque je suis descendu prendre mon petit déjeuner le lendemain matin. La réceptionniste m'a assuré que j'étais l'unique pensionnaire de l'hôtel. Et elle s'est montrée tout aussi catégorique pour affirmer qu'elle n'avait vu aucun Britannique en blazer. J'étais réveillé depuis quatre heures du matin – ce qui était un progrès par rapport à deux, mais pas suffisant – et j'étais assez dans les vapes, avec une gueule de bois suffisamment sévère pour me demander si je n'avais pas rêvé. Je me suis senti mieux après mon café. Je suis allé faire deux fois le tour du phare pour m'éclaircir un peu les idées et, quand je suis rentré à l'hôtel, le minibus m'attendait pour m'emmener travailler.

J'avais imaginé que mon plus gros problème, le premier jour, serait de coincer physiquement Lang dans une pièce et de l'y garder assez longtemps pour commencer à l'interroger. Mais le plus curieux, quand je suis arrivé, c'est que c'était *lui* qui *m'*attendait. Amelia avait décidé que nous devrions utiliser le bureau de Rhinehart, et nous avons trouvé l'ancien Premier ministre en survêtement vert foncé, étalé dans le grand fauteuil en face du bureau, une jambe passée par-dessus le rebord. Il feuilletait un livre historique sur la Seconde Guerre mondiale qu'il venait visiblement de prendre dans les rayonnages. Une tasse de thé était posée par terre, à côté de lui. Il avait du sable sous les semelles : j'en ai déduit qu'il avait dû aller courir un peu sur la plage

– Salut, vieux, a-t-il fait en levant les yeux vers moi. Prêt à s'y mettre ?

– Bonjour, ai-je répliqué. Il faut juste que je m'occupe d'une ou deux choses avant.

– Mais oui, allez-y, faites comme si je n'étais pas là.

Il est retourné à son livre pendant que j'ouvrais ma sacoche et en sortais soigneusement les outils de mon métier : un enregistreur numérique Walkman Sony avec une pile de minidisques MD-R 74 et un cordon (j'ai appris à mes dépens à me méfier des piles) ; un ordinateur portable Panasonic Toughbook gris métallisé pas plus gros qu'un livre grand format et considérablement plus léger ; deux petits carnets de moleskine noire et trois stylos à bille Jetstream, flambant neufs, conçus par la Mitsubishi Pencil Company, et enfin deux adaptateurs en plastique blanc, l'un étant un bloc multiprises britannique et l'autre un convertisseur pour brancher le bloc sur les prises américaines. Je suis superstitieux au point de toujours utiliser le même matériel, et de le disposer dans un ordre bien précis. J'avais aussi une liste de questions, préparées d'après les livres que j'avais achetés à Londres et le manuscrit de McAra que j'avais lu la veille.

– Saviez-vous, a demandé soudain Lang, que les Allemands avaient déjà des chasseurs à réaction en 1944 ? Regardez ça.

Il a levé le livre pour me montrer la photographie.

– C'est un miracle que nous ayons gagné.

– Nous n'avons pas de disquettes, est intervenue Amelia.

Rien que ces flash drives. J'ai copié le manuscrit sur celui-ci pour vous.

Elle m'a tendu un objet de la taille d'un petit briquet en plastique.

– Vous pouvez sans problème le transférer sur votre ordinateur, mais j'ai peur que vous ne soyez alors contraint de laisser l'ordinateur enfermé ici pendant la nuit.

– Et il semble bien que ce soit l'Allemagne qui ait déclaré la guerre à l'Amérique et pas le contraire.

– Ce n'est pas un peu paranoïaque, tout ça ?

– Le livre contient des informations classées potentiellement secrètes qui doivent encore être validées par le Conseil des ministres. Et surtout, il y a toujours le très gros risque qu'un organe de presse quelconque utilisant des méthodes discutables essaye de s'en emparer. La moindre fuite mettrait en péril nos contrats de publication avec les journaux.

– Alors, vous avez vraiment mis tout mon bouquin là-dessus ? s'est étonné Lang.

– On pourrait y mettre cent livres comme ça, Adam, a patiemment répliqué Amelia.

– Incroyable, a-t-il fait en secouant la tête. Vous savez ce qu'il y a de pire dans ma vie ? (Il a refermé le livre d'un coup sec et l'a rangé sur l'étagère.) C'est de ne plus être dans le coup du tout. On n'entre plus jamais dans un magasin. Tout est toujours déjà fait pour vous. On n'a jamais d'argent sur soi. Si je veux de l'argent, même maintenant, il faut que je demande à l'une de mes secrétaires ou à un gars de la protection d'aller m'en chercher. Je ne saurais même pas le faire moi-même de toute façon. Je ne connais même pas mon... comment appelle-t-on ça, déjà... même ça, je ne sais pas si c'est un numéro ou quoi...

– Votre code confidentiel ?

– Vous voyez ? Je n'y connais rien. Je vais vous donner un autre exemple. L'autre semaine, Ruth et moi, nous sommes allés dîner avec des gens dans un restaurant de New York. Ces gens ont toujours été d'une grande générosité avec nous, alors j'ai dit : « Bon, cette fois, c'est moi qui régale. » Et j'ai donné ma carte de crédit. Mais voilà le gérant qui revient quelques minutes plus tard, très embarrassé, pour m'exposer le problème. Il y avait encore une bande blanche là où j'aurais dû mettre ma signature. La carte n'avait même pas été activée, a-t-il conclu en levant les bras avec un grand sourire.

– Ça, c'est exactement le genre de détails qu'il nous faut pour votre livre, me suis-je exclamé avec excitation. Personne ne sait ce genre de choses.

Lang a paru interloqué.

– Mais je ne peux pas mettre ça. Tout le monde va me prendre pour un parfait imbécile.

– Non, c'est un détail humain. Ça montre ce que c'est que d'être vous.

C'était le moment d'en profiter. Il fallait que je l'amène dès le début à ne pas perdre de vue ce dont nous avions besoin. J'ai fait le tour du bureau pour me placer en face de lui.

– Pourquoi ne pas essayer de faire un livre différent de toutes les autres autobiographies politiques existantes ? Pourquoi ne pas essayer de dire la vérité ?

Il a ri.

– Ce serait une première.

– Je ne plaisante pas. Disons aux lecteurs à quoi ça ressemble d'être Premier ministre. Pas juste les questions politiques – n'importe quel vieux croûton peut écrire là-dessus.

J'avais failli nommer McAra, mais j'ai réussi à éviter l'obstacle au dernier moment.

– Si on se concentrait sur ce que personne d'autre que vous ne connaît... sur ce que c'est véritablement que de diriger un pays au quotidien. Que ressentez-vous quand vous vous réveillez le matin ? Quelle est la pression à gérer ? Qu'est-ce que ça fait d'être coupé de la vie ordinaire ? Qu'est-ce que ça fait d'être détesté ?

– Merci bien.

– Ce qui fascine les gens, ce n'est pas la politique – qui se soucie de la politique ? Ce qui fascine les gens, ce sont toujours les gens – les détails de la vie des autres. Mais comme ces détails vous sont trop familiers, vous n'arrivez pas à déterminer ce que les gens veulent savoir. Je vais devoir vous le soutirer. Et c'est pour ça que vous avez besoin de moi. On n'écrit pas un livre pour les vieux briscards de la politique. On écrit un livre qui s'adresse à tout le monde.

– Les mémoires du peuple, a commenté sèchement Amelia, mais je n'ai pas relevé et, plus important, Lang non plus.

Il me regardait soudain différemment : on aurait dit qu'une ampoule électrique portant la mention « intérêt » venait de s'allumer derrière ses yeux. J'ai repris :

– La plupart des anciens dirigeants n'auraient pas pu entreprendre ce type de démarche. Ils sont trop compassés. Ils sont trop guindés. Ils sont trop *vieux*. S'ils retirent leur veste et leur cravate pour enfiler un... – j'ai désigné sa tenue –... disons un survêtement, on n'y croit pas. Mais vous, vous êtes différent. Et c'est pour ça qu'il faut que vous écriviez des mémoires politiques différents, pour une époque différente.

– Qu'en pensez-vous, Amelia ? a demandé Lang sans me quitter des yeux.

– Je crois que vous êtes faits l'un pour l'autre, tous les deux. Je commence à avoir l'impression de tenir la chandelle.

– Ça vous dérange si je commence à enregistrer ? Il pourrait sortir quelque chose d'utile de tout ça. Ne vous inquiétez pas... les bandes vous reviendront intégralement.

Lang a haussé les épaules et esquissé un geste vers le

Walkman Sony. Pendant que j'appuyais sur la touche « enregistrer », Amelia est sortie et a refermé doucement la porte derrière elle.

– La première chose qui me frappe, ai-je dit en apportant un siège de derrière le bureau afin de pouvoir m'asseoir juste en face de lui, c'est que, bien que vous ayez remporté des victoires considérables, vous n'avez pas grand-chose d'un politicien au sens conventionnel du terme. Je suis sûr que quand vous étiez môme, personne ne s'attendait à ce que vous vous lanciez dans la politique, non ?

C'était le genre d'interrogatoire serré que j'avais l'habitude de pratiquer.

– Bon sang, non, a répondu Lang. Certainement pas. Je ne m'intéressais pas le moins du monde à la politique, ni enfant, ni adolescent. Je trouvais les gens passionnés par la politique vraiment bizarres. D'ailleurs, c'est toujours le cas. Moi, ce que j'aimais, c'était jouer au foot. J'aimais aller au théâtre et au cinéma. Un peu plus tard, j'ai aimé sortir avec des filles. Je n'ai jamais imaginé entrer dans la politique. Je trouvais la plupart des étudiants en sciences politiques complètement ringards.

J'ai pensé : Bingo ! On ne travaillait que depuis deux minutes, et j'avais déjà la matière de mon introduction :

> *Quand j'étais gosse, je ne m'intéressais pas du tout à la politique. En fait, je trouvais les gens passionnés par la politique vraiment bizarres.*
> *C'est toujours le cas...*

– Alors, qu'est-ce qui a changé ? Qu'est-ce qui a rendu soudain la politique si excitante ?

– « Excitante », c'est tout à fait le mot, a commenté Lang avec un petit rire. J'avais quitté Cambridge et traîné pendant une année en espérant qu'une pièce sur laquelle j'avais travaillé pourrait être prise par un théâtre de Londres. Mais ça n'a pas marché et j'ai atterri dans une banque – je vivais à Lambeth dans un appartement en sous-sol minable et me sentais vraiment très mal dans ma peau parce que tous mes amis de Cambridge travaillaient à la BBC ou gagnaient des fortunes en enregistrant des voix off dans des pubs et tout ça. Et puis, je me souviens que c'était un dimanche après-midi et qu'il pleuvait – j'étais encore au lit. On frappe à la porte...

Il avait déjà dû raconter cette histoire un bon millier de fois, mais, à le regarder ce matin-là, on ne l'aurait jamais deviné. Il était enfoncé dans son fauteuil, souriant à ce souvenir, répétant les mêmes mots, exécutant les mêmes gestes parfaitement rodés – il faisait mine de frapper à la porte – et je me suis dit qu'il avait quelque chose du vieux comédien de théâtre : le genre de pro qui s'efforce toujours de donner un bon spectacle, que ce soit pour un spectateur ou pour un million.

– ... et la personne ne voulait pas s'en aller. *Boum, boum, boum.* En fait, vous voyez, j'avais un peu bu la veille au soir et tout ça, et j'étais là, à grogner et gémir. J'avais même mis mon oreiller sur ma tête. Ça a continué quand même. *Boum, boum, boum.* Alors à la fin – et je peux vous dire que ce n'était pas des paroles aimables que j'avais à la bouche –, j'ai enfilé un peignoir et je suis allé ouvrir. Et il y avait cette fille... cette fille magnifique. Elle était trempée par la pluie, et elle s'en fichait complètement et s'est lancée dans un discours sur les élections locales. Bizarre. Je dois avouer que je ne savais même pas qu'il y avait des élections locales, mais j'ai au moins eu l'esprit de faire semblant de m'y intéresser. Alors je l'invite à entrer, je lui prépare une tasse de thé et elle commence à sécher. Et ça y est... je suis amoureux. Et il devient vite évident que si je veux la revoir, le meilleur moyen est de prendre un de ses tracts pour aller me présenter le mardi soir suivant, ou je ne sais plus trop quand, à l'antenne locale du parti. Alors c'est ce que je fais.

– Et c'est Ruth ?

– C'est Ruth.

– Et si elle avait été membre d'un autre parti politique ?

– J'aurais foncé m'y inscrire tout pareil. Mais je n'y serais pas *resté*, a-t-il ajouté aussitôt. Je veux dire que ç'a été le début d'un long éveil politique pour moi – que ç'a fait ressortir des valeurs et des convictions qui étaient déjà là, simplement à l'état latent. Non, je n'aurais pas pu rester dans *n'importe quel* parti. Pourtant, tout aurait été différent si Ruth n'avait pas cogné à ma porte cet après-midi-là, et si elle n'avait pas insisté.

– Et s'il n'avait pas plu ?

– S'il n'avait pas plu, j'aurais trouvé autre chose pour l'inviter à entrer, a dit Lang avec un grand sourire. Enfin, quand même, vieux, je n'étais pas un cas *aussi* désespéré que ça.

Je lui ai renvoyé son sourire et j'ai secoué la tête en notant « intro ?? » dans mon cahier.

*

Nous avons travaillé toute la matinée, ne nous interrompant que quand on arrivait au bout d'une bande. Je me précipitais alors en bas, dans la pièce dont Amelia et les secrétaires avaient fait leur bureau temporaire, pour la leur donner à transcrire. Cela a dû se produire à deux reprises, et, chaque fois, j'ai retrouvé à mon retour Lang assis exactement là où je l'avais laissé. J'ai cru au début que c'était pour témoigner de sa capacité de concentration. Puis, peu à peu, j'ai compris que c'était parce qu'il n'avait rien d'autre à faire.

Je l'ai fait revenir sur ses premières années, en se concentrant moins sur les faits et les dates (McAra en avait relevé la majeure partie) que sur les impressions et les objets matériels de son enfance : la maison mitoyenne dans un lotissement de Leicester ; la personnalité de son père (maçon) et de sa mère (institutrice) ; les valeurs tranquilles et apolitiques de l'Angleterre provinciale des années soixante, quand les seuls bruits qu'on entendait le dimanche étaient les cloches de l'église et le carillon du marchand de glaces ; les parties de foot boueuses du samedi matin dans le jardin public et les longs après-midi de cricket estival au bord de la rivière ; l'Austin Atlantic de son père et sa première bicyclette Raleigh ; les magazines de BD – *Eagle* et *Victor* – et les feuilletons radiophoniques – *I'm sorry, I'll read that again* et *The Navy Lark* ; la finale de la coupe du monde de 1966, la série télévisée *Z Cars* et la première émission musicale, *Ready, Steady, Go !* ; *Les Canons de Navarone* et le film tiré de la série TV *Carry on Doctor* à l'ABC local ; Milly Small chantant *My Boy Lollipop* et les 45 tours des Beatles passés sur la Dansette Capri de sa mère.

Vus du bureau de Rhinehart, les petits détails de la vie britannique telle qu'elle se présentait près d'un demi-siècle plus tôt paraissaient aussi éloignés qu'un bric-à-brac dans un trompe-l'œil victorien, et, diriez-vous, tout aussi utiles. Pourtant, ma méthode n'était pas sans astuce, et Lang, avec son génie pour l'empathie, s'en est aussitôt emparé, car ce n'était pas seulement son enfance que nous passions en revue, mais aussi la mienne et celle de tous les garçons nés en Angleterre dans les années cinquante, qui ont atteint l'âge adulte dans les années soixante-dix. J'ai expliqué :

– Le but recherché, c'est persuader le lecteur de s'identifier émotionnellement à Adam Lang. De voir au-delà de la silhouette lointaine dans sa voiture blindée. De reconnaître en lui les mêmes choses qu'il reconnaît en lui-même. Parce que, si je sais une seule chose dans ce métier, c'est qu'une fois qu'on a capté la sympathie du lecteur, il est prêt à vous suivre n'importe où.

– J'ai saisi, a-t-il assuré en hochant la tête de manière appuyée. Je trouve que c'est génial.

Alors nous avons échangé des souvenirs pendant des heures et des heures d'affilée, et, même si je ne dis pas que nous commencions à lui concocter une enfance – je prenais toujours soin de ne pas m'écarter des faits historiquement reconnus –, nous mettions très certainement nos expériences en commun, au point que certains de mes souvenirs se mêlaient inévitablement aux siens. Cela vous paraîtra peut-être choquant. J'ai moi-même été choqué la première fois que j'ai entendu à la télévision un de mes clients décrire, les larmes aux yeux, un moment poignant de son passé qui sortait en fait de *mon* passé. Mais voilà. Les gens qui réussissent dans la vie sont rarement très réfléchis. Ils ont toujours le regard tourné vers l'avenir : c'est pour ça qu'ils réussissent. Ce n'est pas dans leur nature de se souvenir de ce qu'ils ressentaient, de ce qu'ils portaient, de qui était avec eux, de l'odeur de l'herbe fraîchement coupée devant l'église le jour de leur mariage ou de la force avec laquelle leur premier enfant a serré leur doigt. C'est pour cela qu'ils ont besoin de nègres... pour, en quelque sorte, leur donner de la substance.

Il s'avère au bout du compte que je n'ai pas collaboré très longtemps avec Adam Lang, mais je dois dire en toute honnêteté que je n'ai jamais eu de client aussi réceptif. Nous avons décidé que son premier souvenir serait celui du jour où, à l'âge de trois ans, il avait essayé de s'enfuir de chez lui, puis avait entendu son père venir derrière lui et senti ses bras musclés le soulever pour le ramener à la maison. Nous nous sommes rappelé sa mère en train de repasser, et l'odeur des vêtements mouillés sur un séchoir en bois devant le poêle à charbon, et combien il aimait imaginer que ce séchoir était une cabane. Son père mangeait en maillot de corps, et il aimait le gras du porc et les harengs fumés ; sa mère appréciait à l'occasion un petit verre de sherry doux et possédait un livre intitulé *A Thing of Beauty* – Une belle chose –, avec une couverture rouge et or. Le jeune Adam pouvait en contempler les images pendant des heures ; c'est ce qui avait éveillé son goût pour le théâtre. Nous nous sommes remémoré les spectacles de Noël auxquels il avait assisté (j'ai fait une note pour penser à vérifier ce qui se jouait exactement à Leicester durant son enfance) et ses premiers pas sur les planches dans la pièce que montait l'école sur la Nativité.

– Est-ce que j'étais un roi mage ?

– Ça fait un peu prétentieux.

– Un mouton ?

– Pas assez prétentieux.

– Une petite étoile ?

– Parfait !

A l'heure du déjeuner, nous étions arrivés à ses dix-sept ans, âge auquel son interprétation du rôle-titre dans *La Tragique Histoire du docteur Faust*, de Christopher Marlowe, l'avait confirmé dans son désir de devenir acteur. Avec sa minutie coutumière, McAra avait déjà déterré le compte rendu du *Leicester Mercury* de décembre 1971 décrivant comment Lang avait « envoûté son public » avec sa dernière tirade tandis qu'il entrevoyait la damnation éternelle.

Pendant que Lang était parti jouer au tennis avec un des gardes du corps, je suis descendu vérifier la transcription au rez-de-chaussée. Une heure d'entretien produit en général entre sept et huit mille mots, et nous avions travaillé, Lang et moi, de neuf heures du matin à près de treize heures. Amelia avait affecté les deux secrétaires à la tâche. Elles avaient toutes les deux des écouteurs sur les oreilles, et leurs doigts filaient sur le clavier, emplissant la pièce d'un apaisant martèlement de touches de plastique. Avec un peu de chance, j'aurais obtenu une centaine de feuillets de quinze cents signes pour cette seule matinée de travail. Pour la première fois depuis mon arrivée sur l'île, j'ai senti la douce caresse de l'optimisme.

– Première nouvelle, a commenté Amelia, penchée par-dessus l'épaule de Lucy pour déchiffrer les propos de

Lang à mesure qu'ils apparaissaient sur l'écran. Je ne l'ai jamais entendu raconter rien de tout ça.

– La mémoire humaine est une mine, Amelia, ai-je répliqué sans rire. Il suffit simplement de trouver la bonne clé.

Je suis allé dans la cuisine, à peu près aussi grande que mon appartement de Londres et avec assez de granit poli pour équiper un caveau familial. On avait préparé un plateau de sandwiches. J'en ai mis un sur une assiette et j'ai déambulé vers l'arrière de la maison jusqu'à ce que je tombe sur un solarium – je suppose que c'est comme ça que ça s'appelle – avec une grande porte vitrée qui donnait sur une piscine découverte. La piscine était recouverte d'une bâche grise creusée par la pluie et sur laquelle flottait une écume brunâtre de feuilles pourrissantes. Il y avait deux constructions cubiques en bois grisé à l'autre bout et, au-delà, les chênes de Bannister et le ciel blanc. Une petite silhouette sombre – tellement emmitouflée pour se protéger du froid qu'elle en était presque sphérique – ratissait des feuilles et les entassait dans une brouette. J'ai supposé qu'il devait s'agir du jardinier vietnamien, Duc. Je me suis dit qu'il faudrait vraiment que je voie cet endroit en été.

Je me suis assis sur une chaise longue qui dégageait une vague odeur de chlore et de crème solaire mêlés, et j'ai appelé Rick à New York. Il était pressé, comme d'habitude.

– Comment ça se passe ?

– La matinée a été plutôt bonne. C'est un vrai pro.

– Super. Je vais appeler Maddox. Il sera content de l'apprendre. Au fait, le premier versement de cinquante mille dollars vient de rentrer. Je te l'expédie. On se rappelle.

Il a raccroché.

J'ai fini mon sandwich et suis remonté dans le bureau, étreignant toujours mon téléphone silencieux. Je venais d'avoir une idée, et ma confiance toute neuve me donnait le courage de la mettre à exécution. J'ai branché le flash-drive d'Amelia sur mon ordinateur portable, puis j'ai relié l'ordinateur au téléphone par un cordon et j'ai composé le numéro de l'internet. Je me disais que je me simplifierais considérablement la vie – que le travail irait bien plus vite – si je pouvais écrire le soir dans ma chambre d'hôtel. Je ne ferais rien de mal. Les risques étaient minimes. Je ne me séparais pratiquement jamais de mon appareil et, si nécessaire, il était assez petit pour que je puisse le garder sous mon oreiller pendant mon sommeil. Dès que j'ai eu la ligne, je me suis adressé un mail à moi-même, avec le manuscrit en pièce jointe, et j'ai cliqué sur « envoi ».

Le chargement prenait un temps interminable. Amelia m'a appelé d'en bas. J'ai regardé vers la porte, et soudain, mes doigts m'ont semblé raides, comme engourdis par l'anxiété. « Votre dossier a été transféré », a fait la voix féminine qu'affectionne toujours mon fournisseur de services internet. « Vous avez un message », a-t-elle ajouté une fraction de seconde plus tard.

J'ai aussitôt arraché le cordon de l'ordinateur, et je venais juste de débrancher le flash-drive quand, quelque part dans la grande maison, une alarme s'est déclenchée. Au même instant, il y a eu un bourdonnement et un bruit métallique au-dessus de la fenêtre, derrière moi. J'ai fait volte-face et j'ai vu un volet descendre du plafond. Il dégringolait à toute vitesse, occultant d'abord le ciel, puis la mer et les dunes, précipitant cet après-midi hivernal dans la nuit, réduisant le dernier trait de lumière au noir complet. Je me suis précipité pour ouvrir la porte, et le hurlement de la sirène est devenu alors si puissant que j'en ai eu des vibrations dans le ventre.

Il se produisait la même chose dans le salon : un, deux, trois volets tombaient tels des rideaux d'acier. J'ai trébuché dans l'obscurité et me suis fracassé le genou contre un rebord aigu. J'ai lâché mon téléphone. Au moment où je me baissais pour le récupérer, la sirène a hurlé une note plus aiguë encore puis s'est tue sur un gémissement. J'ai entendu des pas monter lourdement l'escalier, puis un faisceau de lumière a transpercé la grande pièce, me surprenant en position accroupie, furtive. Les bras levés pour me protéger le visage : une vraie parodie de culpabilité.

– Excusez-nous, monsieur, a fait la voix étonnée d'un policier dans l'obscurité. On ne savait pas qu'il y avait quelqu'un là-haut.

*

Il s'agissait d'un exercice. Ils s'y prêtaient une fois par semaine. Je crois qu'ils appelaient ça le « Verrouillage ». Les employés de Rhinehart chargés de la sécurité avaient installé ce système pour le protéger en cas d'attaque terroriste, d'enlèvement, d'ouragan, contre la Security and Exchange Commission ou n'importe quel autre cauchemar qui peuple en ce moment les nuits agitées des cinq cents personnalités les plus riches recensées par le magazine *Fortune*. Pendant que les volets se relevaient et que la lumière blême de l'Atlantique emplissait à nouveau la maison, Amelia est venue dans le living pour s'excuser de ne pas m'avoir prévenu.

– Ç'a dû vous faire sursauter.

– C'est le moins qu'on puisse dire.

– C'est que je ne savais pas où vous étiez passé, a-t-elle dit, une nuance de soupçon dans sa voix apprêtée.

– C'est une grande maison. Je suis un grand garçon. Vous ne pouvez pas avoir un œil sur moi en permanence.

J'essayais d'avoir l'air détendu, mais j'avais conscience de respirer la culpabilité.

– Un petit conseil. (Ses lèvres roses et brillantes s'écartèrent en un sourire, mais ses grands yeux bleus et clairs restaient froids comme le cristal.) Evitez de trop vous balader tout seul. Les gars de la sécurité n'aiment pas beaucoup ça.

– Compris.

Je lui ai rendu son sourire.

Il y a eu un petit crissement de semelles de caoutchouc sur le bois poli, tandis que Lang gravissait l'escalier à une vitesse incroyable, prenant deux ou trois marches à la fois. Il avait une serviette autour du cou et la figure empourprée. Ses cheveux, épais et souples, étaient mouillés et assombris par la transpiration. Il semblait en colère.

– Vous avez gagné ? a demandé Amelia.

– Pas de tennis en fin de compte. (Il a soufflé, s'est laissé tomber sur le canapé et s'est penché en avant pour s'essuyer vigoureusement la tête avec la serviette.) Gym.

De la gym ? Je l'ai dévisagé avec stupéfaction. N'avait-il pas déjà couru avant que j'arrive ? Qu'est-ce qu'il préparait ? Les jeux Olympiques ?

Prenant une voix enjouée destinée à montrer à Amelia que rien ne pouvait me perturber, j'ai demandé :

– Alors... êtes-vous prêt à vous remettre au travail ?

Il a lancé vers moi un regard furieux et m'a lancé :

– Vous appelez ça du *travail* ?

C'était la première fois que je le voyais afficher une trace de mauvaise humeur, et j'ai eu brusquement une sorte de révélation : ce n'était pas du tout pour s'entraîner qu'il courait et soulevait des poids ; il ne le faisait pas par plaisir non plus. C'était simplement nécessaire à son métabolisme. Il était semblable à ces spécimens marins rares pêchés dans les profondeurs de l'océan et qui ne peuvent survivre que sous des pressions extrêmes. Echoué sur la rive, exposé à l'air trop rare de la vie ordinaire, Lang risquait constamment de mourir d'ennui.

– Pour moi, c'est indubitablement du travail, ai-je répondu avec raideur. Et ça vaut pour tous les deux. Mais si vous pensez que ce n'est pas assez exigeant pour vous sur le plan intellectuel, nous pouvons arrêter tout de suite.

J'ai eu peur d'être allé trop loin, mais alors, avec un gros effort de maîtrise de soi – si gros qu'on pouvait pratiquement voir le mécanisme compliqué de ses muscles faciaux, tous ces petits leviers, câbles et poulies, se mettre en branle –, il est parvenu à ramener un sourire las sur ses traits.

– C'est bon, vieux, a-t-il dit d'une voix atone. Vous avez gagné. Je plaisantais, a-t-il ajouté en me gratifiant d'un petit coup de serviette. On y retourne.

SEPT

« Très souvent, surtout si vous l'aidez à écrire des mémoires ou une autobiographie, l'auteur fond en larmes tout en vous racontant son histoire... votre tâche, en ces circonstances, est de lui passer les mouchoirs, de vous taire et de continuer à enregistrer. »

– Vos parents étaient-ils politisés ?

Nous étions revenus dans le bureau et avions repris nos positions respectives. Il se tenait affalé dans le fauteuil, toujours en survêtement, la même serviette toujours en écharpe autour du cou. Il émanait de lui un léger parfum de sueur. J'étais assis en face de lui avec mon cahier et ma liste de questions, l'enregistreur à minidisques posé sur le bureau, à côté de moi.

– Non, pas du tout. Je ne suis même pas sûr que mon père allait voter. Il disait qu'ils étaient tous aussi nuls les uns que les autres.

– Parlez-moi de lui.

– Il était maçon. A son compte. Il avait une cinquantaine d'années quand il a rencontré ma mère. Il avait deux fils adolescents d'un premier mariage – sa première femme l'avait quitté en le laissant avec les gosses quelque temps auparavant. Ma mère était institutrice et avait vingt ans de moins que lui. Très jolie, très timide. On raconte qu'il était venu faire des réparations sur le toit de l'école et qu'ils ont commencé à discuter, et puis, une chose en amenant une autre, ils ont fini par se marier. Il a construit une maison dans laquelle ils se sont installés tous les quatre. Je suis arrivé l'année d'après, et je crois que ça lui a fait un choc.

– Pourquoi ?

– Il pensait en avoir fini avec les petits.

– J'ai eu l'impression, en lisant ce qui a été écrit jusqu'ici, que vous n'étiez pas très proche de lui.

Lang a pris tout son temps pour répondre.

– Il est mort quand j'avais seize ans. Il était en préretraite, à cause de ses problèmes de santé, et mes demi-frères étaient adultes, mariés, installés de leur côté. C'est donc la seule fois où je me souviens de l'avoir vu beaucoup à la maison. En réalité, je commençais tout juste à le connaître quand il a eu sa crise cardiaque. Enfin, je m'entendais plutôt bien avec lui. Mais si vous voulez dire que j'étais plus proche de ma mère... alors c'est oui, de toute évidence.

– Et vos demi-frères ? Vous vous entendiez avec eux ?

– Oh non, pas du tout ! s'est exclamé Lang, riant pour la première fois depuis la pause déjeuner. Sérieusement, vous devriez effacer ça. On ne peut pas faire l'impasse sur eux, si ?

– C'est votre livre.

– Alors, laissez-les de côté. Ils ont tous les deux fait carrière dans le bâtiment, et ni l'un ni l'autre n'a jamais perdu une occasion de dire à la presse qu'il ne voterait pas pour moi. Je ne les ai pas vus depuis des années. Ils doivent avoir dans les soixante-dix ans, maintenant.

– Comment est-il mort exactement ?

– Pardon ?

– Pardon... votre père ? Je me demandais comment il était mort. Où est-il mort ?

– Oh, dans le jardin. En essayant de déplacer une dalle trop lourde pour lui. Les vieilles habitudes...

Il a consulté sa montre.

– Qui l'a trouvé ?

– C'est moi.

– Vous pourriez me décrire ça ?

C'était difficile – bien plus difficile que pendant la matinée.

– Je venais de rentrer du lycée. Je me souviens que c'était vraiment une belle journée de printemps. Maman était sortie, sûrement pour s'occuper de ses bonnes œuvres. J'ai pris à boire dans la cuisine et, sans même retirer mon uniforme scolaire, je suis allé dans le jardin pour taper dans un ballon, ou ce genre de chose. Et puis il était là, au milieu de la pelouse. Juste une écorchure au visage, à l'endroit où il était tombé. Les médecins nous ont dit qu'il avait certainement succombé avant même de toucher le sol. Mais je les soupçonne de toujours dire ça, pour rassurer les familles. Qui sait ? Ça ne peut pas être si facile, n'est-ce pas... de mourir ?

– Et votre mère ?

– Tous les fils ne pensent-ils pas que leur mère est une sainte ? a-t-il lancé, cherchant ma confirmation du regard. Eh bien, la mienne en était une. Elle a quitté l'enseignement à ma naissance, et elle était toujours prête à se mettre en quatre pour tout le monde. Elle venait d'une famille quaker très croyante. C'était l'altruisme même. Elle était tellement fière de me voir entrer à Cambridge, même si cela impliquait qu'elle allait rester seule. Pas une fois, elle ne m'a dit qu'elle était malade... elle ne voulait pas me gâcher mon séjour là-bas, surtout quand j'ai commencé à monter sur les planches et à être vraiment débordé. C'était typique d'elle. Je n'ai commencé à savoir qu'elle allait mal qu'à la fin de ma deuxième année.

– Parlez-moi de ça.

– D'accord, a fait Lang en se raclant la gorge. Bon

Dieu. Je savais qu'elle n'était pas très en forme, mais... vous savez, à dix-neuf ans, on ne prête pas attention à grand-chose d'autre qu'à soi-même. J'étais sur scène, j'avais des petites amies. Pour moi, Cambridge était un paradis. Je l'appelais une fois par semaine, et elle avait toujours l'air d'aller bien, même si elle vivait seule. Et puis je suis rentré, et elle était... Ça m'a fait un choc. Elle était... quasi squelettique. Elle avait une tumeur au foie. Je ne sais pas, peut-être que maintenant, on pourrait faire quelque chose... mais à l'époque...

Il a eu un geste d'impuissance.

– Elle n'a pas tenu un mois.

– Comment avez-vous réagi ?

– Je suis retourné à Cambridge au début de ma dernière année et... j'imagine qu'on pourrait dire que je me suis jeté à corps perdu dans la vie.

Il s'est tu. J'ai dit :

– J'ai vécu une expérience similaire.

– Vraiment ?

Il avait pris un ton inexpressif et contemplait l'océan, les déferlantes de l'Atlantique. Ses pensées paraissaient très loin derrière l'horizon.

– Oui.

Je ne parle généralement pas de moi quand je travaille, ni dans aucune autre situation d'ailleurs. Mais il arrive qu'une ou deux confidences aident le client à s'exprimer.

– J'ai perdu mes parents vers le même âge. N'avez-vous pas trouvé que, d'une façon un peu étrange, malgré la tristesse, cela vous a rendu plus fort ?

– Plus fort ? s'est-il étonné, se détournant de la fenêtre pour me regarder, les sourcils froncés.

– Au sens de devenir autonome. En sachant que la pire chose qui puisse vous arriver est déjà arrivée, et que vous avez survécu. Que vous pouvez vous débrouiller tout seul.

– Vous avez peut-être raison. Je n'y ai jamais vraiment

réfléchi. Du moins pas jusqu'à très récemment. C'est étrange. Vous voulez que je vous dise quelque chose ? J'ai vu deux morts avant d'avoir vingt ans, et puis – malgré mes fonctions de Premier ministre et tout ce que cela comporte : envoyer des hommes au combat, se rendre sur la scène d'un attentat à la bombe et je ne sais quoi encore – plus un seul pendant trente-cinq ans.

– Et qui a été le dernier ? ai-je demandé stupidement.

– Mike McAra.

– Vous n'auriez pas pu envoyer l'un des policiers pour l'identifier ?

– Non, a-t-il répondu en secouant la tête. Non, je n'aurais pas pu. Je lui devais au moins ça.

Il s'est interrompu à nouveau puis, d'un geste brusque, a saisi sa serviette et s'est frotté le visage.

– Voilà une conversation bien morbide, a-t-il décrété. Changeons de sujet.

J'ai consulté ma liste de questions. J'aurais voulu lui demander plein de choses au sujet de McAra. Je n'avais pas nécessairement l'intention de m'en servir dans le livre : force m'était même de reconnaître qu'une visite à la morgue effectuée après sa démission afin d'identifier un collaborateur ne serait peut-être pas du meilleur effet dans un chapitre intitulé « Un avenir d'espoir ». C'était plutôt pour satisfaire ma curiosité. Mais je savais aussi que je n'avais pas le temps de me laisser aller : il fallait que j'avance. Aussi ai-je fait ce qu'il me demandait et changé de sujet :

– Cambridge. Parlons de cette époque.

J'avais pensé que, de mon point de vue, les années de Cambridge seraient les plus faciles à traiter de tout le livre. J'y avais moi-même effectué mes études, quoique quelques années après Lang, et l'endroit n'avait pas tellement changé. Il ne changeait jamais beaucoup : c'est ce qui faisait son charme. Je pouvais reprendre tous les clichés : les bicyclettes, les écharpes, les toges, le canotage, les gâteaux, les poêles à gaz, les enfants de chœur, les pubs au bord de l'eau, les appariteurs en chapeau melon, les vents du Fenland, les ruelles étroites, l'émotion de marcher sur les pavés mêmes qu'avaient foulés en leur temps Newton et Darwin, etc. Et je me disais en regardant le manuscrit que cela valait mieux parce que, là encore, mes propres souvenirs devraient étayer ceux de Lang. Il s'était inscrit en économie, avait fugitivement joué au football pour la deuxième équipe de son collège et s'était fait un nom en tant que comédien au sein de l'université. Cependant, même si McAra avait consciencieusement dressé la liste de tous les spectacles auxquels l'ancien Premier ministre avait participé, allant jusqu'à citer certains passages de sketches que Lang avait interprétés pour le Footlights, tout cela présentait, cette fois encore, un manque de profondeur et un côté expéditif. Il y manquait la passion. Naturellement, j'ai mis ça sur le compte de McAra. Je n'imaginais que trop bien le peu de sympathie que ce tâcheron aux mains calleuses pouvait avoir pour les dilettantes bourgeois et leurs adolescents qui prenaient des poses dans de mauvaises productions de Brecht et Ionesco. Mais Lang lui-même semblait curieusement évasif concernant cette période de sa vie.

– C'est tellement loin, a-t-il protesté. Je ne me souviens pratiquement plus de rien. Pour être honnête, je n'étais pas très bon. Le théâtre, c'est surtout l'occasion de rencontrer des filles – à propos, ne mettez pas ça.

– Mais vous étiez excellent, me suis-je écrié. A Londres, j'ai lu des interviews où des gens disaient que vous étiez assez bon pour être professionnel.

– J'imagine que ça m'aurait plu, a concédé Lang, à un moment. Sauf qu'on ne change pas le monde en étant acteur. C'est une prérogative des politiques.

Il a de nouveau consulté sa montre.

– Mais Cambridge, ai-je insisté. Ç'a dû être d'une importance capitale pour vous, étant donné vos origines.

– Oui, j'ai beaucoup aimé le temps que j'ai passé là-bas. J'y ai rencontré des gens formidables. Mais ce n'était pas le monde réel. C'était un pays imaginaire.

– Je sais. C'est justement ce qui me plaisait, là-bas.

– Mais moi aussi. Juste entre nous, j'ai *adoré* ça, a avoué Lang, les yeux brillants à ce souvenir. Monter sur scène et faire semblant d'être quelqu'un d'autre ! Et se faire applaudir pour ça ! Que peut-il y avoir de mieux ?

– Super, ai-je commenté, surpris par son changement d'humeur. On y arrive. On va mettre ça dedans.

– Non.

– Pourquoi ?

Lang a poussé un soupir.

– Pourquoi ? Parce que ce sont les mémoires d'un *Premier ministre*, a-t-il répondu en frappant soudain violemment le bras de son fauteuil du plat de la main. Et que pendant toute ma carrière politique, chaque fois que mes adversaires ont été à court d'arguments pour m'attaquer, ils se sont rabattus là-dessus : pour eux, je n'étais qu'un *putain d'acteur*.

Il s'est levé d'un bond et s'est mis à marcher de long en large. Puis il a pris une voix traînante et haut perchée, parfaite caricature de l'aristocrate anglais :

– « Oh, Adam Lang, avez-vous remarqué comme il change de voix en fonction des gens avec qui il se trouve ? » « Ça oui..., a-t-il répliqué, soudain métamorphosé en Ecossais bourru, on ne peut vraiment pas se fier à ce que ce saligaud raconte. Ce type joue la comédie, c'est rien d'autre que de la connerie en branches ! »

Brusquement, il est devenu pontifiant, réfléchi, et a poursuivi en se tordant les mains :

– « La grande tragédie de M. Lang, c'est qu'un acteur ne peut être meilleur que le rôle qu'on lui attribue, et ce Premier ministre s'est retrouvé à court de répliques. » Cette dernière ne vous aura sans doute pas échappé lors de vos recherches approfondies.

J'ai fait non de la tête, trop stupéfait par sa tirade pour prononcer un mot.

– C'était dans l'éditorial du *Times* le jour où j'ai annoncé ma démission. Le titre en était « Veuillez quitter la scène ».

Il a regagné lentement son fauteuil et lissé ses cheveux en arrière avant de conclure :

– Alors non, si ça ne vous ennuie pas, nous ne nous appesantirons pas sur mes années de théâtre étudiant. Laissez-les exactement telles que Mike les a décrites.

Pendant un instant, nous n'avons parlé ni l'un ni l'autre. J'ai feint de rectifier mes notes. Dehors, un des policiers avançait avec peine dans les dunes, tête baissée contre le vent, mais l'insonorisation de la maison était telle qu'il avait l'air d'un mime. Les paroles de Ruth Lang à propos de son mari me sont revenues : « Il ne va pas très bien en ce moment et j'ai un peu peur de le laisser. » Je commençais à comprendre ce qu'elle entendait par là. J'ai entendu un déclic, et je me suis penché pour vérifier l'enregistreur.

– Il faut que je change le disque, ai-je annoncé, soulagé d'avoir une excuse pour m'éloigner. Je descends ça à Amelia. J'en ai pour une seconde.

Lang avait retrouvé son humeur sombre et il regardait par la fenêtre. Il m'a fait un petit geste vaguement dédaigneux de la main pour me signifier d'y aller. Je suis descendu dans la salle où les secrétaires transcrivaient le texte sur ordinateur. Amelia se tenait près d'un classeur. Elle s'est retournée à mon arrivée. Je suppose que c'est l'expression de mon visage qui m'a trahi.

– Qu'est-ce qui s'est passé ? a-t-elle demandé.

– Rien, ai-je dit avant de céder aussitôt à l'envie de partager mon malaise. En fait, il a l'air un peu à cran.

– Vraiment ? Ça ne lui ressemble pas. De quelle façon ?

– Il vient juste de se mettre en boule pour rien. J'imagine que ce doit être à cause de tout cet exercice à l'heure du déjeuner, ai-je ajouté pour essayer de tourner la chose à la plaisanterie. Ça ne peut pas être bon.

J'ai remis le minidisque à l'une des secrétaires – je crois que c'était Lucy – et j'ai récupéré les dernières transcriptions. Amelia continuait de me dévisager, la tête légèrement penchée de côté.

– Quoi ? ai-je questionné.

– Vous avez raison. Il doit y avoir quelque chose qui le perturbe. Il a reçu un coup de fil juste après votre séance de ce matin.

– De qui ?

– C'était sur son portable. Et il ne m'a rien dit. Je me demande... Alice, mon chou – tu permets ?

Alice s'est levée, et Amelia s'est glissée à sa place devant l'écran d'ordinateur. Je ne crois pas avoir jamais vu des doigts filer aussi vite sur un clavier. Le crépitement des touches ne formait plus qu'un grondement continu, semblable au bruit que feraient un million de dominos en tombant les uns sur les autres. Les images sur l'écran défilaient presque aussi rapidement. Puis le crépitement s'est réduit à quelques coups secs staccato lorsque Amelia a trouvé ce qu'elle cherchait.

– Merde !

Elle a orienté l'écran vers moi et s'est redressée sur sa chaise avec incrédulité. Je me suis penché pour lire.

La page web affichait « Dernières nouvelles » :

27 juin, 14 h 57 (Heure côte Est)

NEW YORK (AP) – L'ancien ministre des Affaires étrangères britannique Richard Rycart a demandé à la Cour pénale internationale de La Haye d'ouvrir une instruction : suivant certaines rumeurs, l'ex-Premier ministre britannique Adam Lang aurait en effet ordonné la remise illégale de suspects à la CIA, laquelle les aurait torturés.

M. Rycart, qui a été remercié du cabinet par Adam Lang

voilà quatre ans, est aujourd'hui émissaire spécial des Nations unies pour les questions humanitaires, et il ne ménage pas ses critiques sur la politique étrangère américaine. A l'époque où il a quitté le gouvernement Lang, M. Rycart a soutenu qu'il avait été limogé pour ne pas s'être montré assez proaméricain.

Dans une déclaration émanant de son bureau de New York, M. Rycart a annoncé qu'il avait transmis des documents à la CPI il y a déjà plusieurs semaines. Les documents – sur le contenu desquels il y a eu quelques fuites dans un journal anglais de ce week-end – montreraient que M. Lang, alors Premier ministre, aurait autorisé personnellement la capture de quatre ressortissants britanniques au Pakistan voilà cinq ans.

M. Rycart a continué ainsi : « J'ai à maintes reprises demandé en privé au gouvernement britannique d'enquêter sur cet acte illégal. J'ai proposé de témoigner et de répondre à toutes les questions. Cependant, le gouvernement n'a cessé de refuser ne serait-ce que de reconnaître l'existence d'une opération Tempête. J'ai donc le sentiment de n'avoir d'autre choix que de remettre les preuves qui se trouvent en ma possession à la CPI. »

– Le petit salaud, a murmuré Amelia.

Le téléphone s'est mis à sonner sur le bureau. Puis un autre a carillonné sur une toute petite table près de la porte. Personne n'a bougé. Lucy et Alice ont questionné Amelia du regard. Le portable qu'Amelia rangeait dans un étui fixé à sa ceinture a émis lui aussi sa sonnerie électronique. L'espace d'une fraction de seconde, je l'ai vue paniquer – ce devait être l'une des rares occasions de sa vie où elle ne savait pas quoi faire. En l'absence d'instructions, Lucy s'est avancée vers le téléphone du bureau.

– Non ! a crié Amelia. Laisse. Nous devons d'abord déterminer la position à tenir.

Deux autres téléphones retentissaient à présent dans d'autres parties de la maison. On se serait cru à midi dans une fabrique de pendules. Elle a sorti son portable pour vérifier le numéro d'appel.

– La meute est en route, a-t-elle commenté en éteignant son appareil.

Durant quelques secondes, elle a tambouriné du bout des doigts sur la table.

– Bon, débranche toutes les lignes, a-t-elle commandé à Alice d'une voix qui semblait avoir recouvré une partie de son assurance. Et ensuite, cherche sur les principaux sites d'information du web si tu peux dénicher d'autres déclarations de Rycart. Lucy... trouve une télévision et jette un coup d'œil sur les chaînes d'information. (Elle a consulté sa montre.) Ruth est-elle encore dehors ? Merde ! Elle n'est pas rentrée, si ?

Amelia a saisi son cahier noir et rouge et s'est engouffrée dans le couloir en claquant des talons. Comme je ne savais pas trop ce que j'étais censé faire, ni de quoi il s'agissait exactement, je me suis dit qu'il valait mieux la suivre. Elle appelait l'un des agents des Services spéciaux :

– Barry ! Barry !

Il a sorti la tête de la cuisine.

– Barry, trouvez Mme Lang et ramenez-la ici le plus vite possible.

Elle a pris l'escalier qui menait au salon.

Cette fois encore, Lang était assis, immobile, exactement là où je l'avais laissé. La seule différence était qu'il tenait son petit téléphone portable à la main. Il l'a refermé lorsque nous sommes entrés.

– Tous ces coups de fil signifient sans doute qu'il a balancé sa déclaration, a-t-il dit.

– Pourquoi ne m'en avez-vous pas parlé ? s'est écriée Amelia, exaspérée, en écartant les bras.

– Vous en parler avant d'avoir prévenu Ruth ? Je ne crois pas que cela aurait été très avisé, si ? Et puis, j'avais envie de garder ça un moment pour moi. Pardonnez-moi, a-t-il ajouté en se tournant vers moi, de m'être emporté.

J'ai été touché par ses excuses. Je me suis dit que c'était le charme dans l'adversité. J'ai répondu :

– Ne vous en faites pas pour ça.

– Et Ruth, a demandé Amelia, vous lui en avez parlé ?

– Je voulais le lui annoncer de vive voix, mais ce n'est de toute évidence plus possible, alors je viens de l'appeler.

– Et comment a-t-elle pris ça ?

– D'après vous ?

– Quel petit salaud ! a répété Amelia.

– Elle devrait être là dans une minute.

Lang s'est levé et est allé se poster à la fenêtre, les mains sur les hanches. J'ai senti à nouveau l'odeur forte de sa transpiration. Il me faisait penser à un animal acculé.

– Il tenait tellement à me dire que ça n'avait rien de personnel, a commenté Lang, le dos tourné. Il tenait tellement, mais *tellement* à me dire que ce n'était qu'à cause de son engagement notoire en faveur des droits de l'homme qu'il avait eu le sentiment de ne pas pouvoir se taire plus longtemps. « Son engagement notoire en faveur des droits de l'homme... », a-t-il répété en ricanant devant son reflet. Seigneur...

– Pensez-vous qu'il enregistrait l'appel ? a demandé Amelia.

– Qui sait ? Probablement. Et il va probablement le diffuser. Avec lui, tout est possible. J'ai simplement dit : « Merci infiniment de me prévenir, Richard », et j'ai raccroché. C'est d'un calme perturbant en bas, non ? s'est-il étonné en se retournant, sourcils froncés.

– J'ai fait débrancher tous les téléphones. Nous devons déterminer ce que nous allons dire.

– Qu'est-ce que nous avons dit pendant le week-end ?

– Que nous n'avions pas lu ce qu'il y avait dans le *Sunday Times* et ne prévoyions aucun commentaire.

– Eh bien, au moins nous savons maintenant d'où ils tiennent leur article.

Lang secoua la tête. Il avait presque l'air admiratif.

– Il veut vraiment me coincer, non ? Une fuite dans la presse le dimanche, qui prépare le terrain pour la déclaration du mardi. Trois jours de couverture au lieu d'un seul pour faire monter la mayonnaise. Il a bien appris sa leçon.

– Votre leçon.

Lang a accueilli le compliment d'un signe de tête et a reporté son regard vers la fenêtre.

– Ah, a-t-il dit. Voilà les problèmes qui arrivent.

Une petite silhouette décidée en anorak bleu revenait des dunes, dévalant le sentier si rapidement que le policier qui la suivait devait parfois se mettre à courir pour ne pas être distancé. Le capuchon pointu était rabattu sur son visage, et elle gardait le menton pressé contre sa poitrine, ce qui donnait à Ruth Lang l'allure d'un chevalier moyenâgeux casqué de polyester, en route pour le combat.

– Adam, il faut vraiment que nous fassions une déclaration, a dit Amelia. Si vous ne dites rien, ou si vous attendez trop longtemps, vous aurez l'air... (Elle a hésité.) Eh bien, ils en tireront leurs propres conclusions.

– Très bien, a répliqué Lang. Que diriez-vous de ceci ?

Amelia a décapuchonné un petit stylo argenté et ouvert son cahier.

– En réponse aux allégations de Richard Rycart, Adam Lang fait la déclaration suivante : « Lorsque la politique de soutien à cent pour cent des Etats-Unis dans la guerre totale contre le terrorisme était populaire en Grande-Bretagne, M. Rycart l'approuvait. Lorsqu'elle est devenue impopulaire, il l'a désapprouvée. Et lorsque, en raison de son incompétence en matière administrative, il a été prié de quitter les Affaires étrangères, il s'est soudain passionné pour la défense des prétendus droits de l'homme de terroristes supposés. Un enfant de trois ans verrait clair dans sa stratégie infantile visant à salir ses anciens collègues. » Point final. Fin du paragraphe.

Amelia s'était arrêtée d'écrire à la moitié de la dictée de Lang. Elle foudroyait l'ancien Premier ministre du regard et, si je n'avais pas su que c'était impossible, j'aurais pu jurer que la Reine des Neiges avait un début de larme au coin d'un œil. Il lui a rendu son regard. On a frappé doucement à la porte, et Alice est entrée, une feuille de papier à la main.

– Excusez-moi, Adam, a-t-elle annoncé. Ça vient juste d'arriver d'Associated Press.

Lang semblait peu désireux de quitter Amelia des yeux, et j'ai su alors – avec toute la certitude qu'il m'était donné d'avoir – que leur relation dépassait largement le cadre professionnel. Après une pause si longue qu'elle en devenait embarrassante, il a pris la feuille des mains d'Alice et a commencé à la lire. C'est le moment qu'a choisi Ruth pour entrer. Je commençais à avoir l'impression d'être un spectateur qui a quitté sa place pour aller aux toilettes et s'égare soudain sur la scène en plein milieu de la pièce : les comédiens faisaient comme si je n'étais pas là, et je savais que je devais partir, mais je n'arrivais pas à trouver de réplique de sortie.

Lang a fini de lire et a tendu la feuille à Ruth.

– D'après Associated Press, a-t-il annoncé, des sources directes à La Haye – quelles qu'elles puissent être – assurent que le bureau du procureur de la Cour pénale internationale donnera un communiqué dans la matinée.

– Oh, Adam ! s'est écriée Amelia en portant la main à sa bouche.

– Pourquoi n'avons-nous pas été avertis ? a questionné Ruth. Que fait Downing Street ? Pourquoi n'avons-nous aucune nouvelle de l'ambassade.

– Les téléphones sont débranchés, a répondu Lang. Ils cherchent sûrement à me joindre en ce moment même.

– On s'en fout d'*en ce moment* ! a hurlé Ruth. Qu'est-ce que vous voulez qu'on fasse, *en ce moment* ? C'est il y a une semaine qu'on aurait dû savoir ça ! Qu'est-ce que vous foutez, vous ? a-t-elle continué en reportant sa fureur contre Amelia. Je croyais que si vous étiez là, c'était pour maintenir une liaison avec le gouvernement ? Vous n'allez pas me dire que vous n'avez rien vu venir ?

– D'une façon générale, le procureur de la CPI est très soucieux de ne pas prévenir les suspects quand ils font l'objet d'une enquête, a répondu Amelia. Ni, en l'occurrence, le gouvernement de ces suspects. Au cas où ils seraient tentés de détruire des preuves.

Ces paroles ont semblé frapper Ruth de plein fouet. Elle a mis un moment à se ressaisir.

– Alors, voilà ce qu'est devenu Adam, maintenant ? Un suspect ? Il faut que tu parles à Sid Kroll, a-t-elle poursuivi en se tournant vers son mari.

– On ne sait pas exactement ce que va dire la procureur de la CPI, a fait remarquer Lang. Je dois d'abord m'entretenir avec Londres.

– Adam, a dit Ruth en s'adressant à lui très lentement, comme s'il venait d'avoir un accident et risquait d'être commotionné, ils te pendront sur la place publique si ça les arrange. Tu as besoin d'un avocat. Appelle Sid.

Lang a hésité, puis il s'est tourné vers Amelia.

– Appelez-moi Sid.

– Et pour les médias ?

– On fait une déclaration pour temporiser. Juste une phrase ou deux.

Amelia a sorti son portable et a fait défiler son carnet d'adresses.

– Vous voulez que je prépare quelque chose ?

– Pourquoi ne le ferait-il pas, *lui* ? est intervenue Ruth en me désignant. Il est censé être écrivain.

– Très bien, a dit Amelia sans dissimuler son irritation. Mais il faut que ce soit prêt tout de suite.

– Une petite seconde, ai-je demandé.

– Il faut que j'aie l'air sûr de moi, m'a dit Lang, et surtout pas sur la défensive – ce serait fatal. Mais il ne s'agit pas de faire le malin non plus. Pas d'amertume. Pas de colère. Mais ne dites pas que je suis content d'avoir l'occasion de blanchir mon nom ou ce genre de connerie.

– Bien, ai-je récapitulé, vous n'êtes pas sur la défensive, mais vous ne faites pas le malin, vous n'êtes pas en colère, mais vous n'êtes pas content ?

– C'est ça.

– Qu'est-ce que vous êtes, alors, exactement ?

Curieusement, vu les circonstances, tout le monde a ri.

– Je t'avais dit qu'il était drôle, a commenté Ruth.

Amelia a brusquement levé la main et nous a fait signe de nous taire.

– J'ai Adam Lang pour Sidney Kroll, a-t-elle annoncé. Non, je n'attendrai pas.

*

Je suis descendu avec Alice et me suis tenu derrière son épaule tandis qu'elle prenait place devant le clavier, attendant patiemment que les paroles de l'ex-Premier ministre jaillissent de mes lèvres. Ce n'est que lorsque j'ai commencé à imaginer ce que Lang pourrait dire que je me suis aperçu que je n'avais pas posé la question essentielle : avait-il réellement ordonné la remise des quatre hommes ? J'ai su alors qu'il n'avait pu en être autrement, sans quoi il aurait simplement tout nié en bloc dès le week-end, quand l'affaire était sortie dans les journaux. J'ai eu à nouveau l'impression d'être complètement dépassé par les événements. Je me suis lancé :

– J'ai toujours été un ardent, non... effacez ça... j'ai toujours été un grand... non, un défenseur *convaincu* du travail de la Cour pénale internationale. (L'avait-il été ? Je n'en avais aucune idée. Je supposais que oui. Ou plutôt, je supposais qu'il avait toujours prétendu l'être.) Et je ne doute pas que la CPI ne se laissera pas abuser par des dénonciations pernicieuses aux motivations purement politiciennes.

Je me suis interrompu. Il fallait, me semblait-il, encore une ligne : quelque chose qui soit d'une portée plus large, plus digne d'un homme d'Etat. A sa place, qu'est-ce que je dirais ?

– La lutte internationale contre le terrorisme, ai-je dicté, saisi par une soudaine inspiration, est trop importante pour être utilisée à des fins de vengeance personnelle.

Lucy a imprimé, et, quand j'ai rapporté la feuille dans le bureau, j'éprouvais une étrange fierté d'écolier rendant timidement son devoir. J'ai feint de ne pas voir la main tendue d'Amelia et ai montré d'abord mon texte à Ruth (j'apprenais enfin le protocole de cette cour en exil). Elle m'a gratifié d'un signe de tête approbateur et l'a tendu à Lang par-dessus le bureau. Il l'a lu en silence, m'a prié d'un geste de lui donner mon stylo et a griffonné un seul mot. Puis il m'a rendu le tout et a levé les pouces. S'adressant au combiné, il a dit :

– C'est très bien, Sid. Qu'est-ce qu'on sait de ces trois juges ?

– J'ai le droit de voir ? a demandé Amelia alors que nous descendions au rez-de-chaussée.

En lui remettant la feuille, j'ai remarqué que Lang avait ajouté le terme « intestine » à la dernière phrase. « La lutte internationale contre le terrorisme est trop importante pour être utilisée à des fins de vengeance personnelle intestine. » Le contraste brutal entre « internationale » et « intestine » faisait apparaître Rycart plus mesquin encore.

– C'est très bien, a commenté Amelia. Vous pourriez devenir le nouveau Mike McAra.

Je l'ai dévisagée. Je pense que dans sa bouche, c'était un compliment. Mais avec elle, c'était toujours difficile à déterminer. D'ailleurs, je m'en moquais. Pour la première fois de ma vie, je découvrais l'adrénaline de la politique. Je comprenais maintenant pourquoi Lang supportait aussi mal sa retraite. Je soupçonnais que la compétition sportive de haut niveau devait procurer un peu la même sensation. C'était comme de jouer au tennis sur le court central de Wimbledon. Rycart avait servi au ras du filet, et nous avions foncé sur la balle pour la renvoyer à la volée, avec une vitesse accrue. Un par un, les téléphones ont été rebranchés et se sont mis instantanément à sonner, réclamant l'attention de tous. Alors, j'ai entendu les secrétaires transmettre mon texte aux journalistes avides – « J'ai toujours été un défenseur convaincu du travail de la Cour pénale internationale. » J'ai regardé mes phrases partir par courriel aux agences de presse, puis, quelques minutes plus tard, j'ai commencé à les voir apparaître sur l'écran de l'ordinateur et à la télévision. (« Il y a quelques minutes à peine, l'ancien Premier ministre a fait une déclaration disant que... ») Le monde semblait devenu notre chambre d'écho.

Au milieu de l'agitation générale, mon propre portable a sonné. J'ai collé l'écouteur contre mon oreille et ai dû me boucher l'autre oreille avec mon index pour entendre qui était au bout du fil. Une voix étouffée a demandé :

– Vous m'entendez ?

– Qui est à l'appareil ?

– C'est John Maddox, de Rhinehart à New York. Mais où êtes-vous donc ? On vous croirait dans une maison de fous.

– Vous n'êtes pas le premier à utiliser cette expression. Attendez, John. Je vais essayer de trouver un endroit plus calme.

Je suis sorti dans le couloir et l'ai emprunté jusqu'à l'arrière de la maison.

– C'est mieux comme ça ?

– Je viens d'entendre les infos, a dit Maddox. Ça ne

peut qu'être très bon pour nous. On devrait commencer là-dessus.

– Quoi ? me suis-je exclamé sans cesser de marcher.

– L'affaire de crime de guerre, là. Vous l'avez interrogé là-dessus ?

– Pour vous parler franchement, John, je n'en ai pas eu beaucoup l'occasion, ai-je répondu en m'efforçant de ne pas paraître trop sarcastique. Là, tout de suite, il est un peu débordé.

– D'accord, et qu'est-ce que vous avez vu pour l'instant ?

– Les premières années – l'enfance, l'université...

– Non, non, a coupé Maddox avec impatience. Laissez donc ces foutaises. C'est ce qui se passe maintenant qui est important. Faites en sorte qu'il se concentre là-dessus et n'en parle à personne d'autre. Nous devons absolument en conserver l'exclusivité dans ses mémoires.

J'avais abouti dans le solarium où j'avais parlé à Rick pendant la pause déjeuner. Même avec la porte fermée, j'entendais toujours le son diffus des téléphones qui sonnaient de l'autre côté de la maison. L'idée que Lang puisse ne rien dire sur l'enlèvement illégal et la torture des quatre Britanniques avant la sortie du livre n'était qu'une plaisanterie. Naturellement, ce n'est pas exactement ainsi que j'ai présenté les choses au directeur de la troisième plus grosse maison d'édition du monde.

– Je vais transmettre, John, ai-je assuré. Mais vous feriez certainement mieux d'en parler à Sidney Kroll. Cela donnerait peut-être la possibilité à Adam de dire que son avocat lui a conseillé de se taire.

– Bonne idée. J'appelle Sid tout de suite. En attendant, je voudrais que vous comprimiez le calendrier.

– Le comprimer ? a fait ma voix, creuse et ténue dans la salle vide.

– C'est ça. Le comprimer. Activer un peu les choses si vous préférez. Aujourd'hui, Lang fait vendre. Les gens s'intéressent à nouveau à lui. On ne peut pas se permettre de laisser passer cette chance.

– Etes-vous en train de dire que vous voulez ce livre dans moins d'un mois ?

– Je sais que c'est dur. Et que cela signifie sans doute se contenter de revoir la plus grande partie du manuscrit au lieu de le réécrire, mais qu'est-ce qu'on en a à foutre ? Personne ne va en lire la moitié, de toute façon. Plus tôt on le sortira, plus on en vendra. Vous pensez pouvoir y arriver ?

La réponse était non. Non, pauvre connard de chauve, espèce de salaud psychopathe... vous avez vraiment lu cette merde ? Vous avez complètement pété les plombs. J'ai dit :

– Bien, John, je vais faire mon possible.

– Bravo. Et ne vous en faites pas pour votre contrat. Nous vous paierons autant pour deux semaines de travail que pour quatre. Je peux vous dire que si cette affaire de crime de guerre explose, ce sera pour nous une bénédiction.

Le temps qu'il raccroche, les deux semaines évoquées ne représentaient plus un chiffre lancé au hasard mais un délai ferme et définitif. Je ne devais plus mener quarante heures d'entretien avec Lang pour passer toute sa vie en revue : il fallait à présent l'amener à se concentrer uniquement sur la guerre contre le terrorisme, et nous commencerions les mémoires là-dessus. En ce qui concernait le reste, je ferais de mon mieux pour l'améliorer, le réécrivant quand ce serait possible.

– Et si Adam n'est pas très chaud ? ai-je questionné lors de ce qui s'est avéré notre dernier échange.

– Il le sera, a assuré Maddox. Et s'il ne l'est pas, eh bien vous n'aurez qu'à rappeler à *Adam* – à son ton, il était clair que nous n'étions que deux tantouses d'Anglais – ses obligations contractuelles : remettre un livre qui nous donne un compte rendu honnête et complet de la guerre contre le terrorisme. Je compte sur vous. C'est d'accord ?

Il n'y a pas plus triste qu'un solarium sans soleil. Je voyais le jardinier exactement au même endroit que la fois précédente, raide et empêtré dans ses épais vêtements d'extérieur, toujours en train d'entasser les feuilles mortes dans sa brouette. A peine venait-il de nettoyer un coin que le vent ramenait de nouvelles brassées de feuilles. Je me suis laissé aller à un bref instant de désespoir, appuyé dos au mur, la tête relevée vers le plafond, à méditer sur la nature fuyante des jours d'été et du bonheur humain. J'ai essayé de joindre Rick, mais son assistant m'a dit qu'il était sorti pour l'après-midi, aussi ai-je demandé qu'il me rappelle. Puis je me suis mis en quête d'Amelia.

Elle n'était pas dans le bureau, où les secrétaires répondaient encore au téléphone, ni dans le couloir ni dans la cuisine. A ma grande surprise, l'un des policiers m'a indiqué qu'elle était dehors. Il devait être quatre heures passées et il commençait à faire froid. Elle se tenait au bout de l'allée, devant la maison. Dans la pénombre de janvier, l'extrémité de sa cigarette rougeoyait quand elle inspirait, puis disparaissait complètement.

– Je n'aurais pas cru que vous étiez fumeuse, ai-je commenté.

– Je ne m'en autorise qu'une de temps en temps. Et seulement dans les périodes de grand stress ou de grande satisfaction.

– Et là, c'est quoi ?

– Très drôle.

Elle avait boutonné sa veste pour se protéger de la tombée de la nuit glaciale et fumait de cette façon curieusement sur la défensive qu'ont certaines femmes, un bras pendant mollement contre la taille, l'autre – celui dont la main tient la cigarette – incliné en travers de la poitrine. La fumée odorante du tabac grillé en plein air m'a donné une furieuse envie de fumer. Ç'aurait été la première cigarette en plus de dix ans, et ça n'aurait pas manqué de me faire replonger à deux paquets par jour, pourtant, si elle m'en avait proposé une à cet instant, je l'aurais prise.

Elle ne l'a pas fait.

– John Maddox vient d'appeler, l'ai-je informée. Il veut le bouquin dans quinze jours au lieu d'un mois.

– Nom de Dieu. Bonne chance.

– J'imagine qu'il n'y a pas la moindre possibilité que j'arrive à coincer Adam pour une autre séance aujourd'hui, si ?

– D'après vous ?

– Dans ce cas, est-ce qu'il serait envisageable de me ramener à l'hôtel ? Je commencerai à travailler là-bas.

Elle a exhalé la fumée par les narines et m'a dévisagé.

– Vous n'avez pas l'intention d'emporter le manuscrit avec vous, au moins ?

– Bien sûr que non ! (Ma voix monte toujours d'une octave quand je mens. Je n'aurais jamais pu faire de politique : on m'aurait pris pour Donald Duck.) Je voudrais juste mettre en forme les entretiens d'aujourd'hui, c'est tout.

– Vous vous rendez compte à quel point tout cela peut devenir grave, n'est-ce pas ?

– Bien sûr. Vous pouvez vérifier mon ordinateur, si vous voulez.

Elle s'est tue juste assez longtemps pour que je puisse percevoir ses soupçons, et a fini sa cigarette en lâchant :

– Bon, je vous fais confiance.

Elle a laissé tomber son mégot sur l'allée, l'a écrasé délicatement du bout du pied puis s'est baissée pour le ramasser. Je l'ai imaginée au lycée, récupérant les preuves de la même façon – première de la classe jamais surprise en train de fumer. Elle a ajouté :

– Bon, prenez vos affaires. Je vais demander à l'un des garçons de vous conduire à Edgartown.

Nous sommes retournés dans la maison et nous

sommes séparés dans le couloir. Elle a filé vers les téléphones qui sonnaient. J'ai monté l'escalier qui conduisait au bureau et, en approchant, j'ai entendu Ruth et Adam Lang en pleine dispute. Leurs voix étaient étouffées, et les seules paroles que j'ai pu saisir distinctement ont été la toute fin de la dernière diatribe de Ruth : « ... passer le reste de ma vie ici, bordel ! » La porte était entrouverte. J'ai hésité. Je ne voulais pas les interrompre, mais en même temps, je ne voulais pas attendre à l'extérieur et risquer d'être surpris comme si j'écoutais aux portes. J'ai fini par frapper doucement et, après un silence, j'ai entendu Lang dire d'une voix lasse :

– Entrez.

Il était assis au bureau. Sa femme se trouvait à l'autre bout de la pièce. Ils respiraient fort tous les deux et j'ai eu l'impression que quelque chose de capital – comme une explosion contenue depuis longtemps – venait de se produire. Je comprenais pourquoi Amelia avait fui dehors pour fumer.

– Pardon de vous déranger, me suis-je excusé en montrant mes affaires. Je voulais juste...

– Ça va, a dit Lang.

– Je vais appeler les enfants, a conclu Ruth d'un ton amer. A moins, bien sûr, que tu ne l'aies déjà fait ?

Lang ne l'a pas regardée ; il m'a regardé moi. Et, oh, que ce regard glauque était lourd de sens ! Il m'invitait, en cet instant prolongé, à contempler l'homme qu'il était devenu : dépouillé de son pouvoir, trompé par ses ennemis, traqué, déraciné, coincé entre sa femme et sa maîtresse. On pourrait écrire une centaine de pages sur ce regard fugitif sans avoir encore tout dit.

– Pardon, a dit Ruth en me bousculant avec une certaine rudesse de son petit corps tendu.

Au même instant, Amelia est apparue dans l'encadrement de la porte, un téléphone à la main.

– Adam, c'est la Maison-Blanche, a-t-elle annoncé.

Nous avons le président des Etats-Unis en ligne pour vous.

Elle m'a souri et m'a poussé vers la porte.

– Ça ne vous dérange pas ? Nous avons besoin de la salle.

*

Il faisait déjà sombre quand je suis arrivé à l'hôtel. Il subsistait juste assez de jour pour laisser voir les gros nuages noirs en provenance de l'Atlantique, qui s'amoncelaient au-dessus de Chappaquiddick. La fille au petit bonnet de dentelle de la réception a fait remarquer qu'il allait y avoir de la tempête.

Je suis monté dans ma chambre et suis resté un moment dans la pénombre, à écouter le grincement de la vieille enseigne de l'auberge et le fracas suivi du grondement incessant des vagues, au-delà de la route déserte. Le phare s'est allumé à l'instant précis où son faisceau était dirigé droit sur l'hôtel, et ce soudain jaillissement de rouge dans la chambre m'a tiré brusquement de ma rêverie. J'ai allumé la lampe de bureau et sorti mon ordinateur portable de ma sacoche. Nous avions fait un bon bout de chemin ensemble, cet ordinateur et moi. Nous avions subi des rock stars qui se prenaient pour des messies dont la mission était de sauver la planète. Nous avions survécu à des footballeurs dont les grognements monosyllabiques auraient fait passer les borborygmes d'un vieux gorille pour une tirade de Shakespeare. Nous avions supporté des acteurs promis à l'oubli mais dont l'ego égalait celui d'un empereur romain, et l'entourage qui allait avec. J'ai gratifié la machine d'une petite tape affectueuse. Son boîtier métallique autrefois rutilant était rayé et cabossé – blessures honorables d'une douzaine de campagnes. Nous arriverions bien à nous sortir de celle-ci.

Je l'ai branché sur la ligne téléphonique de l'hôtel, ai

lancé la connexion à mon fournisseur de services internet et, pendant que l'opération était en cours, je suis allé me chercher un verre d'eau dans la salle de bains. Le visage qui m'a contemplé dans le miroir était encore plus délabré que le spectre de la veille au soir. J'ai tiré sur la paupière inférieure de mon œil pour en étudier le blanc jaunâtre avant de poursuivre mon examen par les dents et les cheveux grisonnants puis par le filigrane rouge qui constellait mes joues et mon nez. Martha's Vineyard semblait me faire vieillir. C'était Shangri-La à l'envers.

De la pièce voisine m'est parvenue l'annonce familière : « Vous avez un e-mail. »

J'ai vu tout de suite que quelque chose clochait. Il y avait la liste habituelle d'une douzaine de messages publicitaires qui me proposaient tout, du gonfleur de pénis au *Wall Street Journal*, plus un courriel du bureau de Rick confirmant le versement de la première partie de l'avance. La seule chose qui n'apparaissait pas était le mail que je m'étais envoyé à moi-même dans l'après-midi.

J'ai fixé un moment l'écran d'un regard stupide, puis j'ai ouvert le classeur séparé du disque dur qui stocke systématiquement tous les courriels, entrants et sortants. Et là à mon immense soulagement, en tête de la liste des « envois », il y avait le message intitulé « sans objet » auquel j'avais ajouté en pièce jointe le manuscrit des mémoires d'Adam Lang. Mais quand j'ai ouvert le message vide et cliqué sur la boîte de téléchargement, tout ce que j'ai pu recevoir a été un message m'informant que « le dossier n'est pas accessible ». J'ai réessayé plusieurs fois, toujours avec le même résultat.

J'ai sorti mon téléphone portable et appelé mon fournisseur internet.

Je vous épargnerai le compte rendu détaillé de l'éprouvante demi-heure qui a suivi – la sélection interminable de toute une liste d'options, la musique d'attente passée en boucle, la conversation de plus en plus alarmiste avec le représentant de la société au fin fond de l'Uttar Pradesh ou Dieu seul sait d'où il pouvait parler.

La fin de l'histoire était que le manuscrit avait disparu, et que la compagnie n'avait aucune trace signalant qu'il eût jamais existé.

Je me suis allongé sur le lit.

Je n'ai pas l'esprit très pratique, mais même moi, je commençais à entrevoir ce qui avait pu se passer. D'une façon ou d'une autre, le manuscrit avait été subtilisé de la mémoire informatique de mon fournisseur de services. Il n'y avait à cela que deux explications possibles. La première était qu'il n'avait pas été chargé correctement – mais cette option ne pouvait être retenue puisque j'avais reçu les deux messages de réception pendant que j'étais encore dans le bureau : « Votre dossier a été transféré » et « Vous avez un message ». La seconde était que le fichier avait été effacé depuis. Mais comment cela avait-il pu se produire ? L'effacement impliquerait que quelqu'un avait un accès direct aux ordinateurs de l'un des plus gros conglomérats internet du monde et pouvait ensuite effacer ses traces à volonté. Cela impliquerait également – c'était obligatoire – que mes e-mails étaient surveillés.

La voix de Rick m'est revenue – « Wouah. Ç'a dû être une sacrée opération à monter. Trop grosse pour un journal. Il doit s'agir d'un coup monté par le gouvernement... » –, suivie de celle d'Amelia – « Vous vous rendez compte à quel point tout cela peut devenir grave, n'est-ce pas ? »

– Mais ce bouquin est merdique ! ai-je crié désespérément au portrait du maître baleinier victorien accroché en face du lit. Il n'y a rien là-dedans qui justifie qu'on se donne autant de mal !

Le vieux loup de mer me contemplait, impassible. J'avais rompu mon serment, semblait dire son expression, et il y avait quelqu'un, là, dehors – une force inconnue –, qui le savait.

HUIT

> « Les auteurs sont souvent des gens très occupés, difficiles à coincer ; ils sont parfois imprévisibles. L'éditeur compte donc sur le nègre pour que la publication se passe avec le moins de heurts possible. »

Il n'était plus question de me mettre au travail ce soir-là. Je n'ai même pas allumé la télévision. Tout ce que je désirais, c'était sombrer dans l'oubli. Après avoir éteint mon téléphone portable, je suis descendu au bar et, lorsque celui-ci a fermé, je suis remonté dans ma chambre où j'ai entrepris de vider une bouteille de scotch jusque bien après minuit, ce qui explique sans doute pourquoi, pour une fois, j'ai dormi d'une traite.

J'ai été réveillé par le téléphone de chevet avec l'impression que la sonnerie discordante faisait vibrer mes globes oculaires à l'intérieur de leurs orbites poussiéreuses. Quand j'ai roulé sur le ventre pour y répondre, mon estomac a continué de se soulever, comme s'il voulait s'éloigner de moi sur le matelas pour tomber par terre, pareil à un ballon rempli d'un liquide infect et visqueux. La pièce tournoyait dans une chaleur étouffante, le chauffage poussé au maximum. Je me suis rendu compte que je m'étais endormi tout habillé et que j'avais laissé les lumières allumées.

– Vous devez quitter cet hôtel immédiatement, a ordonné Amelia d'une voix qui m'a transpercé le crâne aussi sûrement qu'une aiguille à tricoter. Une voiture vient vous chercher.

C'est tout ce qu'elle a dit. Je n'ai pas discuté ; je n'en ai pas eu l'occasion. Elle avait raccroché.

J'ai lu un jour que dans l'Egypte ancienne, on préparait les pharaons à la momification en leur retirant le cerveau par le nez à l'aide d'un crochet. On avait dû pratiquer le même genre de chose sur moi pendant la nuit. Je me suis traîné sur le tapis pour écarter les rideaux, découvrant un ciel gris comme la mort. Rien ne bougeait. Le silence était absolu, pas même brisé par un cri de mouette. Une tempête se préparait : même moi, je le sentais.

Mais à l'instant où j'allais me détourner, j'ai perçu le ronronnement lointain d'un moteur. J'ai louché vers la rue en contrebas et j'ai vu deux voitures s'arrêter. Les portières de la première se sont ouvertes, et deux types en sont sortis – jeunes, visiblement pleins de santé, vêtus de jeans, de bottes et d'anoraks de ski. Le conducteur a levé les yeux vers ma fenêtre et, instinctivement, j'ai reculé d'un pas. Lorsque j'ai risqué un second coup d'œil, il avait ouvert le coffre de la voiture et se tenait penché au-dessus. Puis il s'est redressé avec ce que j'ai d'abord pris, dans l'état de paranoïa qui était le mien, pour une mitraillette. Il ne s'agissait en fait que d'une caméra de télévision.

A partir de là, j'ai accéléré le mouvement, du moins autant qu'il m'était possible de le faire. J'ai ouvert en grand la fenêtre pour laisser entrer un courant d'air glacé. Je me suis déshabillé, j'ai pris une douche tiède et je me suis rasé. Puis j'ai enfilé des vêtements propres et fait ma valise. Le temps que je descende à la réception, il était huit heures quarante-cinq – soit une heure après l'arrivée à Vineyard Haven du premier ferry en provenance du continent – et l'hôtel avait l'air d'abriter un congrès international de journalistes. Quoi qu'on puisse dire à l'encontre d'Adam Lang, il faisait certainement des merveilles pour l'économie locale : Edgartown n'avait pas connu une telle activité depuis Chappaquiddick. Il devait bien y avoir une trentaine de personnes occupées à boire du café, échanger des anecdotes dans une demi-douzaine de langues différentes, parler dans des portables et vérifier leur matériel. J'avais passé assez de temps parmi des reporters pour savoir les distinguer les uns des autres. Les correspondants de chaînes télévisées étaient habillés comme s'ils allaient à un enterrement ; les types des agences de presse avaient, eux, tout du fossoyeur.

J'ai acheté un exemplaire du *New York Times* puis je suis allé dans la salle de restaurant, où j'ai avalé trois verres de jus d'orange coup sur coup avant de concentrer toute mon attention sur le journal. Lang n'était plus cantonné à la rubrique internationale. Il faisait carrément la une :

UN EX-PREMIER MINISTRE BRITANNIQUE
JUGÉ COMME
CRIMINEL DE GUERRE

–

AVIS ATTENDU
AUJOURD'HUI

–

Un ancien ministre des Affaires étrangères
révèle que Lang a avalisé
l'emploi de la torture par la CIA

Lang avait, pouvait-on lire, fait une déclaration « musclée » (j'ai éprouvé un frisson de fierté). Il était « sous le feu », « essuyant un coup après l'autre » – à commencer par « la noyade accidentelle d'un proche collaborateur un peu plus tôt cette année ». Toute cette affaire mettait les gouvernements britannique et américain « dans l'embarras ». Un « haut fonctionnaire maintenait cependant que la Maison-Blanche resterait loyale envers celui qui avait été son allié le plus proche. "Il a été là pour nous, et nous serons là pour lui", a ajouté le haut fonctionnaire, qui ne s'est exprimé que sous le couvert de l'anonymat ».

Mais c'est le dernier paragraphe qui m'a presque fait m'étouffer avec mon café :

> La sortie des mémoires de M. Lang, qui était programmée pour juin, a été avancée à la fin du mois d'avril. John Maddox, P-DG de Rhinehart Publishing Inc., et qui a, dit-on, acheté le livre 10 millions de dollars, annonce qu'on est en train d'effectuer les dernières corrections sur le manuscrit. « Ce sera un événement majeur dans le monde de l'édition », a assuré hier M. Maddox lors d'une interview téléphonique au *New York Times*. « Pour la première fois, Adam Lang nous donnera la vision exclusive d'un dirigeant occidental sur la lutte contre le terrorisme. »

Je me suis levé et j'ai traversé le hall avec dignité, contournant soigneusement les sacs à caméra, les zooms de cinquante centimètres et les micros à main dans leurs protections pare-vent en laine grise. Il régnait parmi les représentants du quatrième pouvoir une atmosphère joyeuse, presque une atmosphère de fête, telle celle qui devait régner au dix-huitième siècle parmi les gens de bonne famille le jour d'une pendaison. Quelqu'un a crié :

– D'après la rédaction, la conférence de presse de la CPI à La Haye est programmée à dix heures, heure d'ici.

Discrètement, je suis sorti sur la véranda pour donner un coup de fil à mon agent. C'est son assistant qui m'a répondu – Brad, ou Brett, ou Brat : j'ai oublié son nom ; Rick changeait d'assistant presque aussi souvent que de femme.

J'ai demandé à parler à Rick.

– Il n'est pas à son bureau pour le moment.

– Où est-il ?

– Parti pêcher.

– *Pêcher ?*

– Il appelle de temps en temps, pour vérifier ses messages.

– C'est trop gentil. Où est-il ?

– Au Bouna National Heritage Rainforest Park.

– Bon Dieu. Où est-ce ?

– C'est une occasion qui s'est présentée...

– Où est-ce ?

Brad, ou Brett, ou Brat a hésité.

– Dans les Fidji.

*

Le minibus m'a fait sortir d'Edgartown par les hauteurs, en passant devant la librairie, le petit cinéma et l'église des baleiniers. Lorsque nous avons atteint les confins de la ville, nous avons tourné à gauche, en suivant les pancartes de West Tisbury, au lieu d'aller à droite pour prendre la direction de Vineyard Haven. Cela signifiait au moins que je retournais à la propriété et pas au ferry pour avoir brisé la Loi Officielle du Secret. Je me suis installé derrière le policier qui conduisait, ma valise posée sur le siège près de moi. C'était l'un des plus jeunes, vêtu du blouson gris zippé et de la cravate noire réglementaires. Ses yeux ont cherché les miens dans le rétroviseur, et il a commenté que tout ça était vraiment très triste. J'ai répondu brièvement que c'était effectivement une triste affaire, puis j'ai fixé la vitre avec ostentation, pour éviter d'avoir à parler.

Nous nous sommes vite retrouvés en rase campagne. Une piste cyclable déserte longeait la route. Au-delà s'étendait la morne forêt. Mon petit corps frêle se trouvait peut-être sur Martha's Vineyard, mais ma tête était dans le Pacifique Sud. Je pensais à Rick dans les Fidji, et à toutes les façons les plus élaborées et humiliantes dont je pourrais le virer dès qu'il serait rentré. La partie rationnelle de mon cerveau savait que je n'en ferais rien – pourquoi Rick n'aurait-il pas le droit d'aller à la pêche ? – mais c'était la partie irrationnelle qui dominait ce matin-là. J'imagine que j'avais peur, et la peur déforme le jugement plus encore que l'alcool et l'épuisement. Je me sentais trompé, abandonné, furieux.

– Une fois que je vous aurai déposé, monsieur, a repris le policier sans se laisser décourager par mon silence, j'irai chercher M. Kroll à l'aéroport. On sait toujours que ça va mal quand les avocats commencent à se pointer.

Il s'est interrompu et s'est rapproché du pare-brise.

– Oh merde. C'est reparti.

Un peu plus loin, on aurait dit qu'il y avait eu un accident de voiture. Les gyrophares bleu vif de deux voitures de police balayaient ce matin sinistre d'une lueur dramatique, illuminant les arbres tout proches comme des éclairs en nappes de théâtre. En nous rapprochant, nous avons découvert une bonne dizaine de voitures et camionnettes garées de part et d'autre de la route. Des gens attendaient sans but à côté, et, de cette manière lente qu'a parfois le cerveau de rassembler les informations, j'ai supposé qu'il y avait eu un carambolage. Mais, quand le minibus a ralenti et indiqué qu'il tournait à gauche, les gens ont commencé à ramasser des trucs par terre et à se précipiter vers nous. « Lang ! Lang ! Lang ! » a hurlé une femme dans un haut-parleur. « Menteur ! Menteur ! Menteur ! » Des images de Lang en combinaison orange, étreignant des barreaux de prison entre ses mains ensanglantées, ont dansé devant le pare-brise : « RECHERCHÉ ! CRIMINEL DE GUERRE ! ADAM LANG ! »

La police d'Edgartown avait bloqué le chemin qui conduisait à la propriété de Rhinehart avec des cônes de signalisation qu'elle a rapidement écartés pour nous laisser passer, mais pas assez rapidement pour nous empêcher de nous arrêter. Les manifestants nous ont entourés et une rafale de coups de poing et de coups de pied s'est abattue sur les flancs du minibus. Un arc de lumière blanche aveuglante a éclairé une silhouette – celle d'un homme, encapuchonné comme un moine. Il s'est détourné du journaliste qui l'interrogeait pour nous regarder, et il m'a semblé l'avoir déjà vu quelque part. Mais il a aussitôt disparu derrière un mur de visages déformés, de poings serrés et de bave écumante.

– Ces salopards de manifestants pacifistes, ce sont toujours les plus violents, a déploré mon chauffeur en appuyant sur la pédale d'accélérateur.

Les pneus arrière ont patiné dans le vide avant d'accrocher le sol, nous projetant en avant dans les bois silencieux.

*

Amelia est venue à ma rencontre dans le couloir. Elle a regardé mon unique bagage avec mépris.

– C'est vraiment tout ce que vous avez ?

– Je voyage léger.

– Léger ? C'est carrément aérien, a-t-elle fait avec un soupir. C'est bon, suivez-moi.

Ma valise était un de ces bagages à poignee extensible et roulettes qui pouvaient aller partout. Elle produisait un petit ronronnement industrieux sur le sol de pierre tandis que je la tirais en suivant Amelia dans le couloir puis vers l'arrière de la maison.

– J'ai essayé de vous joindre plusieurs fois, hier soir, a-t-elle dit sans se retourner, mais vous n'avez pas répondu.

« Nous y voilà », ai-je pensé.

– J'ai oublié de charger mon portable.

– Oh ? Et le poste de votre chambre ? J'ai essayé aussi.

– Je suis sorti.

– Jusqu'à minuit ?

J'ai fait la grimace derrière son dos.

– Qu'est-ce que vous vouliez me dire ?

– Ça.

Elle s'est arrêtée devant une porte, l'a poussée et s'est effacée pour me laisser entrer. La pièce était plongée dans l'obscurité, mais les gros rideaux ne se rejoignaient pas tout à fait au milieu, et j'avais juste assez de jour pour distinguer la forme d'un grand lit. Il régnait une odeur de linge sale et de savon de vieille fille. Amelia est allée ouvrir les rideaux d'un mouvement brusque.

– A partir de maintenant, vous dormirez ici.

C'était une chambre toute simple, avec une porte vitrée coulissante qui donnait directement sur la pelouse. Outre le lit, il y avait un bureau équipé d'une lampe d'architecte, un fauteuil recouvert d'une étoffe beige à tissage épais, et une penderie intégrée qui couvrait toute la longueur du mur, avec portes coulissantes à miroirs. J'ai aussi vu une salle de bains attenante carrelée de blanc. C'était propre et fonctionnel ; lugubre.

J'ai essayé de tourner la chose à la plaisanterie :

– Alors, c'est là que vous mettez la grand-mère, c'est ça ?

– Non, c'est là que nous mettions Mike McAra.

Elle a ouvert les portes du placard, révélant quelques vestons et chemises sur des cintres.

– Nous n'avons pas encore eu l'occasion de débarrasser ses affaires, j'en ai peur, et comme sa mère est en maison de retraite, elle n'a pas de place pour ranger tout ça. Mais, ainsi que vous l'avez dit vous-même, vous voyagez léger. Et puis ce ne sera que pour quelques jours, maintenant que la sortie du livre a été avancée.

Je n'ai jamais été particulièrement superstitieux, mais je crois que certains endroits dégagent quelque chose, et, à l'instant où j'ai mis les pieds dans cette chambre, je me suis senti mal à l'aise. Outre que l'idée de toucher les affaires de McAra me remplissait d'un sentiment proche de la panique.

– J'ai pour règle de ne jamais dormir chez un client, ai-je objecté, m'efforçant de garder une voix légère et désinvolte. Après une journée de travail, il est souvent vital de s'en aller.

– Mais de cette façon, vous pourrez avoir un accès constant au manuscrit. N'était-ce pas ce que vous vouliez ?

Elle m'a adressé un sourire qui, pour une fois, n'était pas dépourvu d'une vraie gaieté. Elle m'avait coincé, au sens propre comme au sens figuré.

– De plus, vous ne pouvez pas affronter le feu des médias. Tôt ou tard, ils découvriront qui vous êtes et ils vous harcèleront de questions. Ce serait horrible pour vous. De cette façon, vous pourrez travailler en paix.

– Je ne pourrais pas prendre une autre chambre ?

– Il n'y a que six chambres dans le corps principal de la maison. Adam et Ruth en ont chacun une. J'en ai une. Les filles en partagent une. Les policiers de garde en ont une pour le service de nuit. Et le pavillon des invités est entièrement occupé par les Services spéciaux. Ne soyez pas si délicat : on a changé les draps. Écoutez, a-t-elle dit en consultant son élégante montre en or, Sidney Kroll ne va pas tarder, maintenant. Nous sommes censés avoir la déclaration de la CPI dans moins d'une demi-heure. Pourquoi ne pas vous installer avant de venir nous rejoindre ? Quel que soit le résultat, ça vous concerne aussi. Vous êtes pratiquement l'un des nôtres à présent.

– Vraiment ?

– C'est vous qui avez rédigé la déclaration, hier. Cela fait de vous un complice.

Je n'ai pas ouvert ma valise après son départ. Je n'arrivais pas à me décider. Je me suis contenté de m'asseoir prudemment au pied du lit et de regarder par la vitre la pelouse balayée par les vents, les buissons pelés et le ciel immense. Un petit halo de vive lumière blanche traversait rapidement l'espace gris, enflant à mesure qu'il se rapprochait. Un hélicoptère. Il est passé bas au-dessus de nous, faisant vibrer les lourdes portes vitrées, puis est réapparu moins de deux minutes plus tard à un bon kilomètre de distance, juste au-dessus de l'horizon, pareil à une comète sinistre et maléfique. Je me suis dit que le fait qu'un directeur de l'information harcelé par des impératifs budgétaires décide de louer un hélicoptère dans l'espoir de saisir un vague cliché de l'ancien Premier ministre britannique témoignait de la soudaine gravité de la situation. Je me suis représenté Kate en train de regarder avec un air suffisant les images en direct dans son bureau de Londres, et j'ai été pris d'une envie formidable de sortir en courant et en agitant les bras, comme Julie Andrews au début de *La Mélodie du bonheur* : « Oui, chérie, c'est moi ! Je suis ici avec le criminel de guerre ! Je suis son *complice* ! »

Je suis resté comme ça un moment, jusqu'à ce que j'entende le minibus s'arrêter devant la maison, puis un bruit de voix dans le vestibule, et enfin les pas d'une petite troupe montant l'escalier de bois : j'imagine que ce devait être le son que produisaient mille dollars de l'heure de frais d'avocat sur pied. J'ai laissé à Kroll et à son client le temps de se serrer la main, d'exprimer des condoléances et d'affirmer toute la confiance nécessaire, puis j'ai quitté ma chambre mortuaire avec lassitude et je suis allé les rejoindre.

*

Kroll était arrivé de Washington par jet privé en compagnie de deux jeunes assistants juridiques, une Mexicaine absolument ravissante qu'il a présentée sous le nom d'Encarnacion, et un jeune Noir new-yorkais qui s'appelait Josh. Ils ont pris place sur le canapé, un de chaque côté et lui au milieu, leur ordinateur portable ouvert sur leurs genoux, et le dos tourné à la vue sur l'océan. Adam et Ruth Lang se sont installés sur le canapé d'en face, Amelia et moi chacun dans un fauteuil. Près de la cheminée, un écran plat de télévision digne d'une salle de cinéma montrait des images aériennes de la maison, relayées en direct par l'hélicoptère que nous entendions confusément vrombir dehors. De temps à autre, la salle de rédaction donnait la parole aux journalistes qui attendaient dans la grande salle des lustres de La Haye où devait se tenir la conférence de presse. Chaque fois qu'apparaissait l'estrade vide avec le logo de la Cour pénale internationale dans ce bleu si chic des Nations unies – les rameaux de laurier et la balance de la Justice – je me sentais un peu plus nerveux et nauséeux. Mais Lang, lui, paraissait calme. Il portait une chemise blanche et une cravate bleu foncé, sans veste. C'était le genre de situation pour lequel était fait son métabolisme.

– Bon, résumons-nous, a commencé Kroll lorsque nous avons tous été assis. Vous n'êtes pas inculpé, vous n'êtes pas en état d'arrestation. Il n'y a vraiment pas de quoi en faire une montagne, je vous le promets. Tout ce que la procureur réclame pour l'instant, c'est l'autorisation d'ouvrir une enquête officielle. D'accord ? Alors, quand vous sortirez d'ici, je veux que vous marchiez la tête haute, que vous ayez l'air détendu et l'esprit complètement tranquille parce que tout va aller pour le mieux.

– Le Président m'a dit qu'on ne la laisserait peut-être même pas enquêter, a commenté Lang.

– J'hésite toujours à contredire le dirigeant du monde libre, a dit Kroll, mais le sentiment général à Washington ce matin est qu'ils n'auront pas vraiment le choix. Il semble que Mme la procureur soit plutôt habile. Le gouvernement britannique a systématiquement refusé d'ouvrir lui-même une enquête sur l'opération Tempête, ce qui donne à la procureur un prétexte légal pour s'en charger. Et en divulguant l'affaire à la presse avant de se rendre à la chambre préliminaire, elle a mis une telle pression sur les trois juges qu'ils ne pourront que lui accorder l'autorisation de passer au stade de l'enquête. S'ils lui demandent d'y renoncer, ils savent très bien que tout le monde les accusera d'avoir peur de poursuivre une grande puissance.

– Ce n'est ni plus ni moins qu'une tactique de diffamation, a commenté Ruth.

Elle portait un caleçon noir et un autre de ses hauts informes. Elle avait ramené ses pieds déchaussés sous elle, sur le canapé, et tournait le dos à son mari.

– C'est de la politique, a fait Lang en haussant les épaules.

– C'est exactement mon avis, est intervenu Kroll. Il faut traiter cela comme un problème politique et non comme un problème juridique.

– Il convient de préparer notre version de ce qui s'est passé, a dit Ruth. Se refuser à tout commentaire n'est plus de mise à l'heure actuelle.

J'ai saisi l'occasion pour lancer :

– John Maddox...

– Oui, m'a coupé Kroll. J'ai parlé à John, et il a raison. Il faut vraiment qu'on s'attaque à toute cette histoire dans les mémoires. Ce sera pour vous la tribune idéale pour répondre aux attaques, Adam. Ils sont très impatients.

– Très bien, a dit Lang.

– Dès que possible, il faut que vous passiez un moment avec notre ami ici présent – j'ai pris conscience que Kroll avait oublié mon nom – pour lui relater toute l'affaire en détail. Mais vous devrez impérativement tout soumettre à mon accord préalable. Le meilleur test est pour nous d'imaginer que chaque mot est prononcé alors que vous êtes au banc des accusés.

– Pourquoi ? a questionné Ruth. Je croyais que vous aviez dit que ce ne serait rien.

– Et ce ne sera rien, a répliqué Kroll sur un ton doucereux, surtout si nous prenons garde de ne pas leur donner le moindre argument supplémentaire.

– De cette façon, nous présenterons les choses comme nous l'entendons, a dit Lang. Et chaque fois qu'on m'interrogera là-dessus, je pourrai renvoyer les gens au compte rendu qui sera fait dans le bouquin. Qui sait ? Ça pourrait même aider à en vendre quelques exemplaires.

Il a regardé autour de lui. Nous avions tous le sourire aux lèvres.

– Bon, a-t-il enchaîné, revenons-en à l'ordre du jour. Pour quel motif est-ce que je risque de faire l'objet d'une enquête ?

Kroll a fait signe à Encarnacion.

– Soit crime contre l'humanité, a-t-elle avancé prudemment, soit crime de guerre.

Il y a eu un silence. Les mots peuvent décidément produire un effet curieux. Peut-être était-ce simplement parce que c'était elle qui les avait prononcés : elle paraissait si innocente. Nous avons tous cessé de sourire.

– C'est incroyable, a fini par commenter Ruth, de mettre ce qu'Adam a fait ou n'a pas fait au même niveau que les crimes nazis.

– C'est précisément pour cela que les Etats-Unis ne reconnaissent pas cette Cour, dit Kroll. Nous vous avions prévenus, ajouta-t-il en agitant le doigt. Un tribunal international chargé de juger les crimes de guerre semble très noble dans son principe. Mais vous poursuivez tous ces maniaques du génocide dans le Tiers Monde, et, tôt ou tard, c'est le Tiers Monde qui s'en prend à vous, sinon, ça ressemble à de la discrimination. Ils tuent trois mille d'entre nous et on tue l'un d'entre eux, et nous voilà tous des criminels de guerre à mettre dans le même panier. C'est la pire sorte d'équivalence morale. Voilà, comme ils ne peuvent pas traîner l'Amérique devant leur tribunal bidon, à qui vont-ils s'attaquer ? C'est évident : notre allié le plus proche – vous. Comme je le disais, ce n'est pas juridique, c'est politique.

– Vous devriez développer exactement cet argument, Adam, est intervenue Amelia tout en écrivant quelque chose dans son cahier noir et rouge.

– Ne vous en faites pas, a-t-il répliqué sombrement. J'y compte bien.

– Continuez, Connie, a dit Kroll. Ecoutons la suite.

– La raison pour laquelle nous ne pouvons déterminer quelle voie ils vont choisir à ce stade des opérations est que la torture est condamnée à la fois par l'article 7 du Statut de Rome de 1998 sous l'intitulé de « Crimes contre l'humanité », et aussi par l'article 8 sous la dénomination de « Crimes de guerre ». L'article 8 définit également comme « Crimes de guerre » – elle a consulté son ordinateur portable – « le fait de priver intentionnellement un prisonnier de guerre ou toute autre personne protégée de son droit d'être jugé régulièrement et impartialement, ainsi que la déportation ou le transfert illégal, ou la détention illégale ». A priori, monsieur, vous pourriez aussi bien tomber sous le coup de l'article 7 que de l'article 8.

– Je n'ai jamais demandé qu'on torture qui que ce soit ! s'est exclamé Lang d'une voix qui exprimait l'indignation et l'incrédulité. Et je n'ai privé personne d'un procès impartial, sans parler de détenir qui que ce soit illégalement. Peut-être – *peut-être* – pourrait-on porter ces accusations contre les Etats-Unis, mais pas contre la Grande-Bretagne.

– C'est vrai, monsieur, a convenu Encarnacion. Cependant, à l'article 25, qui traite de la responsabilité pénale individuelle, il est stipulé que – cette fois encore, son regard sombre et calme s'est porté sur l'écran d'ordinateur – « une personne est pénalement responsable et peut être punie si, en vue de faciliter la commission d'un tel crime, elle apporte son aide, son concours ou toute autre forme d'assistance à la commission ou à la tentative de commission de ce crime, y compris en fournissant les moyens de cette commission ».

Une fois encore, il y a eu un silence, troublé par le ronronnement lointain de l'hélicoptère.

– Ça balaye large, a prononcé Lang à voix basse.

– C'est absurde, voilà ce que c'est, a décrété Kroll. Cela signifie que si la CIA met un suspect dans un avion privé pour aller l'interroger quelque part, les propriétaires de cet avion privé sont, d'un point de vue technique, coupables d'avoir facilité un crime contre l'humanité.

– Mais, d'un point de vue juridique..., a commencé Lang.

– Ça n'a rien de juridique, Adam, l'a coupé Kroll avec un soupçon d'exaspération. C'est politique.

– Non, Sid, est intervenue Ruth.

Elle était très concentrée, le regard fixé sur le tapis tout en secouant la tête énergiquement.

– C'est juridique aussi. Les deux sont indissociables. Le passage que cette jeune femme vient de nous lire montre parfaitement pourquoi les juges vont devoir autoriser une enquête, puisque Richard Rycart a fourni des preuves documentaires qui suggèrent qu'Adam a bien fait toutes ces choses : contribué, encouragé, facilité. C'est un risque juridique, a-t-elle poursuivi en levant les yeux. N'est-ce pas l'expression que vous employez ? Et cela conduit inévitablement à un risque politique. Parce qu'il ne s'agira plus au bout du compte que de l'opinion publique et que nous sommes déjà bien assez impopulaires comme ça en Angleterre.

– Eh bien, si cela peut vous rassurer, Adam ne court certainement aucun risque tant qu'il reste ici, parmi ses amis.

La vitre épaisse a vibré légèrement. L'hélicoptère revenait examiner les choses de plus près. Le faisceau de son projecteur a rempli la pièce. Mais, sur l'écran de télévision, tout ce qu'on pouvait voir sur la grande baie vitrée, c'était le reflet de la mer.

– Attendez une seconde, a soudain réagi Lang en portant la main à sa tête pour empoigner sa chevelure, comme s'il entrevoyait la situation pour la première fois. Etes-vous en train de dire que je ne peux pas quitter les Etats-Unis ?

– Josh, a appelé Kroll en faisant signe à son autre assistant.

– Monsieur, a commencé Josh avec gravité, je voudrais, si cela ne vous dérange pas, vous lire l'introduction de l'article 58, qui couvre les mandats d'arrêt.

Il a fixé son regard solennel sur Adam Lang.

– « A tout moment après l'ouverture d'une enquête, la chambre préliminaire délivre, sur requête du procureur, un mandat d'arrêt contre une personne si, après examen de la requête et des éléments de preuve ou autres renseignements fournis par le procureur, elle est convaincue qu'il y a des motifs raisonnables de croire que cette personne a commis un crime relevant de la compétence de la Cour et que l'arrestation de cette personne apparaît nécessaire pour garantir que la personne comparaîtra. »

– Bon sang ! s'est exclamé Lang. Qu'entend-on par « motifs raisonnables » ?

– Cela n'arrivera pas, a assuré Kroll.

– Vous n'arrêtez pas de répéter ça, a dit Ruth avec irritation, mais c'est possible.

– Ça n'arrivera pas, mais ça pourrait arriver, a déclaré Kroll en écartant les bras. Ces deux états de fait ne sont pas incompatibles.

Il s'est autorisé un de ses petits sourires et s'est tourné vers Adam pour ajouter :

– Néanmoins, en tant qu'avocat, jusqu'à ce que toute cette affaire soit réglée, je vous conseille fortement de ne vous rendre dans aucun pays qui reconnaît la juridiction de la Cour pénale internationale. Il suffirait que deux de ces trois juges décident de se mettre dans les bonnes grâces de la clique des droits de l'homme et émettent un mandat pour que vous vous fassiez arrêter.

– Mais pratiquement tous les pays du monde reconnaissent la CPI, a protesté Lang.

– Pas l'Amérique.

– Qui d'autre ?

– L'Irak, a énuméré Josh. La Chine, la Corée du Nord, l'Indonésie.

Nous avons attendu la suite ; elle n'est pas venue.

– Et c'est *tout* ? s'est exclamé Lang. Tous les autres pays la reconnaissent ?

– Non, monsieur. Pas Israël. Ni certains des régimes les plus corrompus d'Afrique.

– Je crois qu'il se passe quelque chose, est intervenue Amelia.

Elle a dirigé la télécommande vers l'écran.

*

Nous avons donc regardé la procureur espagnole, toute en masse de cheveux noirs et rouge à lèvres éclatant, aussi séduisante qu'une star de cinéma sous les flashes argentés des appareils photo, annoncer qu'on lui avait accordé ce matin le pouvoir d'ouvrir une enquête concernant l'ancien Premier ministre britannique Adam Peter Benet Lang, en vertu des articles 7 et 8 du Statut de Rome de 1998 de la Cour pénale internationale.

Ou plutôt, les autres ont tous regardé la procureur pendant que moi, je regardais Lang. Tout en feignant de prendre en note les propos de la procureur, mais en étudiant en réalité mon client afin de trouver des idées que je pourrais utiliser par la suite, j'ai noté sur mon calepin : « AL – intense concentration. Tend la main vers R : elle ne réagit pas. Se tourne vers elle. Seul, dépassé. Retire sa main. Se concentre à nouveau sur l'écran. Secoue la tête.

La P dit : "S'agissait-il d'un incident isolé ou cela faisait-il partie d'un plan systématique de comportement criminel ?" AL accuse le coup. En colère. La P : "La justice doit être la même pour les riches et pour les pauvres, pour les faibles et pour les puissants." Cris en direction de l'écran. "Et les terroristes ?" »

Je n'avais jamais assisté à une période de crise dans la vie d'aucun de mes auteurs et, en examinant Lang, j'ai peu à peu pris conscience que ma question passe-partout fétiche – « Qu'avez-vous ressenti ? » – était en fait un outil bien grossier, tellement vague qu'il en devenait presque inutile. Au cours de ces quelques minutes, alors que l'on expliquait la procédure judiciaire, le visage taillé à coups de serpe de Lang a reflété une succession rapide d'émotions, aussi fugitives que les ombres des nuages filant à flanc de montagne au printemps – le choc, la fureur, la souffrance, le défi, la consternation, la honte... Comment démêler les unes des autres ? Et s'il ne savait pas précisément ce qu'il ressentait maintenant, au moment même où il le ressentait, comment voudrait-on qu'il le sache dans dix ans ? Il faudrait que je fabrique jusqu'à sa réaction en cet instant même. Je devrais même la simplifier pour la rendre plausible. Je devrais piocher dans ma propre imagination. Dans un certain sens, je serais obligé de mentir.

La procureur a terminé sa déclaration, répondu brièvement à deux ou trois questions qu'on lui criait, puis a quitté l'estrade. Au milieu de la salle, elle s'est arrêtée une fois encore pour les photographes, et il y a eu une nouvelle tempête de phosphore avant qu'elle ne se tourne, offrant ainsi au monde son superbe profil aquilin avant de disparaître. L'écran est revenu à l'image aérienne de la maison de Rhinehart dans son décor de forêt, d'étang et d'océan, tandis que le monde guettait l'apparition de Lang.

Amelia a baissé le son. En bas, les téléphones ont commencé à sonner.

– Eh bien, a lâché Kroll, rompant le silence, il n'y avait rien là-dedans que nous ne sachions déja.

– Oui, a commenté Ruth. *Bravo.*

Kroll a fait semblant de ne rien remarquer.

– Adam, il faut que nous vous conduisions tout de suite à Washington. Mon avion attend à l'aéroport.

Lang n'avait pas quitté l'écran des yeux.

– Quand Marty a proposé que nous utilisions sa maison de vacances, je ne me doutais pas qu'elle était aussi coupée du monde. Nous n'aurions jamais dû venir. Maintenant, nous donnons l'impression de nous cacher.

– C'est exactement mon sentiment. Vous ne pouvez pas rester terré ici, du moins pas aujourd'hui. J'ai passé quelques coups de fil. Je peux me débrouiller pour que vous rencontriez le chef de la majorité en place pour le déjeuner, et nous pourrons organiser une séance photo avec le secrétaire d'Etat cet après-midi.

Lang a fini par arracher son regard de la télévision.

– Je ne sais pas si je dois me prêter à tout ça. On pourrait avoir l'impression que je panique.

– Non, pas du tout. Je leur ai déjà parlé. Ils sont avec vous : ils sont prêts à faire tout leur possible pour vous aider. Ils diront tous les deux que les rendez-vous étaient programmés depuis des semaines, pour discuter de la fondation Adam-Lang.

– Mais ça a l'air cousu de fil blanc, vous ne trouvez pas ? dit Lang en fronçant les sourcils. De quoi sommes-nous censés discuter ?

– Quelle importance ? Le sida. La pauvreté. Le changement climatique. L'Afrique. Tout ce que vous voudrez. Le but, c'est d'afficher une certaine continuité : j'ai un emploi du temps à respecter, c'est important et je ne vais pas me laisser divertir par des clowns qui se prennent pour des juges à La Haye.

– Et que fait-on de la sécurité ? a demandé Amelia.

– Les services secrets s'en occupent. Nous remplirons les blancs du calendrier au fur et à mesure. Toute la ville va se précipiter pour vous voir. J'attends des nouvelles du vice-Président, mais ce sera une rencontre privée.

– Et les médias ? a dit Lang. Il va falloir réagir vite.

– On s'arrêtera en allant à l'aéroport pour leur dire quelques mots. Je peux faire une déclaration, si vous voulez. Il vous suffira de vous tenir à mes côtés.

– Non, a répliqué Lang d'un ton ferme. Non, c'est exclu. Cela me donnerait définitivement l'air coupable. Il faut que je leur parle moi-même. Ruth, qu'est-ce que tu penses d'aller à Washington ?

– Je pense que c'est une très mauvaise idée. Désolée, Sid, je sais que vous vous donnez du mal pour nous, mais nous devons prendre en compte l'impact que cela aura en Angleterre. Si Adam se rend à Washington, il passera pour le pauvre rejeton de l'Amérique qui court se réfugier dans le giron de son père.

– Qu'est-ce que tu ferais, alors ?

– Je rentrerais à Londres.

Kroll a essayé d'émettre une objection, mais Ruth a continué de parler sans lui prêter attention.

– Les Britanniques n'apprécient peut-être pas beaucoup Adam en ce moment, mais s'il y a une chose qu'ils détestent plus encore, c'est que des étrangers viennent leur dicter leur conduite. Le gouvernement sera bien forcé de le soutenir.

– Le gouvernement britannique va coopérer pleinement dans le cadre de l'enquête, est intervenue Amelia.

– Oh, vraiment ? a fait Ruth d'une voix aussi suave que du cyanure. Et qu'est-ce qui vous fait croire ça ?

– Je ne crois rien, Ruth. Je le lis. C'est à la télé. Regardez.

Nous avons tous tourné la tête. Le titre défilait au bas de l'écran. DERNIÈRES NOUVELLES : LE GOUVERNEMENT

BRITANNIQUE « COOPÉRERA PLEINEMENT » DANS L'ENQUÊTE SUR LES CRIMES DE GUERRE.

– Comment osent-ils ? a commenté Ruth. Après tout ce que nous avons fait pour eux !

– Avec tout mon respect, madame, est intervenu Josh, en tant que signataire de la CPI, le gouvernement britannique n'a pas le choix : il est contraint par le droit international de « coopérer pleinement ». Ce sont les termes exacts de l'article 86.

– Et que se passera-t-il si la CPI décide de m'arrêter, au bout du compte ? a demandé posément Lang. Le gouvernement britannique devra-t-il continuer de « coopérer pleinement » ?

Josh avait déjà trouvé le passage concerné sur son ordinateur.

– C'est couvert par l'article 59, monsieur. « L'Etat-partie qui a reçu une demande d'arrestation provisoire ou d'arrestation et de remise prend immédiatement des mesures pour faire arrêter la personne dont il s'agit. »

– Voilà, me semble-t-il, qui règle la question, a conclu Lang. C'est donc Washington.

Ruth a croisé les bras. Le geste m'a rappelé Kate : un signe annonciateur de tempête. Elle a répliqué :

– Je continue de penser que ça fera mauvaise impression.

– Pas aussi mauvaise que de quitter Heathrow avec des menottes.

– Ça montrerait au moins que tu as quelque chose dans le ventre.

– Alors pourquoi, bon Dieu, ne rentres-tu pas sans moi ? s'est écrié Lang.

Comme lors de son éclat de l'après-midi précédent, ce n'était pas tant son emportement qui surprenait que la soudaineté avec laquelle sa colère éclatait.

– Si le gouvernement britannique veut me remettre à ce tribunal de fantoches, qu'il aille se faire foutre ! J'irai là où on veut de moi. Amelia, dites aux garçons que nous partons dans cinq minutes. Demandez à l'une des filles de me préparer un sac pour la nuit. Et vous feriez mieux d'en prendre un pour vous.

– Oh, mais pourquoi ne pas partager la même valise ? a demandé Ruth. Ce serait tellement plus pratique.

L'atmosphère s'est soudain réfrigérée. Même le petit sourire de Kroll a paru se figer aux coins. Amelia a hésité, puis a lissé nerveusement le devant de sa jupe et ramassé son cahier avant de se lever dans un crissement de soie. Elle a traversé la pièce en direction de l'escalier, le regard fixé droit devant elle. Sa gorge avait pris une ravissante teinte rosée et elle avait les lèvres serrées. Ruth a attendu qu'elle soit partie, puis elle a lentement déplié ses jambes pour enfiler soigneusement ses souliers plats à semelles de bois. Elle est ensuite sortie elle aussi sans un mot. Trente secondes plus tard, une porte a claqué en bas.

Lang a tressailli et poussé un soupir. Il s'est levé, a récupéré son veston sur le dossier d'une chaise et l'a enfilé sur ses épaules. Cela a été le signal du branle-bas de combat. Les assistants juridiques ont fermé leur ordinateur portable. Kroll s'est levé et s'est étiré en écartant les doigts : il évoquait un chat qui ferait le gros dos et sortirait fugitivement ses griffes. J'ai rangé mon calepin.

– Je vous vois demain, a dit Lang en me tendant la main. Installez-vous. Je suis désolé de vous abandonner comme ça. Au moins toute cette histoire fera-t-elle décoller les ventes.

– Sûrement, ai-je répliqué, cherchant quelque chose qui détendrait l'atmosphère. D'ailleurs, c'est peut-être le service de presse de Rhinehart qui a tout organisé.

– Alors, vous voulez bien les prier d'arrêter ça, maintenant ?

Il souriait, mais il avait les yeux cernés et bouffis.

– Qu'est-ce que nous allons dire aux médias ? a

demandé Kroll en passant son bras autour des épaules de Lang.

– Je ne sais pas. Voyons cela dans la voiture.

Alors que Lang s'apprêtait à sortir, Kroll m'a adressé un clin d'œil.

– Bonne négritude, a-t-il lancé.

NEUF

> « Et s'ils vous mentent ? "Mentir" est certainement un terme trop fort. La plupart d'entre nous ont tendance à enjoliver leurs souvenirs pour aller dans le sens de l'image de nous-même que nous voudrions présenter au monde. »

J'aurais pu les accompagner en bas. J'ai préféré les regarder partir à la télévision. Je dis toujours que rien ne vaut une bonne séance assis devant un écran de télé quand on cherche une expérience directe et authentique. Par exemple, c'est étrange comme des images d'informations filmées depuis un hélicoptère confèrent à l'activité la plus innocente un dangereux parfum de criminalité. Lorsque Jeff, le chauffeur, a amené la Jaguar blindée devant la maison et attendu en laissant tourner le moteur, on aurait tout à fait cru qu'il organisait la fuite d'une bande de mafieux juste avant une descente de flics. Dans l'air glacé de Nouvelle-Angleterre, la grosse cylindrée semblait flotter sur une mer de gaz d'échappement.

J'éprouvais la même sensation de désorientation que la veille, quand la déclaration de Lang avait commencé à me revenir par la voie des ondes. J'ai vu sur l'écran l'un des types des Services spéciaux ouvrir la portière arrière du côté passager puis rester derrière, la maintenant ouverte alors que j'entendais encore dans le couloir Lang et les autres se préparer à sortir.

– C'est bon, tout le monde ? a fait la voix de Kroll dans la cage d'escalier. On est prêts ? Souvenez-vous : des visages réjouis. On y va.

La porte d'entrée s'est ouverte et, un instant plus tard, j'ai vu sur l'écran le sommet du crâne de l'ex-Premier ministre qui a parcouru rapidement les quelques mètres jusqu'à la voiture. Il a disparu à l'intérieur à l'instant où son avocat, qui lui avait emboîté le pas, contournait la Jaguar pour monter de l'autre côté. En bas de l'image, une légende indiquait : ADAM LANG QUITTE LA MAISON DE MARTHA'S VINEYARD. Je me suis dit qu'ils savaient peut-être tout, ces petits génies du satellite, mais qu'ils n'avaient certainement jamais entendu parler de tautologie.

Derrière eux, la suite de Lang a surgi de la maison en file indienne pressée pour foncer vers le minibus. Amelia marchait en tête, les mains plaquées contre ses cheveux blonds impeccables pour les protéger du courant d'air soulevé par le rotor ; venaient ensuite les secrétaires, suivies par les assistants juridiques, deux gardes du corps fermant la marche.

Les formes sombres et allongées des voitures ont quitté la propriété tous feux allumés et se sont lancées à l'assaut de l'étendue gris cendre des chênes de Bannister en direction de la nationale de West Tisbury. L'hélicoptère les a prises en chasse, balayant les rares feuilles hivernales et aplatissant l'herbe pelée. Peu à peu, pour la première fois depuis le début de la matinée, le bruit des pales s'est estompé, comme si un semblant de paix était revenu sur la maison. Le gros de l'orage s'était apparemment éloigné. Je me suis demandé où était passée Ruth, et si elle regardait elle aussi les images télévisées. Je me suis levé et suis allé me poster en haut de l'escalier, l'oreille tendue, mais tout était silencieux et, lorsque j'ai repris ma place devant l'écran, des images terrestres avaient succédé aux vues aériennes pour montrer la limousine de Lang débouchant de la forêt.

De nombreuses forces de police étaient arrivées à l'entrée du chemin, cadeau de l'Etat du Massachusetts, et les policiers s'étaient rangés en ligne pour cantonner les manifestants de l'autre côté de la route. Pendant un instant, la Jaguar a semblé accélérer en direction de l'aéroport, mais alors, ses feux stop se sont allumés et la voiture s'est immobilisée. Le minibus s'est garé derrière. Et soudain, Lang est apparu, sans manteau, apparemment aussi indifférent au froid qu'à la foule et ses slogans, et il s'est dirigé vers les caméras, imité par trois agents des Services spéciaux. J'ai cherché la télécommande sur le fauteuil qu'avait occupé Amelia – le cuir était encore imprégné de son parfum – et l'ai dirigée vers l'écran pour monter le son.

– Je m'excuse de vous avoir fait attendre si longtemps dans le froid, a commencé Lang. Je voudrais juste vous dire quelques mots pour répondre aux informations en provenance de La Haye.

Il s'est interrompu et a regardé par terre. Il faisait souvent cela. Etait-ce naturel ou bien était-ce un moyen qu'il avait trouvé pour donner une impression de spontanéité ? Avec lui, on ne pouvait jamais savoir. On entendait parfaitement en fond sonore les manifestants scander : « Lang ! Lang ! Lang ! Menteur ! Menteur ! Menteur ! »

– C'est une époque bizarre, a-t-il repris avant d'hésiter de nouveau, une époque bizarre – le voilà qui relève les yeux – où ceux qui ont toujours défendu la liberté, la paix et la justice se retrouvent accusés d'être des criminels alors que ceux qui incitent ouvertement à la haine, glorifient les massacres et cherchent à détruire la démocratie sont considérés par la loi comme des victimes.

– Menteur ! Menteur ! Menteur !

– Comme je l'ai dit dans ma déclaration d'hier, j'ai toujours été un défenseur convaincu de la Cour pénale internationale. Je crois en son travail. Je crois en l'intégrité de ses juges. Et c'est pourquoi je ne crains pas cette enquête. Parce que je sais au fond de mon cœur que je n'ai rien fait de mal.

Il s'est tourné vers les manifestants. Pour la première fois, il a paru remarquer les pancartes brandies : son visage, les barreaux de prison, la combinaison orange, les mains ensanglantées. Sa bouche s'est affermie.

– Je refuse de me laisser intimider, a-t-il assuré, le menton légèrement relevé. Je refuse de servir de bouc émissaire. Je refuse de me laisser distraire de ma mission qui est désormais de lutter contre le sida, la pauvreté et le réchauffement climatique. C'est pour cette raison que je me propose de me rendre maintenant à Washington afin de poursuivre mon travail, comme prévu. Pour tous ceux qui nous regardent, au Royaume-Uni comme partout ailleurs dans le monde, je tiens à ce qu'une chose soit parfaitement claire. Tant qu'il me restera un souffle de vie, je combattrai le terrorisme partout où il pourra être combattu, que ce soit sur le terrain ou – si nécessaire – dans des tribunaux. Merci.

Ignorant les questions qu'on lui lançait – « Quand rentrerez-vous en Angleterre, monsieur Lang ? », « Soutenez-vous la torture, monsieur Lang ? » –, il a fait demi-tour, les muscles de ses larges épaules saillant sous sa veste sur mesure, son trio de gardes du corps déployé derrière lui. Une semaine plus tôt, j'aurais été impressionné, de la même façon que je l'avais été par son discours à New York après l'attentat suicide de Londres, mais maintenant, étonnamment, je n'éprouvais plus rien. J'avais l'impression de contempler un grand acteur dans la dernière phase de sa carrière, vidé de toute émotion, n'ayant plus que sa technique sur quoi s'appuyer.

J'ai attendu qu'il ait regagné son cocon à l'épreuve des

bombes et des attaques chimiques avant d'éteindre la télévision.

*

Une fois Lang et les autres partis, la maison ne paraissait pas seulement déserte mais désolée, privée de sa raison d'être. J'ai descendu l'escalier et suis passé devant les vitrines éclairées remplies de statuettes tribales érotiques. La chaise près de la porte d'entrée, où se tenait toujours l'un des gardes du corps, était vide. Je suis revenu sur mes pas pour emprunter le couloir jusqu'au bureau des secrétaires. La petite pièce, en temps normal d'un ordre clinique, semblait avoir été abandonnée en pleine panique, un peu comme une ambassade étrangère dans une ville en débâcle. Une profusion de papiers, de CD et de vieilles éditions du Hansard* et du journal officiel du Congrès jonchaient le bureau. J'ai soudain réfléchi que je n'avais pas d'exemplaire du manuscrit de Lang pour travailler mais, quand j'ai voulu ouvrir le fichier métallique, il était fermé à clé. Juste à côté, une corbeille débordait de charpie sortie tout droit du destructeur de documents.

J'ai jeté un coup d'œil dans la cuisine. Une collection de couteaux de boucher était disposée sur un billot, et il y avait du sang frais sur une des lames. J'ai lancé un « Il y a quelqu'un ? » hésitant et passé la tête par la porte du garde-manger, mais l'intendante ne s'y trouvait pas.

Je ne savais plus du tout où était ma chambre, et je n'avais donc d'autre choix que de trouver mon chemin dans le couloir, en essayant une porte après l'autre. La première était verrouillée. La deuxième était ouverte, donnant sur une pièce qui exhalait l'odeur sucrée, presque écœurante, d'un after-shave puissant. Un survête-

* Procès-verbal des débats du Parlement britannique (*N.d.T.*).

ment était jeté sur le lit : c'était visiblement la chambre dont se servaient les hommes des Services spéciaux pendant leur service de nuit. La troisième porte était fermée à clé, et je m'apprêtais à essayer la quatrième quand j'ai entendu une femme pleurer. Je me suis douté que c'était Ruth : même ses sanglots avaient quelque chose de combatif. « Il n'y a que six chambres dans le corps principal de la maison, avait dit Amelia. Adam et Ruth en ont chacun une. » Quelle drôle de situation, me suis-je dit en m'écartant : l'ex-Premier ministre et sa femme faisant chambre à part, avec la maîtresse juste au bout du couloir. C'était presque français.

J'ai prudemment essayé la poignée de la chambre suivante. Celle-ci n'était pas fermée, et l'odeur de linge sale et de savon à la lavande mêlés m'a aussitôt permis d'identifier les anciennes pénates de McAra. Je suis entré et ai refermé très doucement la porte derrière moi. La grande penderie à glaces couvrait tout le mur qui me séparait de la chambre de Ruth, et il m'a suffi d'entrouvrir la porte coulissante pour percevoir ses plaintes étouffées. La porte a grincé dans la glissière, et je suppose que Ruth l'a entendu car les pleurs se sont arrêtés immédiatement ; je l'ai imaginée en train de relever la tête de son oreiller mouillé, interloquée, les yeux fixés sur le mur. J'ai reculé. J'ai remarqué qu'on avait laissé sur le lit une boîte de feuilles format A 4 tellement pleine que le couvercle tenait à peine. Un Post-it jaune indiquait « Bonne chance ! Amelia. » Je me suis assis sur le dessus-de-lit et j'ai soulevé le couvercle. La page de titre affichait : MÉMOIRES, *par Adam Lang*. Elle ne m'avait donc pas oublié, malgré les circonstances délicieusement embarrassantes de son départ. On pouvait dire ce qu'on voulait de Mme Bly, mais cette femme était une vraie pro.

Je savais que je me trouvais à un moment décisif. Soit je continuais à traîner en marge de ce projet catastrophique dans l'espoir pathétique que quelqu'un finirait par me venir en aide. Soit – et j'ai senti mon dos se redresser alors que j'envisageais cette solution – je pouvais en prendre moi-même le contrôle, tenter de donner à ces six cent vingt et une pages ineffables une forme à peu près publiable, prendre mes deux cent cinquante mille dollars et aller me faire bronzer sur une plage, quelque part, pendant un mois, le temps d'oublier jusqu'à l'existence même des Lang.

Vu comme ça, je n'avais pas le choix. Je me suis forcé à faire abstraction des traces de McAra encore sensibles dans la pièce aussi bien que de la présence plus tangible de Ruth dans la chambre voisine. J'ai sorti le manuscrit de sa boîte et l'ai posé sur la table, près de la fenêtre, puis j'ai ouvert ma sacoche et y ai pris mon ordinateur ainsi que les transcriptions des entretiens de la veille. Il n'y avait pas beaucoup de place pour travailler, mais ça ne me dérangeait pas. De toutes les activités humaines, l'écriture est la plus propice aux excuses pour ne pas s'y mettre – le bureau est trop grand, le bureau est trop petit, c'est trop bruyant, trop silencieux, il fait trop chaud, trop froid, il est trop tôt ou trop tard. J'ai appris avec les années à ne pas y prêter attention et à commencer, tout simplement. J'ai branché l'ordinateur, allumé la lampe de bureau et contemplé l'écran vide et son curseur clignotant.

Un livre à écrire est un univers délicieux de possibilités infinies. Mais tapez un mot, et il devient terriblement matériel. Tapez une phrase, et il ressemble déjà à tous les bouquins qui ont été écrits. Cependant, le mieux ne doit jamais être l'ennemi du bien. En l'absence de génie, il y a toujours le savoir-faire. On peut au moins essayer d'écrire quelque chose qui retiendra l'attention du lecteur – qui l'encouragera, après avoir lu le premier paragraphe, à jeter un coup d'œil au deuxième, puis au troisième. J'ai pris le manuscrit de McAra pour me remémorer comment ne pas commencer une autobiographie à dix millions de dollars.

L'homme de l'ombre

Chapitre Un

Les débuts

> *La femme mise à part, les Lang sont d'origine écossaise et ils en sont fiers. Notre nom provient de « long », terme de vieil anglais signifiant grand, et il trouve ses racines au nord de la frontière dont sont originaires mes ancêtres. C'est au seizième siècle que le premier des Lang...*

Au secours ! J'ai tout rayé, puis j'ai barré d'un gros trait bleu en zigzag tous les paragraphes suivants qui traitaient de l'histoire ancestrale des Lang. Si vous voulez un arbre généalogique, allez dans une jardinerie – c'est ce que je conseille toujours à mes clients. Ça n'intéresse personne d'autre que vous. Maddox avait donné pour instructions d'attaquer le livre par les allégations de crimes de guerre, ce qui me convenait parfaitement, même s'il ne pouvait s'agir que d'une sorte de long prologue. Il faudrait bien à un moment débuter les mémoires proprement dits, et je devais pour cela trouver une note inédite et originale – quelque chose qui ferait passer Lang pour un être humain normal. Le fait qu'il n'était pas un être humain normal n'apparaissait nulle part non plus.

Un bruit de pas s'est fait entendre dans la chambre de Ruth Lang, puis la porte s'est ouverte et refermée. J'ai cru qu'elle allait venir voir qui remuait dans la chambre d'à côté, mais les pas se sont éloignés. J'ai posé le manuscrit de McAra pour me concentrer sur les transcriptions des entretiens. Je savais ce que je voulais. Ça se trouvait dans notre première séance.

Je me souviens que c'était un dimanche après-midi et qu'il pleuvait – j'étais encore au lit. On frappe à la porte...

En revoyant un peu la grammaire, le récit de la façon dont Ruth était venue pêcher la voix de Lang aux élections municipales et l'avait entraîné dans la politique ferait une introduction parfaite. Pourtant McAra, avec son absence totale d'oreille pour tout ce qui présentait un intérêt humain, n'en avait même pas parlé. J'ai posé le bout de mes doigts sur les touches de mon ordinateur, et me suis mis à taper :

Chapitre Un

Les débuts

C'est par amour que je suis entré en politique. Pas par amour pour un parti ou une idéologie en particulier, par amour pour une femme qui est venue frapper à ma porte un dimanche après-midi pluvieux...

Vous allez dire que ça fait un peu trop sentimental, mais n'oubliez pas que les histoires sentimentales se vendent à la pelle, que je n'avais que quinze jours pour revoir l'intégralité de ce manuscrit et que de toute façon, cela valait infiniment mieux que de commencer par les origines du nom de Lang. Je martelai bientôt les touches aussi vite que ma frappe à deux doigts me le permettait :

Elle était trempée par la pluie battante, mais ne semblait pas s'en apercevoir. Elle s'est lancée dans un discours passionné sur les élections locales. Jusqu'alors, j'ai honte de le dire, je ne savais même pas qu'il allait y avoir des élections locales, mais au moins ai-je eu l'esprit de faire semblant de m'y intéresser...

J'ai levé les yeux. Par la fenêtre, j'ai vu Ruth traverser les dunes d'un pas décidé, bravant le vent pour l'une de ses promenades maussades et solitaires, son garde du corps trottant derrière elle pour toute compagnie. Je l'ai regardée jusqu'à ce qu'elle disparaisse, puis je me suis remis au travail.

*

J'ai continué ainsi pendant deux bonnes heures, jusque vers treize heures, puis j'ai entendu des coups légers contre ma porte. Ça m'a fait sursauter.

– Monsieur ? a appelé une timide voix féminine. Monsieur ? Vous voulez déjeuner ?

J'ai ouvert la porte et me suis trouvé devant Dep, l'intendante vietnamienne, dans son uniforme pantalon de soie noire. Elle devait avoir une cinquantaine d'années et paraissait aussi fragile qu'un oiseau. J'avais l'impression qu'il me suffirait d'éternuer pour l'envoyer bouler à l'autre bout de la maison.

– Ce serait très gentil, merci.

– Ici ou dans cuisine ?

– Dans la cuisine, ce serait parfait.

Lorsqu'elle se fut éloignée de son pas traînant chaussé de mules, je me suis retourné pour examiner ma chambre. Je savais que je ne pouvais pas remettre cela plus longtemps. « Fais comme si c'était de l'écriture, me suis-je exhorté : attaque. » J'ai ouvert la fermeture à glissière de ma valise, que j'avais posée sur le lit. Puis, prenant une profonde inspiration, j'ai tiré la porte coulissante du placard et entrepris d'enlever toutes les affaires de McAra des cintres en les empilant sur mon bras – chemises bon marché, vestons de confection, pantalons de grands magasins et le genre de cravate qu'on achète à l'aéroport : rien de sur mesure dans *ton* placard, pas vrai, Mike ? Je me suis rendu compte qu'il avait dû être vraiment gros en regardant les cols de chemise démesurés et les grands cercles formés par les ceintures de pantalon : beaucoup plus fort que moi en tout cas. Et là, bien entendu, mes pires craintes se sont réalisées : la sensation de toucher un tissu étranger et même le claquement des cintres métalliques contre la tringle chromée ont suffi à percer une brèche dans la barrière d'un quart de siècle de défenses attentives, me propulsant directement dans la chambre de mes parents, où je m'étais forcé à aller faire du tri trois mois après l'enterrement de ma mère.

Ce sont les affaires des morts qui m'ont toujours perturbé. Qu'y a-t-il de plus triste que le fouillis qu'ils laissent derrière eux ? Qui dit que tout ce qui reste de nous est de l'amour ? Tout ce qui restait de McAra, c'étaient des *affaires*. J'ai tout mis en tas sur le fauteuil, puis j'ai attrapé sa valise sur l'étagère au-dessus de la penderie. Je m'attendais qu'elle soit vide, mais, quand j'ai saisi la poignée, quelque chose a glissé à l'intérieur. J'ai pensé : « Ah ! Enfin. Le document secret. »

C'était une grosse valise très laide, en plastique moulé rouge, trop encombrante pour que je puisse la manipuler facilement. Elle a heurté le sol avec un bruit sourd. Le son a semblé résonner dans la maison silencieuse. J'ai attendu un moment, puis j'ai couché doucement la valise à plat par terre, me suis agenouillé devant et ai pressé les deux fermoirs. Ils se sont ouverts avec un déclic sonore et simultané.

C'était le genre de bagage qu'on ne fabrique plus depuis au moins dix ans, sauf peut-être dans les coins les plus arriérés d'Albanie. L'intérieur était garni d'une horrible doublure en plastique brillant imprimée d'où pendaient de grands élastiques tortillés. La valise ne contenait qu'une grosse enveloppe matelassée adressée à « M. McAra », suivi d'une boîte postale à Vineyard Haven. Une étiquette collée au dos indiquait qu'elle provenait du centre des archives Adam-Lang de Cambridge, en Angleterre. Je l'ai ouverte et en ai sorti une poignée de photos et de photocopies ainsi qu'une carte portant les compliments de l'expéditeur, une certaine Julia Crawford-Jones, titulaire d'un doctorat, administratrice.

J'ai reconnu aussitôt l'un des clichés : Lang en costume de poulet, pour un spectacle du Footlights au début des années soixante-dix. Il y avait une dizaine d'autres photos de plateau montrant l'ensemble de la troupe ; une série d'images de Lang tenant la perche lors d'une partie de canotage, portant chapeau de paille et blazer à rayures ; et trois ou quatre clichés où on le voyait à un pique-nique au bord de la rivière, visiblement pris le même jour que la sortie en barque. Les photocopies étaient celles de divers programmes d'émissions radiophoniques et de pièces de théâtre du Footlights de Cambridge, plus bon nombre de comptes rendus des journaux locaux sur les élections municipales de Londres en mai 1977, ainsi que celle de la carte d'adhésion de Lang au parti. Ce n'est que lorsque j'ai vu la date sur la carte que je me suis relevé. Elle datait de 1975.

Du coup, j'ai tout réexaminé plus attentivement, à commencer par les articles sur les élections. A première vue, j'avais cru qu'ils provenaient de l'*Evening Standard*, mais je me rendais maintenant compte qu'ils étaient extraits du bulletin d'information d'un parti politique – le parti de Lang – et qu'il y figurait parmi tout un groupe de militants pour la campagne électorale. Il était difficile de le repérer sur la photocopie de mauvaise qualité. Il avait les cheveux longs. Il était mal habillé. Mais c'était bien lui, membre d'une équipe qui faisait du porte-à-porte dans une cité HLM, « Agent électoral : A. Lang ».

J'étais plus irrité qu'autre chose. En tout cas, je n'y ai vu aucun sinistre présage. Tout le monde a tendance à embellir sa propre réalité. On commence avec une petite fiction à usage privé et voilà qu'un jour, pour rire, on la transforme en anecdote. Ça ne fait de mal à personne. Au fil des années, l'anecdote en question est répétée si régulièrement qu'elle passe pour un fait établi. Bientôt, démentir ce fait pourrait devenir embarrassant. Avec le temps, on a certainement fini par y croire soi-même. Et, de la même façon qu'un récif de corail, ce mythe qui prend corps peu à peu modèle la source historique. Je voyais bien pourquoi il convenait mieux à Lang de prétendre qu'il n'était venu à la politique que pour séduire une fille. Ça le flattait tout en le faisant paraître moins ambitieux, et ça la flattait elle aussi en lui donnant plus d'influence qu'elle n'en avait probablement eu. Le public aimait ce genre d'histoires. Tout le monde était content. Une question se posait néanmoins : qu'est-ce que j'étais censé raconter ?

C'est un dilemme qui survient régulièrement dans le travail du nègre, et la procédure est simple : on porte l'incohérence à l'attention de l'auteur, et on le laisse décider de la meilleure façon d'y remédier. Il convient pour le collaborateur de ne pas vouloir à tout prix s'en tenir à la vérité absolue : si tel était le cas, le poids mort de la réalité ferait à notre niveau s'écrouler toute l'industrie de l'édition. De la même manière qu'une esthéticienne ne dit pas à sa cliente qu'elle a une tête de crapaud, le nègre ne dit pas à son auteur que la moitié de ses souvenirs les plus chers sont fallacieux. Ne pas régenter, faciliter : telle est notre devise. De toute évidence, McAra avait omis de respecter cette règle simple. Il avait dû avoir des soupçons sur tout ce qu'on lui racontait, avait demandé quelques précisions aux archives puis avait rayé l'anecdote la mieux rodée de l'ex-Premier ministre de ses mémoires. Quel amateur ! J'imagine avec quel enthousiasme cela avait dû être reçu. Cela expliquait sans doute pourquoi les relations avaient fini par devenir un peu tendues.

Je me suis de nouveau intéressé aux documents sur Cambridge. Il se dégageait une étrange impression d'innocence de cette *jeunesse dorée** révolue, égarée dans cette vallée perdue mais heureuse, à mi-chemin entre les deux sommets des cultures hippie et punk. D'un point de vue spirituel, ils paraissaient beaucoup plus proches des années soixante que des années soixante-dix. Les filles portaient de longues robes à fleurs ornées de dentelles et de décolletés plongeants, et de grands chapeaux de paille pour se protéger du soleil. Les garçons avaient les cheveux aussi longs que les filles. Sur la seule photo en couleurs, Lang tenait une bouteille de champagne dans une main, et ce qui ressemblait à un pétard dans l'autre ; une fille lui donnait apparemment des fraises à manger tandis qu'en arrière-plan, un garçon torse nu levait le pouce en signe d'encouragement.

La plus grande des photos de plateau montrait huit jeunes gens rassemblés sous un projecteur, bras tendus, comme s'il venaient d'interpréter le dernier numéro d'un spectacle de cabaret. Lang se trouvait complètement à droite, vêtu de son blazer à rayures, d'un nœud papillon et d'un canotier. Il y avait deux filles en justaucorps, bas résille et talons hauts : une blonde aux cheveux courts, l'autre brune frisée, ou peut-être rousse (c'était impossible à déterminer sur la photo monochrome). Elles étaient jolies toutes les deux. A part Lang, j'ai reconnu deux des garçons : l'un était à présent un comédien de théâtre célèbre, l'autre un acteur de cinéma. Un troisième homme paraissait plus âgé que les autres : un thésard peut-être. Tous portaient des gants.

Collée au dos figurait une liste tapée des noms des comédiens et de leur collège d'université respectif : G.W. Syme (Caius), W.K. Innes (Pembroke), A. Parke (Newnham), P. Emmett (St. John's), A.D. Martin (King's),

* En français dans le texte (*N.d.T.*).

E.D. Vaux (Christ's), H.C. Martineau (Girton), A.P. Lang (Jesus).

Il y avait un tampon de copyright – *Cambridge Evening News* – dans le coin inférieur gauche, et, griffonné à côté en diagonale, au stylo à bille bleu, un numéro de téléphone, précédé du code d'accès international britannique. Toujours infatigable dans sa course aux détails, McAra avait certainement traqué l'un des membres de la troupe, et je me suis demandé lequel ça pouvait être, et si il ou elle se rappelait encore les événements immortalisés par le photographe. Sur un coup de tête, j'ai pris mon portable et composé le numéro.

Au lieu de la sonnerie familière britannique à deux temps, j'ai entendu la note continue de la sonnerie américaine. Je l'ai laissée retentir longtemps. Et puis, au moment où j'allais renoncer, un homme a répondu, prudemment.

– Richard Rycart.

La voix, avec son léger accent colonial – « *Richard Roicart* » –, était indubitablement celle de l'ancien ministre des Affaires étrangères. Il semblait soupçonneux.

– Qui est à l'appareil ? a-t-il demandé.

J'ai coupé aussitôt la communication. En fait, j'étais tellement paniqué que j'ai carrément jeté le téléphone sur le lit. Il y est resté pendant une trentaine de secondes, puis il s'est mis à sonner. Je me suis précipité dessus – le numéro appelant était listé comme « non communiqué » – et je l'ai éteint. Dans les instants qui ont suivi, j'ai été trop abasourdi pour bouger.

Je me suis répété de n'en tirer aucune conclusion hâtive. Je n'étais pas certain que c'était McAra qui avait écrit le numéro ni même qu'il l'avait appelé. J'ai vérifié sur l'enveloppe le cachet d'expédition. Elle avait quitté le Royaume-Uni le 3 janvier... neuf jours avant la mort de McAra.

Il m'a soudain paru d'une importance vitale de débarrasser la chambre de toute trace de son précédent occupant. J'ai retiré précipitamment ses derniers vêtements du placard et vidé directement les tiroirs de chaussettes et de sous-vêtements dans la valise (je me souviens qu'il portait de longues chaussettes lui arrivant au genou et de grands slips kangourou : ce garçon était décidément démodé jusqu'au bout). Je n'ai pu retrouver aucun papier personnel – ni agenda, ni carnet d'adresses, ni lettre, ni même de livre – et j'ai supposé qu'ils avaient dû être emportés par la police tout de suite après sa mort. Dans la salle de bains, j'ai récupéré son rasoir jetable en plastique bleu, sa brosse à dents, son peigne et le reste, et alors ç'a été terminé : toutes les affaires tangibles de Michael McAra, ancien assistant du très honorable Adam Lang, étaient entassées dans une valise prête pour la décharge. Je l'ai tirée dans le couloir jusqu'au solarium. Pour ce que j'en avais à faire, elle pouvait bien rester là jusqu'à cet été, du moment qu'elle ne croisait plus jamais mon chemin. Il m'a fallu un moment pour reprendre mon souffle.

Pourtant, tandis que je regagnais sa – ma – notre chambre, je sentais sa présence qui trottinait maladroitement sur mes talons.

– Va te faire foutre, McAra, ai-je marmonné pour moi-même. Va te faire foutre et fiche-moi la paix pour que je puisse finir ce bouquin et me tirer d'ici.

J'ai fourré les photos et les photocopies dans la grande enveloppe et j'ai cherché un endroit où la dissimuler, puis je me suis interrompu et me suis demandé pourquoi je voulais la cacher. Ce n'était pas vraiment top secret. Cela n'avait rien à voir avec des crimes de guerre. Ce n'était qu'un jeune homme, un comédien, plus de trente ans plus tôt, sur une rive baignée de soleil, qui buvait du champagne avec des amis. Il pouvait y avoir des tas de raisons pour expliquer le numéro de Rycart au dos de la photo. Et cependant, pour une raison indéterminée, il paraissait impératif de cacher l'enveloppe. En l'absence d'une meilleure idée, j'ai honte d'avouer que je me suis rabattu sur le bon vieux cliché de la glisser sous le matelas.

– Déjeuner, monsieur, a appelé Dep dans le couloir.

J'ai fait volte-face. Je ne savais pas trop si elle avait pu me voir, mais je n'étais pas très sûr que ça avait de l'importance : par rapport à tout ce dont elle avait dû être témoin dans cette maison depuis plusieurs semaines, mon comportement devait passer pour de la petite bière.

Je l'ai suivie dans la cuisine. J'ai demandé :

– Mme Lang est-elle ici ?

– Non, monsieur. Elle aller Vineyard Haven. Faire les courses.

Elle m'avait préparé un club sandwich. Je me suis perché sur un tabouret haut devant le comptoir du petit déjeuner et me suis forcé à manger pendant qu'elle enveloppait des choses dans du papier d'aluminium pour les ranger dans l'un des six frigos de Rhinehart. J'ai réfléchi à ce que j'allais faire. En temps normal, je me serais forcé à retourner à mon bureau et j'aurais continué à écrire tout l'après-midi. Mais, pour la toute première fois de ma carrière de nègre, j'étais bloqué. J'avais gaspillé la moitié de la matinée à composer un souvenir intime et charmant d'un événement qui ne s'était jamais produit – qui n'avait pas *pu* se produire, parce que Ruth Lang n'était venue commencer sa carrière à Londres qu'en 1976, alors que son futur mari était déjà membre du parti depuis un an.

L'idée même d'attaquer la partie de Cambridge, que j'avais considérée à une époque comme du texte en barre, me laissait à présent face à un mur blanc. Qui était-il, ce futur acteur allergique à la politique, coureur de jupons complètement insouciant ? Qu'est-ce qui l'avait soudain transformé en militant du parti écumant les cités, si ça n'avait pas été sa rencontre avec Ruth ? Je n'y comprenais rien. Il m'est alors apparu que j'avais un problème fondamental avec notre ancien Premier ministre. Ce n'était pas un personnage vraisemblable d'un point de vue psychologique. En chair et en os ou à l'écran, il semblait avoir une forte personnalité. Mais dès qu'on prenait le temps de réfléchir un peu, il s'évanouissait. Cela me rendait la tâche pratiquement impossible : contrairement à tous les dingos du show-business et du sport avec qui j'avais pu travailler auparavant, dès qu'il s'agissait de Lang, je n'arrivais pas à le recréer.

J'ai sorti mon portable et envisagé de rappeler Rycart. Mais plus je réfléchissais au tour que pouvait prendre la conversation, plus j'hésitais à l'engager. Qu'étais-je censé dire ? « Oh, bonjour, vous ne me connaissez pas, mais je remplace Mike McAra au poste de nègre d'Adam Lang. Je crois qu'il vous a appelé un jour ou deux avant d'être retrouvé mort, échoué sur une plage. » J'ai remis le téléphone dans ma poche et, soudain, il m'a été impossible de me débarrasser de l'image du gros corps de McAra ballotté par le ressac. Avait-il heurté des rochers ou avait-il dérivé directement sur le sable fin ? Comment s'appelait l'endroit où on l'avait retrouvé ? Rick l'avait mentionné lors de ce déjeuner à son club de Londres. Lambert quelque chose

– Excusez-moi, Dep, ai-je demandé à l'intendante.

Elle s'est redressée devant le frigo. Elle avait un visage si compatissant et sympathique.

– Monsieur ?

– Savez-vous s'il y a quelque part une carte de l'île que je pourrais emprunter ?

DIX

« Il est tout à fait possible d'écrire un livre pour quelqu'un en se contentant d'écouter ce qu'il a à dire ; mais, souvent, des recherches complémentaires permettent de trouver davantage de détails et donnent une idée plus précise. »

C'était apparemment à une quinzaine de kilomètres, sur la côte nord-ouest de Vineyard. Lambert's Cove, c'était bien ça.

Il y avait quelque chose d'attirant dans les noms des lieux tout autour : Blackwater Brook, Uncle Seth's Pond, Indian Hill ou Old Herring Creek Road*. On aurait dit la carte d'un livre d'aventures pour enfants, et, curieusement, c'est dans cette idée que j'ai conçu mon plan : comme une sorte d'excursion récréative. Dep a suggéré d'emprunter une bicyclette – « Oh oui, M. Rhinehart, lui a beaucoup, beaucoup bicyclettes pour ses invités » – et cette idée m'a plu tout de suite, même si je n'avais pas fait de vélo depuis des années et si je savais, au fond de moi-même, que cette virée ne donnerait rien de bon. Plus de

---

* Le cours de l'eau noire, la mare de l'oncle Seth, la colline Indienne, la crique du Vieux Hareng (*N.d.T.*).

trois semaines s'étaient écoulées depuis la découverte du corps. Qu'y aurait-il à voir ? Mais la curiosité est un puissant moteur humain – légèrement derrière le sexe et la cupidité, je vous l'accorde, mais largement devant l'altruisme – et j'étais tout simplement curieux.

Le seul aspect dissuasif était la météo. La réceptionniste de l'hôtel d'Edgartown m'avait prévenu qu'il y avait un avis de tempête, et, bien qu'elle n'eût pas encore éclaté, le ciel commençait à s'affaisser, pareil à une gigantesque poche gris clair près de percer. Cependant, la perspective de sortir de cette maison était irrésistible, et je ne pouvais me résoudre à retourner dans l'ancienne chambre de McAra pour m'asseoir devant mon ordinateur. J'ai pris le coupe-vent de Lang sur la patère, dans le vestiaire, et j'ai suivi Duc, le jardinier, le long de la façade jusqu'aux cubes de bois délavé qui servaient de logement au personnel et de dépendances.

– Vous devez avoir beaucoup de travail ici pour que ça reste aussi net, ai-je commenté.

Duc a gardé les yeux rivés au sol.

– Terre pas bonne. Vent pas bon. Pluie pas bonne. Sel pas bon. C'est la merde.

Après cela, il ne restait plus grand-chose à ajouter, alors je n'ai rien dit. Nous avons dépassé les deux premiers cubes. Il s'est arrêté devant le troisième et a déverrouillé la grande double porte. Puis il a tiré l'un des battants et nous avons pénétré à l'intérieur. Il devait y avoir une dizaine de vélos rangés sur deux râteliers, mais mon regard s'est porté aussitôt sur la Ford Escape SUV brun clair qui occupait l'autre partie du garage. J'en avais tellement entendu parler et l'avais tellement imaginée pendant la traversée en ferry que ça m'a fait un choc de tomber dessus de façon aussi inattendue.

Duc m'a vu la regarder.

– Vous voulez emprunter ? a-t-il demandé.

– Non, non, ai-je répliqué vivement.

D'abord le travail du mort, puis son lit, ensuite un tour dans sa voiture... qui sait jusqu'où ça pouvait me mener ?

– Un vélo, ce sera parfait. Ça me fera du bien.

Le jardinier affichait une expression de profond scepticisme tandis qu'il me regardait m'éloigner suivant une trajectoire incertaine sur l'un des VTT haut de gamme de Rhinehart. Il me prenait visiblement pour un fou, et peut-être que j'étais effectivement fou – ne parle-t-on pas de folie insulaire ? J'ai levé la main pour saluer le type des Services spéciaux dans sa petite guérite en bois à demi dissimulée par les arbres, et cela a bien failli être une erreur cuisante vu la façon dont j'ai dévié vers les fourrés. J'ai tout de même réussi à ramener l'engin au milieu du chemin et, une fois que j'ai eu trouvé le levier de changement de vitesse (mon dernier vélo n'avait que trois vitesses, et deux d'entre elles ne marchaient pas), j'ai découvert que je pouvais rouler assez vite sur le sable dur et compact.

La forêt était d'un calme surnaturel, comme si une grande catastrophe volcanique avait blanchi et desséché la végétation tout en empoisonnant les animaux sauvages. De temps en temps, au loin, un ramier poussait un de ses cris caverneux et retentissants, mais cela soulignait encore le silence au lieu de le briser. J'ai gravi la pente légère jusqu'à l'intersection du chemin et de la nationale.

De la manifestation anti-Lang ne subsistait qu'un seul homme posté de l'autre côté de la route. Il avait visiblement passé les dernières heures à dresser une sorte d'installation : de courtes planches de bois sur lesquelles il avait fixé des centaines d'images horribles arrachées à des journaux et magazines montrant des enfants brûlés, des cadavres torturés, des otages décapités et des quartiers ravagés par des bombes. De longues listes de victimes ainsi que des lettres et des poèmes manuscrits émaillaient ce collage de mort. Le tout était protégé des éléments par des feuilles de polyéthylène. Un bandeau couronnait le tout, pareil à une banderole au-dessus d'un stand, dans une brocante paroissiale. « COMME TOUS MEURENT EN ADAM, DE MÊME TOUS REVIVRONT EN JÉSUS-CHRIST. » En dessous, il y avait un pauvre abri fait de bouts de bois et d'une autre feuille de plastique contenant ce qui ressemblait à une table de jeu et une chaise pliante. L'homme que j'avais fugitivement aperçu le matin sans pouvoir me rappeler qui c'était se tenait patiemment assis à la table. Mais je le reconnaissais très bien à présent. C'était l'espèce de militaire du bar de l'hôtel, qui m'avait traité de connard.

Je me suis arrêté d'un mouvement hésitant et j'ai vérifié à droite et à gauche s'il ne venait pas une voiture, conscient pendant toute l'opération qu'il me fixait des yeux, distant de quelques mètres seulement. Et il a dû me reconnaître aussi parce que j'ai vu avec horreur qu'il s'était levé.

– Un instant ! a-t-il crié de sa voix sèche si particulière, mais je craignais tellement de me laisser empêtrer dans sa folie que, malgré la voiture qui arrivait, je me suis avancé sur la route et me suis mis à pédaler en danseuse pour essayer de prendre de la vitesse.

La voiture a klaxonné. Il y a eu une masse confuse de bruit et de lumière, et j'ai senti comme une rafale de vent me happer au passage. Mais quand j'ai regardé derrière moi, le manifestant avait abandonné la poursuite et se tenait au milieu de la chaussée, les yeux fixés sur moi, les poings sur les hanches.

Après cela, j'ai pédalé tant que j'ai pu, conscient que la lumière n'allait pas tarder à décliner. L'air était glacé et humide sur mon visage, mais je poussais tant sur mes jambes que je ne risquais pas d'avoir froid. J'ai dépassé l'entrée de l'aéroport et suivi le périmètre de la forêt domaniale, ses allées pare-feu formant dans les bois des trouées immenses, semblables aux allées pleines d'ombres d'une cathédrale. Je ne m'imaginais pas McAra pédalant de la sorte – il n'avait pas l'air du genre à monter sur un vélo – et je me suis demandé de nouveau ce que j'espérais obtenir, à part me faire tremper. Toujours dans l'effort, je suis passé devant les maisons blanches à bardeaux et les champs bien nets de Nouvelle-Angleterre, et il n'était pas très difficile de les imaginer encore peuplés de femmes à sévère coiffe noire et d'hommes qui considéraient le dimanche comme le jour où mettre un costume plutôt que l'inverse.

Au sortir de West Tisbury, je me suis arrêté près de Scotchman Lane pour vérifier la direction. Le ciel était de plus en plus menaçant et le vent forcissait. J'ai failli perdre la carte. J'étais presque sur le point de faire demi-tour. Mais j'avais déjà parcouru tant de chemin qu'il aurait été stupide d'abandonner maintenant, aussi me suis-je rassis sur la selle dure et étroite pour continuer de pédaler. Environ trois kilomètres plus loin, la route se scindait en deux, et j'ai quitté la nationale pour prendre à gauche, en direction de la mer. Le sentier qui descendait vers la crique ressemblait à celui qui menait à la propriété de Rhinehart – des chênes de Bannister, des étangs, des dunes –, la seule différence étant qu'il y avait ici davantage d'habitations. Il s'agissait surtout de maisons de vacances, fermées pour l'hiver, cependant deux cheminées laissaient échapper un panache de fumée brune, et j'ai entendu une radio déverser de la musique classique. C'est là qu'il s'est mis à pleuvoir – de petites gouttes dures et froides, presque de la grêle, sur mes mains et mon visage, avec une odeur de mer. Elles ont commencé par marteler sporadiquement l'étang et à crépiter sur les arbres autour de moi, pour, l'instant d'après, s'abattre comme un torrent, donnant l'impression qu'un grand barrage aérien venait de céder. Je me suis soudain rappelé pourquoi je détestais la bicyclette : les vélos n'ont pas de toit, et pas de chauffage non plus.

Les chênes malingres et dépourvus de feuilles n'offraient aucun espoir d'abri, et il était impossible de continuer à rouler – je ne voyais même pas où j'allais –, aussi ai-je posé pied à terre et poussé ma monture jusqu'à une clôture basse. J'ai voulu appuyer le vélo contre les piquets, mais l'engin s'est renversé dans un grand fracas, sa roue arrière tournant dans le vide. Je n'ai même pas pris la peine de le relever et j'ai remonté au pas de course l'allée de mâchefer, passant devant un mât orné d'un drapeau, jusqu'à la véranda de la maison. Une fois à l'abri de la pluie, je me suis penché en avant et j'ai secoué vigoureusement la tête pour chasser l'eau de mes cheveux. Un chien a aussitôt commencé à aboyer et à gratter la porte derrière moi. J'avais supposé que la maison était vide – elle en avait bien l'air – mais une face lunaire et blanchâtre a surgi à la fenêtre poussiéreuse, derrière la moustiquaire, et, un instant plus tard, la porte s'ouvrait et le chien se précipitait sur moi.

Je déteste les chiens presque autant qu'ils me détestent. J'ai cependant fait de mon mieux pour avoir l'air charmé par l'horrible boule de poils blanche et jappeuse, ne fût-ce que pour rassurer son propriétaire, un vieillard qui devait approcher les quatre-vingt-dix ans à en juger par les taches brunes, la courbure du dos et le crâne encore beau qui apparaissait sous la peau parcheminée. Il portait un veston bien coupé sur un cardigan boutonné et une écharpe écossaise autour du cou. J'ai bredouillé une excuse pour l'avoir dérangé, mais il m'a bientôt interrompu.

– Vous êtes anglais ? a-t-il demandé en me dévisageant.

– Oui.

– C'est parfait. Vous pouvez vous abriter. L'abri est gratuit.

Je n'en connaissais pas assez sur l'Amérique pour déterminer à son accent d'où il venait, ou ce qu'il avait pu faire dans la vie. Mais je le voyais assez bien retraité d'une profession libérale, et plutôt nanti – difficile de faire autrement, dans un endroit où la moindre cabane avec les W-C à l'extérieur pouvait vous coûter un demi-million de dollars.

– Anglais, hein ? a-t-il répété en m'examinant à travers ses lunettes non cerclées. Vous avez quelque chose à voir avec ce Lang, là ?

– D'une certaine façon, ai-je répondu.

– Il n'a pas l'air bête. Pourquoi aurait-il voulu se laisser impliquer avec ce fieffé crétin de la Maison-Blanche ?

– C'est ce que tout le monde aimerait bien savoir.

– Des crimes de guerre ! s'est-il exclamé avec un roulement de la tête, me laissant entrevoir deux appareils auditifs couleur chair, un dans chaque oreille. On pourrait tous nous accuser de la même chose ! Et peut-être qu'on devrait, je ne sais pas. Je suppose qu'il faudra que je m'en remette à un jugement supérieur, a-t-il ajouté avec un petit rire triste. Je le saurai bien assez tôt.

Je n'avais aucune idée de ce dont il parlait. J'étais juste content d'être au sec. Nous nous sommes appuyés sur la rambarde usée par les intempéries pour regarder la pluie tomber pendant que le chien trottait le long de la véranda en faisant racler ses griffes. Par une trouée dans les arbres, je pouvais apercevoir la mer – immense et grise, avec la crête blanche des déferlantes qui la parcouraient implacablement, comme une interférence sur un vieil écran de télé en noir et blanc.

– Alors, qu'est-ce qui vous amène dans cette partie de Vineyard ? a demandé le vieux monsieur.

Je n'ai pas vu de raison de mentir. J'ai répondu :

– Quelqu'un que je connaissais a échoué sur cette plage. J'ai voulu venir jeter un coup d'œil. Pour lui rendre un dernier hommage, ai-je ajouté, au cas où il m'aurait pris pour un déterreur de cadavres.

– Ah, *ça* c'est un truc bizarre, a-t-il dit. Vous voulez parler de cet Anglais, il y a quelques semaines ? Impossible que le courant l'ait ramené par ici, en tout cas pas à cette époque de l'année.

– Pardon ?

Je me suis tourné vers lui. Malgré son grand âge, il subsistait encore quelque chose de juvénile, tant dans ses traits acérés que dans ses manières vives. Ses maigres cheveux blancs étaient peignés en arrière à partir du front. Il avait l'air d'un boy-scout vénérable.

– Je connais cette mer depuis toujours. Bon Dieu, un type a même essayé de *me* pousser de ce fichu ferry alors que j'étais encore à la Banque mondiale, et je peux vous dire une chose : s'il avait réussi, ce n'est sûrement pas à Lambert's Cove que mon corps aurait échoué !

J'avais conscience d'un martèlement dans mes oreilles, mais je n'aurais su déterminer si c'était mon sang qui battait ou la pluie qui heurtait les bardeaux.

– Vous en avez parlé à la police ?

– La police ? Jeune homme, à mon âge, j'ai mieux à faire de mon temps que de le gaspiller avec la police ! Quoi qu'il en soit, j'en ai parlé à Annabeth. C'est elle qui traitait avec la police. Annabeth Wurmbrand, a-t-il précisé en voyant mon expression ahurie. Tout le monde connaît Annabeth... la veuve de Mars Wurmbrand. Elle a la dernière maison avant l'océan.

Comme je ne réagissais toujours pas, il s'est un peu énervé.

– C'est elle qui a parlé des lumières à la police.

– Des lumières ?

– Les lumières sur la plage, la nuit où le corps a échoué sur la grève. Rien ne se passe par ici sans qu'Annabeth le voie. Kay disait toujours qu'elle était contente de quitter Mohu en automne parce qu'elle pouvait compter sur Annabeth pour avoir l'œil partout pendant tout l'hiver.

– Qu'est-ce que c'était, comme genre de lumières ?

– Des torches électriques, je suppose.

– Pourquoi personne n'en a parlé dans les médias ?

– Dans les médias ? a-t-il répété avec un autre de ses petits rires rocailleux. Annabeth n'a jamais parlé à un journaliste de sa vie ! Sauf peut-être à un rédacteur de *Votre intérieur*. Il lui a fallu dix ans, rien que pour faire confiance à Kay.

Alors il s'est lancé dans la description de la grande baraque de Kay sur Lambert's Cove Road, qui plaisait tant à Bill et Hillary et dont il ne restait plus à présent que les cheminées, mais j'avais déjà cessé d'écouter. Il me semblait que la pluie s'était un peu calmée et j'avais hâte de m'en aller. Je l'ai interrompu :

– Seriez-vous assez aimable pour m'indiquer la maison de Mme Wurmbrand ?

– Bien sûr, a-t-il répondu, mais ça ne vous servirait pas à grand-chose d'y aller.

– Pourquoi ?

– Elle est tombée dans l'escalier il y a quinze jours et elle est toujours dans le coma. Pauvre Annabeth. Ted dit qu'elle ne reprendra jamais conscience. Alors ça en fait une autre de partie. Eh ! a-t-il crié, mais j'avais déjà dévalé les marches de la véranda.

– Merci pour l'abri, ai-je lancé par-dessus mon épaule, et pour la conversation. Il faut que j'y aille.

Il avait l'air tellement perdu, seul sous son toit dégoulinant, la bannière étoilée pendant comme une serpillière contre son mât luisant, que j'ai failli faire demi-tour.

– Eh bien, dites à votre M. Lang de ne pas se laisser abattre ! m'a-t-il lancé en m'adressant un salut militaire trembloté qu'il a achevé en un simple signe de la main. Et faites bien attention.

J'ai redressé ma bicyclette et repris mon chemin. Je ne remarquais même plus la pluie. Quatre cents mètres plus bas, dans une clairière proche des dunes et du lac, il y avait une grande maison assez basse entourée d'un grillage et de pancartes discrètes annonçant qu'il s'agissait d'une propriété privée. Aucune lumière ne brillait malgré l'obscurité due à la tempête. J'en ai déduit que ce devait être la maison de la veuve comateuse. Etait-ce possible ? Avait-elle aperçu des *lumières* ? Depuis les fenêtres du premier étage, on avait certainement une excellente vue sur la plage. J'ai appuyé le vélo contre un buisson et gravi le petit sentier à travers une maigre végétation jaunie et quelques fougères vertes aux frondes dentelées. En atteignant le sommet de la dune, j'ai eu l'impression que le vent me repoussait, comme si c'était là aussi une propriété privée et que je n'avais pas le droit d'entrer.

Depuis la véranda du vieil homme, j'avais déjà eu un aperçu du paysage qui s'étendait au-delà des dunes, et j'avais entendu en pédalant le fracas des vagues s'amplifier peu à peu. Pourtant, je n'étais pas préparé à la vision qui s'est soudain offerte à moi au terme de mon ascension : cet hémisphère gris homogène de nuages affolés et d'océan démonté, les rouleaux se précipitant pour se fracasser contre la grève en une détonation furieuse continue. La plage de sable formait une anse qui partait à droite sur près de deux kilomètres et s'achevait par la pointe de Makonikey Head, promontoire brumeux dressé au milieu des embruns. J'ai chassé la pluie de mes yeux pour m'éclaircir la vue, et j'ai pensé à McAra, seul sur ce rivage immense – face contre terre, saturé d'eau de mer, ses vêtements d'hiver bon marché raides de sel et de givre. Je l'imaginais surgissant de l'aube morne, porté par la marée depuis Vineyard Sound, raclant le sable avec ses grands pieds puis aspiré de nouveau par les flots avant de revenir, gravissant un peu plus la plage jusqu'à ce qu'il y reste enfin. Ensuite, je me le suis représenté largué pardessus le bord d'un canot pneumatique et traîné vers la rive par des hommes munis de torches, qui étaient revenus quelques jours plus tard pour pousser une vieille dame loquace qui avait tout vu du haut de son escalier d'architecte.

Quelques centaines de mètres plus loin, sur la plage,

deux silhouettes ont émergé des dunes et se sont mises à marcher vers moi, sombres, fragiles et minuscules au milieu de la nature déchaînée. J'ai regardé de l'autre côté. Le vent soulevait des gerbes d'embruns de la surface des vagues et les projetait vers le sable comme les contours noyés d'une force d'invasion qui se dissolvait immanquablement à mi-chemin des dunes.

Titubant légèrement dans les rafales de vent, je me suis dit qu'il fallait absolument que je parle de tout ça à un journaliste : un reporter tenace du *Washington Post*, un noble héritier de la tradition des Woodward et Bernstein. Je voyais déjà les gros titres. Je pouvais m'imaginer l'article.

> WASHINGTON (AP) – D'après des sources bien placées au sein des Services secrets, la mort de Michael McAra, assistant de l'ex-Premier ministre britannique Adam Lang, était une opération secrète qui aurait mal tourné.

Etait-ce si improbable ? Je me suis retourné vers les silhouettes sur la plage. Il semblait qu'elles avaient accéléré le pas et se dirigeaient vers moi. Le vent me cinglait le visage de gouttes de pluie que j'étais obligé d'essuyer. J'ai pensé qu'il était temps de rentrer. Lorsque j'ai regardé de nouveau dans la direction des silhouettes, elles s'étaient encore rapprochées et avançaient dans le sable d'un pas décidé. L'une d'elles était petite, l'autre grande. La grande était celle d'un homme, la petite celle d'une femme.

La petite était Ruth Lang.

*

Je n'en revenais pas de la voir ici. J'ai attendu d'être certain que c'était elle, puis je suis descendu vers la plage pour aller à sa rencontre. Le bruit du vent et de la mer a couvert nos premiers échanges. Il a fallu qu'elle prenne mon bras pour que je me baisse et qu'elle puisse me crier dans l'oreille :

– *J'ai dit*, a-t-elle répété, et son souffle a paru incroyablement chaud contre ma peau gelée, *que Dep m'a indiqué que vous seriez ici !*

Le vent a écarté la capuche de nylon bleu de sa figure, et elle a tenté de la chercher à tâtons sur sa nuque, mais sans y parvenir. Elle a crié quelque chose au moment où une vague se fracassait sur la grève, derrière elle. Elle a eu un sourire impuissant, a attendu que le bruit se dissipe puis a mis ses mains en porte-voix pour lancer :

– Qu'est-ce que vous faites ?

– Oh, je prenais l'air.

– Non, sérieusement.

– Je voulais voir où on avait retrouvé Mike McAra.

– Pourquoi ?

– Par curiosité ai-je répliqué avec un mouvement d'épaules.

– Vous ne le connaissiez même pas.

– Je commence à avoir l'impression du contraire.

– Où est votre vélo ?

– Juste derrière les dunes.

– Nous sommes venus vous chercher avant le début de la tempête.

Elle a fait signe au policier, qui se tenait à environ cinq mètres de distance et nous regardait – trempé, agacé, maussade.

– Barry, lui a-t-elle crié, allez chercher la voiture et retrouvez-nous sur la route, voulez-vous ? Nous prenons le vélo et nous vous rejoignons.

Elle lui parlait comme à un domestique.

– Je crains que ce ne soit impossible, madame Lang, a-t-il rétorqué en hurlant lui aussi. La consigne est de rester toujours avec vous.

– Oh, pour l'amour du ciel, a-t-elle lâché sur un ton méprisant. Vous pensez sérieusement qu'il y a une cellule terroriste à Uncle Seth's Pond ? Allez chercher la voiture avant d'attraper une pneumonie.

J'ai regardé sur le visage carré et malheureux du policier le sens du devoir lutter contre son désir d'être au sec.

– C'est bon, a-t-il fini par concéder. Je vous retrouve dans dix minutes. Mais je vous en prie, ne vous écartez pas du chemin et ne parlez à personne.

– Promis, monsieur l'agent, a-t-elle dit avec une feinte humilité. Nous ne ferons rien de tel.

Il a hésité, puis a repris en courant le chemin par où il était venu.

– Ils nous traitent comme des enfants, s'est plainte Ruth tandis que nous remontions la plage. J'ai parfois l'impression qu'ils ont pour ordre moins de nous protéger que de nous espionner.

Nous avons atteint le sommet de la dune et nous sommes tous les deux retournés automatiquement pour contempler la mer. Après deux ou trois secondes, j'ai risqué un coup d'œil vers ma voisine. La pluie faisait luire son teint pâle sous les courts cheveux bruns, lisses et aplatis tel un bonnet de bain. Sa chair paraissait dure comme de l'albâtre dans le froid. Les gens disaient qu'ils ne voyaient pas ce que son mari pouvait lui trouver, mais à cet instant, cela m'a paru évident – il émanait d'elle une tension, une énergie vive et nerveuse : elle était une force en soi.

– Pour être franche, je suis revenue ici deux ou trois fois, a-t-elle lâché. J'apporte des fleurs et je les coince sous une pierre. Pauvre Mike. Il détestait se trouver si loin de la ville. Il détestait les promenades en pleine nature. Il ne savait même pas nager.

Elle a passé énergiquement la main sur ses joues. Son visage était trop mouillé pour que je puisse déterminer si elle pleurait ou non. J'ai commenté :

– C'est un endroit terrible pour mourir.

– Oh non. Pas du tout. C'est même merveilleux quand il fait beau. Ça me rappelle la Cornouailles.

Elle a dévalé le petit sentier jusqu'au vélo, et je l'ai suivie. Me prenant au dépourvu, elle l'a soudain enfourché et s'est mise à pédaler pour ne s'arrêter qu'une centaine de mètres plus loin, à la lisière de la forêt. Lorsque je l'ai rattrapée, elle m'a dévisagé intensément, ses yeux sombres paraissant presque noirs dans la lumière déclinante de l'après-midi.

– Pensez-vous que sa mort soit suspecte ?

La brutalité de sa question m'a déconcerté.

– Je n'en suis pas sûr, ai-je répondu.

C'est tout ce que je pouvais dire pour m'empêcher de lui répéter tout de suite ce que m'avait raconté le vieux monsieur. J'avais le sentiment que ce n'était ni l'heure ni l'endroit. Je n'étais pas suffisamment sûr de mes informations et il me paraissait assez cavalier de transmettre des rumeurs non vérifiées à une amie du défunt. De plus, elle me faisait un peu peur : je n'avais pas très envie de subir l'un de ses interrogatoires cinglants. Je me suis donc contenté d'ajouter :

– Franchement, je n'en sais pas suffisamment. Mais la police a dû mener une enquête approfondie, de toute façon.

– Oui. Bien sûr.

Elle est descendue de la bicyclette et me l'a tendue pour que je la pousse parmi les chênes jusqu'à la route. C'était beaucoup plus calme maintenant que nous étions abrités de la mer. La pluie avait presque cessé, libérant d'intenses et froides odeurs de terre, de bois et d'herbe. J'entendais le cliquetis de la roue arrière alors que nous marchions.

– La police s'est montrée très active, au début, a-t-elle remarqué, mais ça s'est calmé ces derniers temps. Je pense que l'enquête a dû être ajournée. Quoi qu'il en soit, ce n'est plus tellement leur affaire. Ils ont rendu le corps de Mike la semaine dernière, et l'ambassade l'a rapatrié en Angleterre.

– Oh ? ai-je laissé échapper tout en m'efforçant de dissimuler mon étonnement. Ça paraît bien rapide.

– Pas vraiment. Cela fait trois semaines. Il y a eu une autopsie. Il avait bu et il s'est noyé. Point final.

– Mais qu'est-ce qu'il fabriquait sur ce ferry, d'abord ?

Elle m'a regardé vivement.

– Je n'en sais rien. C'était un grand garçon. Il n'avait de comptes à rendre à personne.

Nous avons poursuivi notre chemin en silence, et l'idée m'est venue que McAra avait pu facilement quitter l'île pour le week-end afin d'aller voir Richard Rycart à New York. Cela expliquerait pourquoi il avait noté le numéro de Rycart, et aussi pourquoi il n'avait pas dit aux Lang où il allait. Comment aurait-il pu le dire ? « Salut, les gars, je vais juste faire un tour aux Nations unies pour rencontrer votre pire ennemi politique... »

Nous sommes passés devant la propriété où je m'étais abrité de l'averse. J'ai cherché le vieil homme du regard, mais la maison de bois blanche m'est apparue aussi déserte que la première fois que je l'avais vue – tellement glacée, fermée et abandonnée en fait que je me suis presque demandé si je n'avais pas rêvé toute la rencontre.

– Les funérailles auront lieu à Londres lundi, a annoncé Ruth. Il sera enterré à Streatham. Sa mère est trop malade pour y assister. Je me suis dit que je devrais peut-être y aller. L'un de nous devrait y faire une apparition, et je vois mal mon mari s'y rendre.

– Je croyais que vous ne vouliez pas le quitter.

– On dirait plutôt que c'est lui qui m'a quittée, non ?

Après cela, elle n'a plus rien dit et s'est mise à chercher de nouveau sa capuche à tâtons, bien qu'elle n'en eût pas réellement besoin. J'ai attrapé le bout d'étoffe de ma main libre et, sans me remercier, elle l'a rabattu brusquement sur sa tête en accélérant le pas, les yeux rivés au sol.

Barry nous attendait au bout du chemin dans le minibus, tout en lisant un *Harry Potter*. Le moteur tournait et les phares étaient allumés. De temps en temps, le gros essuie-glace balayait bruyamment le pare-brise. Barry a posé son livre, visiblement à contrecœur, est descendu ouvrir la portière arrière et a fait basculer les sièges vers l'avant. A nous deux, nous avons rangé la bicyclette à l'arrière du minibus, puis il a regagné sa place derrière le volant et je suis monté près de Ruth.

Nous n'avons pas pris le même chemin que celui que j'avais emprunté à vélo car la route se lançait à l'assaut d'une colline en s'écartant de la mer. Le soir était lugubre et mouillé, comme si l'un des gros nuages d'orage, au lieu d'éclater, s'était lentement posé sur le sol, recouvrant toute l'île. Je voyais pourquoi Ruth disait que cet endroit lui rappelait la Cornouailles. Les phares du minibus éclairaient un paysage sauvage qui évoquait la lande, et, dans le rétroviseur latéral, je discernais tout juste les moutons d'écume éclatants qui parsemaient les flots de Vineyard Sound. Le chauffage était monté à fond, et je devais sans cesse ouvrir un trou dans la condensation pour voir où nous allions. Je sentais mes vêtements sécher, collant à ma peau et exhalant cette même odeur légèrement désagréable de transpiration et de nettoyage à sec que j'avais sentie dans la chambre de McAra.

Ruth n'a pas desserré les lèvres de tout le trajet. Elle me tournait légèrement le dos et gardait les yeux rivés sur la vitre. Pourtant, lorsque nous avons dépassé les lumières de l'aéroport, sa petite main froide et dure s'est avancée sur le siège pour prendre la mienne. Je ne savais pas à quoi elle pensait mais je le devinais sans peine, et je lui ai rendu son étreinte : même un écrivain de l'ombre peut témoigner un peu de sympathie de temps en temps. Dans le rétroviseur central, les yeux de Barry ont croisé les miens. Lorsque nous avons mis le clignotant pour tourner à droite dans les bois, les images de mort et de torture ainsi que les mots « COMME TOUS MEURENT EN ADAM » sont apparus brièvement dans l'obscurité, mais, pour autant que je pouvais le voir, la petite cabane de polyéthylène était vide. Nous avons tressauté sur le chemin en direction de la maison.

ONZE

> « Il peut y avoir des occasions où le sujet confie à son nègre quelque chose qui contredit ce qu'il a dit précédemment, ou bien quelque chose que le nègre sait déjà sur lui. Si cela arrive, il est important d'en parler tout de suite. »

La première chose que j'ai faite en rentrant a été de faire couler un bain chaud dans lequel j'ai versé la moitié d'un flacon d'huile de bain aux extraits de plantes (pin, cardamome et gingembre) trouvé dans le placard de la salle d'eau. Pendant que la baignoire se remplissait, j'ai tiré les rideaux de la chambre et retiré mes vêtements mouillés. Naturellement, une maison aussi moderne que celle de Rhinehart n'avait rien d'aussi trivialement utile qu'un radiateur, aussi les ai-je laissés là où ils étaient tombés avant d'aller dans la salle de bains me plonger dans la grande baignoire.

De la même façon que cela vaut parfois la peine d'avoir très faim pour simplement savourer le goût de la nourriture, le plaisir d'un bain chaud ne s'apprécie pleinement qu'après avoir été pendant des heures gelé jusqu'aux os sous la pluie. J'ai poussé un grognement de contentement et me suis laissé glisser au fond de la baignoire, mes narines affleurant seules à la surface de l'eau aromatique. Pareil à un alligator marinant dans son lagon fumant, je suis resté ainsi plusieurs minutes. Je suppose que c'est la raison pour laquelle je n'ai pas entendu qu'on frappait à la porte et n'ai pris conscience d'une présence dans la chambre que quand j'ai sorti la tête de l'eau et perçu des mouvements à côté.

– Il y a quelqu'un ? ai-je appelé.

– Pardon, a répondu la voix de Ruth. J'ai frappé. C'est moi. Je vous apportais juste des vêtements secs.

– Ça ira, ai-je assuré. Je peux me débrouiller.

– Vous avez besoin d'habits convenablement aérés, sinon vous allez attraper la crève. Je vais demander à Dep de nettoyer les vôtres.

– Vraiment, il ne fallait pas.

– Le dîner sera servi dans une heure. Ça vous va ?

– C'est parfait, ai-je capitulé. Merci.

J'ai écouté le déclic de la porte lorsqu'elle est partie. Je suis aussitôt sorti du bain et j'ai attrapé une serviette. Sur le lit, elle avait posé une chemise qui sortait de la blanchisserie et appartenait à son mari – taillée sur mesure, avec son monogramme, APBL, brodé sur la poche – un pull-over et un jean. Là où j'avais laissé mes propres vêtements ne subsistait plus qu'une trace humide sur le sol. J'ai soulevé le matelas – l'enveloppe s'y trouvait toujours – et je l'ai laissé retomber.

Ruth Lang avait décidément quelque chose de déconcertant. On ne savait jamais où on en était, avec elle. Il lui arrivait de se montrer agressive sans raison – je n'avais pas oublié son comportement lors de notre première conversation, lorsqu'elle m'avait virtuellement accusé de vouloir écrire un livre de révélations croustillantes sur Lang et elle – puis, à d'autres moments, d'une familiarité extravagante, vous prenant la main ou vous indiquant comment vous habiller. C'était comme s'il lui manquait un minuscule mécanisme à l'intérieur du cerveau : celui qui indique comment se comporter normalement avec ses semblables.

J'ai resserré la serviette autour de ma taille, fait un nœud et me suis assis devant le bureau. J'avais été frappé par le fait qu'elle était curieusement absente de l'autobiographie de son mari. C'était l'une des raisons pour lesquelles j'avais voulu commencer la première partie du livre par l'histoire de leur rencontre – jusqu'à ce que je découvre que Lang m'avait mené en bateau. Elle apparaissait, bien entendu, sur la dédicace –

Pour Ruth,
pour mes enfants,
et le peuple britannique

– mais il fallait ensuite attendre cinquante pages pour qu'elle apparaisse en personne. J'ai feuilleté le manuscrit afin de trouver le passage.

> *C'est à l'époque des élections municipales de Londres que je fis la connaissance de Ruth Capel, l'un des membres les plus énergiques de l'association locale. Je voudrais pouvoir dire que c'est son engagement politique qui m'attira au départ, mais le fait est que je la trouvai incroyablement séduisante – petite, fervente, avec des cheveux noirs coupés court et un regard sombre et perçant. Elle était du nord de Londres, fille unique d'un couple de professeurs d'université et passionnée de politique pratiquement depuis qu'elle savait parler – contrairement à moi ! Elle était aussi, ainsi que mes amis ne se lassaient jamais de me le faire remarquer, beaucoup plus intelligente que moi. Elle avait obtenu une licence avec mention très bien en politique, philosophie et économie à Oxford, puis avait décroché une bourse Fulbright pour faire sa thèse sur le gouvernement postcolonial. Et, comme si ce n'était pas suffisant pour m'intimider, elle avait*

également été reçue dans les tout premiers à l'examen d'entrée au Foreign Office, même si elle abandonna par la suite ce poste pour travailler au sein de l'équipe des Affaires étrangères du parti au Parlement.
Quoi qu'il en soit, la devise de la famille Lang a toujours été : « Qui ne tente rien n'a rien », et je réussis à obtenir que nous effectuions du démarchage électoral ensemble. Il me fut alors assez facile, après toute une soirée passée à faire du porte-à-porte et à distribuer des tracts, de suggérer d'aller prendre un verre au pub du coin. Au début, d'autres membres de l'équipe de campagne se joignaient à nous, mais ils se rendirent bientôt compte que Ruth et moi voulions rester seuls tous les deux. Un an après les élections, nous emménageâmes ensemble, et quand Ruth tomba enceinte de notre premier enfant, je lui demandai de m'épouser. Notre mariage eut lieu à la mairie de Marylebone en juin 1979, avec Andy Martin, l'un de mes vieux amis du Footlights, dans le rôle du garçon d'honneur. Pour notre lune de miel, nous empruntâmes le cottage des parents de Ruth près de Hay-on-Wye. Après deux semaines merveilleuses, nous rentrâmes à Londres, prêts pour le combat politique fort différent qui suivit l'élection de Margaret Thatcher.

C'était la seule référence quelque peu substantielle à Ruth.

J'ai parcouru lentement les chapitres suivants, soulignant les endroits où elle apparaissait. Son « expérience de toute une vie au parti » avait été inestimable pour aider Lang à obtenir son siège parlementaire. « Ruth vit bien avant moi la possibilité que je devienne dirigeant du parti. » Ainsi commençait un chapitre trois très prometteur, mais il n'était fait mention ni de comment ni de pourquoi elle était arrivée à cette conclusion. Elle surgissait de temps à autre pour « donner des conseils particulièrement sages » lorsqu'il fallait se débarrasser d'un collaborateur. Elle partageait ses suites dans les hôtels lors des conférences du parti. Elle avait resserré sa cravate le soir où il était devenu Premier ministre. Elle faisait les boutiques avec les épouses des autres grands dirigeants de ce monde lors des voyages officiels. Elle avait même donné naissance à ses enfants (« Mes enfants m'ont obligé à avoir toujours les pieds sur terre »). Cependant, la présence de Ruth demeurait assez fantomatique dans les mémoires, ce qui me déconcertait dans la mesure où elle me paraissait être tout sauf fantomatique dans la vie de son époux. Peut-être était-ce pour cela qu'elle avait tenu à m'engager : elle avait deviné que je voudrais lui donner davantage de consistance dans le livre.

J'ai regardé ma montre et me suis aperçu que j'avais passé une bonne heure à feuilleter le manuscrit : il était temps d'aller dîner. J'ai examiné les vêtements qu'elle avait disposés sur le lit. Je suis ce que les Anglais appellent « quelqu'un de délicat » et les Américains, « un chieur » : je ne mange pas de la nourriture provenant de l'assiette de quelqu'un d'autre, je ne bois pas dans le même verre et je ne porte pas de vêtements qui ne sont pas les miens. Mais ceux-ci étaient plus chauds et plus propres que tout ce que j'avais, et Ruth Lang avait pris la peine de me les apporter, alors je les ai enfilés – roulant les manches de la chemise parce que je n'avais pas de boutons de manchettes – et je suis monté.

*

Il y avait un feu de bûches dans la cheminée en pierre, et quelqu'un, Dep sans doute, avait allumé des bougies dans toute la pièce. Les projecteurs brûlaient également dans le parc, illuminant la silhouette blanche et spectrale des arbres et la végétation jaunâtre qui ployait sous le vent. Au moment où je pénétrais dans la pièce, une rafale de pluie s'est abattue sur l'immense baie vitrée. On se serait cru dans le salon d'un grand hôtel de luxe à la morte-saison, avec juste deux clients.

Ruth était installée sur le même canapé, dans la même position qu'elle avait adoptée le matin même, les jambes ramenées sous elle, et elle lisait la *New York Review of Books*. Disposés en éventail sur la table basse, il y avait tout un ensemble de magazines, et, à côté – présage, je l'espérais, de ce qui allait suivre –, un verre à pied contenant ce qui semblait être du vin blanc. Elle a levé un regard approbateur.

– Ça vous va comme un gant, a-t-elle commenté. Et maintenant, il vous faut un verre.

Elle a penché la tête par-dessus le dossier du canapé – je distinguais les muscles qui saillaient, pareils à des cordes, sur sa nuque – et a lancé de sa voix masculine en direction de l'escalier :

– Dep !

Puis, se tournant vers moi :

– Qu'est-ce que vous prendrez ?

– Qu'est-ce que vous buvez ?

– Du vin blanc biodynamique, des vignes de Rhinehart dans Napa Valley.

– Il ne posséderait pas de distillerie, par hasard ?

– C'est délicieux. Il faut que vous l'essayiez. Dep, dit-elle à l'intendante, qui venait d'apparaître en haut des marches, vous voudriez bien apporter la bouteille et un autre verre ?

Je me suis assis en face d'elle. Elle portait une longue robe en lainage rouge, et son visage, d'ordinaire récuré, affichait une pointe de maquillage. Il y avait quelque chose de touchant dans sa détermination à faire bonne figure alors même que les bombes tombaient pour ainsi dire tout autour d'elle. Il ne nous manquait plus qu'un vieux gramophone à manivelle pour jouer le courageux couple anglais dans une pièce de Noel Coward, ne perdant jamais son flegme alors que le monde s'écroulait autour de lui. Dep m'a servi du vin et laissé la bouteille.

– Nous mangerons dans vingt minutes, a indiqué Ruth, parce que d'abord, a-t-elle ajouté en s'emparant de la télécommande pour la braquer férocement vers l'écran, nous devons regarder les informations. A la vôtre, a-t-elle dit en levant son verre.

– A la vôtre, ai-je rétorqué en l'imitant.

J'ai vidé mon verre en trente secondes. Du vin blanc. Quel intérêt ? J'ai pris la bouteille pour examiner l'étiquette. Apparemment, on cultivait le raisin selon des méthodes en harmonie avec le cycle lunaire, en fertilisant le sol avec de la bouse enfouie dans une corne de vache et des têtes d'achillée mises à fermenter dans une vessie de cerf. C'était exactement le genre d'activités suspectes à cause desquelles on brûlait autrefois, et à juste titre, ceux qui les pratiquaient pour sorcellerie.

– Vous aimez ? m'a demandé Ruth.

– Subtil et fruité, ai-je répondu. Avec une pointe de vessie.

– Resservez-nous, alors. Voilà Adam. Seigneur, ça fait l'ouverture du journal. Je crois que, pour une fois, je vais devoir m'enivrer.

Le titre, derrière le présentateur, était : LANG : CRIMES DE GUERRE. Ils ne prenaient même plus la peine de mettre un point d'interrogation, ce n'était pas bon signe. Les scènes familières de la matinée ont défilé : la conférence de presse à La Haye, Lang quittant la propriété de Vineyard, la déclaration aux journalistes sur la route de West Tisbury. Puis il y a eu des images de Lang à Washington, saluant d'abord des membres du Congrès dans un halo chaleureux de flashes et d'admiration mutuelle, puis, plus retenu, Lang avec le secrétaire d'Etat. Amelia Bly apparaissait clairement en arrière-plan, à la place de l'épouse officielle. Je n'ai pas osé regarder Ruth.

« Adam Lang, disait le secrétaire d'Etat, s'est tenu à

nos côtés pendant la guerre contre le terrorisme, et je suis fier de me tenir à ses côtés aujourd'hui, et de lui tendre, de la part du peuple américain, la main de l'amitié. Adam, je suis content de vous voir. »

– Ne souris pas bêtement, a soufflé Ruth.

« Merci », a dit Adam avec un sourire éclatant, en serrant la main offerte.

Il tournait vers la caméra un visage rayonnant. On aurait dit un bon élève allant chercher son prix à la cérémonie de fin d'année.

« Merci beaucoup. Je suis très content de vous voir. »

– Oh, mais quelle connerie ! s'est exclamée Ruth.

Elle a pointé la télécommande et s'apprêtait à éteindre quand Richard Rycart est apparu, traversant le hall des Nations unies, entouré par la troupe de bureaucrates habituelle. A la dernière minute, il a soudain paru dévier de son chemin pour se diriger vers les caméras. Un peu plus âgé que Lang, il devait atteindre la soixantaine. Il était né en Australie, ou en Rhodésie, enfin dans un pays du Commonwealth, et n'était venu en Angleterre qu'à l'adolescence. Une cascade de cheveux gris fer retombait de façon spectaculaire par-dessus son col, et il savait parfaitement – à en juger par sa manière de se placer devant l'objectif – quel était son meilleur profil : le gauche. Son visage buriné et son nez busqué formant proue m'ont fait penser à un chef sioux.

« C'est avec stupeur et beaucoup de tristesse que j'ai regardé l'annonce de La Haye aujourd'hui », a-t-il dit.

Je me suis avancé sur mon siège. C'était bien la voix que j'avais entendue au téléphone plus tôt dans la journée. Ce vestige d'accent chantant ne laissait pas place au doute.

« Adam Lang était et est encore un vieil ami... »

– Espèce de sale hypocrite, a craché Ruth.

« ... et je regrette qu'il ait choisi de ramener tout cela à un niveau personnel. Il ne s'agit pas ici de personnes. Il s'agit de la justice. Il s'agit de savoir s'il doit y avoir une loi pour les nations occidentales blanches et riches, et une autre pour le reste du monde. Il s'agit de s'assurer que tous les dirigeants politiques et militaires sachent, quand ils prennent une décision, qu'ils seront responsables au regard du droit international. Je vous remercie.

– Monsieur, si l'on vous demande de témoigner, a crié un journaliste, le ferez-vous ?

– Oui, certainement. »

– Un peu que tu vas le faire, pauvre minable, a dit Ruth.

Le journal a enchaîné sur un attentat suicide au Moyen-Orient, et Ruth a éteint la télévision. Aussitôt, son téléphone portable s'est mis à sonner. Elle a regardé.

– C'est Adam, qui appelle pour savoir ce que j'en ai pensé, a-t-elle indiqué en éteignant le portable aussi. Laissons-le mariner un peu.

– Il vous demande toujours votre avis ?

– Toujours. Et il le suivait toujours. Jusqu'à récemment.

Je nous ai resservi de vin. Je le sentais commencer très lentement à faire effet.

– Vous aviez raison, ai-je dit. Il n'aurait pas dû aller à Washington. Ça faisait vraiment mauvais effet.

– Et nous n'aurions jamais dû venir ici, a-t-elle répliqué en englobant la pièce d'un mouvement de son verre. Enfin, de quoi ça a l'air ? Et tout cela au nom de la fondation Adam-Lang. Mais qu'est-ce que c'est, au juste ? Une simple activité de substitution haut de gamme pour quelqu'un qui vient de perdre son emploi. Voulez-vous que je vous dise la première règle en politique ? a-t-elle demandé en se penchant en avant pour prendre son verre.

– Je vous en prie.

– Ne jamais perdre contact avec sa base.

– J'essayerai de m'en souvenir.

– Taisez-vous, je suis sérieuse. Vous pouvez allez au-delà, bien entendu – il est même impératif d'aller au-delà si vous voulez gagner. Mais il ne faut jamais perdre complètement contact avec cette base. Parce que si cela vous arrive, vous êtes fini. Imaginez que les images de ce soir aient été prises à son arrivée à Londres – qu'il soit rentré pour combattre ces fantoches et leurs allégations absurdes. Ça aurait eu l'air magnifique ! Au lieu de quoi... Seigneur !

Elle a secoué la tête et poussé un soupir chargé de colère et d'énervement avant d'ajouter :

– Venez, allons manger.

Elle s'est relevée du canapé, renversant au passage une goutte de vin. Le liquide a aspergé le devant de sa robe en lainage rouge sans qu'elle paraisse le remarquer, et j'ai eu soudain l'horrible pressentiment qu'elle allait s'enivrer. (Je partage le préjugé commun à tous les gros buveurs mâles selon lequel il n'y a rien de plus irritant qu'un homme soûl sauf, peut-être, une femme soûle : je ne sais pas comment elles font, mais elles arrivent toujours à décevoir tout le monde.) Cependant, quand j'ai proposé de la resservir, elle a couvert son verre avec sa main.

– J'en ai pris assez.

La grande table près de la fenêtre avait été dressée pour deux, et la vue de la nature déchaînée mais silencieuse de l'autre côté de la vitre épaisse renforçait encore l'impression d'intimité créée par les bougies, les fleurs, la flambée crépitante. Dep a apporté deux bols de soupe claire, et, pendant un moment, nous avons fait tinter nos cuillers contre la porcelaine de Rhinehart sans parler.

– Comment ça avance ? a-t-elle enfin demandé.

– Le livre ? Pour être honnête, ça n'avance pas.

– Pourquoi – à part pour les raisons que l'on sait ?

J'ai hésité.

– Je peux vous parler franchement ?

– Bien sûr.

– J'ai du mal à le comprendre.

– Oh ?

Elle buvait à présent de l'eau plate glacée. Par-dessus le bord de son verre, ses yeux sombres m'ont jeté un de ses regards dignes d'un fusil à deux coups.

– Comment ça ?

– Je n'arrive pas à comprendre comment ce beau gosse de dix-huit ans qui fait ses études à Cambridge sans s'intéresser le moins du monde à la politique et qui passe son temps à jouer la comédie, à boire et à draguer se retrouve soudain...

– Marié avec moi ?

– Non, non, ce n'est pas ça. Pas ça du tout. (En réalité, j'aurais voulu dire : Oui, oui, tout à fait, bien sûr.) Non, je ne comprends pas pourquoi, à l'âge de vingt-deux, vingt-trois ans, il devient tout à coup membre d'un parti politique. Ça sort d'où ?

– Le lui avez-vous demandé ?

– Il m'a dit qu'il s'était engagé à cause de vous. Que vous étiez venue démarcher chez lui, qu'il s'était senti attiré par vous et qu'il vous avait suivie dans la politique par amour, essentiellement. Pour vous voir davantage. Bon, *là*, je le suis parfaitement. Mais il *faudrait* que ce soit vrai.

– Et ça ne l'est pas ?

– Vous savez bien que ça ne l'est pas. Il était membre du parti au moins un an avant de vous rencontrer.

– Vraiment ? a-t-elle dit en plissant le front avant de boire encore quelques gorgées d'eau. Et cette histoire qu'il raconte toujours pour expliquer ce qui l'a entraîné dans la politique... je m'en souviens très distinctement, parce que je faisais effectivement du porte-à-porte pour les élections de Londres en soixante-dix-sept, et que j'ai bien frappé chez lui, et qu'il s'est mis à venir régulièrement aux réunions du parti après ça. Il doit donc bien y avoir une miette de vérité là-dedans.

– Une miette, ai-je concédé. Peut-être a-t-il pris sa carte du parti en soixante-quinze et ne s'est-il guère intéressé à la politique pendant deux ans, puis il vous rencontre et devient militant. Mais ça ne répond toujours pas à la question fondamentale de savoir ce qui l'a attiré au départ dans un parti politique.

– Est-ce vraiment si important ?

Dep est venue débarrasser les bols, et j'ai profité de cette pause dans notre conversation pour étudier la question de Ruth.

– Oui, ai-je répondu lorsque nous avons été à nouveau seuls, curieusement, je crois que c'est important.

– Pourquoi ?

– Parce que, même si c'est un détail insignifiant, cela implique qu'il n'est pas tout à fait celui que nous croyons. Je ne suis même pas certain qu'il soit celui qu'*il* croit être... et là, ça pose un réel problème quand on doit écrire l'autobiographie de quelqu'un. J'ai juste l'impression de ne pas le connaître du tout. Je n'arrive pas à saisir le son de sa voix.

Ruth a examiné la table, les sourcils froncés, et a rajusté méticuleusement son couteau et sa fourchette. Puis elle a demandé, sans lever les yeux :

– Comment savez-vous qu'il a pris sa carte en soixante-quinze ?

J'ai craint un instant d'en avoir trop dit. Cependant, je ne voyais aucune raison de mentir :

– Mike McAra a retrouvé la carte d'inscription au parti d'Adam dans les archives de Cambridge.

– Bon Dieu, a-t-elle grommelé, ces archives ! Ils ont tout, de ses premiers bulletins scolaires à nos factures de teinturier. C'est typique de Mike, de gâcher une belle histoire par excès de recherches.

– Il a aussi déterré un obscur bulletin du parti qui montre Adam en démarcheur militant pendant la campagne de soixante-dix-sept.

– Ce doit être après notre rencontre.

– Peut-être.

Je voyais bien que quelque chose la troublait. Une nouvelle bourrasque de pluie a frappé le carreau, et Ruth a posé le bout des doigts contre la vitre épaisse, comme pour suivre le chemin des gouttes. L'éclairage extérieur conférait au jardin l'aspect d'un fond sous-marin, tout en frondes ondulantes et frêles troncs gris dressés tels les espars de bateaux engloutis. Dep a apporté le plat principal – poisson à la vapeur, nouilles et une sorte d'étrange légume vert pâle qui ressemblait à de l'herbe – qui *était* probablement de l'herbe. J'ai vidé avec ostentation la fin de la bouteille de vin dans mon verre.

– Vous voulez une autre bouteille, monsieur ? a questionné Dep.

– Je ne crois pas que vous ayez de whisky, si ?

L'intendante a guetté l'approbation de Ruth.

– Oh, filez-lui donc du whisky, a déclaré Ruth.

Elle est revenue avec une bouteille de Chivas Regal Royal Salute de cinquante ans d'âge et un verre en cristal taillé. Ruth a commencé à manger. Je me suis servi un scotch à l'eau.

– C'est délicieux, Dep ! a lancé Ruth.

Elle s'est essuyé la bouche sur le coin de sa serviette puis a inspecté la trace de rouge à lèvres avec étonnement, comme si elle venait de voir une trace de sang.

– Pour en revenir à votre question, a-t-elle enfin repris, je ne crois pas que vous devriez chercher du mystère là où il n'y en a pas. Adam a toujours eu une conscience sociale – il a hérité ça de sa mère – et je sais qu'après avoir quitté Cambridge pour venir s'installer à Londres, il a été très malheureux. Je crois qu'en fait, il était en pleine dépression.

– En pleine dépression ? Il a suivi un traitement pour ça ? Vraiment ?

J'ai essayé d'empêcher ma voix de trahir mon excitation. Si c'était vrai, c'était la meilleure information de la journée. Rien ne fait mieux vendre des mémoires qu'une bonne dose de souffrance. Un abus sexuel dans l'enfance, une tétraplégie, la misère : entre de bonnes mains, ça peut rapporter de l'or. Il devrait y avoir une section à part dans les librairies sous la mention *Schadenfreude*.

– Mettez-vous à sa place, a repris Ruth tout en continuant de manger et de gesticuler avec sa fourchette pleine. Son père et sa mère étaient morts tous les deux. Il avait quitté l'université qu'il avait adorée. La plupart de ses amis de théâtre avaient un agent et commençaient à se voir proposer des engagements professionnels. Pas lui. Je crois qu'il était paumé et je crois qu'il s'est tourné vers la politique pour compenser. Il ne voudrait peut-être pas le dire en ces termes – il n'est pas très porté sur l'autoanalyse – mais c'est comme ça que j'interprète ce qui s'est passé. Vous seriez surpris de savoir combien de gens atterrissent dans la politique parce qu'ils ont échoué dans la carrière qu'ils avaient choisie au départ.

– Sa rencontre avec vous a donc dû être un moment très important pour lui.

– Pourquoi dites-vous cela ?

– Parce que vous aviez une véritable passion politique. Et de la culture. Et des contacts au parti. Vous avez dû lui donner l'objectif qui lui a permis d'avancer.

J'avais l'impression qu'une brume se levait. J'ai demandé :

– Ça vous dérange si je prends des notes ?

– Allez-y, si vous pensez que ça peut être utile.

– Oh oui, absolument.

J'ai posé mon couteau et ma fourchette dans mon assiette – je ne suis pas trop poisson et petites herbes –, j'ai sorti mon calepin et l'ai ouvert à une page vierge. Je m'imaginais de nouveau à la place de Lang – tout juste vingt ans, orphelin, isolé, ambitieux, doué, mais pas tout à fait assez, en quête d'un chemin à suivre, effectuant quelques pas hésitants dans la politique, puis rencontrant soudain une femme qui rendait l'avenir possible.

– Vous épouser a été ce qui a fait basculer sa vie.

– C'est sûr que je ne ressemblais pas à ses copines de Cambridge, toutes ces Jocaste et ces Pandore. Déjà, toute gamine, je m'intéressais davantage à la politique qu'aux poneys.

– Vous n'avez jamais eu envie de devenir vous-même un personnage politique à part entière ?

– Bien sûr que si. Vous n'avez jamais eu envie de devenir un écrivain à part entière ?

Ç'a été comme de prendre une gifle. Je ne suis même pas sûr de ne pas avoir posé mon calepin.

– Aïe, ai-je lâché.

– Pardon, je ne voulais pas me montrer grossière. Mais vous devez comprendre que nous sommes dans le même bateau, vous et moi. J'ai toujours été plus forte qu'Adam en matière de politique. Et vous êtes plus fort que lui en matière d'écriture. Mais au bout du compte, c'est lui la star, non ? Et nous savons tous les deux que notre boulot est d'être au service de la star. C'est son nom sur le livre qui le fera vendre, pas le vôtre. Ç'a été pareil pour moi. Il ne m'a pas fallu longtemps pour prendre conscience qu'il pouvait aller très loin dans la carrière politique. Il avait le physique et le charme pour ça. Il parlait bien. Il plaisait aux gens. Alors que moi, j'ai toujours été un peu le vilain petit canard, avec un talent marqué pour mettre les pieds dans le plat. Comme je viens d'en faire la démonstration.

Elle a reposé sa main sur la mienne. Une main tiède à présent, plus douce.

– Je suis vraiment désolée. Je vous ai blessé. J'imagine que les nègres ont des sentiments aussi, comme tout le monde.

– Quand on nous égratigne, notre sang est rouge aussi.

– Vous avez fini de manger ? Dans ce cas, pourquoi ne

me montreriez-vous pas ce qu'a exhumé Mike ? Ça pourrait réveiller des souvenirs. Ça m'intéresse.

*

Je suis descendu dans ma chambre pour récupérer l'enveloppe de McAra. Lorsque je suis revenu au premier, Ruth avait retrouvé sa place sur le canapé. On avait remis des bûches dans le feu et le vent mugissait dans la cheminée, soulevant des étincelles orangées. Dep débarrassait la table. J'ai juste eu le temps de sauver mon verre et la bouteille de scotch.

– Vous voulez un dessert ? a proposé Ruth. Un café ?

– C'est très bien comme ça.

– Nous avons terminé, Dep. Merci.

Elle s'est écartée très légèrement, pour m'inviter à m'asseoir près d'elle, mais j'ai fait comme si je n'avais rien vu et j'ai repris ma place en face d'elle, de l'autre côté de la table basse. J'étais encore vexé par sa pique sur le fait de ne pas être un écrivain à part entière. C'est possible. Je n'ai jamais écrit de poésie, c'est vrai. Je n'écris pas de livre d'introspection sur mes angoisses d'adolescent. Je n'ai pas d'avis sur la condition humaine sinon, peut-être, qu'on a intérêt à ne pas l'étudier de trop près. Je me vois en fait comme l'équivalent littéraire d'un tourneur expérimenté, ou d'un vannier ; comme un potier peut-être : je fabrique des objets plutôt divertissants que les gens ont envie d'acheter.

J'ai ouvert l'enveloppe et en ai sorti les photocopies de la carte du parti de Lang et des articles concernant les élections municipales de Londres. Je les ai poussées dans sa direction. Elle a croisé les chevilles et s'est penchée pour lire, et je me suis surpris en train de plonger le regard dans son décolleté étonnamment dense et profond.

– Bon, il n'y a pas à discuter, a-t-elle commenté en

posant la carte de membre de côté. C'est bien sa signature.

Elle a martelé du doigt l'article sur les militants de 1977.

– Et je reconnais certains de ces visages. Je devais être en congé ce soir-là, ou en train de faire campagne ailleurs. Sinon, je figurerais sur la photo avec lui. Qu'est-ce que vous avez d'autre ? a-t-elle demandé en levant les yeux.

Il n'y avait pas a priori de raison de lui cacher quoi que ce soit, aussi lui ai-je tendu tout le paquet. Elle a examiné le nom et l'adresse, puis le cachet de la poste avant de relever la tête.

– Mais qu'est-ce que fabriquait Mike ?

Elle a ouvert le rabat et l'a maintenu entre le pouce et l'index pour regarder à l'intérieur de l'enveloppe, comme s'il risquait de s'y trouver quelque chose susceptible de mordre. Puis elle a retourné la pochette et renversé son contenu sur la table. Je l'observais attentivement tandis qu'elle parcourait les photos et les programmes... j'étudiais son petit visage perspicace, en quête du moindre indice de ce qui avait pu paraître si important à McAra. J'ai vu ses traits concentrés s'adoucir en découvrant la photographie de Lang en blazer rayé sur une rive tachetée de lumière.

– Oh, regardez-le, a-t-elle commenté. Il est joli garçon, n'est-ce pas ?

Elle l'a portée à hauteur de sa joue.

– Irrésistible, ai-je dit.

Elle a examiné les photos de plus près.

– Bon sang, regardez-les. Regardez ses *cheveux*. C'était un autre monde, non ? Enfin, qu'est-ce qui se passait pendant qu'on prenait cette photo ? Le Vietnam. La guerre froide. La première grève des mineurs en Grande-Bretagne depuis 1926. Le coup d'Etat militaire au Chili. Et qu'est-ce qu'ils font ? Ils prennent une bouteille de champagne et ils vont faire du canotage !

– Je bois à cette époque.

Elle a posé la photo.

– Ecoutez cela, a-t-elle dit avant de commencer à lire :

Les filles nous regretteront toutes
Alors que le train s'ébranle.
Elles nous enverront un baiser et diront : « Revenez
Nous voir à Cambridge un jour. »
Nous lancerons négligemment une rose et nous détournerons
Avec un soupir d'adieu, parce que nous savons
Qu'elles n'ont pas la moindre chance.
Tchao Cambridge, dîners, *bumps* et Mais,
Trinners, Fenners, cricket, tennis,
Spectacles et pièces du Footlights.
Nous ferons une dernière balade
Sur ce bon vieux KP
Et un dernier tour de *punt* sur cette bonne vieille Cam
Pour aller prendre le thé à Grantchester.

Elle a souri et secoué la tête.

– Je n'en comprends pas la moitié. C'est en code de Cambridge.

– Les *bumps* sont des régates entre collèges, ai-je expliqué. En fait, vous aviez les mêmes à Oxford, mais vous étiez sans doute trop préoccupée par la grève des mineurs pour vous en apercevoir. Les Mais sont les bals du mois de mai, qui ont lieu début juin, comme il se doit.

– Comme il se doit.

– Trinners c'est Trinity College. Fenners, c'est le terrain de cricket de l'université.

– Et KP ?

– King's Parade. Quant aux *punts*, c'est le nom qu'on donne à ces barques à fond plat actionnées par une perche...

– Ça je le sais, merci, a-t-elle dit. C'est drôle, ils ont écrit ça pour faire de l'humour. Mais maintenant, c'est plein de nostalgie.

– C'est le principe de la satire.

– Et qu'est-ce que c'est que ce numéro de téléphone ?

J'aurais dû savoir que rien ne lui échapperait. Elle m'a montré la photo avec le numéro griffonné au dos. Je n'ai pas répondu. Je sentais mon visage s'empourprer. Evidemment, il aurait fallu le lui dire plus tôt. Maintenant, c'était moi qui avais l'air coupable.

– Alors ? a-t-elle insisté.

– C'est celui de Richard Rycart, ai-je avoué à voix basse.

Ça valait presque le coup rien que pour voir sa réaction. On aurait dit qu'elle venait d'avaler un frelon. Elle a porté la main à sa gorge.

– *Vous* avez appelé Richard Rycart, a-t-elle hoqueté.

– Moi, non. McAra sans doute.

– C'est impossible.

– Qui d'autre aurait pu noter ce numéro ?

Je lui ai tendu mon portable.

– Essayez.

Elle m'a dévisagé un instant, comme si nous jouions à « action ou vérité », puis elle a tendu le bras, pris mon téléphone et composé les quatorze chiffres. Elle l'a porté à son oreille en me dévisageant de nouveau. Environ trente secondes plus tard, son expression a trahi la panique. Elle a pressé la touche de déconnexion et posé le téléphone sur la table.

– Il a répondu ? ai-je demandé.

Elle a acquiescé d'un mouvement de tête.

– On aurait dit qu'il se trouvait au restaurant.

Le téléphone s'est mis à sonner, vibrant sur la surface de la table comme s'il prenait soudain vie.

– Qu'est-ce que je fais ? ai-je demandé.

– Faites ce que vous voulez. C'est votre téléphone.

Je l'ai éteint. Il y a eu un silence, rompu seulement par le crépitement et le ronronnement des bûches dans le feu.

– Quand avez-vous découvert ça ?

– En début d'après-midi. Quand j'ai emménagé dans la chambre de McAra.

– Et ensuite, vous vous êtes rendu à Lambert's Cove, pour voir où avait échoué son corps ?

– C'est exact.

– Pourquoi avez-vous fait ça ? a-t-elle questionné d'une voix très douce. Dites-le-moi franchement.

– Je ne sais pas trop.

Je me suis interrompu. Et puis j'ai tout lâché – je ne pouvais plus garder ça pour moi plus longtemps :

– J'ai rencontré un homme là-bas, un vieux monsieur qui connaît bien les courants de Vineyard Sound. Il dit qu'il est impossible, à cette époque de l'année, que quelqu'un tombé du ferry de Woods Hole puisse échouer à Lambert's Cove. Et, d'après lui, il y aurait aussi une femme, qui habite une maison juste derrière les dunes, qui aurait vu des torches sur la plage, la nuit où McAra a disparu. Mais elle a fait une chute dans l'escalier depuis et se trouve dans le coma. Elle ne peut donc plus rien dire à la police. C'est tout ce que je sais, ai-je conclu en écartant les mains.

Elle me regardait, les lèvres entrouvertes.

– C'est, a-t-elle dit lentement, *tout* ce que vous savez ? *Nom d'un chien.*

Elle a commencé à tâter le cuir du canapé avec ses mains puis a tourné son attention vers la table, cherchant quelque chose sous les photos.

– Nom d'un chien. Merde, a-t-elle dit en claquant des doigts dans ma direction. Donnez-moi votre téléphone.

– Pourquoi ? ai-je questionné en le lui remettant.

– Ça ne va pas de soi ? Je dois appeler Adam.

Elle a gardé l'appareil dans sa paume tendue, l'a examiné et a commencé à taper les chiffres d'un mouvement rapide du pouce. Elle en a composé la moitié avant de s'arrêter.

– Quoi ? ai-je demandé.

– Rien.

Elle regardait derrière moi, par-dessus mon épaule, tout en se mordillant l'intérieur de la lèvre. Elle avait le pouce en suspens au-dessus des touches, et l'a maintenu ainsi un long moment avant de reposer finalement l'appareil sur la table.

– Vous ne l'appelez pas ?

– Peut-être. Tout à l'heure. Je vais d'abord faire un tour, a-t-elle annoncé en se levant.

– Mais il est neuf heures du soir, ai-je protesté. Et il pleut des cordes.

– Ça m'éclaircira les idées.

– Je viens avec vous.

– Non. Merci, il faut que je réfléchisse de mon côté. Restez ici et prenez un autre verre. On dirait bien que vous en avez besoin. Ne m'attendez pas.

*

C'était le malheureux flic que je plaignais. Il était sans doute en bas, les pieds sur la table, devant la télé, appelant de tous ses vœux une nuit tranquille bien au chaud. Et voilà que lady Macbeth repartait pour une de ses balades interminables, cette fois en plein milieu d'une tempête sur l'Atlantique. Je me suis approché de la fenêtre et les ai regardés traverser la pelouse, vers la végétation déchaînée par une fureur silencieuse. Elle marchait devant, comme d'habitude, tête baissée, comme si elle avait perdu un objet précieux et revenait sur ses pas pour scruter le sol en espérant le retrouver. L'éclairage extérieur projetait son ombre dans quatre directions. L'agent des Services spéciaux finissait d'enfiler son manteau.

Je me suis senti soudain submergé de fatigue. J'avais les jambes raides à cause de la bicyclette. Un rhume naissant me faisait frissonner. Même le whisky de Rhinehart avait perdu de son attrait. Elle m'avait dit de ne pas l'attendre, aussi ai-je décidé de suivre ce conseil. J'ai remis photographies et photocopies dans l'enveloppe et je suis descendu dans ma chambre. J'ai à peine eu le temps de me déshabiller et d'éteindre la lumière que le sommeil m'a gagné – pour m'aspirer au fond du matelas vers ses eaux sombres, pareil à un courant puissant alors que j'étais un nageur épuisé.

J'ai émergé à un moment, McAra près de moi, son corps massif et gauche se retournant dans l'eau comme celui d'un dauphin. Il était tout habillé, avec un gros imperméable noir et d'épaisses chaussures à semelles de crêpe. *Je n'y arriverai pas,* m'a-t-il dit. *Continuez sans moi.*

Affolé, je me suis redressé dans mon lit. Je ne savais absolument pas depuis combien de temps je dormais. La chambre était plongée dans l'obscurité. Il y avait un rai de lumière vertical sur ma gauche.

– Vous êtes réveillé ?

– Maintenant, oui.

– Pardon.

– Ça ne fait rien. Attendez.

Je suis allé dans la salle de bains et j'ai enfilé le peignoir en éponge blanc accroché derrière la porte, et lorsque je suis retourné dans la chambre pour la faire entrer, j'ai vu qu'elle portait le même. Il était beaucoup trop grand pour elle. Elle paraissait étonnamment petite et vulnérable. Ses cheveux étaient trempés. Ses pieds nus avaient laissé des traces humides entre sa chambre et la mienne. J'ai demandé :

– Quelle heure est-il ?

– Je ne sais pas. Je viens de parler à Adam.

Elle semblait hébétée, tremblante, et avait les yeux très grands ouverts.

– Et ?

Elle a jeté un coup d'œil dans le couloir.

– Je peux entrer ?

Encore sonné par mon rêve, j'ai allumé la lampe de

chevet. Je me suis écarté pour laisser Ruth Lang entrer et j'ai refermé la porte derrière elle.

– La veille de la mort de Mike, Adam et lui se sont terriblement disputés, a-t-elle dit de but en blanc. Je n'en ai parlé à personne auparavant. Pas même à la police.

Je me suis massé les tempes et me suis efforcé de me concentrer.

– A propos de quoi ?

– Je ne sais pas, mais c'était terrible – définitif – et ils ne se sont plus reparlé ensuite. Quand j'ai interrogé Adam, il a refusé de me dire quoi que ce soit. Et chaque fois que j'ai essayé d'aborder le sujet depuis, ç'a été la même chose. A la lumière de ce que vous avez découvert aujourd'hui, j'ai eu l'impression que je devais éclaircir une fois pour toutes la question avec lui.

– Qu'est-ce qu'il a dit ?

– Il était en train de dîner avec le vice-Président. Au début, cette espèce de bonne femme ne voulait même pas aller lui porter le téléphone.

Elle s'est assise sur le bord du lit et a enfoui son visage dans ses mains. Je ne savais pas quoi faire. Il m'a paru incongru de rester debout, dressé au-dessus d'elle, alors j'ai pris place à côté d'elle. Elle tremblait de la tête aux pieds : ce pouvait être de peur, de colère, ou peut-être tout simplement de froid.

– Il a commencé par dire qu'il ne pouvait pas parler, a-t-elle repris, mais je lui ai assuré qu'il avait intérêt à le faire. Alors il est allé dans les toilettes. Quand je lui ai dit que Mike avait été en contact avec Rycart juste avant sa mort, il n'a même pas fait semblant d'être surpris, a-t-elle constaté en se tournant vers moi. Il *savait*.

Elle avait l'air accablée.

– Il l'a avoué ?

– Il n'en a même pas eu besoin. Je l'ai su à sa voix. Il a dit que nous ne devrions rien ajouter au téléphone. Qu'on en discuterait lorsqu'il serait rentré. Mon Dieu... dans quoi s'est-il donc fourré ?

Quelque chose a paru céder en elle, et elle s'est laissée aller contre moi, bras tendus. Sa tête s'est appuyée contre ma poitrine et j'ai cru un instant qu'elle s'était peut-être évanouie, mais je me suis aperçu alors qu'elle se cramponnait à moi, qu'elle me tenait si farouchement que je sentais ses ongles rongés à travers l'épais tissu du peignoir. Mes mains se sont postées quelques centimètres au-dessus d'elle, avançant et reculant avec incertitude comme s'il émanait d'elle une sorte de champ magnétique. Puis j'ai fini par lui caresser les cheveux en essayant de murmurer des paroles d'apaisement auxquelles je ne croyais pas vraiment.

– J'ai peur, a-t-elle avoué d'une voix étouffée. Je n'ai jamais eu peur de toute ma vie. Mais maintenant, j'ai très peur.

– Vous avez les cheveux mouillés, ai-je dit doucement. Vous êtes trempée. Laissez-moi aller vous chercher une serviette.

Je me suis dégagé et me suis rendu dans la salle de bains. Je me suis regardé dans le miroir. Je me sentais comme un skieur sur le point d'aborder pour la première fois une piste particulièrement dangereuse. Lorsque je suis retourné dans la chambre, elle avait retiré son peignoir et s'était glissée dans le lit, drap remonté juste au-dessus de sa poitrine.

– Ça ne vous ennuie pas ?

– Non, bien sûr, ai-je assuré.

J'ai éteint la lumière et me suis couché du côté froid du lit. Elle s'est tournée vers moi, a posé la main sur mon torse et pressé avec vigueur ses lèvres contre les miennes, comme si elle s'apprêtait à me faire du bouche-à-bouche.

DOUZE

> « Le livre n'est en aucun cas une tribune où le nègre peut exprimer ses propres opinions. »

Quand je me suis réveillé, le lendemain matin, je m'attendais à ne pas la trouver dans mon lit. C'est bien le protocole habituel dans ce genre de situation, non ? Une fois la petite affaire nocturne réglée, l'invité regagne ses pénates, aussi soucieux qu'un vampire d'éviter les premières lueurs impitoyables de l'aube. Mais pas Ruth Lang. Dans la pénombre, je distinguais son épaule nue et ses cheveux noirs coupés court, et je savais à sa respiration irrégulière presque inaudible qu'elle ne dormait pas plus que moi et m'écoutait.

J'étais allongé sur le dos, les mains jointes sur le ventre, aussi immobile qu'un gisant de pierre sur la tombe d'un chevalier croisé, et je fermais les yeux périodiquement, chaque fois que m'apparaissait un nouvel aspect de cette situation épouvantable. Sur l'échelle de Richter des mauvaises idées, celle-ci atteignait sûrement dix. C'était un coup de folie foudroyant. Au bout d'un moment, j'ai laissé ma main se faufiler jusqu'à la table de nuit pour y prendre ma montre. Je l'ai rapprochée de mon visage. Il était sept heures et quart.

Prudemment, feignant toujours de croire qu'elle dormait vraiment, je me suis glissé hors du lit et me suis dirigé vers la salle de bains.

– Vous ne dormez pas, a-t-elle dit sans bouger.

– Pardon de vous avoir dérangée, ai-je répliqué. Je me suis dit que j'allais prendre une douche.

J'ai verrouillé la porte derrière moi et fait couler l'eau aussi brûlante et dru qu'il m'était supportable, laissant le jet me masser le dos, le ventre, les jambes, le crâne. La petite pièce s'est rapidement remplie de vapeur. Ensuite, pour me raser, j'ai dû sans cesse frotter mon reflet dans la glace pour m'empêcher de disparaître.

Lorsque je suis retourné dans la chambre, Ruth avait enfilé son peignoir et s'était installée devant le bureau pour feuilleter le manuscrit. Les rideaux étaient toujours tirés.

– Vous avez rayé toute l'histoire de sa famille, a-t-elle commenté. Ça ne va pas lui plaire. Il est très fier des Lang. Et pourquoi avez-vous souligné mon nom partout ?

– Je voulais vérifier combien de fois il apparaissait. J'ai été surpris que vous ne soyez pas plus présente dans le texte.

– C'est un vestige des groupes de discussion.

– Pardon ?

– Quand nous étions à Downing Street, Mike disait toujours que chaque fois que j'ouvrais la bouche, je faisais perdre dix mille voix à Adam.

– Je suis certain que ce n'est pas vrai.

– Mais bien sûr que si. Les gens cherchent toujours quelqu'un à qui en vouloir. Je pense souvent que ma principale utilité, en ce qui le concerne, a été de servir de paratonnerre. Ils pouvaient s'en prendre à moi au lieu de s'attaquer à lui.

– Même si c'était le cas, ai-je assuré, il n'y a aucune raison pour que vous soyez rayée de l'histoire.

– Pourquoi ça ? C'est ce qui arrive à la plupart des

femmes. Même les Amelia Bly de ce monde finissent par être effacées.

– Eh bien, je vais vous rétablir.

Dans ma hâte, j'ai poussé la porte coulissante du placard avec tant de force qu'elle a claqué contre la butée. Il fallait que je quitte cette maison. Je devais mettre de la distance entre moi et leur *ménage à trois** destructeur avant de finir aussi dingue qu'eux.

– J'aimerais que vous m'accordiez, quand vous aurez le temps, un entretien vraiment approfondi. Pour me faire part de tous les événements importants qu'il aurait oubliés.

– C'est si aimable à vous, a-t-elle commenté avec amertume. Comme la secrétaire du patron qui est chargée de lui rappeler l'anniversaire de sa femme ?

– Quelque chose dans ce style. Mais, comme vous l'avez dit vous-même, je ne peux pas prétendre être un écrivain à part entière.

Je sentais qu'elle m'examinait attentivement. J'ai enfilé un caleçon par-dessous mon peignoir.

– Ah, a-t-elle fait d'un ton sec, la pudeur du lendemain matin.

– C'est un peu tard pour ça, ai-je répliqué.

J'ai ôté le peignoir et pris une chemise, et, tandis que le cintre rendait son tintement morne, je me suis dit que si l'on avait inventé les départs discrets en pleine nuit, c'était exactement pour éviter cette sorte de scène sinistre. Cela lui ressemblait bien de ne pas savoir comment se comporter dans ce genre de situation. Notre intimité se dressait à présent comme une ombre entre nous. Le silence s'est prolongé et alourdi jusqu'au moment où j'ai eu l'impression que sa rancœur formait une barrière

---

* En français dans le texte (*N.d.T.*).

presque palpable. Je n'aurais pas pu davantage l'embrasser maintenant que lors de notre première rencontre.

– Qu'est-ce que vous allez faire ? a-t-elle demandé.

– Partir.

– Ce n'est pas nécessaire, en ce qui me concerne.

– Mais en ce qui me concerne moi, ça l'est.

J'ai mis mon pantalon.

– Allez-vous en parler à Adam ? a-t-elle insisté.

– Oh, bon sang ! me suis-je exclamé. Mais qu'est-ce que vous croyez ?

J'ai posé ma valise sur le lit et l'ai ouverte.

– Où irez-vous ?

Elle semblait sur le point de fondre à nouveau en larmes. J'ai espéré que non ; je ne supportais pas ça.

– Je retourne à l'hôtel. Je travaille beaucoup mieux là-bas.

J'ai commencé à jeter mes vêtements dans la valise, sans prendre la peine de les plier tant j'étais pressé de partir.

– Je suis désolé. Je n'aurais jamais dû séjourner chez un client. Ça finit toujours...

J'ai hésité.

– Vous finissez toujours par baiser la femme du client ?

– Non, bien sûr que non. C'est juste qu'il devient plus difficile de conserver une distance professionnelle. Quoi qu'il en soit, ce n'était pas *tout à fait* mon idée, si vous vous rappelez.

– Ce n'est pas très élégant de votre part.

Je n'ai pas répondu. J'ai continué de rassembler mes affaires. Son regard suivait chacun de mes gestes.

– Et à propos de ce que je vous ai dit la nuit dernière ? a-t-elle voulu savoir. Qu'est-ce que vous comptez faire ?

– Rien du tout.

– Vous ne pouvez pas faire comme si de rien n'était.

– Ruth, ai-je dit, m'arrêtant enfin. Je suis son nègre, pas un journaliste d'investigation. S'il veut dire la vérité au sujet de ce qui se passe, je suis ici pour l'aider. S'il ne veut pas… tant pis. Je suis neutre moralement.

– Ce n'est pas neutre moralement de dissimuler des informations à partir du moment où vous savez qu'il s'est produit quelque chose d'illégal… c'est un crime.

– Mais je ne sais pas s'il s'est passé quoi que ce soit d'illégal. Tout ce que j'ai, c'est un numéro de téléphone griffonné au dos d'une photo et les racontars d'un vieillard qui pourrait bien être sénile. Si quelqu'un a des preuves, ce ne peut être que vous. En fait, la seule véritable question qui se pose, c'est : qu'est-ce que *vous* allez faire ?

– Je ne sais pas, a-t-elle répondu. Peut-être écrire mes propres mémoires. « La femme de l'ex-Premier ministre dit tout. »

Je me suis remis à ranger.

– Eh bien, si jamais vous vous décidez, appelez-moi.

Elle a émis un de ses rires de gorge caractéristiques.

– Vous croyez vraiment que j'ai besoin de quelqu'un comme vous pour écrire un bouquin ?

Elle s'est levée et a dénoué sa ceinture. Pendant un instant, j'ai cru qu'elle allait se déshabiller, mais elle ne la défaisait que pour mieux rajuster son peignoir contre elle. Elle a ensuite serré fortement la ceinture pour faire un nœud, et le caractère définitif de son geste lui a d'une certaine façon rendu sa supériorité sur moi. Mon droit d'accès était annulé jusqu'à nouvel ordre. Sa résolution était telle que j'ai presque eu des regrets, et si elle avait ouvert les bras à ce moment-là, c'est moi qui me serais laissé aller contre elle, mais elle s'est détournée et, du geste entraîné de la femme d'un Premier ministre, a tiré la cordelette en nylon qui ouvrait les rideaux.

– Je déclare ce jour officiellement ouvert, a-t-elle annoncé. Que Dieu le bénisse, ainsi que tous ceux qui devront l'endurer.

– Eh bien, ai-je répliqué en contemplant la scène, c'est tout à fait un matin digne de la nuit dernière.

La pluie s'était muée en neige fondue, et la pelouse était jonchée de petites branches et de brindilles – vestiges de la tempête. Une chaise en rotin blanche gisait sur le côté. Çà et là, dans les endroits abrités, sur la saillie de la porte, la neige fondue s'était agglomérée et formait des bandes gelées, semblables à des morceaux d'emballage en polystyrène. La seule tache vive dans la pénombre était le reflet de la lumière de notre chambre, qui semblait flotter au-dessus des dunes comme un vaisseau spatial venu d'ailleurs. Je voyais très distinctement le visage de Ruth dans la vitre : attentif, soucieux.

– Je ne vous accorderai pas d'entretien, a-t-elle dit. Je ne veux pas être dans son putain de bouquin, qu'il me traite avec condescendance et me remercie avec vos mots à vous.

Elle a fait volte-face et m'a frôlé pour s'arrêter à la porte de la chambre.

– Il se débrouille, maintenant. Je vais divorcer. *Elle* pourra se charger des visites en prison.

J'ai écouté la porte de sa chambre s'ouvrir et se refermer, puis, peu après, le son à peine audible d'une chasse d'eau. J'avais presque fini de faire ma valise. J'ai plié les vêtements qu'elle m'avait prêtés la veille au soir et les ai posés sur la chaise, j'ai rangé mon ordinateur dans ma sacoche, et il n'est plus resté que le manuscrit. Il était là, formant une grosse pile sur la table, là où elle l'avait laissé, huit bons centimètres menaçants – mon pensum, mon boulet, mon gagne-pain. Je ne pouvais pas avancer sans lui, cependant, je n'arrivais pas non plus à le sortir de la maison. Il m'est venu à l'esprit de prétexter que l'enquête sur les crimes de guerre avait tellement modifié la situation de Lang que les anciennes règles n'avaient plus cours. Quoi qu'il en soit, il serait toujours possible de prendre ça comme excuse. Je ne voulais certainement pas risquer d'être embarrassé en restant ici et en tombant régulièrement sur Ruth. J'ai mis le manuscrit dans ma valise, avec l'enveloppe d'archives, j'ai tiré la fermeture à glissière sur le tout et suis sorti dans le couloir.

Barry, l'agent des Services spéciaux, était assis avec son *Harry Potter* sur la chaise près de l'entrée. Il a levé sa grosse tête de ses pages et m'a adressé un regard de désapprobation lasse agrémenté d'un petit sourire de mépris amusé.

– Bonjour, monsieur, a-t-il dit, alors, c'est fini pour la nuit ?

J'ai pensé : « Il sait. » Puis j'ai pensé : « Evidemment qu'il sait, pauvre imbécile : c'est son boulot de savoir. » J'ai vu dans un flash ses ricanements avec ses collègues, le relevé de ses observations officielles transmis à Londres, faisant l'objet d'un article discret dans un dossier, et j'ai éprouvé un mélange douloureux de fureur et de ressentiment. J'aurais peut-être dû répondre par un clin d'œil ou une bonne blague entendue – « Eh bien, vous savez ce qu'on dit, c'est dans les vieux pots qu'on fait les meilleures soupes », ou quelque chose du même acabit – mais j'ai préféré lâcher froidement :

– Et si vous alliez vous faire foutre ?

Ce n'était pas vraiment de l'Oscar Wilde, mais ça m'a permis de sortir de la maison. J'ai franchi la porte et me suis dirigé vers l'allée, constatant un peu tard que ma dignité morale outragée n'offrait malheureusement aucune protection contre les bourrasques de grésil cinglantes. J'ai parcouru péniblement quelques mètres encore en m'efforçant de garder la tête haute, puis j'ai foncé m'abriter contre la maison. La pluie débordait des gouttières et s'enfonçait dans le sol sableux. J'ai ôté ma veste et l'ai tenue au-dessus de ma tête en me demandant comment j'allais atteindre Edgartown. C'est à ce moment que l'idée d'emprunter la Ford Escape SUV brune m'est obligeamment venue à l'esprit.

Comme le cours de ma vie eût été différent – radicalement différent – si je ne m'étais pas aussitôt précipité au garage, slalomant autour des flaques, maintenant d'une main ma veste au-dessus de ma tête tout en tirant de l'autre ma petite valise. Je me représente à présent la scène comme dans un film, ou peut-être, plus judicieusement, comme dans ces reconstitutions télévisées des grands crimes du passé : la victime qui gambade avec insouciance vers son funeste destin, avec un fond sonore de cordes pour marquer l'aspect menaçant de la séquence. La porte n'avait pas été verrouillée depuis la veille, et les clés de la Ford étaient sur le contact – après tout, pourquoi s'inquiéter des voleurs quand on vit au bout d'une allée de plus de trois kilomètres, protégé par six gardes du corps armés ? J'ai hissé ma valise sur le siège passager avant et remis ma veste avant de me glisser derrière le volant.

Cette Ford était aussi froide qu'une morgue, et aussi poussiéreuse qu'un vieux grenier. J'ai fait courir mes mains sur les commandes étrangères et ai eu aussitôt le bout des doigts gris. Je n'ai pas de voiture – vivant seul à Londres, je n'en ai jamais vu la nécessité – et les rares fois où j'en loue une, il me semble toujours qu'on a rajouté une nouvelle couche de gadgets, de sorte que le tableau de bord d'une bonne familiale de base m'évoque désormais le cockpit d'un jumbo jet.

A droite du volant, un écran mystérieux s'est allumé dès que j'ai mis le contact. Il a affiché des arcs clignotants de couleur verte qui partaient de la Terre pour s'élever vers une station orbitale. Pendant que je regardais, la pulsation a changé de côté, et les arcs se sont mis à descendre du ciel. Un instant plus tard, l'écran a montré une grosse flèche rouge, un chemin jaune et une grande zone de bleu.

Une voix féminine américaine, douce mais ferme, a indiqué d'un point quelque part derrière moi : « Rejoignez la route dès que possible. »

J'aurais bien voulu l'éteindre, mais je n'ai pas trouvé

comment, et je me disais que le bruit du moteur n'allait pas tarder à faire sortir Barry de sa torpeur pour venir voir ce qui se passait. La seule pensée de son expression lubrique a suffi à me mettre en branle. J'ai donc rapidement enclenché la marche arrière et sorti la Ford du garage. Puis j'ai réglé les rétroviseurs, allumé les phares et les essuie-glaces, et me suis engagé dans l'allée en direction de la grille. Lorsque j'ai dépassé la guérite, la scène s'est modifiée sur le petit écran du GPS. C'était aussi amusant qu'un jeu vidéo : la flèche s'est installée au milieu du chemin jaune. J'avais quitté la propriété.

Il y avait quelque chose de curieusement apaisant dans le fait de conduire et de voir apparaître tous les sentiers et cours d'eau en haut de l'écran, qui défilaient puis disparaissaient en bas. Cela me donnait l'impression que le monde entier était un lieu sûr et domestiqué dont le moindre détail était mesuré et répertorié, puis enregistré dans quelque salle de contrôle céleste où des anges à voix douce veillaient avec bienveillance sur les voyageurs ici-bas.

« Dans deux cents mètres, tournez à droite », a indiqué la voix féminine.

« Dans cinquante mètres, tournez à droite. »

Puis :

« Tournez à droite. »

Le manifestant solitaire était recroquevillé dans sa cabane et lisait un journal. Il s'est levé quand il m'a vu arriver au carrefour et est sorti sous la pluie. J'ai remarqué qu'il avait une voiture garée un peu plus loin, un vieux camping-car Volkswagen, et je me suis demandé pourquoi il se s'abritait pas dedans. J'ai tourné à droite, et j'ai bien vu son visage hâve et grisâtre. Il était immobile et impavide et semblait ne pas se préoccuper davantage de la pluie que s'il avait été une statuette en bois devant un drugstore. J'ai appuyé sur l'accélérateur et foncé vers Edgartown avec cette petite sensation d'aventure qu'on a toujours quand on conduit en pays étranger. Mon guide désincarné est resté silencieux pendant les six kilomètres suivants, et je n'y pensais plus jusqu'au moment où, alors que j'atteignais les abords de la ville, l'appareil s'est remis en route :

« Dans deux cents mètres, tournez à gauche. »

La voix m'a fait sursauter.

« Dans cinquante mètres, tournez à gauche. »

« Tournez à gauche », a-t-elle répété alors que nous arrivions au croisement.

Elle commençait à me porter sur les nerfs.

– Pardon, ai-je marmonné en prenant à droite en direction de Main Street.

« Faites demi-tour dès que possible. »

– C'est complètement ridicule, ai-je dit à voix haute en arrêtant la voiture.

J'ai appuyé sur plusieurs touches du GPS dans le but de l'éteindre pour de bon. Une nouvelle image est apparue sur l'écran pour me proposer un menu. Je ne me souviens pas de toutes les options. L'une d'elles était : « ENTRER UNE NOUVELLE DESTINATION ». Je crois qu'il y avait aussi : « RENTRER AU DOMICILE ». Et une troisième – celle qui était sélectionnée – indiquait : « RAPPELER LA DESTINATION PRÉCÉDENTE ».

Je l'ai fixée un instant du regard tandis que les implications potentielles se faisaient lentement jour dans mon cerveau. Prudemment, j'ai appuyé sur « SÉLECTIONNER ».

L'écran est devenu noir.

J'ai coupé le moteur et cherché le mode d'emploi. J'ai même bravé le grésil pour aller vérifier à l'arrière de la Ford s'il n'avait pas été laissé là. Puis je suis revenu m'asseoir les mains vides et j'ai remis le contact. Cette fois encore, le système GPS s'est enclenché. Pendant qu'il recommençait toute la procédure de réinitialisation avec son vaisseau mère, j'ai passé la première et descendu la côte.

« Faites demi-tour dès que possible. »

J'ai tapoté le volant des deux index. Pour la première fois de ma vie, je me retrouvais confronté à la véritable signification du mot « prédestination ». Je venais de passer devant l'église victorienne des baleiniers. Devant moi, la colline plongeait vers le port. Quelques mâts blancs apparaissaient confusément à travers le rideau de dentelle sale de la pluie. Je n'étais pas très loin de mon ancien hôtel – de la fille au bonnet blanc, des gravures de voiliers et du vieux capitaine John Coffin qui me regardait sévèrement sur son mur. Il n'était pas encore huit heures. Il n'y avait aucune circulation sur la route. Les trottoirs étaient déserts. J'ai continué à descendre vers le port, passant devant toutes les boutiques vides avec leurs joyeuses pancartes « Fermé-pour-l'hiver-à-l'année-prochaine ! ».

« Faites demi-tour dès que possible. »

Avec lassitude, je me suis soumis à mon destin. J'ai mis mon clignotant et j'ai tourné dans une petite rue bordée de maisons – je crois qu'elle s'appelait Summer Street, si peu estivale qu'elle fût – et j'ai freiné. La pluie martelait le toit de la Ford, l'essuie-glace allait et venait avec un bruit mat. Un petit terrier noir et blanc faisait ses besoins dans le caniveau avec une expression d'intense concentration sur sa petite tête pleine de sagesse. Son propriétaire, trop emmitouflé contre le froid et la pluie pour que je puisse en déterminer l'âge ou le sexe, s'est retourné gauchement pour me regarder, comme un cosmonaute qui se déplacerait sur un sol lunaire. Il tenait un ramasse-crottes dans une main, et une petite poche à merdes de chien en plastique blanc dans l'autre. J'ai rapidement fait marche arrière jusqu'à Main Street, maniant si fort le volant que la voiture est brièvement montée sur le trottoir. Avec un crissement de pneus, j'ai repris l'ascension de la côte. La flèche s'est affolée, puis s'est placée avec satisfaction au milieu de la voie jaune.

Je ne sais toujours pas ce que je croyais être en train de

faire. Je ne pouvais même pas être certain que McAra avait été le dernier à taper une adresse. Il pouvait très bien s'agir d'un autre invité de Rhinehart ; ce pouvait aussi être Dep ou Duc ; ce pouvait même être la police. Quoi qu'il en soit, j'avais sûrement au fond de moi l'idée que si les choses devenaient un tant soit peu inquiétantes, je pourrais toujours faire machine arrière, et j'imagine que cela me procurait un sentiment de réconfort tout à fait illusoire.

Une fois sorti d'Edgartown et sur la route de Vineyard Haven, je n'ai plus rien entendu de mon guide céleste pendant plusieurs minutes. Je dépassais des taches de forêt sombre et de petites maisons blanches. Les rares voitures qui venaient en sens inverse gardaient les phares allumés et roulaient lentement avec un bruit mouillé sur la chaussée glissante. Je me tenais penché en avant sur mon siège, scrutant le matin sale. Je suis passé devant un collège qui commençait tout juste à s'animer, et, à côté, devant les seuls feux rouges de l'île (ils figuraient sur la carte comme une attraction touristique, quelque chose à aller voir en hiver). La route observait ensuite un virage serré et les arbres semblaient se refermer sur elle ; l'écran affichait des noms comme Deer Hunter's Way ou Skiff Avenue*.

« Dans deux cents mètres, tournez à droite. »

« Dans cinquante mètres, tournez à droite. »

« Tournez à droite. »

J'ai pris la descente vers Vineyard Haven, croisant un car scolaire qui peinait en sens inverse. J'ai eu l'impression fugitive d'une rue commerçante déserte sur ma gauche, puis je me suis retrouvé sur l'espace plat et miteux autour du port. J'ai tourné le coin de la rue, dépassé un café et débouché dans un grand parking. A

* Le chemin du Chasseur de Cerfs et l'avenue des Skiffs (*N.d.T.*).

une centaine de mètres, de l'autre côté du bitume troué de flaques et balayé par la pluie, une file de véhicules montait la rampe du ferry. La flèche rouge me la désignait.

Dans la chaleur de la Ford et tel que le présentait l'écran du GPS, le chemin proposé paraissait tentant, semblable à un dessin d'enfant de vacances estivales – un embarcadère jaune se prolongeant dans le bleu vif du port de Vineyard Haven. Mais la réalité qui apparaissait derrière le pare-brise était nettement moins attirante : la gueule noire et rouillée du ferry et, au-delà, la houle grise et les haussières cinglées de neige fondue.

On a cogné à ma vitre et j'ai cherché le bouton qui permettait de l'abaisser. L'homme portait un ciré bleu marine dont il avait relevé la capuche, et il devait appuyer fermement la main dessus pour la maintenir en place. Ses lunettes dégoulinaient de pluie. Un badge indiquait qu'il travaillait pour la Steamship Authority.

– Il va falloir vous dépêcher, a-t-il crié en tournant le dos au vent. Le ferry part à huit heures et quart. Le temps se dégrade. Il n'y en aura peut-être pas d'autre avant un moment.

Il a ouvert ma portière et m'a presque poussé vers le guichet.

– Prenez votre billet. Je leur dis que vous arrivez tout de suite.

J'ai laissé le moteur tourner et me suis dirigé vers le petit bureau de vente. Une fois devant le comptoir, je n'étais pas encore décidé. Je voyais par la vitre les dernières voitures embarquer sur le ferry, et l'employé du parking resté près de la Ford, qui tapait du pied pour ne pas s'engourdir. Il a remarqué que je le regardais et m'a fait signe de me dépêcher.

La vieille dame qui attendait à la caisse semblait elle aussi avoir mieux à faire que de se trouver là, à huit heures quinze, un vendredi matin.

– Bon, vous y allez ou quoi ? a-t-elle questionné.

J'ai poussé un soupir, sorti mon portefeuille et plaqué cinq billets de dix dollars sur le comptoir, en échange de quoi j'ai obtenu un ticket et un peu de monnaie.

*

Lorsque j'ai eu franchi la rampe métallique bringuebalante qui conduisait au tréfonds sombre et graisseux du navire, un autre homme en ciré m'a indiqué une place où me garer, et j'ai avancé tout doucement jusqu'à ce qu'il me fasse signe d'arrêter. Tout autour de moi, les conducteurs quittaient leur véhicule et se frayaient à la hâte un chemin entre les voitures pour gagner les escaliers. Je suis resté où j'étais pour essayer de comprendre comment fonctionnait le système de navigation. Cependant, l'homme d'équipage n'a pas tardé à frapper à ma vitre et m'a indiqué par gestes que je devais couper le contact. J'ai obéi et l'écran s'est à nouveau éteint. Les portes du ferry se sont refermées derrière moi. Les moteurs du bateau ont vrombi, la coque a fait un bond en avant et, avec des grincements sinistres, nous nous sommes ébranlés.

Je me suis senti soudain pris au piège, assis dans l'aube glaciale de cette cale empuantie par le diesel et les gaz d'échappement, et il y avait là davantage que la sensation de claustrophobie engendrée par un séjour sous le pont. C'était McAra. Je sentais sa présence près de moi. Ses obsessions pesantes et tenaces semblaient s'être faites miennes. C'était comme quand on commet l'erreur, au cours d'un voyage, de parler à un étranger un peu lourd et pas très brillant qui refuse ensuite de vous laisser tranquille. Je suis descendu de voiture et je l'ai verrouillée, puis je suis allé chercher une tasse de café. Au bar du pont supérieur, j'ai fait la queue derrière un type qui lisait *USA Today*, et j'ai vu par-dessus son épaule une photo de

Lang en compagnie du secrétaire d'Etat. Le titre était : « Lang affronte un procès pour crimes de guerre. Washington le soutient. » L'appareil l'avait surpris un grand sourire aux lèvres.

J'ai porté mon café à une table d'angle et entrepris d'examiner dans quelle situation ma curiosité m'avait plongé. D'un point de vue technique, je m'étais, pour commencer, rendu coupable de vol de voiture. Il fallait au moins que j'appelle la maison pour leur signaler que je l'avais prise. Mais cela impliquerait probablement de parler à Ruth, qui ne manquerait pas de demander où je me trouvais, et je n'avais aucune envie de le lui dire. Puis il y avait la question de savoir si ce que je faisais était vraiment avisé. En admettant que je suivais bien la route qu'avait empruntée McAra, je devais garder à l'esprit le fait qu'il n'en était pas revenu vivant. Comment pouvais-je savoir ce qui m'attendait au bout ? Peut-être devrais-je confier mes intentions à quelqu'un, ou, mieux encore, prendre quelqu'un avec moi pour me servir de témoin ? Ou peut-être valait-il mieux que je me contente de débarquer à Woods Hole et d'attendre dans un bar le prochain ferry de retour sur l'île pour préparer l'opération convenablement, au lieu de me jeter tête baissée dans l'inconnu ?

Curieusement, je ne me sentais pas particulièrement en danger – sans doute parce que tout avait l'air si ordinaire. J'ai regardé le visage des autres passagers : des travailleurs pour la plupart, à en juger par leurs jeans et leurs bottes – des types fatigués qui avaient déjà effectué leurs livraisons sur l'île très tôt ce matin, ou des gens qui allaient chercher du matériel en Amérique. Une grosse vague a heurté le flanc du navire, et nous avons tous vacillé comme un seul homme, pareils à des algues ondulant au fond de l'océan. Par le hublot couvert d'eau de mer, le contour bas et gris de la côte et la mer glaciale agitée semblaient complètement anonymes. Nous aurions pu tout aussi bien nous trouver sur la Baltique, la mer Blanche ou le Solent – n'importe quelle rive morne et plate où les gens doivent trouver de quoi vivre aux confins de la terre.

Quelqu'un est sorti fumer une cigarette sur le pont, laissant entrer une rafale d'air glacial et humide. Je n'ai pas cherché à le suivre. J'ai pris un autre café et me suis détendu, en sécurité et bien au chaud dans l'atmosphère jaunâtre et humide du bar, jusqu'au moment où, une demi-heure plus tard, nous avons croisé le phare de Nobska Point, et un haut-parleur nous a priés de regagner notre véhicule. Le ferry a tangué violemment dans la houle et heurté le bord du quai avec un fracas qui a couru tout le long de la coque. J'ai été projeté contre le chambranle métallique de la porte, en bas de l'escalier. Plusieurs alarmes de voiture se sont déclenchées, et ma sensation de sécurité s'est évanouie, remplacée par une peur panique que quelqu'un ait essayé de forcer la serrure de la Ford. Mais quand je me suis approché d'un pas chancelant, elle m'a paru intacte, et, après vérification, les mémoires de Lang se trouvaient toujours dans ma valise.

J'ai fait démarrer le moteur, et, lorsque j'ai émergé dans les rafales de vent et de pluie de Woods Hole, l'écran satellite m'indiquait sa voie dorée familière. Il aurait été très facile de me garer là et d'aller prendre un petit déjeuner dans un des cafés du coin, mais je suis resté dans la file de voitures et j'ai suivi le mouvement – m'enfonçant dans cet hiver sale de Nouvelle-Angleterre, sur Woods Hole Road puis dans Locust Street, Main Street et au-delà. J'avais un demi-réservoir d'essence et toute la journée devant moi.

« Dans deux cents mètres, au rond-point, prenez la deuxième sortie. »

C'est ce que j'ai fait et, pendant quarante-cinq minutes, j'ai roulé vers le nord en empruntant des autoroutes régionales non payantes, revenant en fait plus ou moins vers Boston. En tout cas, cela paraissait répondre à une question : quoi qu'ait pu faire McAra juste avant sa mort, il n'était pas allé voir Rycart à New York. Je me demandais ce qui pouvait l'avoir attiré à Boston. L'aéroport, peut-être ? Je me suis laissé aller à l'imaginer en train d'attendre quelqu'un à sa descente d'avion – pourquoi pas en provenance d'Angleterre ? –, son visage grave tourné avec impatience vers le ciel, un salut rapide dans le hall de l'aéroport avant de filer vers un rendez-vous clandestin. A moins que ce ne soit lui qui ait pris l'avion ? Mais alors que ce scénario commençait à s'étoffer dans mon imagination, le GPS m'a indiqué l'autoroute inter-Etats 95 et, même si je ne connaissais pas grand-chose à la géographie du Massachusetts, j'ai su que je m'écartais de l'aéroport Logan et du centre de Boston.

J'ai conduit aussi lentement que possible sur cette large voie pendant environ vingt-cinq kilomètres. La pluie avait cessé mais il faisait encore sombre. Le thermomètre affichait une température extérieure de 3,8 °C. Je me rappelle de grandes trouées dans les bois, parsemées de lacs, avec des immeubles de bureaux et des usines high-tech rutilants au milieu de terrains paysagers, aussi délicatement agencés que des clubs de loisirs, ou des cimetières. Au moment où je commençais à me demander si McAra ne tentait pas de fuir vers la frontière canadienne, la voix dans mon dos m'a indiqué la prochaine sortie de la 95, et je me suis retrouvé sur une autre grosse autoroute régionale à six voies qui, d'après l'écran, était la Concord Turnpike.

Je ne distinguais pas grand-chose à travers le rideau d'arbres, même s'ils avaient perdu leurs feuilles. Ma lenteur exaspérait les conducteurs derrière moi. Des poids lourds ne cessaient de se rapprocher pesamment, puis de me faire des appels de phares et de klaxonner avant de déboîter pour me doubler dans une gerbe d'eau boueuse.

La femme à l'arrière a repris la parole :

« Dans deux cents mètres, prenez la prochaine sortie. »

Je suis passé sur la voie de droite et j'ai emprunté la bretelle de sortie. Au bout de la courbe, j'ai découvert une banlieue boisée avec grandes maisons, garages doubles, larges allées et pelouses immenses – un environnement riche mais convivial, dont les demeures étaient séparées les unes des autres par des arbres et où presque toutes les boîtes aux lettres étaient ornées d'un ruban jaune à la gloire de l'armée. Je crois bien que la rue portait le doux nom de Pleasant Street.

Une pancarte indiquait Belmont Center, et c'est plus ou moins la direction que j'ai prise, en empruntant des routes de moins en moins peuplées à mesure que les prix du terrain grimpaient. J'ai dépassé un parcours de golf et tourné à droite dans un bois. Un écureuil roux a traversé la chaussée juste devant moi et s'est perché sur une pancarte signalant que les feux de camp étaient interdits. C'est à cet instant, au milieu de nulle part, que mon ange gardien m'a enfin annoncé, d'un ton calme mais sans réplique :

« Vous êtes arrivé à destination. »

TREIZE

> « Mon enthousiasme pour la profession de nègre a pu donner l'impression que c'était un métier facile. Si c'est le cas, permettez-moi de nuancer un tant soit peu mon propos par un avertissement. »

Je me suis garé sur le bas-côté et j'ai coupé le contact. En découvrant les bois denses et détrempés, j'ai éprouvé une profonde déception. Je ne savais pas trop à quoi je m'étais attendu... pas forcément à Gorge Profonde dans un parking souterrain, mais tout de même à davantage que ça. Cependant, une fois de plus, McAra me surprenait : voilà un homme qui était censé détester plus encore que moi la campagne, et sa piste me conduisait à rien de moins qu'un paradis pour randonneurs.

Je suis sorti de voiture et j'ai verrouillé les portières. Après deux heures de conduite, j'avais besoin de me remplir les poumons de l'air froid et humide de Nouvelle-Angleterre. Je me suis étiré et j'ai commencé à descendre l'allée mouillée. L'écureuil m'observait depuis son perchoir, de l'autre côté de la route. J'ai avancé de quelques pas vers lui et frappé dans mes mains pour effrayer le ravissant petit rongeur. Il a battu en retraite dans un arbre voisin, brandissant sa queue en panache dans ma direction tel un majeur démesuré. J'ai cherché un bâton que je pourrais lui lancer, puis me suis interrompu pour reprendre mon chemin. Décidément, je passais beaucoup trop de temps seul dans les bois. Je serais content de ne plus entendre pendant très longtemps le profond silence végétatif de dix mille arbres réunis.

J'ai parcouru une vingtaine de mètres avant d'arriver à une brèche quasi invisible dans la forêt. Modestement en retrait de la route, un portail électrifié à cinq barreaux bloquait l'accès à une allée privée qui dessinait une courbe au bout de quelques mètres et disparaissait derrière les arbres. Je ne voyais pas la maison. A côté du portail, il y avait une boîte aux lettres métallique grise sans aucun nom dessus, juste un nombre – 3551 – et un pilier en pierre muni d'un interphone et d'un digicode. Sur une plaque, on pouvait lire : « CETTE PROPRIÉTÉ EST PROTÉGÉE PAR UN SYSTÈME DE SÉCURITÉ CYCLOPS » ; un numéro gratuit figurait en travers d'un œil. J'ai hésité, puis j'ai appuyé sur la sonnette. En attendant, j'ai regardé autour de moi. Une petite caméra vidéo était montée sur une branche voisine. J'ai essayé de nouveau la sonnette. Pas de réponse.

Ne sachant trop quoi faire, j'ai reculé de quelques pas. L'idée m'a brièvement traversé l'esprit de passer par-dessus le portail pour jeter un petit coup d'œil non autorisé sur la propriété, mais cette caméra me plaisait modérément, et le nom du système de sécurité, Cyclops, ne me disait rien qui vaille non plus. Puis j'ai remarqué que la boîte aux lettres débordait littéralement de courrier, et j'ai pensé qu'il n'y aurait pas de mal à découvrir ne fût-ce que le nom du propriétaire des lieux. Après un dernier coup d'œil derrière moi et un haussement d'épaules contrit à l'adresse de la caméra, j'ai pris une poignée d'enveloppes. Elles étaient adressées soit à M. et Mme Paul Emmett, soit au Professeur et Mme Paul Emmett, soit au Professeur Emmett et à Nancy Emmett. A en juger par les cachets postaux, il semblait que le courrier n'avait pas été relevé depuis au moins deux jours. Soit les Emmett étaient absents, soit ils gisaient, morts, à l'intérieur. On avait fait suivre certaines des lettres en mettant une étiquette autocollante sur l'adresse originale. J'ai gratté l'une des étiquettes avec mon pouce, et j'ai pu apprendre qu'Emmett était président honoraire de quelque chose qui s'appelait l'institution Arcadia, avec une adresse à Washington.

Emmett... Emmett... pour une raison confuse, ce nom m'était familier. J'ai remis les lettres dans la boîte et je suis retourné à la voiture. J'ai ouvert ma valise, sorti l'enveloppe adressée à McAra et, dix minutes plus tard, j'avais trouvé ce dont je m'étais vaguement souvenu : P. Emmett (St. John's) figurait dans la distribution du spectacle du Footlights et était photographié avec Lang. C'était le plus âgé de la troupe, celui que j'avais pris pour un thésard. Il avait les cheveux plus courts que les autres et paraissait plus conventionnel : « ringard », comme on disait à l'époque. Voilà donc ce qui avait poussé McAra à faire tout ce chemin : d'autres recherches encore sur Cambridge ? Maintenant que j'y réfléchissais, Emmett était également mentionné dans les mémoires. J'ai pris le manuscrit et feuilleté la partie sur les années d'université de Lang, mais Emmett n'y apparaissait pas. J'ai néanmoins fini par le trouver, cité au début du tout dernier chapitre :

> *Le professeur Paul Emmett, de l'université de Harvard, a décrit l'importance unique qu'ont eue les peuples de langue anglaise sur la progression de la démocratie dans le monde : « Tant que ces nations restent unies, la liberté est bien protégée ; dès qu'elles montrent des signes de faiblesse, la tyrannie reprend des forces. » Je suis parfaitement d'accord avec cette opinion.*

L'écureuil était revenu me narguer avec malveillance depuis le bord de la route.

Bizarre : telle était mon impression générale sur tout ce que je découvrais. *Bizarre.*

Je ne sais pas exactement combien de temps je suis resté assis là. Je me rappelle juste que j'étais à ce point perplexe que j'en ai oublié d'allumer le chauffage de la Ford, et que ce n'est qu'en entendant une autre voiture approcher que j'ai pris conscience que j'étais complètement transi et engourdi. J'ai jeté un coup d'œil dans le rétroviseur et j'ai vu des phares, puis une petite voiture japonaise m'a dépassé. Une femme brune encore jeune était au volant, et un homme d'une soixantaine d'années, portant lunettes, veste et cravate, était assis à côté d'elle. Il s'est tourné vers moi, et j'ai su tout de suite que c'était Emmett, pas parce que je l'ai reconnu (ce n'était pas le cas), mais parce que je ne voyais pas qui d'autre pouvait s'aventurer dans cette allée si tranquille. La voiture s'est arrêtée devant le portail, et j'ai vu Emmett descendre pour prendre le courrier. Une fois encore, il a regardé dans ma direction et j'ai cru qu'il allait venir me demander ce que je faisais là. Au lieu de ça, il est remonté dans la voiture, qui a redémarré pour disparaître de mon champ de vision, sans doute vers la maison.

J'ai fourré les photos et la feuille du manuscrit dans ma sacoche, et j'ai laissé dix minutes aux Emmett pour rentrer chez eux et ouvrir la maison avant de démarrer et d'avancer la voiture jusqu'au portail. Cette fois, quand j'ai appuyé sur le bouton de la sonnette, on a répondu immédiatement.

– Oui ?

C'était une voix de femme.

– Madame Emmett ?

– Qui est-ce ?

– Je me demandais s'il serait possible d'échanger quelques mots avec le professeur Emmett.

– Il est très fatigué.

Elle avait une voix traînante, quelque chose qui la situait entre l'aristocrate anglaise et la belle du Sud américaine, et la sonorité métallique de l'interphone accentuait encore ce trait.

– Ce ne sera pas long.

– Vous avez rendez-vous ?

– C'est au sujet d'Adam Lang. Je l'aide à rédiger ses mémoires.

– Un instant, s'il vous plaît.

Je savais qu'ils devaient m'observer par le système de surveillance vidéo. J'ai essayé d'adopter une attitude suffisamment respectable. Lorsque l'interphone s'est remis à crépiter, c'est une voix masculine américaine qui a pris la parole : sonore, bien timbrée, une voix de comédien.

– Paul Emmett. Je crois que vous devez faire erreur.

– Vous étiez à Cambridge avec M. Lang, me semble-t-il ?

– Nous étions contemporains, oui, mais je ne peux pas dire que je le connaisse.

– J'ai une photo de vous deux ensemble lors d'un spectacle du Footlights.

Il y a eu un long silence.

– Avancez jusqu'à la maison.

Un signal électrique s'est fait entendre, puis le portail s'est ouvert lentement.

Alors que je suivais l'allée, la grande maison à deux étages a peu à peu surgi entre les arbres : une partie centrale en pierre grise flanquée de deux ailes en bois peintes en blanc. La plupart des fenêtres étaient cintrées, avec de petits panneaux de verre cathédrale et de grosses persiennes. Il aurait été impossible de déterminer si elle avait six mois ou un siècle. Quelques marches conduisaient à un porche à colonnes, où Emmett m'attendait en personne. L'étendue de la propriété et la densité des bois environnants produisaient une sensation d'isolement complet. Le seul son de la civilisation était le ronronnement lointain d'un gros-porteur qui, dissimulé par les nuages bas, descendait vers l'aéroport. Je me suis rangé devant le garage, à côté de la voiture des Emmett, et suis sorti avec ma sacoche.

– Je vous prie de m'excuser si je vous parais un peu sonné, a annoncé Emmett après m'avoir serré la main. Notre avion arrive tout juste de Washington et j'accuse la fatigue. Je ne vois généralement personne sans rendez-vous. Mais vous avez mentionné une photographie, et cela a plutôt excité ma curiosité.

Il était vêtu avec la même recherche que sa façon de s'exprimer. Ses lunettes avaient une monture d'écaille résolument moderne, il portait une veste gris foncé, une chemise gris-bleu, une cravate rouge vif avec un motif de faisans, une pochette de soie assortie. Maintenant que je le voyais de près, je distinguais l'homme jeune derrière la façade plus âgée : les ans l'avaient légèrement brouillé, rien de plus. Il ne parvenait pas à détacher son regard de ma sacoche. Je savais qu'il aurait voulu que je lui montre la photo tout de suite, sur le pas de la porte. Mais je n'allais pas me faire avoir comme ça. J'ai attendu, et j'ai continué d'attendre, jusqu'au moment où il a bien été forcé de dire :

– Bon. Entrez, je vous prie.

Il régnait dans la maison une odeur de fleurs séchées et d'encaustique qui émanait des parquets cirés, ainsi que ce froid propre aux maisons inhabitées. Une horloge de grand-père émettait un tic-tac sonore sur le palier. J'entendais Mme Emmett parler au téléphone dans une autre pièce. « Oui, disait-elle. Il est là maintenant. » Ensuite, elle a dû s'éloigner. Sa voix est devenue indistincte puis s'est perdue tout à fait.

Emmett a refermé la porte d'entrée derrière nous.

– Puis-je ? a-t-il demandé.

J'ai sorti la photo de plateau et la lui ai remise. Il a remonté ses lunettes sur sa masse de cheveux argentés et s'est dirigé avec la photo vers la fenêtre de l'entrée. Il paraissait en forme pour son âge et j'ai supposé qu'il pratiquait régulièrement un sport : du squash, probablement ; du golf, sûrement.

– Eh bien, eh bien, a-t-il commenté en portant la photo en noir et blanc à la morne lumière hivernale, la penchant de-ci, de-là, et l'examinant au bout de son long nez tel un expert qui vérifierait l'authenticité d'un tableau, je n'ai rigoureusement aucun souvenir de ça.

– Mais c'est bien vous ?

– Oh, oui. Je m'étais inscrit au Dramat, dans les années soixante. C'était une époque formidable, ainsi que vous pouvez l'imaginer, a-t-il ajouté en adressant un petit rire complice à son image plus jeune. Ça oui.

– Le Dramat ?

– Pardon, s'est-il excusé en levant les yeux. L'association théâtrale de Yale. J'ai cru que je pourrais continuer à faire du théâtre quand je me suis rendu à Cambridge pour ma thèse de doctorat. Hélas, je n'ai pu rester qu'un trimestre au Footlights avant que la pression du travail ne mette fin à ma carrière de comédien. Puis-je garder ceci ?

– Malheureusement non. Mais je suis sûr que je pourrai vous en obtenir une copie.

– Vraiment ? Ce serait très gentil.

Il l'a retournée et en a examiné le verso.

– Le *Cambridge Evening Post*. Il faut que vous me racontiez comment vous êtes tombé là-dessus.

– J'en serai ravi, ai-je assuré.

Et cette fois encore, j'ai attendu. Cela rappelait une partie de cartes. Il ne céderait rien tant que je ne l'y aurais pas forcé. Le battant de la grosse horloge a eu le temps d'effectuer plusieurs va-et-vient.

– Venez dans mon bureau, a-t-il fini par lâcher.

Il a ouvert la porte et je l'ai suivi dans une pièce sortie

tout droit du club londonien de Rick : du papier peint vert sombre, des livres du sol au plafond, un escalier mobile de bibliothèque, des sièges de cuir brun rembourré, un grand lutrin en cuivre en forme d'aigle, un buste romain ; une odeur diffuse de cigare. Un pan de mur était consacré aux souvenirs : citations, prix, diplômes honoraires et de nombreuses photographies. J'ai repéré Emmett avec Bill Clinton et Al Gore. Emmett avec Margaret Thatcher et Nelson Mandela. Je vous donnerais bien les noms des autres si je les connaissais. Un chancelier allemand. Un président français. Il y avait également une photo de lui avec Lang, une poignée de main cordiale lors de ce qui semblait être un cocktail. Il m'a vu regarder.

– Le mur de l'ego, a-t-il commenté. Nous en avons tous un. Voyez-le comme l'équivalent de l'aquarium chez l'orthodontiste. Asseyez-vous. Je crains de ne pouvoir vous accorder que quelques minutes, malheureusement.

Je me suis perché sur le canapé rigide tandis qu'il prenait le fauteuil de capitaine, derrière son bureau. Le siège roulait en douceur d'avant en arrière. Emmett a relevé ses pieds sur le bureau, me gratifiant d'une belle vue sur les semelles à peine éraflées de ses chaussures de marche.

– Alors, a-t-il repris. La photo.

– Je travaille avec Adam Lang à la rédaction de ses mémoires.

– Je sais. Vous l'avez déjà dit. Pauvre Lang. C'est une très mauvaise chose, cette prise de position de La Haye. Quant à Rycart... le pire ministre des Affaires étrangères britannique depuis la guerre, si vous voulez mon avis. C'était une erreur de le nommer à ce poste. Mais si la CPI continue d'agir aussi stupidement, ils ne vont réussir qu'à faire de Lang d'abord un martyr, puis un héros, et donc, a-t-il ajouté en faisant un geste gracieux vers moi, un écrivain à succès.

– Dans quelle mesure le connaissez-vous ?

– Lang ? Je le connais à peine. Vous avez l'air étonné.

– Eh bien, pour commencer, il vous cite dans ses mémoires.

Emmett a paru réellement estomaqué.

– Maintenant, c'est à mon tour d'être surpris. Que dit-il ?

– C'est une citation, au début du dernier chapitre, ai-je expliqué en sortant la page concernée de ma sacoche. « Tant que ces nations » – il s'agit des peuples qui parlent anglais – « restent unies, la liberté est bien protégée ; dès qu'elles montrent des signes de faiblesse, la tyrannie reprend des forces. » Et puis Lang ajoute : « Je suis parfaitement d'accord avec cette opinion. »

– Eh bien, c'est fort honnête de sa part, a remarqué Emmett. Et je suis d'avis qu'il avait de bonnes intuitions en tant que Premier ministre. Mais cela n'implique pas que je le connaisse.

– Et puis il y a ça, ai-je dit en désignant le mur de l'ego.

– Oh, *ça*, a dit Emmett en esquissant un geste dédaigneux de la main. Elle a été prise à une réception au Claridge, pour célébrer le dixième anniversaire de l'institution Arcadia.

– L'institution Arcadia ? ai-je répété.

– C'est une petite organisation que j'ai dirigée autrefois. Très fermée. Aucune raison que vous en ayez entendu parler. Le Premier ministre nous a gratifiés de sa présence. C'était purement professionnel.

– Mais vous avez forcément connu Adam Lang à Cambridge, ai-je insisté.

– Pas vraiment. Nos chemins se sont croisés le temps d'un troisième trimestre, rien de plus.

– Vous souvenez-vous de certaines choses le concernant ?

J'ai sorti mon calepin. Emmett l'a regardé comme si je venais de dégainer une arme.

– Pardon, me suis-je excusé. Cela ne vous dérange pas ?

– Pas du tout. Je vous en prie. Mais je n'en reviens vraiment pas. Depuis toutes ces années, personne n'a jamais fait le rapport entre nous et Cambridge. Je n'y ai moi-même guère repensé avant aujourd'hui. Je ne crois pas que je puisse vous raconter quoi que ce soit qui mérite d'être noté.

– Mais vous avez joué ensemble ?

– Dans une seule production. La revue estivale. Je ne me rappelle même plus comment cela s'appelait. Il y avait une centaine de participants, vous savez.

– Il ne vous a donc laissé aucun souvenir.

– Aucun.

– Même s'il est devenu Premier ministre ?

– De toute évidence, si j'avais su qu'il le deviendrait, j'aurais pris la peine de mieux le connaître. Mais j'ai en mon temps rencontré huit présidents, quatre papes et cinq Premiers ministres britanniques, et aucun d'entre eux ne m'est apparu d'une personnalité que je qualifierais de remarquable.

« Oui, ai-je pensé, et il ne t'est jamais venu à l'esprit que tu ne leur avais pas fait grande impression non plus ? » Mais je me suis retenu de le dire et me suis contenté de :

– Je peux vous montrer autre chose ?

– Si vous estimez vraiment que cela peut présenter un intérêt.

Il a consulté sa montre avec ostentation.

J'ai sorti les autres photographies. En les regardant de nouveau, il devenait évident qu'Emmett apparaissait sur plusieurs d'entre elles. En fait, c'était sans erreur possible lui qui se trouvait au pique-nique estival et levait les pouces juste derrière Lang pendant que le futur Premier ministre jouait les Bogart avec son pétard alors qu'on lui offrait des fraises et du champagne.

Je me suis penché pour les donner à Emmett, qui a refait tout son petit cirque affecté en relevant ses lunettes pour pouvoir examiner les clichés à l'œil nu. Je le vois encore, soigné, rose, imperturbable. Il n'a pas cillé, ce que j'ai trouvé étrange parce que je n'aurais certainement pas manqué de réagir en pareille circonstance.

– Oh, mon Dieu, a-t-il commenté. Est-ce que c'est vraiment ce que je pense ? Espérons qu'il n'avalait pas la fumée.

– Mais c'est bien vous qui êtes juste derrière lui, n'est-ce pas ?

– Il me semble bien, oui. Et je crois que je suis sur le point de lui adresser un avertissement sévère sur les dangers de l'abus de drogue. Ne le devinez-vous pas qui se forme sur mes lèvres ? a-t-il ajouté en me rendant les photos et en remettant ses lunettes sur son nez.

Il s'est redressé encore davantage sur son fauteuil pour m'étudier avec attention.

– M. Lang souhaite-t-il réellement que cela apparaisse dans ses mémoires ? Si oui, je préférerais rester anonyme. Mes enfants seraient mortifiés. Ils sont tellement plus puritains que nous ne l'étions.

– Pourriez-vous me donner le nom de certains autres sur la photo ? Des filles, peut-être ?

– Je suis désolé. Cet été-là n'est qu'un grand flou – un long flou joyeux. Le monde pouvait s'écrouler autour de nous, nous nous amusions bien.

Ses propos m'ont rappelé quelque chose qu'avait dit Ruth : à propos de tout ce qui se passait à l'époque où cette photo avait été prise.

– Etant donné que vous étiez à Yale dans les années soixante, vous avez eu de la chance, ai-je souligné, d'éviter la conscription pour le Vietnam.

– Quand on avait du fric, on n'était pas obligé d'y aller. Voilà, a-t-il conclu en faisant pivoter son fauteuil tout en soulevant ses pieds du bureau.

Il devenait soudain beaucoup plus sérieux. Il a pris un stylo et ouvert un carnet.

– Vous alliez me dire où vous avez eu ces photos.

– Le nom de Michael McAra vous évoque-t-il quelque chose ?

– Non. Ça devrait ?

J'ai trouvé qu'il répondait un tout petit peu trop vite.

– McAra était mon prédécesseur sur les mémoires de Lang, ai-je répondu. C'est lui qui a fait venir ces photos d'Angleterre. Il est venu vous voir ici il y a près de trois semaines, et il est mort quelque heures plus tard.

– Il serait venu *me* voir ?

Emmett a secoué la tête.

– Je crains que vous ne fassiez erreur. D'où venait-il ?

– Martha's Vineyard.

– Martha's Vineyard ! Mais, mon cher ami, *personne* n'habite sur Martha's Vineyard à cette époque de l'année.

Il se fichait encore de moi : quiconque avait regardé les informations la veille savait où séjournait Lang.

– Le véhicule que conduisait McAra avait votre adresse programmée sur son système de navigation.

– Eh bien, je ne me l'explique pas.

Emmett s'est frotté le menton et a paru réfléchir attentivement à la question.

– Non, vraiment je ne vois pas. Et même si c'était vrai, cela ne prouve absolument pas qu'il soit venu jusqu'ici. Comment est-il mort ?

– Il s'est noyé.

– Je suis profondément désolé de l'apprendre. Je n'ai jamais cru au mythe qui veut que la mort par noyade soit indolore, et vous ? Je suis sûr que c'est une mort horrible.

– La police ne vous a jamais parlé de quoi que ce soit ?

– Non. Je n'ai pas eu le moindre contact avec la police.

– Où étiez-vous lors de ce week-end ? Ce devait être les 11 et 12 janvier.

Emmett a poussé un soupir.

– Quelqu'un de plus irritable que moi commencerait à trouver vos questions impertinentes.

Il s'est levé et a quitté son bureau pour se diriger vers la porte.

– Nancy ! a-t-il appelé. Notre visiteur veut savoir où nous nous trouvions le week-end des 11 et 12 janvier. Avons-nous cette information quelque part ?

Il a ouvert la porte et m'a adressé un sourire peu amène. Lorsque Mme Emmett est arrivée, il n'a pas pris la peine de faire les présentations. Elle tenait un agenda.

– C'était le week-end du Colorado, a-t-elle dit avant de montrer le livret à son mari.

– Oh, bien sûr, a-t-il dit. Nous étions à l'institut Aspen, a-t-il ajouté en me montrant la page concernée. Les relations bipolaires dans un monde multipolaire.

– Ç'a l'air fascinant.

– Ça l'était, a-t-il dit avant de refermer l'agenda avec un bruit sec et définitif. J'étais le principal intervenant.

– Vous y êtes resté tout le week-end ?

– Moi, oui, a dit Mme Emmett. J'ai fait du ski. Emmett est rentré dimanche.

– Vous auriez donc pu voir McAra, ai-je noté en me tournant vers lui.

– J'aurais pu, mais ça n'a pas été le cas.

– Juste pour en revenir à Cambridge..., ai-je commencé.

– Non, m'a-t-il interrompu en levant la main. S'il vous plaît. Vous serez bien aimable de ne *pas* revenir à Cambridge. J'ai dit tout ce que j'avais à dire sur le sujet. Nancy ?

Elle devait avoir vingt ans de moins que lui, et elle bondissait lorsqu'il s'adressait à elle avec une célérité que ne montrerait jamais une première épouse.

– Emmett ?

– Tu veux bien raccompagner notre ami ?

Pendant qu'il me serrait la main, il a ajouté :

– Je suis un grand lecteur de mémoires politiques. Je

m'assurerai de me procurer le livre de M. Lang dès qu'il paraîtra.

– Peut-être vous en enverra-t-il un exemplaire, ai-je répliqué. Au nom du bon vieux temps.

– J'en doute fortement, a-t-il répondu. Le portail s'ouvre automatiquement. Faites attention de tourner à droite au bout de l'allée. Si vous prenez à gauche, vous vous enfoncerez dans les bois et l'on risque de ne plus jamais vous revoir.

*

Mme Emmett a refermé la porte derrière moi avant même que j'aie atteint la dernière marche. Je sentais le regard de son mari qui m'observait de la fenêtre de son bureau tandis que je regagnais la Ford dans l'herbe humide. Au bout de l'allée, pendant que j'attendais l'ouverture de la grille, le vent s'est soudain engouffré dans les arbres de part et d'autre de la chaussée, cinglant la voiture d'une rafale de pluie. Cela m'a tellement surpris que j'ai senti mes cheveux se dresser sur ma nuque comme autant de pointes minuscules.

J'ai débouché sur la route déserte et suis reparti par où j'étais venu. Je me sentais légèrement perturbé, un peu comme si je venais de descendre un escalier dans l'obscurité et avais raté les dernières marches. Ma priorité immédiate était de sortir de ces bois.

« Faites demi-tour dès que possible. »

J'ai arrêté la Ford, saisi le GPS à deux mains et l'ai tiré avec un mouvement de torsion simultanée. Il a cédé dans un bruit réconfortant de câbles arrachés et je l'ai fourré sous le tableau de bord, côté passager. Au même instant, je me suis aperçu qu'une grosse voiture noire arrivait, phares allumés, par-derrière. Elle a dépassé la Ford trop rapidement pour que je puisse voir le conducteur, a accéléré jusqu'au croisement puis a disparu. Quand j'ai regardé derrière moi, la petite route de campagne était à nouveau déserte.

Il est curieux d'observer le fonctionnement du processus de peur. Si l'on m'avait demandé une semaine plus tôt de prédire ce que j'aurais fait dans une situation semblable, j'aurais répondu que je serais rentré directement à Martha's Vineyard et que j'aurais essayé de me sortir toute cette histoire de la tête. En fait, j'ai pu découvrir que la nature mêle un élément inattendu de colère à la peur, sans doute pour favoriser la survie de l'espèce. Mon instinct, sur le moment, n'a donc pas été de prendre la fuite mais plutôt une sorte de revanche sur cet Emmett si dédaigneux – le genre de réaction atavique irréfléchie qui pousse des propriétaires généralement sains d'esprit à poursuivre des cambrioleurs armés jusque dans la rue, avec le plus souvent des résultats désastreux.

Ainsi, au lieu de chercher raisonnablement à retrouver le chemin de l'autoroute, j'ai suivi les pancartes jusqu'à Belmont. C'est une ville étirée, riche et verdoyante, tellement propre et ordonnée que cela en devient terrifiant – le genre d'endroit où il faut un permis rien que pour avoir un chat. Les rues impeccables, avec leurs drapeaux et leurs 4 × 4, défilaient, apparemment identiques. J'ai parcouru les larges avenues sans parvenir à me repérer, puis j'ai fini par tomber sur quelque chose qui ressemblait à un centre-ville. Cette fois, quand j'ai laissé la Ford, j'ai pris ma valise avec moi.

Je me trouvais dans une rue baptisée Leonard Street, une suite de belles boutiques aux auvents colorés sur fond de grands arbres dénudés. Il y avait un immeuble rose. Une couche de neige, fondue sur les bords, recouvrait les toits gris. Il aurait pu s'agir d'une station de sports d'hiver. On me proposait des tas de choses dont je n'avais pas besoin – une agence immobilière, une bijouterie, un salon de coiffure – et la chose que je cherchais : un cybercafé. J'ai commandé un café et un beignet, et je me suis assis aussi loin que possible de la vitrine. J'ai posé ma valise sur la chaise voisine, histoire de décourager quiconque aurait eu envie d'entamer la conversation, j'ai bu mon café, mordu dans mon beignet, et je me suis connecté à Google avant d'entrer « Paul Emmett institution Arcadia », et de me pencher sur l'écran.

*

D'après www.institutionarcadia.org, l'institution Arcadia avait été fondée en août 1991, lors du cinquantenaire de la première rencontre au sommet entre le Premier ministre Winston S. Churchill et le président Franklin D. Roosevelt à Placentia Bay, Terre-Neuve. Il y avait une photo de Roosevelt sur le pont d'un cuirassé américain, vêtu d'un élégant costume gris, recevant Churchill, qui faisait à peu près une tête de moins et portait une curieuse tenue navale bleu marine froissée à laquelle ne manquait pas même la casquette. On aurait dit un chef jardinier malin saluant un seigneur local.

Le but de l'institution, assurait le site, était d'« approfondir les relations anglo-américaines et de favoriser les idéaux éternels de la démocratie et de la libre expression que nos deux nations ont toujours défendus en temps de paix comme en temps de guerre ». Cela devait être accompli « à l'aide de séminaires, de programmes politiques, de conférences et d'initiatives de développement au plus haut niveau », ainsi que grâce à la publication d'un semestriel, *The Arcadian Review*, et à la création d'une dizaine de bourses d'études accordées chaque année pour des recherches de troisième cycle sur « des sujets stratégiques, politiques et culturels présentant un intérêt commun pour la Grande-Bretagne et les Etats-Unis ». L'institution Arcadia avait des bureaux londoniens à St. James's Square, et américains à Washington, et les noms qui figuraient à son conseil d'administration

– anciens ambassadeurs, P-DG de grandes entreprises, professeurs d'université – formaient une liste d'invités pour le dîner le plus ennuyeux que vous ayez jamais subi de votre vie.

Paul Emmett avait été le premier président-directeur général de l'institution, et le site internet proposait une biographie réduite bien utile en un paragraphe : né à Chicago en 1949, diplômé de l'université de Yale et de St. John's College à Cambridge ; chargé d'un cours de politique internationale à l'université de Harvard, 1975-1979, puis professeur de relations internationales à Howard T. Polk III, 1979-1991 ; fondateur de l'institution Arcadia ; président honoraire depuis 2007 ; publications : *Où que tu ailles : les relations particulières 1940-1956* ; *L'Enigme du changement ; Perdre un empire, trouver un rôle : certains aspects des relations USA-GB depuis 1956* ; *Les Chaînes de Prométhée ou les Contraintes de la politique étrangère à l'ère nucléaire ; La Génération triomphante : l'Amérique, la Grande-Bretagne et le nouvel ordre mondial* ; *Pourquoi nous sommes en Irak.* Il y avait un portrait dans *Time Magazine* qui décrivait sa passion pour le squash, le golf et les opéras de Gilbert et Sullivan, « que sa seconde femme, Nancy Cline, spécialiste de la défense de Houston, au Texas, et lui demandent régulièrement à leurs invités d'interpréter à la fin de leurs célèbres dîners à Belmont, la florissante cité-dortoir de Harvard, Massachusetts ».

J'ai parcouru les premières des 37 000 entrées annoncées par Google sur Emmett et Arcadia :

Table ronde sur la politique au Moyen-Orient – **Institution Arcadia**

L'instauration de la démocratie en Syrie et en Iran... dans son discours inaugural, **Paul Emmett**...

www.institutionarcadia.org/site/tableronde/A56FL%2004.htm-35k –
en cache – pages similaires

Institution Arcadia – Wikipédia,
L'**institution Arcadia** est une organisation anglo-américaine à but non lucratif fondée en 1991 sous l'égide du professeur **Paul Emmett**...
en.wikipedia.org/wiki/**Institution Arkadia** – 35k –
en cache – pages similaires

Institution Arcadia/Groupe de stratégie **Arkadia** – Source Watch
L'**institution Arcadia** se décrit comme ayant vocation de favoriser...
Le professeur **Paul Emmett**, expert en relations anglo-américaines...
www.sourcewatch.org/index.php ? titre=**Institution Arcadia** – 39k –

USATODAY.com – 5 questions pour **Paul Emmett**
Paul Emmett, ancien professeur de relations internationales à Harvard, dirige à présent l'influente **institution Arcadia**...
www.usatoday.com/monde/2002-08-07/questions-x.htm ? tab1.htm – 35k –

Lorsque j'en ai eu assez des mêmes vieilles infos sur des séminaires et congrès d'été, j'ai modifié ma recherche en « Institution Arcadia Adam Lang », et j'ai trouvé un article sur le site du *Guardian* concernant la réception commémorative d'Arcadia et la présence du Premier ministre. Je suis passé sur Google Images, où l'on m'a proposé une mosaïque d'illustrations bizarres : un chat, un couple d'acrobates en justaucorps, un dessin humoristique qui représentait Lang en train de souffler dans un ballon avec, en légende : « Bientôt humilié ». Si j'en crois mon expérience, c'est toujours le problème, avec internet. La proportion de ce qui est utile par rapport à ce qui fait perdre son temps chute brutalement dès qu'on effectue une recherche, comme quand on tente de retrouver quelque chose qu'on a fait tomber entre les coussins d'un canapé et qu'on ne ressort que des poignées de vieux boutons, pièces de monnaie, poussières agglomérées et vieux bonbons sucés. L'important, c'est de poser la bonne question, et, d'une certaine façon, j'avais l'impression de prendre la mauvaise voie.

Je me suis accordé une pause pour masser mes yeux endoloris. Puis j'ai commandé un autre café et un autre beignet et j'ai examiné la clientèle. Il n'y avait pas grand monde, si l'on considérait que c'était l'heure du déjeuner : un homme âgé avec un journal, un homme et une femme de moins de trente ans qui se tenaient la main, deux mères – ou, plus vraisemblablement, des nounous – qui bavardaient pendant que leurs trois petits jouaient sans surveillance sous la table, et deux jeunes types aux cheveux coupés en brosse, qui auraient pu être dans l'armée, ou dans un service d'urgence quelconque (j'avais repéré une caserne de pompiers toute proche) : ils étaient installés sur des tabourets, au comptoir, et me tournaient le dos, plongés dans une conversation intense.

Je suis retourné sur le site de l'institution Arcadia et j'ai cliqué sur le conseil d'administration. Et ils ont tous surgi tels des esprits invoqués des vastes profondeurs transatlantiques : Steven D. Engler, ancien ministre de la Défense américain ; lord Leghorn, ancien ministre des Affaires étrangères britannique ; sir David Moberly, GCMG, KCVO, ancien ambassadeur britannique millénaire à Washington ; Raymond T. Streicher, ancien ambassadeur américain à Londres ; Arthur Prussia, président-directeur général du groupe Hallington ; le professeur Mel Crawford, de l'Ecole d'administration John-F.-Kennedy ; Unity Chambers, de la Fondation des études stratégiques, décorée de l'ordre de la Chevalerie ; Max

Hardaker, des Godolphin Securities ; Stephanie Cox Morland, directrice principale du Manhattan Equity Holdings ; sir Milius Rapp, de l'école d'économie de Londres ; Mars Iremonger, des industries Cordesman, et Franklin R. Dollerman, principal associé de McCosh & Associés.

Laborieusement, j'ai entrepris d'entrer leurs noms ainsi que celui d'Adam Lang dans le moteur de recherche. Engler avait loué le courage inébranlable de Lang dans les colonne du *New York Times*. Leghorn avait prononcé un discours plein de compassion à la Chambre des lords, déplorant la situation au Moyen-Orient mais décrivant le Premier ministre comme « un homme de sincérité ». Moberly avait eu une attaque, aussi ne disait-il rien. Streicher n'avait pas ménagé son soutien à l'époque où Lang était allé chercher sa médaille de la Liberté présidentielle à Washington. Je commençais à me lasser de toute la procédure lorsque j'ai tapé « Arthur Prussia » et ai obtenu une coupure de presse datant d'un an plus tôt.

Londres – Le groupe Hallington a le plaisir de vous annoncer qu'Adam Lang, l'ancien Premier ministre de Grande-Bretagne, va intégrer la société en tant que consultant stratégique.

M. Lang, qui ne travaillera pas pour nous à plein temps, sera chargé de donner conseils et avis aux principaux investisseurs professionnels du groupe Hallington dans le monde.

D'après Arthur Prussia, président-directeur général de Hallington, « Adam Lang est l'un des hommes d'Etat les plus expérimentés et respectés au monde, et nous sommes honorés de pouvoir profiter de cette mine de compétences ».

Adam Lang a déclaré : « Je suis heureux de relever le défi de travailler avec une société dont l'influence planétaire, l'engagement pour la démocratie et l'intégrité sont aussi réputés que ceux du groupe Hallington. »

Je n'avais jamais entendu parler du groupe Hallington, aussi ai-je vérifié. Six cents employés, vingt-quatre bureaux dans le monde ; pas plus de quatre cents investisseurs, principalement saoudiens – et *trente-cinq milliards de dollars* de fonds à sa disposition. Le portefeuille de sociétés sous son contrôle semblait avoir été conçu par Darth Vador en personne. Les filiales de Hallington fabriquaient des bombes à fragmentation, des mortiers mobiles, des missiles d'interception, des hélicoptères antichars, des bombardiers à géométrie variable, des chars, des centrifugeuses nucléaires, des porte-avions. Le groupe possédait une société qui assurait la sécurité des entrepreneurs au Moyen-Orient, une autre qui effectuait des opérations de surveillance et de vérification de données sur le territoire américain et dans le reste du monde, et une entreprise de construction spécialisée dans l'édification de pistes d'aviation et bunkers militaires. Deux des membres de son comité directeur avaient été directeurs généraux de la CIA.

Je sais qu'internet donne corps à tous les cauchemars de paranoïaque. Je sais qu'internet a tendance à tout mettre dans le même panier – Lee Harvey Oswald, la princesse Diana, l'Opus Dei, al-Qaida, Israël, le MI6, les cercles dans les champs de blé – et à tout envelopper du beau ruban bleu des liens hypertextes pour en faire une vaste conspiration internationale. Mais je connais aussi la sagesse du vieux dicton qui veut qu'un paranoïaque soit simplement quelqu'un d'un peu plus informé que les autres, et, tandis que je tapais « Institution Arcadia », « Groupe Hallington », « CIA », j'avais l'impression que, tels les contours d'un vaisseau fantôme, quelque chose commençait à émerger du brouillard des données sur l'écran.

Washingtonpost.com: **Hallington** renvoie à **CIA** « vols de torture »
La société dément avoir connaissance du programme de « livraison extraordinaire » à la **CIA**... membre du comité directeur de la prestigieuse **institution Arcadia** a...
www.washingtonpost.com/ac2:wp-dyn/A27824-2007Dec26langue =-
en cache – pages similaires

J'ai cliqué sur l'article et suis allé directement à la partie qui m'intéressait :

Le 18 février, le Gulfstream -4 de Hallington a fait l'objet de photographies clandestines – sans son logo d'entreprise – sur la base militaire de Stare Kiejkuty en Pologne, où l'on pense que la CIA a conservé un centre de détention secret.

C'était deux jours après l'enlèvement présumé de quatre citoyens britanniques – Nasir Ashraf, Shakeel Qazi, Salim Khan et Faruk Ahmed – par des agents de la CIA à Peshawar, au Pakistan. M. Ashraf aurait succombé à une crise cardiaque après la procédure d'interrogatoire connue sous le nom de *waterboarding*.

Entre février et juillet de la même année, le jet a effectué cinquante et un atterrissages à Guantanamo et s'est rendu quatre-vingt-deux fois sur la base militaire de l'aéroport international Dulles de Washington. Il s'est également posé sur la base militaire d'Andrews, tout près de la capitale, et sur les bases aériennes américaines de Ramstein et de Rhin-Main, en Allemagne.

Le suivi de vol de l'appareil fait également état de voyages en Afghanistan, au Maroc, à Dubaï, en Jordanie, en Italie, au Japon, en Suisse, en Azerbaïdjan et en République tchèque.

Le logo de Hallington apparaît sur des photos prises lors d'un meeting aérien à Schenectady, Etat de New York, le 23 août, soit huit jours après le retour à Washington du Gulfstream, qui venait d'effectuer un vol autour du monde avec escales à Anchorage en Alaska, Osaka au Japon, Dubaï et Shannon.

Le logo n'était pas visible quand le Gulfstream a été photographié lors d'une escale de ravitaillement à Shannon, le 27 septembre. Mais quand l'appareil atterrit à l'aéroport Centennial de Denver en février de cette année, une photo montre qu'il arborait non seulement le logo de Hallington, mais un nouveau numéro d'enregistrement.

Un porte-parole de Hallington confirme que le Gulfstream est fréquemment loué à d'autres opérateurs, mais il insiste sur le fait que la société n'a absolument pas connaissance de l'usage qui en est fait alors.

Le *waterboarding* ? la planche à eau ? Je n'en avais jamais entendu parler. Ça paraissait plutôt inoffensif, comme une sorte de sport américain pour tous, un croisement entre la planche à voile et le skateboard. J'ai effectué une recherche internet.

Le *waterboarding* consiste à attacher fermement un prisonnier sur un plan incliné de façon que les pieds de la victime soient plus élevés que sa tête et que tout mouvement soit impossible. Le visage du prisonnier est recouvert d'une étoffe ou de cellophane sur laquelle le tortionnaire verse un jet d'eau continu. Même si un peu de liquide pénètre dans les poumons de la victime, c'est la sensation psychologique d'être sous l'eau qui rend ce supplice si efficace. Un réflexe de nausée se déclenche, le prisonnier sent littéralement qu'il se noie et supplie presque instantanément d'être délivré. Les agents de la CIA qui ont été soumis à cette pratique durant leur formation ont tenu une moyenne de quatorze secondes avant de céder. Khalid Sheik Mohammed, membre d'al-Quaida et cerveau présumé des attentats du 11 Septembre, prisonnier le plus coriace de la CIA, a gagné l'admiration de ses interrogateurs en se montrant capable de tenir deux minutes et demie avant de supplier de tout avouer.

Le waterboarding peut provoquer une souffrance intense et des lésions pulmonaires, des lésions cérébrales dues à la privation d'oxygène, des fractures et des dislocations des membres lorsque le sujet se débat avec trop de vigueur, ainsi qu'un traumatisme psychologique à long terme. En 1947, un officier japonais a été reconnu coupable d'avoir appliqué le supplice du waterboarding sur un citoyen américain, et condamné à quinze ans de travaux forcés pour crime de guerre. Selon une enquête d'ABC News, la CIA aurait autorisé l'utilisation de cette forme de torture depuis la mi-mars 2002, et recruté une équipe de quatorze interrogateurs formés à cette technique.

Il y avait une illustration du Cambodge de Pol Pot, montrant un homme couché sur le dos, attaché par les poignets et les chevilles sur une table inclinée, tête en bas. Celle-ci disparaissait dans un sac aspergé par un homme qui tenait un arrosoir. Sur une autre photographie, un suspect viêt-cong plaqué au sol subissait un traitement similaire administré par trois GI avec de l'eau minérale. Le soldat qui vidait la bouteille souriait. L'homme assis sur la poitrine du prisonnier tenait avec désinvolture une cigarette entre l'index et le majeur de la main droite.

Je me suis appuyé contre le dossier de ma chaise, plusieurs choses me revenant en mémoire. Je pensais particulièrement au commentaire d'Emmett sur la mort de McAra – comme quoi la noyade n'était pas indolore et que c'était en fait une mort horrible. J'avais trouvé sur le moment que c'était une réflexion curieuse pour un professeur. J'ai assoupli mes doigts comme un pianiste se préparant à exécuter un dernier mouvement particulièrement difficile, et j'ai tapé une nouvelle demande sur le moteur de recherche : « Paul Emmett CIA ».

L'écran s'est aussitôt rempli de résultats, aucun d'entre eux n'étant à première vue intéressant : des articles et des critiques de livres d'Emmett où il était fait mention de la CIA ; des articles signés par d'autres traitant de la CIA et qui se trouvaient contenir des références à Emmett ; des articles concernant l'institution Arcadia et où il était fait mention d'Emmett et de la CIA. J'ai dû en parcourir trente ou quarante avant de tomber sur quelque chose de prometteur :

La **CIA** à l'université
La Central Intelligence Agency emploie aujourd'hui plusieurs centaines d'universitaires américains... **Paul Emmett**...
www.espions-au-campus.org/Church/listK1897a/html – 11k

La page web était intitulée « A qui Frank pensait-il ??? » et commençait par une citation du rapport sur le comité de sélection de la CIA rédigé par Frank Church et publié en 1976 :

> La Central Intelligence Agency utilise à présent plusieurs centaines d'universitaires américains (le terme « universitaires » désignant aussi bien les administrateurs que les membres de la faculté et les étudiants diplômés chargés de dispenser des cours) qui, en plus d'ouvrir des pistes et, en certaines occasions, d'établir des contacts à des fins d'espionnage, écrivent éventuellement des livres et autres articles pouvant servir de propagande à l'étranger. Au-delà de ces recrues, des dizaines d'autres sont encore utilisées à leur insu pour des activités mineures.

Au-dessous, suivait par ordre alphabétique un lien hypertexte d'une vingtaine de noms, parmi lesquels celui d'Emmett. J'ai cliqué dessus, et j'ai soudain eu l'impression de basculer de l'autre côté d'une trappe.

> Selon Frank Molinari, membre de la CIA qui a tiré la sonnette d'alarme, Paul Emmett serait entré à l'Agence entre 1969 et 1970, et il a été affecté à la division des ressources

étrangères de la Direction des opérations. (Source : *L'Agence de l'intérieur*, Amsterdam, 1977.)

– Oh, non, ai-je fait à voix basse. Non, non, ce n'est pas possible.

J'ai dû fixer l'écran du regard durant une bonne minute avant d'être brutalement tiré de ma rêverie par un vacarme de vaisselle cassée. Je me suis retourné pour découvrir que c'était l'un des enfants qui jouaient sous la table voisine qui avait tout renversé. Alors qu'une serveuse se précipitait avec pelle et balayette, et que les nounous (ou les mères) grondaient les petits, j'ai remarqué que les deux types aux cheveux en brosse accoudés au bar ne prêtaient nullement attention à cette scène domestique : ils ne me quittaient pas des yeux. L'un d'eux avait un téléphone portable collé contre son oreille.

Avec un calme apparent – plus apparent, espérais-je, que ce que j'éprouvais –, j'ai éteint l'ordinateur et fait mine de terminer mon café. Le breuvage avait refroidi pendant que je travaillais et il m'a paru amer et glacé sur les lèvres. J'ai ensuite pris ma valise et déposé un billet de vingt dollars sur la table. S'il m'arrivait quelque chose, la serveuse stressée se rappellerait l'Anglais solitaire qui avait pris la table la plus éloignée de la vitrine et avait laissé un pourboire si élevé que c'en était absurde. Qu'est-ce que ça aurait bien pu m'apporter ? Je n'en ai aucune idée, mais cela m'a paru intelligent sur le moment. J'ai soigneusement évité de regarder les deux boules à zéro en passant près d'eux.

Une fois dans la rue, dans la lumière froide et grise, avec le Starbucks à auvent vert un peu plus loin, la circulation ralentie (« Bébé à bord : conduisez doucement ») et les piétons âgés en toque de fourrure et gants fourrés, on aurait pu imaginer un instant que je venais de perdre une heure à jouer à un jeu de réalité virtuelle maison.

Mais alors, la porte du cybercafé s'est ouverte derrière moi et les deux types en sont sortis. J'ai remonté rapidement la rue en direction de la Ford et, dès que je me suis retrouvé derrière le volant, j'ai verrouillé les portières. J'ai vérifié ensuite dans mes rétroviseurs, mais n'ai pu repérer aucun des autres clients du café.

Je suis resté un moment sans bouger ; je me sentais plus en sécurité en restant assis là. Je rêvais que peut-être, si je restais tranquille assez longtemps, je pourrais, suivant un phénomène d'osmose, être absorbé par la vie paisible et prospère de Belmont. Je pourrais aller faire ce que tous ces retraités n'auraient manqué pour rien au monde : disputer une partie de bridge, peut-être, ou regarder un petit film d'après-midi, ou encore rester un moment à la bibliothèque locale pour lire le journal en secouant la tête devant la façon dont le monde allait à vau-l'eau depuis que ma génération de bons à rien trop gâtés avait pris les commandes. J'ai vu des dames sortir tout apprêtées du salon de coiffure en se tapotant les cheveux. Le jeune couple qui s'était tenu la main dans le café examinait les bagues dans la vitrine du bijoutier.

Et moi ? Je me suis un peu apitoyé sur moi-même. J'étais aussi coupé de toute cette normalité que si je m'étais trouvé sous une cloche de verre.

J'ai ressorti les photos et les ai feuilletées jusqu'à ce que je tombe sur celle montrant Lang et Emmett ensemble sur scène. Un futur Premier ministre et un agent présumé de la CIA caracolant avec chapeau et gants dans une revue comique ? Cela paraissait moins improbable que grotesque, mais j'en avais pourtant la preuve en main. J'ai retourné la photo et considéré le numéro griffonné au dos, et plus je le regardais, plus il me paraissait évident que c'était la seule solution qui s'offrait à moi. Le fait qu'une fois encore, j'allais marcher dans les pas de McAra ne pouvait être évité.

J'ai attendu que les deux amoureux soient entrés dans

la bijouterie et j'ai sorti mon téléphone portable. J'ai fait défiler les numéros préenregistrés et sélectionné celui de Richard Rycart.

QUATORZE

« La moitié du travail du nègre consiste à se renseigner sur les autres. »

Cette fois, il a répondu au bout de quelques secondes.

– Ainsi, vous avez rappelé, a-t-il constaté tranquillement, de sa voix chantante et nasale. Je ne sais pas pourquoi, mais, qui que vous soyez, j'avais le sentiment que vous le feriez. Il n'y a pas beaucoup de gens qui ont ce numéro.

Il a attendu que je dise quelque chose. J'entendais un homme parler en arrière-plan – un discours, semblait-il.

– Eh bien, mon ami, allez-vous rester en ligne cette fois ?

– Oui, ai-je assuré.

Il a attendu encore, mais je ne savais pas par où commencer. Je n'arrêtais pas de penser à Lang – à ce qu'il penserait s'il me voyait parler à celui qui serait l'instrument de son châtiment. Je transgressais toutes les règles du guide du parfait nègre littéraire. Je violais également l'accord de confidentialité que j'avais signé avec Rhinehart. C'était un suicide professionnel.

– J'ai essayé de vous rappeler à plusieurs reprises, a-t-il repris.

J'ai détecté une nuance de reproche dans sa voix.

De l'autre côté de la rue, les jeunes amoureux étaient sortis de la bijouterie et se dirigeaient vers moi.

– Je sais, ai-je dit, retrouvant enfin ma voix. Veuillez m'excuser. J'ai trouvé votre numéro écrit quelque part. Je ne savais pas que c'était le vôtre. J'ai appelé au hasard. Il ne m'a pas paru correct de vous parler.

– Pourquoi ?

Le couple a longé la voiture. Je les ai suivis du regard. Ils avaient chacun la main glissée dans la poche fessière de l'autre, comme des pickpockets se rencontrant à l'aveugle.

Je me suis lancé :

– Je travaille pour Adam Lang. Je...

– Ne me donnez pas votre nom, m'a-t-il aussitôt interrompu. Ne donnez aucun nom. Restez dans le vague. Où exactement avez-vous trouvé mon numéro ?

Son ton pressant m'a troublé.

– Au dos d'une photographie.

– Quelle sorte de photographie ?

– Une photo d'université de mon client. Elle était en la possession de mon prédécesseur.

– Seigneur, vraiment ?

Ç'a été au tour de Rycart de s'interrompre. J'ai entendu des gens applaudir à l'autre bout de la ligne.

– Cela semble vous surprendre.

– Eh bien, disons que ç'a un lien avec quelque chose qu'il m'a dit.

– Je viens d'aller voir une autre personne qui apparaît sur la photo. J'ai pensé que vous seriez en mesure de m'aider.

– Pourquoi n'en parlez-vous pas avec votre employeur ?

– Il n'est pas là.

– Evidemment, a-t-il dit avec un sourire satisfait dans la voix. Et où êtes-vous ? Sans vous montrer trop précis ?

– En Nouvelle-Angleterre.

– Pouvez-vous me rejoindre tout de suite dans la ville

où je me trouve ? Vous savez où je suis, j'imagine ? Où je travaille ?

– Je suppose, ai-je répondu d'un ton sceptique. J'ai une voiture. Je peux conduire.

– Non, s'est-il empressé de répliquer. Pas en voiture. L'avion est plus sûr que la route.

– C'est ce que prétendent les compagnies d'aviation.

– Ecoutez, mon ami, a chuchoté Rycart avec véhémence, je ne plaisanterais pas si j'étais à votre place. Rendez-vous à l'aéroport le plus proche. Prenez le premier avion disponible. Communiquez-moi votre numéro de vol par texto – rien de plus. J'enverrai quelqu'un vous chercher à votre arrivée.

– Mais comment saura-t-on à quoi je ressemble ?

– On ne le saura pas. C'est vous qui trouverez.

Il y a eu une nouvelle salve d'applaudissements en bruit de fond. J'ai voulu présenter une nouvelle objection, mais c'était trop tard. Il avait raccroché.

*

Je suis sorti de Belmont sans trop savoir quelle direction je devais prendre. Je vérifiais mon rétroviseur compulsivement toutes les trente secondes, mais je n'aurais pu dire si j'étais suivi. Des voitures différentes surgissaient derrière moi, et aucune ne semblait y rester plus de quelques minutes. Je guettais les pancartes indiquant Boston, et j'ai fini par traverser un grand cours d'eau et par retrouver l'autoroute 95, en la prenant vers l'est.

Il n'était pas encore trois heures de l'après-midi, et la lumière commençait déjà à décliner. Sur ma gauche, les immeubles de bureaux se découpaient en doré rutilant contre le ciel chargé de nuages côtiers tandis que les feux de position des gros avions descendaient sur Logan comme des étoiles filantes. J'ai conservé la même vitesse prudente pendant les trois ou quatre kilomètres restants.

Pour ceux qui n'ont jamais eu le plaisir de s'y rendre, l'aéroport Logan est situé au milieu du port de Boston, et l'on y arrive du sud par un long tunnel qui paraît interminable. Alors que la route s'enfonçait sous la ville, je me suis demandé si j'allais réellement me lancer dans toute cette histoire, et mon incertitude était telle que lorsque – un bon kilomètre et demi plus tard – j'ai retrouvé la lumière glauque de l'après-midi, je ne m'étais toujours pas décidé.

J'ai suivi les panneaux indiquant le parking de longue durée, et je venais juste de reculer sur l'emplacement prévu quand mon portable a sonné. Le numéro de mon correspondant ne me disait rien. J'ai failli ne pas répondre. Puis je me suis ravisé, et une voix péremptoire a demandé :

– Mais qu'est-ce que vous fabriquez ?

C'était Ruth Lang. Elle avait cette présomption de toujours entamer une conversation sans prendre la peine de s'annoncer : un manque d'éducation dont j'étais certain que son mari ne se rendait jamais coupable, pas même lorsqu'il était Premier ministre.

– Je travaille, ai-je répondu.

– Vraiment ? Vous n'êtes pas à votre hôtel.

– Ah bon ?

– Quoi, si ? Ils m'ont dit que vous n'aviez même pas repris de chambre.

J'ai cherché un mensonge qui tienne la route et je suis tombé sur une demi-vérité :

– J'ai décidé d'aller à New York.

– Pour quoi faire ?

– Je voudrais voir John Maddox, pour discuter de la structure du livre, à cause du... (je me suis dit qu'un euphémisme plein de tact serait bienvenu)... changement de circonstances.

– J'étais inquiète pour vous, a-t-elle dit. Je n'ai pas

arrêté d'arpenter cette putain de plage toute la journée en réfléchissant à ce dont nous avons discuté hier soir...

– Je ne parlerais pas de ça au téléphone, l'ai-je interrompue.

– Ne vous en faites pas, je m'en garderai bien. Je ne suis pas complètement stupide. C'est juste que, plus je repense à tout ça, plus je suis angoissée.

– Où est Adam ?

– Toujours à Washington, pour autant que je le sache. Il continue d'essayer d'appeler et je continue de ne pas répondre. Quand allez-vous rentrer ?

– Je ne sais pas exactement.

– Ce soir ?

– Je vais essayer.

– Faites-le si vous le pouvez.

Elle a baissé la voix et j'ai imaginé le garde du corps qui se tenait à proximité.

– C'est la soirée de congé de Dep. C'est moi qui ferai la cuisine.

– Est-ce que c'est censé me tenter ?

– Grossier personnage, a-t-elle répliqué avec un rire.

Puis elle a raccroché aussi abruptement qu'elle avait appelé, sans dire au revoir.

J'ai tapoté mon portable contre mes dents. La perspective de confidences au coin du feu avec Ruth, suivies peut-être par un deuxième round de son étreinte vigoureuse, n'était pas sans attrait. Je pouvais rappeler Rycart pour lui dire que j'avais changé d'avis. Indécis, j'ai sorti ma valise de la voiture et l'ai traînée entre les flaques vers le bus qui attendait. Une fois monté, je l'ai coincée contre moi et j'ai examiné le plan de l'aéroport. A ce moment-là, une autre possibilité s'est encore présentée à moi. Le terminal B – le vol pour New York et Rycart – ou le terminal E : les départs internationaux avec un vol de nuit pour Londres ? Je n'avais pas encore envisagé cette solution.

J'avais mon passeport ; tout ce qu'il me fallait. Je pouvais juste tirer ma révérence.

B ou E ? J'ai sérieusement pesé le pour et le contre. J'avais l'impression d'être un rat de laboratoire dans un labyrinthe, sans cesse confronté à des alternatives, et choisissant sans cesse la mauvaise solution.

Les portes du bus se sont ouvertes avec un gros soupir.

Je suis descendu au terminal B, j'ai acheté un billet, envoyé un texto à Rycart et pris le vol navette US Airways pour La Guardia.

*

Sans qu'on sache pourquoi, notre avion a été retardé sur la piste. Nous avons quitté le terminal d'embarquement à l'heure, mais nous sommes arrêtés à l'entrée de la piste, nous écartant très courtoisement pour laisser passer toute la file des avions qui arrivaient derrière nous. Il s'est mis à pleuvoir. J'ai regardé par le hublot l'herbe aplatie et les couches soudées de mer et de ciel. Des veines d'eau transparentes palpitaient contre le verre. Chaque fois qu'un avion décollait, la peau mince de la cabine tremblait, et les veines se rompaient avant de se reformer. Le pilote s'est excusé dans les haut-parleurs : il y avait, a-t-il expliqué, un problème avec l'autorisation officielle de décollage. Le ministère de la Sécurité intérieure venait de faire passer son évaluation de la menace terroriste de jaune (moyenne) à orange (élevée), et il nous remerciait de notre patience. Parmi les hommes et femmes d'affaires autour de moi, l'agitation a grandi. Mon voisin a croisé mon regard par-dessus les pages roses de son journal et a secoué la tête.

– C'est de pire en pire, a-t-il commenté.

Puis il a replié son *Financial Times*, l'a posé sur ses genoux et a fermé les yeux. Le gros titre en était : « Lang gagne le soutien américain », et l'ex-Premier ministre affichait toujours ce sourire béat. Ruth avait raison. Il n'aurait pas dû sourire. Ç'avait fait le tour du monde.

Ma petite valise se trouvait dans le compartiment à bagages, juste au-dessus de ma tête, et j'avais les pieds sur ma sacoche. Tout était en ordre. Mais je n'arrivais pas à me détendre. Je me sentais coupable, même si je n'avais rien fait de répréhensible. Je m'attendais presque à ce que le FBI fasse irruption dans l'avion et m'en sorte manu militari. Au bout de quarante-cinq minutes, les réacteurs se sont soudain remis à rugir, et le pilote a rompu le silence radio pour nous annoncer que nous avions enfin reçu l'autorisation de décoller, et merci encore de votre compréhension.

Nous avons peiné sur la piste puis nous sommes élevés dans les nuages, et mon épuisement était tel que malgré mon anxiété – ou peut-être à cause d'elle – j'ai sombré dans le sommeil. Je me suis réveillé avec un sursaut en sentant quelqu'un se pencher au-dessus de moi, mais ce n'était que l'hôtesse, qui vérifiait que ma ceinture était bien attachée. J'ai cru n'avoir été inconscient que quelques secondes, mais la pression dans mes oreilles m'a indiqué que nous nous apprêtions déjà à atterrir à La Guardia. Nous avons touché la piste à dix-huit heures six précises – je me souviens de l'heure exacte pour l'avoir vérifiée sur ma montre – et, à dix-huit heures vingt, j'ai évité la foule qui attendait avec impatience près du tapis à bagages pour me diriger vers l'entrée de la salle des arrivées.

C'était l'heure de pointe du début de soirée, et les gens avaient hâte d'arriver en ville ou de rentrer chez eux pour le dîner. J'ai passé en revue la diversité ahurissante des visages, me demandant si Rycart s'était décidé à venir lui-même m'accueillir, mais je n'ai reconnu personne. La file habituelle de chauffeurs lugubres attendait, chacun portant le nom de son passager plaqué contre la poitrine. Ils regardaient droit devant eux, évitant de croiser votre regard, pareils à des suspects lors d'une séance d'identification, alors que moi, dans le rôle du témoin nerveux, je marchais devant eux et les examinais attentivement, craignant de me tromper. Rycart avait laissé entendre que je reconnaîtrais la bonne personne quand je la verrais, et c'est ce qui s'est passé, et mon cœur a bien failli s'arrêter. Il se tenait à l'écart des autres, dans son espace particulier – visage blême, cheveux noirs, grand, costaud, la petite cinquantaine, vêtu d'un complet de confection mal ajusté –, et il tenait une ardoise sur laquelle était écrit à la craie « Mike McAra ». Ses yeux eux-mêmes étaient tels que j'avais imaginé ceux de McAra : rusés et incolores.

Il mâchait du chewing-gum. Il a indiqué ma valise d'un mouvement de tête.

– C'est tout ce que vous avez.

C'était une constatation, pas une question, mais ça ne m'a pas dérangé. Je n'avais jamais été aussi heureux de ma vie d'entendre un accent new-yorkais. Il a tourné les talons, et je l'ai suivi jusqu'au bout du hall puis dans le tohu-bohu de la nuit : cris, coups de sifflet, claquements de portières, bagarres pour les taxis, sirènes lointaines.

Il est allé chercher sa voiture, a abaissé sa vitre et m'a fait signe de monter rapidement. Pendant que je me débattais pour hisser ma valise sur la banquette arrière, il regardait droit devant lui, afin de décourager toute conversation. De toute façon, il n'y a pas eu beaucoup de temps pour parler. A peine avions-nous quitté le périmètre de l'aéroport que nous nous sommes arrêtés devant la façade de verre d'un grand hôtel et centre de conférences surplombant Grand Central Parkway. Tout en tournant son corps massif pour me parler, il a émis un grognement. L'odeur de sa transpiration avait envahi la voiture, et j'ai connu un instant de pure horreur existentielle en regardant le bâtiment sinistre et anonyme qui se dressait sous la pluie, derrière lui : mais qu'est-ce que je fabriquais là ?

– Si vous avez besoin d'établir un contact, servez-vous de ça, a-t-il indiqué en me tendant un portable flambant neuf encore sous son emballage de plastique. Il y a une puce dedans qui vous permettra de donner pour vingt dollars d'appels. N'utilisez pas votre vieux téléphone. Le plus sûr est de l'éteindre. Vous réglez votre chambre d'avance, en espèces. Est-ce que vous avez assez ? Ça fera dans les trois cents dollars.

J'ai hoché la tête.

– Vous ne restez qu'une nuit. Vous avez une réservation.

Il a extirpé un gros portefeuille de sa poche arrière.

– Voici la carte qui vous servira de garantie pour les frais supplémentaires. Le nom qui figure dessus est celui sous lequel vous devrez vous présenter. Donnez une adresse au Royaume-Uni qui ne soit pas la vôtre. Si jamais il y *avait* des frais supplémentaires, ne payez qu'en espèces. Voici le numéro de téléphone que vous utiliserez à l'avenir pour établir le contact.

– Vous avez été flic, ai-je constaté.

J'ai pris la carte de crédit et un bout de papier arraché portant un numéro de téléphone copié d'une écriture enfantine. Le papier comme le plastique gardaient encore la chaleur de son corps.

– Ne vous servez pas d'internet. Ne parlez pas aux étrangers. Et surtout, évitez les femmes qui pourraient tenter de vous draguer.

– On dirait ma mère.

Il n'a pas cillé. Nous sommes restés immobiles quelques secondes.

– Bon, a-t-il lâché avec impatience. C'est tout, a-t-il ajouté en agitant une main charnue dans ma direction.

Passé la porte à tambour, une fois dans le hall, j'ai vérifié le nom sur la carte. Clive Dixon. Une grosse conférence venait de s'achever. Une armée de congressistes en costume noir et qui arboraient un badge jaune vif se déversait sur la vaste étendue de marbre blanc en s'interpellant comme une volée de corbeaux. Ils paraissaient enthousiastes, résolus, motivés, décidés à atteindre les objectifs de leur entreprise et à satisfaire leurs ambitions personnelles. J'ai vu sur leur badge qu'ils étaient membres d'une Eglise. Au-dessus de nos têtes, des globes de verre suspendus au plafond à plus de trente mètre de haut dispensaient un flot de lumière qui se réverbérait sur les murs chromés. Je ne perdais pas seulement pied ; je ne voyais carrément plus terre.

– Il me semble que j'ai une réservation au nom de Dixon, ai-je annoncé au réceptionniste.

Ce n'est pas un nom que j'aurais choisi. Je ne me vois pas en Dixon, quel que soit ce Dixon. Mais ma gêne n'a nullement troublé le réceptionniste. J'étais sur son ordinateur, c'était tout ce qui lui importait, et ma carte était valable. Le prix de la chambre était de deux cent soixante-quinze dollars. J'ai rempli le bulletin de réservation et donné comme fausse adresse le numéro de la petite maison mitoyenne de Kate dans Shepherd's Bush et la rue du club londonien de Rick. Quand j'ai dit que je voulais payer en espèces, il a pris les billets entre son pouce et son index comme s'il s'agissait de la chose la plus étrange qu'il eût jamais vue. *De l'argent liquide ?* Il n'aurait pas eu l'air plus surpris si j'avais attaché une mule à son bureau et proposé de le régler en peaux d'animaux et bâtons que j'aurais passé l'hiver à sculpter.

J'ai refusé qu'on s'occupe de mes bagages, pris l'ascenseur jusqu'au sixième étage et fourré la clé électronique dans la porte. Ma chambre était beige, avec un éclairage tamisé de lampes de chevet, et elle offrait une vue sur Grand Central Parkway jusqu'à La Guardia et l'insondable noirceur de l'East River. La télé passait *I'll Take Manhattan* avec une légende qui indiquait : « Bienvenue à New York, monsieur Dixon. » Je l'ai éteinte avant d'ouvrir le minibar. Je n'ai même pas pris la peine de chercher un verre. J'ai dévissé la capsule et bu directement au flacon miniature.

Ce devait être vingt minutes et une seconde mignonnette plus tard que mon nouveau portable s'est soudain illuminé de bleu en émettant un petit bourdonnement électronique légèrement menaçant. J'ai quitté mon poste près de la fenêtre pour y répondre.

– C'est moi, a dit Rycart. Vous êtes installé ?

– Oui, ai-je répondu.

– Etes-vous seul ?

– Oui.

– Alors ouvrez la porte.

Il se tenait dans le couloir, le téléphone collé à son oreille, le chauffeur qui était passé me prendre à La Guardia à ses côtés.

– C'est bon, Frank, a assuré Rycart à son ange gardien. A partir d'ici, je prends les choses en main. Vous, vous surveillez le hall d'entrée.

Rycart a glissé son portable dans la poche de son pardessus tandis que Frank regagnait les ascenseurs d'un pas pesant. C'était ce que ma mère aurait appelé « un bel homme », et il le savait. Un profil aquilin marqué, des yeux assez rapprochés, d'un bleu intense encore renforcé par un bronzage orangé, et cette cascade de cheveux ramenés en arrière que les caricaturistes aimaient tant. Il paraissait beaucoup moins que ses soixante ans. Il a désigné le flacon vide dans ma main.

– Dure journée ?

– On peut le dire.

Il est entré dans la chambre sans attendre mon invitation, et est allé directement à la fenêtre pour tirer les rideaux. J'ai refermé la porte derrière lui.

– Excusez-moi pour l'endroit, mais j'ai tendance à être un peu trop reconnaissable à Manhattan, s'est-il justifié. Surtout après hier. Frank s'est bien occupé de vous ?

– J'ai rarement reçu un accueil plus chaleureux.

– Je vois ce que vous voulez dire, mais c'est quelqu'un de précieux. Un ancien de la police de New York. Il s'occupe de la logistique et de la sécurité pour moi. Je n'ai pas particulièrement la cote dans le coin en ce moment, comme vous pouvez l'imaginer.

– Vous voulez quelque chose à boire ?

– De l'eau, ce sera parfait.

Il a arpenté la chambre pendant que je lui servais un verre d'eau. Puis il a vérifié la salle de bains, et a même regardé dans le placard.

– Qu'y a-t-il ? ai-je demandé. Vous pensez que c'est un piège ?

– Ça m'a traversé l'esprit.

Il a déboutonné son pardessus et l'a déposé soigneusement sur le lit. Son costume Armani devait coûter à peu près deux fois les revenus annuels d'un petit village africain.

– Soyons clairs, vous travaillez pour Lang.

– Je ne l'ai rencontré pour la première fois que lundi, ai-je précisé. Je ne le connais même pas.

Rycart s'est esclaffé.

– Qui le connaît ? Si vous l'avez rencontré lundi, vous le connaissez sans doute aussi bien que n'importe qui. J'ai travaillé avec lui pendant quinze ans, et je n'ai absolument pas la moindre idée d'où il sort. Mike McAra non plus ne le savait pas, et il était avec lui depuis le début.

– Sa femme m'a dit plus ou moins la même chose.

– Eh bien voilà. Si quelqu'un d'aussi incisif que Ruth n'arrive pas à le cerner – et elle est quand même mariée avec lui, bon sang –, quel espoir avons-nous d'y arriver un jour ? Cet homme est un mystère. Merci.

Rycart a pris le verre d'eau. Il a bu pensivement, en m'étudiant.

– On dirait que vous avez commencé à percer le personnage, pourtant.

– J'ai plutôt l'impression que c'est moi qui suis en train de me vider, pour être franc.

– Asseyons-nous, a proposé Rycart en me tapant sur l'épaule, et vous allez me raconter tout ça.

Le geste m'a rappelé Lang. Le charme des grands hommes. J'avais le sentiment d'être du menu fretin nageant au milieu des requins. J'allais devoir rester sur mes gardes. Je me suis assis avec précaution dans l'un des deux petits fauteuils, tout aussi beiges que les murs. Rycart s'est installé en face de moi.

– Alors, a-t-il dit. Par quoi commençons-nous ? Vous savez qui je suis. Qui êtes-vous ?

– Je suis un nègre professionnel, ai-je répondu. J'ai été engagé pour réécrire les mémoires de Lang après la mort de Mike McAra. Je ne connais rien à la politique. C'est un peu comme si je venais de passer à travers le miroir.

– Dites-moi ce que vous avez découvert.

Même moi, je n'étais pas assez bête pour ça. J'ai pesé le pour et le contre avant de répliquer :

– Et si vous me parliez d'abord de McAra ?

– Si vous voulez, a dit Rycart avec un haussement d'épaules. Que puis-je dire ? Mike était professionnel jusqu'au bout des ongles. Il vous aurait suffi d'épingler une cocarde sur cette valise et de lui dire que c'était le chef du parti pour qu'il la suive. Tout le monde s'attendait à ce que Lang le mette à la porte quand il est devenu chef du parti, et qu'il amène un homme à lui. Mais Mike était trop utile. Il connaissait le parti comme sa poche. Que voulez-vous savoir d'autre ?

– Quelle sorte de personne était-il ?

– Quelle sorte de *personne* il était ?

Rycart m'a adressé un regard interloqué. On aurait dit que c'était la question la plus bizarre qu'on lui eût jamais posée.

– Eh bien, il n'avait pas de vie en dehors de la politique, si c'est ce à quoi vous pensez. Lang était donc tout pour lui – femme, gosses, amis. Quoi d'autre ? Il était maniaque, obsédé par les détails. Pratiquement tout ce qu'Adam n'est pas, Mike l'était. Peut-être est-ce pour ça qu'il a duré aussi longtemps, pendant tout le séjour au 10 Downing Street et encore après, alors que tous les autres avaient depuis longtemps touché les dividendes et étaient partis s'enrichir ailleurs. Pas de poste ronflant dans de grandes entreprises pour notre Mike. Il était d'une loyauté irréprochable envers Adam.

– Pas si irréprochable que ça. Pas s'il était en contact avec vous, ai-je objecté.

– Ah, mais ça, c'était à la toute fin. Vous avez mentionné une photographie. Puis-je la voir ?

Lorsque j'ai sorti l'enveloppe, son visage affichait la même expression avide que celui d'Emmett, mais quand il a vu la photo, il n'a pu dissimuler sa déception.

– C'est tout ? a-t-il dit. Rien qu'une bande de gosses de riches en train d'exécuter un numéro de comédie musicale ?

– C'est un peu plus intéressant que ça, ai-je assuré. Pour commencer, pourquoi votre numéro de téléphone figure-t-il au dos de cette photo ?

Rycart m'a adressé un regard rusé.

– Pourquoi devrais-je vous aider, exactement ?

– Pourquoi devrais-je *vous* aider, exactement ?

Nous nous sommes affrontés du regard. Il a fini par se fendre d'un large sourire, découvrant de grandes dents blanches et éclatantes.

– Vous auriez dû faire de la politique, a-t-il déclaré.

– J'ai les meilleurs maîtres.

Il a reçu le compliment avec un petit hochement de son épaisse crinière. La vanité, voilà donc quel était son point faible. J'imaginais sans peine avec quelle adresse Lang avait dû le flatter, et quel coup son limogeage avait été pour son ego. Et maintenant, avec son visage mince, son nez en bec d'aigle et ses yeux perçants, il était aussi avide de vengeance qu'un amoureux éconduit. Il s'est levé pour aller ouvrir la porte. Il a vérifié le couloir, des deux côtés. Lorsqu'il est revenu, il s'est dressé devant moi et a pointé son doigt hâlé droit sur mon visage.

– Si vous me doublez, a-t-il dit, je vous le ferai payer. Et si vous doutez de ma capacité à entretenir une rancune et à rendre à quelqu'un la monnaie de sa pièce, demandez à Adam Lang.

– Parfait, ai-je acquiescé.

Il était à présent trop agité pour s'asseoir, et c'est encore une chose dont je ne me suis aperçu qu'à cet instant : il était sous pression. On pouvait reconnaître ça à Rycart : il fallait un certain courage pour traîner son ancien chef de parti et Premier ministre devant une cour de justice pour crimes de guerre.

– Cette histoire de CPI, a-t-il dit en tournant en rond devant le lit, ça ne fait les gros titres que depuis cette semaine, mais permettez-moi de vous dire que je prépare ça en coulisse depuis des *années*. L'Irak, la remise des prisonniers, la torture, Guantanamo... tout ce qui a été commis au nom de cette prétendue guerre contre le terrorisme est illégal au regard du droit international, de la même façon que tout ce qui s'est passé au Kosovo ou au Liberia. La seule différence, c'est que cette fois c'est nous qui avons agi. Cette hypocrisie est écœurante.

Il a paru se rendre compte qu'il s'engageait dans un discours qu'il avait déjà prononcé trop souvent, et il s'est repris :

– Quoi qu'il en soit, la rhétorique est une chose, et les preuves en sont une autre. Je sentais que le climat politique changeait, et que cela allait dans le bon sens. Chaque fois qu'une bombe explosait, chaque fois qu'un nouveau soldat se faisait tuer, chaque fois qu'il devenait un peu plus évident que nous avions déclenché une nouvelle guerre de Cent Ans sans avoir la moindre idée de la façon d'en finir, cela apportait de l'eau à mon moulin.

Il n'était plus inconcevable qu'un dirigeant occidental puisse finir dans le box des accusés. Plus la pagaille qu'il avait laissée derrière lui empirait, plus les gens étaient prêts à accepter la vérité – plus ils avaient envie de la connaître. Tout ce dont j'avais besoin, c'était d'une preuve, une seule, qui puisse répondre aux standards légaux – un simple document signé de sa main aurait fait l'affaire – et je n'en avais pas.

« Et puis, brusquement, juste avant Noël, elle était là. Je l'avais entre les mains. Elle était arrivée par la poste. Sans même une lettre d'explication. “Top Secret : Note de service du Premier ministre au ministre de la Défense.” Elle datait d'il y a cinq ans, rédigée à l'époque où j'étais encore ministre des Affaires étrangères, mais je ne me doutais même pas de son existence. Si ça n'était pas une preuve tangible… bon sang, il ne pouvait y avoir plus explicite ! Un ordre de mission du Premier ministre britannique spécifiant que ces quatre pauvres types devaient être enlevés au Pakistan par le SAS puis remis à la CIA.

– Un crime de guerre, ai-je précisé.

– Un crime de guerre, a-t-il confirmé. Pas un bien gros, je vous l'accorde, mais, et alors ? Au bout du compte, Al Capone n'a pu se faire coincer que pour fraude fiscale. Ça n'empêche pas que c'était un gangster. J'ai procédé à quelques vérifications discrètes pour m'assurer que le document était bien authentique, puis je l'ai porté moi-même à La Haye.

– Vous n'aviez aucune idée de qui avait pu vous l'envoyer ?

– Non. Pas jusqu'au moment où ma source anonyme m'a appelé pour me le dire. Et attendez de voir la tête de Lang quand il saura qui c'était. Cela va être le coup de grâce.

Il s'est penché tout près de moi pour me glisser :

– Mike McAra !

En y réfléchissant, je suppose que je le savais déjà. Mais

les soupçons sont une chose, et la confirmation une autre, et l'exultation de Rycart en cet instant donnait une idée de l'étendue de la trahison de McAra.

– Il m'a appelé *moi* ! C'est incroyable, non ? Si quelqu'un m'avait prédit que je recevrais un jour de l'aide de Mike McAra, entre tous, je lui aurais ri au nez.

– Quand a-t-il appelé ?

– Environ trois semaines après que j'avais reçu le document. Le 8 janvier ? Le 9 ? Quelque chose comme ça. « Salut, Richard. Vous avez bien reçu le petit cadeau que je vous ai envoyé ? » J'ai failli en avoir une crise cardiaque. Puis il a fallu que je lui dise de se taire au plus vite. Parce que, comme vous le savez, bien entendu, toutes les lignes des Nations unies sont sur écoute.

– Vraiment ? ai-je commenté, m'efforçant toujours de tout absorber.

– Oh, absolument. La National Security Agency écoute chaque mot transmis dans l'hémisphère occidental. La moindre syllabe que vous prononcez au téléphone, le moindre mail que vous envoyez, la moindre transaction que vous effectuez avec une carte de crédit... tout est enregistré et stocké. Le seul problème est de retrouver l'information. Aux Nations unies, on nous avertit que la manière la plus sûre de contourner les écoutes est d'utiliser des portables jetables, d'éviter de se montrer trop précis et de changer de numéro aussi souvent que possible – cela nous permet au moins d'avoir toujours un peu d'avance sur eux. Alors j'ai prévenu Mike de ne pas en dire plus. Puis je lui ai donné un tout nouveau numéro qu'il n'avait jamais utilisé auparavant et lui ai demandé de me rappeler tout de suite.

– Ah, ai-je fait, je vois.

Et c'était vrai. Je visualisais parfaitement. McAra, le téléphone coincé entre l'épaule et l'oreille, en train de saisir son stylo bille bleu bon marché.

– Il a dû griffonner le numéro au dos de la photo qu'il tenait à la main.

– Et puis il m'a rappelé, a dit Rycart.

Il s'était arrêté d'arpenter la chambre et se regardait dans le miroir au-dessus de la commode. Il a porté les mains à son front pour lisser ses cheveux sur ses oreilles.

– Bon sang, je suis dans un état, a-t-il constaté. Regardez-moi. Je n'ai jamais eu une mine pareille quand j'étais au gouvernement, même quand je travaillais dix-huit heures par jour. Les gens se trompent, vous savez. Ce n'est pas d'exercer le pouvoir qui est épuisant – c'est de ne *pas* l'exercer qui vous use.

– Qu'est-ce qu'il a dit, lorsqu'il vous a rappelé, McAra ?

– La première chose qui m'a frappé, c'est qu'il n'était pas du tout comme d'habitude. Vous me demandiez quelle sorte de personne c'était. Eh bien, il était plutôt implacable dans le travail, et c'est ce qui plaisait tant à Adam, bien sûr : il savait qu'il pouvait toujours compter sur Mike pour faire le sale boulot. Il était incisif, sérieux. On pourrait presque dire qu'il était brutal, surtout au téléphone. Mon secrétariat l'avait surnommé McHorreur. « McHorreur vient d'appeler, monsieur le ministre... » Mais ce jour-là, je me souviens que sa voix était totalement atone. Il donnait même l'impression d'être brisé. Il a dit qu'il venait de passer un an aux archives de Cambridge, à travailler sur les mémoires d'Adam, et qu'après avoir revu toute la période où nous avions été au pouvoir, il se sentait de plus en plus désillusionné. Il a dit que c'était là-bas qu'il avait trouvé l'ordre de mission pour l'opération Tempête. Mais il a ajouté que la véritable raison de son appel était qu'il ne s'agissait que de la partie émergée de l'iceberg. Il a dit qu'il venait de découvrir quelque chose de beaucoup plus important – quelque chose qui expliquait pourquoi tout était allé de travers pendant notre mandat.

Je pouvais à peine respirer.

– Quoi donc ?

Rycart a ri.

– Eh bien, curieusement, je lui ai posé la même question, mais il n'a pas voulu me répondre au téléphone. Il a dit qu'il voulait me rencontrer pour en discuter face à face, tellement c'était énorme. La seule chose qu'il a bien voulu me révéler était que la clé de tout se trouvait dans l'autobiographie de Lang, si quelqu'un voulait prendre la peine de vérifier – que tout était dans le début.

– Ce sont ses paroles exactes ?

– A peu près. J'ai pris des notes pendant qu'il parlait. Et c'est tout. Il m'a dit qu'il me rappellerait dans un jour ou deux pour fixer un rendez-vous. Mais rien n'est venu. Puis, environ une semaine plus tard, j'ai appris par la presse qu'il était mort. Et personne ne m'a plus jamais appelé sur ce téléphone. Vous imaginez donc sans peine pourquoi j'étais tellement excité quand il s'est soudain remis à sonner. Alors nous y voilà, a-t-il conclu en embrassant la chambre d'un geste du bras : dans un endroit idéal pour passer un jeudi soir. Et je crois que, maintenant, vous allez m'expliquer exactement ce qui se passe.

– Je n'y manquerai pas. Mais avant, juste une petite chose. Pourquoi n'avez-vous rien dit à la police ?

– Vous plaisantez ? Les discussions à La Haye en sont à un stade très délicat. Si j'avais prévenu la police que McAra avait été en contact avec moi, ils auraient tout naturellement voulu savoir pourquoi. Cela aurait forcément fini par revenir aux oreilles de Lang, et cela lui aurait permis d'agir préventivement à l'encontre de la cour de justice contre les crimes de guerre. Il est encore sacrément efficace, vous savez. La déclaration qu'il a faite contre moi avant-hier – « La lutte internationale contre le terrorisme est trop importante pour être utilisée à des fins de vengeance personnelle intestine. » Wouah, a-t-il dit avec un frisson d'admiration. Vicieux.

Je me suis quelque peu tortillé sur mon siège, mais Rycart n'a rien remarqué. Il était retourné s'examiner dans le miroir.

– De plus, a-t-il ajouté en relevant le menton, je croyais qu'on avait conclu que Mike s'était lui-même donné la mort, parce qu'il était déprimé, ou ivre, ou les deux. Je n'aurais donc pu que confirmer ce qu'ils savaient déjà. Il n'était vraiment pas en forme la dernière fois qu'il m'a appelé.

– Et je peux vous expliquer pourquoi, ai-je répliqué. Il venait de découvrir que l'un des types qui apparaissent sur la photo de Cambridge avec Lang – la photo que McAra tenait quand il vous a téléphoné – était un agent de la CIA.

Rycart était en train d'étudier son profil. Il s'est interrompu. Ses sourcils ont fait des vagues. Puis, avec une lenteur extrême, il s'est tourné vers moi.

– Il était *quoi ?*

– Il s'appelle Paul Emmett.

Soudain, les mots ne sortaient pas assez vite. Il fallait que je me décharge de ce fardeau, que je le partage avec quelqu'un qui puisse essayer de saisir la logique de tout ça.

– Il est devenu par la suite professeur à Harvard. Puis il a dirigé une sorte d'organisation, appelée l'institution Arcadia. Vous en avez entendu parler ?

– J'en ai entendu parler – bien sûr que j'en ai entendu parler – et je me suis bien gardé de m'en approcher, précisément parce que j'ai toujours pensé que ça puait la CIA à plein nez.

Rycart s'est assis. Il paraissait sonné.

– Mais est-ce que c'est vraisemblable ? ai-je demandé. Je ne sais pas comment ces choses fonctionnent. Quelqu'un peut-il entrer à la CIA et être envoyé aussitôt après faire des recherches pour son doctorat dans un pays étranger ?

– Je dirais que c'est tout à fait plausible. Comment trouver meilleure couverture ? Et quoi de mieux qu'une université pour repérer les meilleurs éléments de demain ?

Il a tendu la main.

– Remontrez-moi cette photo. Lequel est Emmett ?

– Ce ne sont peut-être que des conneries, ai-je averti en désignant Emmett. Je n'ai aucune preuve. Mais j'ai trouvé son nom sur un ou deux de ces sites web paranoïaques. Ils prétendent qu'il a été recruté par la CIA à sa sortie de Yale, ce qui doit faire environ trois ans avant que cette photo ait été prise.

– Oh, je veux bien le croire, a commenté Rycart en examinant Emmett intensément. En fait, maintenant que vous en parlez, je crois avoir entendu un jour des bruits de couloir à ce propos. Mais il y en a tellement qui circulent dans ce monde des tournées de conférences internationales. J'appelle ça « le complexe industrialo-militaro-universitaire ».

Son trait d'esprit l'a fait sourire, puis il a repris son air grave.

– Mais ce qui est réellement suspect est qu'il ait pu connaître Lang.

– Non, ai-je rétorqué, ce qui est *réellement* suspect, c'est que quelques heures à peine après que McAra a pisté Emmett jusqu'à chez lui, non loin de Boston, il a été retrouvé mort, échoué sur une plage de Martha's Vineyard.

*

Après cela, je lui ai raconté tout ce que j'avais découvert. Je lui ai parlé de l'histoire des courants marins et des lumières de torches sur la plage de Lambert's Cove, et de la façon curieuse dont l'enquête de police avait été menée. Je lui ai répété ce que m'avait dit Ruth au sujet de la dispute entre Lang et McAra, la veille de sa mort, et je lui ai fait part de la répugnance de Lang à aborder ses années à Cambridge, ainsi que de la façon dont il avait essayé de dissimuler que son engagement politique datait de son départ de l'université et non de deux ans plus tard. Je lui ai décrit comment McAra, avec la minutie acharnée qui le caractérisait, avait fini par tout découvrir, exhumant un détail après l'autre qui démontait peu à peu le récit donné par Lang de ses années de jeunesse. C'était sans doute ce qu'il avait voulu dire en annonçant que la clé de tout se trouvait dans le début de l'autobiographie de Lang. Je lui ai parlé du GPS de la Ford, qui m'avait conduit à la porte d'Emmett, et du comportement étrange de ce dernier.

Et, bien entendu, plus je parlais, plus Rycart s'agitait. J'imagine que c'était Noël pour lui.

– Supposons, a-t-il avancé en faisant à nouveau les cent pas dans la chambre, que ce soit Emmett qui ait au départ suggéré à Lang d'envisager une carrière politique. Regardons les choses en face, il faut bien que quelqu'un lui ait mis cette idée dans sa jolie petite tête. Moi, je suis dans les jeunesses du parti depuis mes quatorze ans. En quelle année Lang a-t-il pris sa carte ?

– 1975 !

– Soixante-quinze ! Vous voyez, c'est parfaitement logique. Vous vous souvenez comment était la Grande-Bretagne en soixante-quinze ? Les forces de sécurité étaient devenues incontrôlables et espionnaient le Premier ministre. Des généraux en retraite constituaient des armées privées. L'économie s'effondrait. Il y avait des grèves, des émeutes. Ce ne serait pas vraiment une surprise si la CIA avait décidé de recruter quelques jeunes éléments brillants puis les avait encouragés à faire carrière dans des secteurs utiles : l'administration, les médias, la politique. C'est ce qu'ils font partout ailleurs, après tout.

– Mais pas en Grande-Bretagne, sûrement pas, ai-je protesté. Nous sommes leur allié.

Rycart m'a regardé avec mépris.

– A l'époque, la CIA espionnait les étudiants *américains*. Vous pensez vraiment qu'ils auraient eu le moindre scrupule à espionner les nôtres ? Evidemment qu'ils étaient actifs en Grande-Bretagne ! Ils le sont encore. Ils ont un chef d'antenne à Londres et un énorme personnel. Je pourrais vous donner là, tout de suite, le nom d'une demi-douzaine de députés qui sont en contact régulier avec la CIA. En fait... (il s'est arrêté de marcher et a claqué des doigts)... ça c'est une idée !

Il a pivoté sur lui-même pour me dévisager.

– Le nom de Reg Giffen vous évoque-t-il quelque chose ?

– Vaguement.

– Reg Giffen – sir Reginald Giffen puis, plus tard, lord Giffen, et à présent feu le regretté Giffen, Dieu soit loué – passait tellement de temps à prononcer des discours devant la Chambre des communes pour le compte des Américains qu'on l'appelait « le député du Michigan ». Il a annoncé sa démission en tant que député la première semaine de la campagne des élections législatives de 1983, ce qui a pris tout le monde par surprise, sauf un jeune membre du parti photogénique et très entreprenant qui venait justement de passer dans sa circonscription électorale six mois plus tôt.

– Et qui a obtenu l'investiture pour devenir le candidat du parti, avec le soutien de Giffen, ai-je continué, et qui a remporté l'un des sièges les plus sûrs du pays alors qu'il n'avait pas encore trente ans.

L'histoire était légendaire. Elle marquait le début de la carrière politique nationale de Lang.

– Mais vous ne pouvez quand même pas penser que c'est la CIA qui a demandé à Giffen de faire en sorte que Lang puisse entrer au Parlement ? ai-je poursuivi. Ça paraît complètement tiré par les cheveux.

– Oh, je vous en prie ! Servez-vous de votre imagination ! Dites-vous que vous êtes le professeur Emmett, de retour à Harvard, qui écrit des foutaises illisibles sur l'alliance des peuples de langue anglaise et la nécessité de combattre la menace communiste. N'avez-vous pas potentiellement entre les mains l'agent le plus incroyable de l'histoire ? Un type dont on commence déjà à parler comme d'un futur chef du parti ? Un Premier ministre possible ? N'allez-vous pas chercher à convaincre qui de droit à l'Agence de faire tout son possible pour pousser la carrière de cet homme ? J'étais déjà au Parlement quand Lang a débarqué. Je l'ai vu surgir de nulle part et nous laisser tous derrière.

Il s'est rembruni à ce souvenir.

– Bien sûr qu'il avait de l'*aide*. Il n'avait aucun lien réel avec le parti. Ce type était un mystère pour nous tous.

– C'est certainement ce qui le distingue, ai-je dit. Il n'avait pas d'idéologie.

– Il n'avait peut-être pas d'idéologie, mais le moins qu'on puisse dire, c'est qu'il avait un programme.

Rycart s'est à nouveau assis. Il s'est penché vers moi.

– D'accord. Je vais vous poser une question : pouvez-vous me citer une seule décision prise par Adam Lang en tant que Premier ministre qui n'ait pas été dans l'intérêt des Etats-Unis d'Amérique ?

Je suis resté muet.

– Allons, a-t-il insisté. Ce n'est pas une question piège. Citez-moi juste une décision à son actif qui aurait pu ne pas recevoir l'aval de Washington. Réfléchissons, a-t-il dit avant de lever le pouce. Un : le déploiement des troupes britanniques au Moyen-Orient, contre l'avis d'à peu près tous les généraux de nos armées et de tous les ambassadeurs britanniques qui connaissent bien la région. Deux (il a levé l'index de la main droite) : échec complet de la demande faite auprès de la Maison-Blanche d'obtenir des contreparties sous forme de contrats de reconstruction pour des entreprises britanniques ou de quoi que ce soit d'autre. Trois : le soutien inconditionnel à la politique étrangère américaine au Moyen-Orient, alors que c'est pour nous de la pure démence de nous mettre tout le monde arabe à dos. Quatre : l'installation sur le sol britannique de missiles de défense américains qui ne servent en rien notre sécurité – en fait, ce serait même plutôt le contraire dans la mesure où cela fait de nous une cible de première frappe plus évidente – et ne peuvent protéger que les Etats-Unis. Cinq : l'achat, pour cinquante milliards de dollars, d'un système de missiles nucléaires américains que nous prétendons « indépendant » mais que nous ne pourrions même pas déclencher sans l'accord des Américains, soumettant ainsi pendant encore vingt ans tous les Premiers ministres ultérieurs à une politique de défense totalement asservie à Washington. Six : un traité qui autorise les Etats-Unis à extrader nos citoyens pour qu'ils soient jugés aux Etats-Unis, mais qui ne nous permet pas la réciproque. Sept : une collusion en matière d'enlèvement illégal, de torture, d'emprisonnement et même de meurtre de nos citoyens. Huit : le limogeage régulier de tout ministre – je suis bien placé pour en parler – qui ne soutient pas à cent pour cent l'alliance avec les Etats-Unis. Neuf...

– C'est bon, l'ai-je interrompu en levant la main. J'ai compris le message.

– J'ai des amis à Washington qui n'arrivent pas à croire que Lang ait pu conduire sa politique étrangère de la sorte. Je veux dire par là qu'ils sont *gênés* par son soutien inconditionnel et par la contrepartie ridicule qu'il en a tirée. Et où tout cela nous a-t-il menés ? A nous laisser entraîner dans une prétendue guerre impossible à gagner, à accepter des méthodes que nous nous refusions à employer même contre les nazis !

Rycart a émis un rire amer et secoué la tête.

– Vous savez, d'une certaine façon, je suis presque soulagé de découvrir qu'il y a peut-être une explication rationnelle à tout ce que nous avons pu fabriquer au gouvernement pendant qu'il était Premier ministre. Quand on y réfléchit, l'autre explication est encore pire. Au moins, s'il travaillait pour la CIA, il y avait une logique. Maintenant, a-t-il ajouté en me gratifiant d'une tape sur le genou, la question est de savoir ce que nous allons en faire.

L'emploi de la première personne du pluriel ne me disait rien de bon.

– Eh bien, ai-je avancé en plissant légèrement les yeux. Je suis dans une position délicate. Je suis censé l'aider à écrire ses mémoires. Et je suis dans l'obligation légale de ne rien divulguer à quiconque de ce que je peux apprendre au cours de mon travail.

– Il est trop tard pour reculer.

Ça ne me disait rien de bon non plus.

– Mais nous n'avons aucune *preuve*, ai-je fait remarquer. Nous ne sommes même pas certains qu'Emmett était bien à la CIA, sans parler du fait qu'il ait recruté Lang. Enfin... comment ce genre de relation était-elle censée fonctionner une fois que Lang est arrivé Downing Street ? Il aurait eu un émetteur radio caché dans le grenier, ou quoi ?

– Cela n'a rien d'une plaisanterie, mon ami, a répliqué Rycart. Je sais un peu comment ces choses fonctionnent, depuis le temps où j'étais aux Affaires étrangères. Il est assez facile d'entretenir un contact. Tout d'abord, Emmett venait sans cesse à Londres, à cause d'Arcadia. C'était la couverture parfaite. En réalité, je ne serais pas surpris que toute cette institution n'ait été créée que dans le but de fournir une couverture permettant de manœuvrer Lang. Le calendrier concorde. Ils peuvent avoir eu recours à des intermédiaires.

– Mais il n'y a toujours pas de preuves, ai-je répété. Et, à part si Lang avoue, ou si Emmett avoue, ou si la CIA ouvre leurs dossiers, il n'y en aura jamais.

– Alors vous n'avez qu'à trouver des preuves, a tout simplement rétorqué Rycart.

– Quoi ?

Ma lèvre inférieure s'est affaissée. Tout en moi s'est affaissé.

– Vous êtes dans la position idéale, a poursuivi Rycart. Il vous fait confiance. Il vous laisse lui poser toutes les questions possibles. Il vous permet même de taper ses réponses. Vous pouvez lui faire dire des choses. Nous allons devoir mettre au point une série de questions qui le piègent peu à peu, jusqu'au moment où vous lui soumettrez directement le problème, et nous verrons comment il réagit. Il niera, mais cela n'a pas d'importance. Il suffira de lui présenter les preuves pour poser cette histoire en fait établi.

– Non, absolument pas. Les bandes restent sa propriété.

– Mais si, bien sûr. Les bandes peuvent être citées par le tribunal des crimes de guerre comme preuves de sa complicité directe avec le programme de remise de prisonniers à la CIA.

– Et si je n'enregistre aucune bande ?

– Dans ce cas, je suggérerai à la procureur de vous citer *vous* à comparaître.

– Ah, ai-je répliqué, l'air matois. Mais si je nie toute l'histoire ?

– Alors je lui remettrai ceci, a dit Rycart, qui a ouvert sa veste pour me montrer le petit micro épinglé sur le devant de sa chemise, un fil courant dans sa poche intérieure. Frank enregistre chaque mot en bas, dans le hall, n'est-ce pas, Frank ? Oh, allez ! Ne prenez pas cet air étonné. Qu'est-ce que vous attendiez ? Que je rencontre un parfait étranger qui travaille pour Lang sans prendre la moindre précaution ? Sauf que vous ne travaillez plus pour Lang.

Il a souri en montrant à nouveau cette rangée de dents d'un blanc plus éclatant que tout ce que la Nature pouvait produire.

– Maintenant, vous travaillez pour moi.

QUINZE

> « Les auteurs ont besoin de nègres qui ne leur demanderont pas d'explications mais se contenteront d'écouter ce qu'ils ont à dire et de comprendre pourquoi ils ont fait ce qu'ils ont fait. »

Quelques secondes se sont écoulées, et je me suis mis à jurer, profusément et avec une grande richesse de vocabulaire. Je jurais contre Rycart et ma propre stupidité, contre Frank, qui devrait un jour transcrire l'enregistrement. Je jurais contre la procureur des crimes de guerre, contre la Cour pénale internationale, les juges, les médias. Et j'aurais continué ainsi encore longtemps si mon téléphone ne s'était pas mis à sonner – pas celui qu'on m'avait donné pour appeler Rycart, mais celui que j'avais apporté de Londres. Inutile de dire que j'avais oublié de l'éteindre.

– Ne répondez pas, a averti Rycart. Ça les conduirait tout droit à nous.

J'ai vérifié le numéro d'appel.

– C'est Amelia Bly, ai-je constaté. Ce pourrait être important.

– Amelia Bly, a répété Rycart, un mélange de respect et

de désir dans la voix. Cela fait un moment que je ne l'ai pas vue.

Il a hésité : il était évident qu'il mourait d'envie de savoir ce qu'elle voulait.

– Si vous êtes sur écoute, ils vous localiseront à cent mètres près, et cet hôtel est le seul endroit où vous pouvez vraisemblablement vous trouver.

Le téléphone continuait à vibrer dans ma paume tendue.

– Eh bien, allez vous faire voir, ai-je répliqué. Je n'ai pas d'ordres à recevoir de vous.

J'ai pressé la touche verte.

– Allô, Amelia, ai-je dit.

– Bonsoir, a-t-elle répondu d'une voix sèche comme un coup de trique. Adam veut vous parler.

J'ai articulé « C'est Adam Lang » à l'adresse de Rycart et j'ai agité la main pour l'avertir de ne rien dire. Un instant plus tard, la voix standard familière de Lang m'a rempli l'oreille :

– Je viens d'avoir Ruth. Elle me dit que vous êtes à New York.

– C'est exact.

– Moi aussi. Dans quel coin êtes-vous ?

– Je ne sais pas exactement où je suis, Adam.

J'ai esquissé un geste d'impuissance à l'intention de Rycart.

– Je ne suis descendu nulle part encore.

– Nous sommes au Waldorf, a dit Lang. Pourquoi ne nous y rejoindriez-vous pas ?

– Une seconde, Adam.

J'ai coupé le son.

– Vous n'êtes qu'un imbécile, a commenté Rycart.

– Il veut que j'aille le voir au Waldorf.

Rycart a creusé les joues, soupesant les options.

– Vous devriez y aller, a-t-il conclu.

– Et si c'est un piège ?

– C'est un risque, mais ça paraîtrait bizarre que vous n'y alliez pas. Il aurait des soupçons. Dites-lui oui, rapidement, et puis raccrochez.

J'ai pressé de nouveau la touche du son.

– Allô, Adam, ai-je dit en m'efforçant de chasser la tension de ma voix. C'est parfait. J'arrive tout de suite.

Rycart a fait courir son doigt en travers de sa gorge.

– Mais au fait, qu'est-ce qui vous amène à New York ? a demandé Lang. Je croyais que vous aviez largement de quoi vous occuper à la maison.

– Je voulais voir John Maddox.

– D'accord. Et comment il va ?

– Très bien. Ecoutez, il faut que j'y aille, maintenant.

Rycart faisait plus que jamais mine de se trancher la gorge.

– Nous venons de passer deux jours formidables, a continué Lang comme s'il ne m'avait pas entendu. Les Américains se sont montrés fantastiques. Vous savez, c'est vraiment dans les moments difficiles qu'on découvre qui sont ses vrais amis.

Etait-ce mon imagination, ou avait-il accentué ces deux derniers mots à mon intention ?

– Parfait. J'arrive aussi vite que je peux, Adam.

J'ai mis fin à la communication. Ma main tremblait.

– Bravo, a commenté Rycart, qui s'était déjà levé et récupérait son manteau sur le lit. Nous avons dix minutes pour quitter les lieux. Prenez vos affaires.

Mécaniquement, j'ai commencé à rassembler les photos. Je les ai remises dans la valise pendant que Rycart allait dans la salle de bains et pissait à grand bruit.

– Il avait l'air comment ? a-t-il lancé.

– Enjoué.

Il a tiré la chasse d'eau et est sorti tout en boutonnant sa braguette.

– Eh bien, il va falloir qu'on fasse quelque chose pour ça, pas vrai ?

L'ascenseur qui descendait dans le hall était bourré de membres de l'Eglise des marchands en ligne d'aujourd'hui, ou quoi qu'ils aient pu être, et il s'arrêtait à tous les étages. Rycart devenait de plus en plus nerveux.

– Il ne faut pas qu'on nous voie ensemble, a-t-il marmonné quand nous sommes arrivés au rez-de-chaussée. Restez en arrière. On vous retrouve au parking.

Il a accéléré le pas et est parti devant. Frank s'était déjà levé – sans doute avait-il écouté notre conversation et connaissait-il nos intentions –, et tous deux sont partis sans un mot : le fringant Rycart à la crinière argentée, et son acolyte courtaud et basané. Quel duo, ai-je pensé. Je me suis accroupi en feignant de resserrer mes lacets, puis j'ai pris tout mon temps pour traverser le hall, gardant la tête baissée et contournant délibérément les groupes de conférenciers qui discutaient entre eux. La situation avait pris un tour si ridicule que, alors que je me mêlais à la foule qui se pressait à la porte pour sortir, je me suis surpris à sourire. On se serait cru dans une farce de Feydeau : chaque nouvelle scène semblait plus tirée par les cheveux que la précédente, mais, quand on y regardait de plus près, chacune d'elles était le prolongement logique de ce qui s'était passé auparavant. Oui, c'était exactement ça : toute cette affaire était une farce ! J'ai attendu mon tour dans la queue, et c'est alors que j'ai vu Emmett, ou du moins que j'ai cru voir Emmett, et soudain, je n'ai plus souri du tout.

L'hôtel était doté de ces grosses portes à tambour dont les compartiments contiennent cinq ou six personnes à la fois, chacune étant obligée de plonger en avant et de marcher à petits pas pour éviter de foncer dans son voisin, à la façon de bagnards enchaînés les uns aux autres. Heureusement pour moi, je me trouvais au milieu du groupe qui passait, et c'est probablement pour cela qu'Emmett ne m'a pas vu. Il était flanqué d'un homme de chaque côté, et ils se trouvaient dans le compartiment qui débouchait dans le hall, tous trois poussant le panneau de verre devant eux comme s'ils étaient terriblement pressés. Nous sommes sortis dans la nuit et j'ai trébuché, manquant de tomber tant j'avais hâte de m'éloigner. Ma valise s'est renversée sur le côté ; j'ai continué de la traîner quand même comme s'il s'agissait d'un chien récalcitrant. Le parking était séparé de l'hôtel par une plate-bande, mais au lieu d'en faire le tour, je l'ai carrément traversée. De l'autre côté du parking, des phares se sont allumés puis ont foncé droit sur moi. La voiture a fait une embardée au dernier moment et la portière s'est ouverte à la volée.

– Montez, a ordonné Rycart.

La vitesse à laquelle Frank a accéléré a suffi pour claquer la portière derrière moi et me rejeter en arrière sur la banquette.

– Je viens de voir Emmett, ai-je annoncé.

Rycart a échangé un regard avec son chauffeur dans le rétroviseur.

– Vous en êtes sûr ?

– Non.

– Il vous a vu ?

– Non.

– Vous en êtes sûr ?

– Oui.

Je m'accrochais à ma valise. C'était la seule chose sur laquelle je pouvais encore compter. Nous avons foncé sur la bretelle d'accès puis nous sommes coulés dans la circulation dense qui se dirigeait vers Manhattan.

– Ils ont pu nous suivre depuis La Guardia, a avancé Frank.

– Pourquoi n'ont-ils pas attaqué tout de suite ? a demandé Rycart.

– Ils ont pu attendre qu'Emmett arrive de Boston pour procéder à une identification certaine.

Jusque-là, je n'avais pas pris les précautions paranoïaques de Rycart très au sérieux, mais j'éprouvais à présent un nouvel accès de panique.

– Ecoutez, ai-je dit, je ne crois pas que ce soit une très bonne idée que j'aille voir Lang tout de suite. A supposer qu'il s'agisse bien d'Emmett, il a dû l'alerter de ce que je manigance. Il saura que je me suis rendu à Boston et que je lui ai montré les photos.

– Et alors ? Que va-t-il faire, d'après vous ? a demandé Rycart. Vous noyer dans sa baignoire du Waldorf Astoria ?

– Oui, c'est ça, a renchéri Frank, ses épaules légèrement secouées par un petit rire. Bien sûr.

J'avais mal au cœur et, malgré la nuit glaciale, j'ai baissé ma vitre. Il soufflait un vent d'est qui charriait par rafales une odeur écœurante de kérosène depuis la rive industrielle et glacée du fleuve. Je la sens encore au fond de ma gorge chaque fois que je repense à ce moment, et cela restera à tout jamais pour moi le goût de la peur.

– Je n'ai pas besoin d'une histoire pour me couvrir ? ai-je demandé. Qu'est-ce que je suis censé dire à Lang ?

– Vous n'avez rien à vous reprocher, a répondu Rycart. Vous poursuivez simplement le travail de votre prédécesseur. Vous essayez d'en savoir plus sur les années qu'il a passées à Cambridge. N'ayez pas l'air si coupable. Lang ne sait pas avec certitude que vous l'avez démasqué.

– Ce n'est pas Lang qui m'inquiète.

Nous avons tous les deux sombré dans le silence. Au bout de quelques minutes, la silhouette nocturne de Manhattan a surgi, et mes yeux ont cherché automatiquement le trou dans la façade scintillante. C'est fou comme une absence peut devenir un repère. On aurait dit un trou noir : j'ai pensé à une déchirure dans le cosmos. Elle aurait pu tout engloutir – des villes, des pays, en tout cas, elle aurait certainement pu m'engloutir moi. Rycart lui-même a paru oppressé par cette vision.

– Vous voulez bien fermer la fenêtre ? Je suis gelé.

Je me suis exécuté. Frank avait mis la radio en sourdine – une station de jazz, qui passait de la musique douce.

– Qu'est-ce que je fais pour la voiture ? ai-je questionné. Elle est toujours à l'aéroport Logan.

– Vous pourrez la reprendre demain matin.

La radio s'est mise à passer du blues. J'ai demandé à Frank de l'éteindre. Il a fait comme s'il ne m'entendait pas.

– Je sais, Lang pense que je lui en veux personnellement, a commenté Rycart, mais ce n'est pas ça. C'est vrai que, d'une certaine façon, je veux me venger, je le reconnais – qui aime se faire humilier ? Mais si nous continuons à autoriser la torture et si nous nous contentons de mesurer la victoire au nombre de crânes ennemis que nous rapportons pour décorer nos cavernes... où allons-nous ?

– Je vais vous le dire, où nous allons, ai-je répliqué rageusement. Nous allons tirer dix millions de dollars pour écrire nos mémoires et nous vivrons heureux avec beaucoup d'enfants.

Cette fois encore, je me suis aperçu que mon inquiétude me mettait en colère.

– Vous savez que tout cela ne servira à rien, n'est-ce pas ? Au bout du compte, il s'installera ici avec sa retraite de la CIA, et il vous enverra vous faire foutre, vous et votre putain de Cour pénale internationale.

– C'est possible. Mais on trouvait autrefois que l'exil était un châtiment plus terrible que la mort – et, Seigneur, Lang ne manquera pas d'être un exilé. Il ne pourra aller nulle part dans le monde, pas même dans la poignée de petits pays merdiques qui ne reconnaissent pas la CPI, parce qu'il y aura toujours un risque que son avion doive faire une escale de ravitaillement quelque part, ou se poser pour des problèmes de moteur. Et alors, on l'attendra. Et c'est à ce moment-là qu'on pourra l'avoir.

J'ai jeté un coup d'œil vers Rycart. Il regardait droit devant lui et hochait légèrement la tête.

– Ou bien le climat politique peut changer, ici, a-t-il poursuivi, et il y aura une campagne publique pour réclamer qu'il soit remis à la justice. Je me demande s'il y a pensé. Sa vie sera un enfer.

– Continuez comme ça et je vais presque le plaindre.

Rycart m'a adressé un regard incisif.

– Il vous a charmé, n'est-ce pas ? Le charme ! Le mal anglais.

– Il y a pire, comme malheur.

Nous avons traversé Triborough Bridge, les pneus heurtant les joints de la chaussée avec la régularité d'un pouls rapide.

– J'ai l'impression d'être dans un tombereau, ai-je râlé.

Il nous a fallu un moment pour arriver en ville. Chaque fois que la voiture s'arrêtait dans les embouteillages de Park Avenue, j'avais envie d'ouvrir la portière et de piquer un sprint. Le problème était que si j'imaginais sans peine la première partie de l'opération – slalomer entre les véhicules immobilisés puis disparaître dans une petite rue latérale –, la suite restait désespérément vide. Où irais-je ? Comment payer une chambre d'hôtel si ma propre carte de crédit, et sans doute aussi celle qu'on m'avait remise un peu plus tôt, était surveillée par mes poursuivants ? Quel que soit l'angle sous lequel j'examinais ma situation, et malgré mes réticences, je ne pouvais qu'arriver à la conclusion que j'étais plus en sécurité avec Rycart. Il savait au moins comment survivre dans ce monde étranger où j'avais débarqué par erreur.

– Si vous êtes aussi inquiet, nous pouvons convenir d'un signal de sécurité, a proposé Rycart. Vous pouvez m'appeler en vous servant du téléphone que Frank vous a donné, disons dix minutes après chaque heure. Nous ne serons pas obligés de parler. Laissez juste sonner deux fois.

– Qu'est-ce qui se passera si je n'appelle pas ?

– Je ne ferai rien si vous manquez un appel. Mais si vous n'appelez pas deux fois de suite, je téléphonerai à Lang et lui dirai que je le tiendrai pour personnellement responsable de votre sécurité.

– Comment se fait-il que je ne trouve pas cela très rassurant ?

Nous étions presque arrivés. Je voyais devant nous, de l'autre côté de la route, une grande bannière étoilée tout illuminée, et, à côté, flanquant l'entrée du Waldorf, le drapeau britannique. Le parvis de l'hôtel était délimité par des blocs de béton. J'ai compté une demi-douzaine de motos de la police qui attendaient, quatre voitures de patrouille, deux grosses limousines noires, une petite troupe de cameramen et une foule un peu plus importante de curieux. Pendant que j'observais la scène, j'ai senti les battements de mon cœur s'accélérer. J'avais du mal à respirer.

Rycart m'a serré le bras

– Courage, mon ami. Il a déjà perdu un nègre dans des circonstances suspectes. Il peut difficilement se permettre d'en perdre un autre.

– Tout ce cirque ne peut quand même pas être pour lui ? ai-je commenté, ébahi. On croirait qu'il est encore Premier ministre.

– On dirait que je n'ai fait que le rendre encore plus célèbre, a constaté Rycart. Vous devriez tous m'être reconnaissants. Alors, bonne chance. On se parle plus tard. Arrêtez-vous ici, Frank.

Il a relevé son col et s'est enfoncé dans son siège, et cette précaution m'a paru pathétique tout autant qu'absurde. Pauvre Rycart : je doute qu'une personne sur mille à New York ait su qui il était. Frank s'est rangé rapidement au coin de la 50e Rue Est pour me laisser descendre, puis s'est replongé adroitement dans la file des voitures, de sorte que la toute dernière vision que j'ai eue de Rycart a été sa chevelure argentée disparaissant dans le soir de Manhattan.

J'étais tout seul.

J'ai traversé la rue, immense et jaune de taxis, puis me suis frayé un chemin à travers la foule et les policiers. Aucun des flics présents ne m'a interpellé : en me voyant avec ma valise, ils ont dû s'imaginer que j'étais un client qui venait prendre une chambre. J'ai franchi les portes Art déco, gravi un grand escalier de marbre et débouché dans la splendeur babylonienne du hall du Waldorf. En temps normal, je me serais servi de mon portable pour appeler Amelia, mais même moi, j'avais compris la leçon. Je suis allé voir l'un des concierges de l'accueil et lui ai demandé d'appeler sa chambre.

Il n'y a pas eu de réponse.

Les sourcils froncés, il a raccroché. Il s'apprêtait à vérifier sur son ordinateur quand une détonation a retenti dans Park Avenue. Plusieurs clients qui remplissaient leur fiche se sont baissés vivement, pour se redresser d'un air contrit dès que l'explosion s'est révélée n'être qu'une pétarade de moto. De l'intérieur de l'hôtel, à l'autre bout de l'immense hall doré, a surgi une troupe de gardes du corps, Services spéciaux et services secrets mêlés, Lang enfermé au milieu et avançant, l'air décidé, de sa démarche habituelle, chaloupée et musclée. Amelia et les deux secrétaires le suivaient de près. Amelia avait son portable collé à l'oreille. Je me suis dirigé vers le groupe. Lang m'est passé devant, les yeux fixés droit devant lui, ce qui ne lui ressemblait pas. Généralement, il aimait établir un contact avec les gens qu'il croisait : les gratifier d'un sourire qui resterait à tout jamais dans leur mémoire. Il commençait déjà à descendre l'escalier quand Amelia m'a vu. Pour une fois, elle paraissait troublée, et quelques-uns de ses cheveux blonds n'étaient pas exactement à leur place.

– J'étais justement en train de vous appeler, dit-elle sans s'arrêter.

Elle n'a pas même ralenti l'allure.

– Il y a un changement de programme, a-t-elle lancé par-dessus son épaule. Nous reprenons dès maintenant l'avion pour Martha's Vineyard.

– Maintenant ? me suis-je étonné en lui emboîtant le pas. Il est plutôt tard, non ?

Nous avons commencé à descendre l'escalier.

– Adam insiste. J'ai réussi à trouver un avion.

– Mais pourquoi tout de suite ?

– Je n'en ai aucune idée. Il a dû se passer quelque chose. Vous n'aurez qu'à le lui demander.

Lang était devant nous, en contrebas. Il avait déjà atteint l'entrée monumentale. Les gardes du corps ont ouvert la porte, et ses larges épaules se sont soudain découpées contre un flot de lumière halogène. Les cris des journalistes, les rafales d'obturateurs des appareils photo, le vrombissement des Harley Davidson – on aurait dit qu'on venait de pousser les portes de l'enfer.

– Qu'est-ce que je suis censé faire ? ai-je questionné.

– Montez dans la voiture d'escorte. J'imagine qu'Adam voudra vous parler dans l'avion.

Elle a remarqué mon expression paniquée.

– Vous êtes très bizarre. Il y a un problème ?

« Et maintenant, me suis-je demandé, qu'est-ce qu'il me reste à faire ? M'évanouir ? Prétexter un engagement antérieur ? » J'avais l'impression d'être coincé sur un tapis roulant sans possibilité d'en sortir.

– Tout semble tellement précipité, ai-je répliqué lamentablement.

– Là, ce n'est rien. Vous auriez dû voir quand il était Premier ministre.

Nous avons émergé dans un tumulte de bruit et de lumière, et c'était comme si toute la controverse suscitée par la guerre contre le terrorisme, année après année, s'était brièvement concentrée sur un seul homme et l'avait rendu incandescent. La portière de la limousine interminable de Lang était ouverte. Il s'est arrêté pour saluer fugitivement la foule pressée derrière le cordon de sécurité puis il s'est enfoncé dans la voiture. Amelia m'a pris par le bras et m'a poussé vers la deuxième voiture.

– Allez-y ! m'a-t-elle crié.

Les motos partaient déjà.

– N'oubliez pas que nous ne pouvons pas nous arrêter si vous restez en arrière.

Elle s'est glissée près de Lang, et je me suis retrouvé en train de monter dans la seconde limousine, avec les secrétaires. Elles se sont poussées de bon cœur sur la banquette pour me faire de la place. Un type des Services spéciaux est monté devant, à côté du chauffeur, et puis nous sommes partis, accompagnés par le *houp houp* d'une des motos, qui sonnait comme la sirène joyeuse d'un petit remorqueur escortant un gros paquebot vers le large.

*

En d'autres circonstances, j'aurais apprécié le voyage : les jambes étendues confortablement devant moi ; les Harley Davidson qui nous dépassaient pour dégager la route ; les visages pâles des piétons entrevus derrière les vitres fumées, qui se tournaient pour nous regarder passer en trombe ; le hurlement des sirènes ; la lumière crue des gyrophares ; la vitesse ; la *force*. Je ne vois que deux catégories d'êtres humains transportés de façon aussi spectaculaire avec autant de cérémonie : les dirigeants de ce monde et les terroristes capturés.

J'ai tâté subrepticement mon nouveau portable dans ma poche. Devais-je alerter Rycart sur ce qui se passait ? J'ai décidé que non. Je ne voulais pas appeler devant témoins. Je me serais senti trop mal à l'aise : ma culpabilité aurait été trop manifeste. La trahison exigeait un minimum d'intimité. J'ai laissé faire les événements.

Nous avons franchi le pont de la 59e Rue tels des dieux, Alice et Lucy gloussant d'excitation, et lorsque, quelques minutes plus tard, nous sommes arrivés à l'aéroport La Guardia, nous avons délaissé l'aérogare pour franchir une grille métallique et gagner directement la piste où un gros jet privé faisait le plein de kérosène. C'était un avion du groupe Hallington, bleu foncé avec le logo de la société peint sur la dérive : la Terre, ceinte d'un anneau qui rappelait la bague de sûreté de Colgate. La limousine de Lang s'est immobilisée brusquement, et il a été le premier à en sortir. Il a plongé sous le portique de sécurité mobile puis a gravi les marches de l'escalier volant pour s'engouffrer dans le Gulfstream sans un regard en arrière. Un garde du corps lui emboîtait le pas.

En m'extirpant péniblement de la voiture, j'ai découvert que l'angoisse me donnait des crampes. Il m'a fallu faire un effort, simplement pour marcher jusqu'à l'escalier où se tenait Amelia. L'air nocturne vibrait au son des avions qui s'apprêtaient à atterrir. J'en ai vu cinq ou six superposés au-dessus de l'eau, formant comme des degrés de lumière dans l'obscurité.

– Ça, c'est ce que j'appelle voyager, ai-je commenté en m'efforçant de prendre une voix désinvolte. C'est toujours comme ça ?

– Ils veulent lui prouver qu'ils l'aiment, a répliqué Amelia. Et ça l'aide certainement de pouvoir montrer à tous comment eux, ils traitent leurs amis. *Pour encourager les autres**.

Des agents de sécurité munis de baguettes métalliques inspectaient tous les bagages. J'ai ajouté ma valise à la pile.

---

* En français dans le texte (*N.d.T.*).

– Il dit qu'il doit retourner auprès de Ruth, a-t-elle poursuivi en levant les yeux vers l'appareil.

Les hublots étaient plus gros que sur un avion normal, et le profil de Lang était clairement visible vers la queue.

– Il faut qu'il discute de quelque chose avec elle.

Elle semblait perplexe. On aurait pu croire qu'elle se parlait à elle-même, comme si je n'étais pas là. Je me suis demandé s'ils s'étaient disputés pendant le trajet vers l'aéroport.

L'un des agents de la sécurité m'a demandé d'ouvrir ma valise. J'ai tiré la fermeture à glissière et lui ai présenté le contenu. Il a soulevé le manuscrit pour fouiller en dessous. Amelia était tellement préoccupée qu'elle n'a rien remarqué.

– C'est curieux, a-t-elle dit, parce que tout s'est si bien passé à Washington.

Elle a jeté un regard vide sur les lumières de la piste.

– Votre sacoche, a indiqué l'agent de sécurité.

Je la lui ai remise. Il en a sorti l'enveloppe de photos et, pendant un instant, j'ai cru qu'il allait l'ouvrir, mais il s'est intéressé davantage à mon ordinateur portable. J'éprouvais le besoin de continuer de parler. J'ai suggéré :

– Il a peut-être eu des nouvelles de La Haye.

– Non, ça n'a rien à voir avec ça. Il me l'aurait dit.

– C'est bon, vous pouvez embarquer, a annoncé l'agent.

– N'allez pas le voir tout de suite, m'a-t-elle conseillé alors que nous passions sous le portique électronique. Pas tant qu'il est de cette humeur-là. Je viendrai vous chercher quand il aura envie de parler.

J'ai monté l'escalier.

Lang s'était installé sur le tout dernier siège, le plus proche de la queue de l'appareil, et, le menton dans la main, il regardait par le hublot. (J'ai découvert plus tard que les agents chargés de sa sécurité préféraient qu'il s'asseye tout au fond : de cette façon, personne ne pouvait le surprendre par-derrière.) La cabine était prévue pour une dizaine de passagers. Deux sur chacune des banquettes qui longeaient le fuselage, et les autres sur six grands fauteuils rangés face à face, deux par deux, avec une table escamotable au milieu. On se serait cru dans une extension du hall du Waldorf : équipements dorés, noyer poli et cuir rembourré de couleur crème. Lang avait donc pris le dernier fauteuil. L'agent des Services spéciaux était assis sur la banquette la plus proche de lui. Un steward en veste blanche se tenait penché au-dessus de l'ancien Premier ministre. Je ne voyais pas ce qu'il lui servait à boire, mais je l'entendais. Votre son préféré est peut-être le chant d'un couple de rossignols par une soirée d'été, ou un carillon de cloches d'église villageoise. Le mien est le tintement des glaçons contre le cristal taillé. Là, je suis un connaisseur. Et j'ai eu la certitude que Lang avait délaissé le thé en faveur d'un whisky bien tassé.

Le steward a surpris mon regard et est venu vers moi.

– Puis-je vous servir quelque chose, monsieur ?

– Oui, merci. Je prendrai la même chose que M. Lang.

J'avais tort. C'était du cognac.

Lorsque la porte de l'appareil s'est refermée, nous étions douze à bord : trois membres d'équipage (le pilote, le copilote et le steward), et neuf passagers – deux secrétaires, quatre gardes du corps, Amelia, Adam Lang et moi. Je m'étais assis dos au cockpit afin de pouvoir surveiller mon client. Amelia était installée juste en face de lui, et, tandis que les réacteurs commençaient à mugir, j'ai eu toutes les peines du monde à me retenir de me jeter sur la porte pour la rouvrir à toute volée. Ce vol ne me disait rien qui vaille depuis le début. Le Gulfstream a frémi légèrement et, peu à peu, l'aérogare a paru s'éloigner. Je voyais Amelia faire de grands gestes de la main, comme si elle expliquait quelque chose, mais Lang gardait les yeux rivés sur le terrain d'aviation.

Quelqu'un m'a touché le bras.

– Vous savez combien coûtent ces petites choses ?

C'était le policier qui se trouvait dans la même voiture que moi pour venir du Waldorf. Il occupait le fauteuil de l'autre côté de l'allée.

– Non, je ne sais pas.

– Devinez.

– Je n'en ai sincèrement pas la moindre idée.

– Allez, essayez.

J'ai haussé les épaules.

– Dix millions de dollars ?

– *Quarante* millions de dollars, a-t-il corrigé, triomphant, comme si le fait d'en connaître le prix le faisait participer d'une certaine façon à la propriété de l'appareil. Et Hollington en a *cinq*.

– On se demande à quoi tous ces avions peuvent bien leur servir.

– Ils les louent quand ils n'en ont pas besoin.

– Ah oui, c'est vrai, ai-je opiné. Je l'ai entendu dire.

Le vacarme des moteurs s'est amplifié et nous nous sommes lancés à l'assaut de la piste. J'ai imaginé les terroristes présumés, cagoulés et menottés, attachés à leur luxueux fauteuil de cuir alors qu'ils décollaient d'une vague piste militaire en terre rouge près de la frontière afghane pour être conduits dans les forêts de sapins de Pologne orientale. L'avion a paru bondir dans les airs, et j'ai vu par-dessus le bord de mon verre les lumières de Manhattan se répandre au point de remplir le hublot, puis glisser et basculer avant de s'éteindre tout à fait lorsque nous avons pénétré la couche basse des nuages. J'ai eu l'impression que nous montions à l'aveugle pendant très longtemps à l'intérieur de notre petit tube de métal vulnérable, mais soudain, le voile de gaze est tombé et nous avons émergé dans une nuit lumineuse. Les nuages semblaient aussi massifs et solides que les Alpes, et la lune surgissait de temps à autre de derrière les cimes, éclairant alors vallées, ravins et glaciers.

Peu de temps après que l'avion eut stabilisé sa trajectoire, Amelia s'est levée et a remonté l'allée jusqu'à moi. Ses hanches ondulaient, involontairement provocantes, avec le mouvement de l'appareil.

– Bon, il est prêt à parler un peu, a-t-elle annoncé. Mais allez-y doucement avec lui, d'accord ? Il vient d'avoir deux jours épouvantables.

« Comme moi », ai-je pensé.

– Je ferai attention, ai-je assuré.

J'ai repêché ma sacoche à côté de mon fauteuil et me suis faufilé devant Amelia. Elle m'a saisi le bras au passage.

– Vous n'avez pas beaucoup de temps, a-t-elle averti. Ce vol n'est qu'un saut de puce. Nous allons aborder la descente d'un instant à l'autre.

*

Ce n'était effectivement qu'un saut de puce, comme j'ai pu le vérifier par la suite. Deux cent cinquante kilomètres à peine séparent New York de Martha's Vineyard, et la vitesse de croisière d'un Gulfstream G-450 est de deux cent quarante kilomètres/heure. La conjonction de ces deux faits explique pourquoi l'enregistrement de ma conversation avec Lang ne dure guère que onze minutes. Nous perdions même sans doute déjà de l'altitude quand je me suis approché de lui.

Il avait les yeux fermés, le verre toujours serré dans sa main étendue devant lui. Il avait retiré veste et cravate et s'était déchaussé, et il gisait, étalé dans son fauteuil telle une étoile de mer, comme si on l'avait poussé là. J'ai cru tout d'abord qu'il s'était endormi, mais j'ai alors pris conscience qu'il avait les yeux seulement mi-clos et m'étudiait attentivement. Il a esquissé un geste vague de son verre pour m'indiquer de m'asseoir en face de lui.

– Salut, vieux, a-t-il dit. Asseyez-vous.

Il a ouvert grands les yeux, bâillé et porté le dos de sa main à sa bouche.

– Pardon, a-t-il ajouté.

– Bonjour, Adam.

Je me suis assis, prenant ma sacoche sur mes genoux. J'y ai cherché mon calepin, mon enregistreur miniature et un minidisque de rechange. N'était-ce pas ce que voulait Rycart ? Un enregistrement ? La nervosité me rendait maladroit, et si Lang avait ne fût-ce que levé un sourcil, j'aurais rangé l'enregistreur aussitôt. Mais il n'a même pas paru le remarquer. Il avait dû subir ce rituel si souvent à la fin de ses voyages officiels – le journaliste amené en sa présence pour quelques minutes d'interview exclusive ; l'enregistreur qu'on vérifie fébrilement pour s'assurer qu'il fonctionne ; l'illusion de simplicité engendrée par le verre premier-ministériel relaxant. Sur l'enregistrement, on perçoit l'épuisement dans sa voix.

– Alors, a-t-il commencé, ça avance ?

– Ça avance, ai-je répondu. Ça avance, indubitablement.

Quand je réécoute le disque, l'anxiété a poussé ma voix vers un registre tellement haut perché qu'on pourrait croire que j'ai aspiré de l'hélium.

– Vous avez trouvé des trucs intéressants ?

Il avait une lueur particulière dans le regard. Du mépris ? De l'amusement ? J'ai eu l'impression qu'il jouait avec moi.

– Plus ou moins. Comment ça s'est passé à Washington ?

– En fait, c'était formidable à Washington.

Il y a eu un bruissement lorsqu'il s'est redressé légèrement sur son siège, se préparant à donner une dernière représentation avant la fermeture du théâtre pour la nuit.

– J'ai obtenu partout un soutien extraordinaire... au Capitole, bien sûr, comme vous l'avez probablement vu, mais aussi auprès du vice-Président et du secrétaire d'Etat. Ils feront tout ce qu'ils peuvent pour m'aider.

– Cela signifie-t-il que vous allez pouvoir vous installer en Amérique ?

– Certainement, oui. En envisageant le pire scénario, ils m'offriront au moins l'asile. Peut-être même un genre de poste, à partir du moment où cela n'implique pas de grands voyages. Mais cela n'ira pas aussi loin. Ils vont me fournir quelque chose de beaucoup plus précieux.

– Vraiment ?

Lang a hoché la tête pour annoncer :

– Une preuve.

– Parfait.

Je n'avais pas la moindre idée de ce dont il parlait.

– Ce truc fonctionne ? a-t-il demandé.

Il y a un fracas assourdissant au moment où je prends l'appareil.

– Oui, je crois. Ça ne vous ennuie pas ?

Je le repose avec un bruit sourd.

– Au contraire, a dit Lang. Je veux m'assurer que vous preniez bien tout parce que je suis certain que nous pourrons nous en servir. C'est important. Nous devrions garder ça comme une exclusivité pour les mémoires. Ça donnera un sacré coup de pouce pour le contrat d'adaptation. Washington s'apprête à me fournir une déclaration sous serment selon laquelle aucun ressortissant du Royaume-Uni n'a été impliqué directement dans la capture de ces quatre hommes au Pakistan, a-t-il ajouté en se penchant en avant pour souligner son propos.

– Vraiment ?

Vraiment ? Vraiment ? Je ne cesse de répéter ça comme un perroquet, et je tressaille chaque fois que j'entends cette obséquiosité dans ma voix. Le courtisan flagorneur. Le nègre effacé.

– Mais oui ! C'est le directeur de la CIA en personne qui fournira une déposition à La Haye pour certifier qu'il s'agissait d'une opération clandestine cent pour cent américaine, et, si cela ne suffit pas, il est prêt à laisser les agents qui ont effectivement conduit l'opération témoigner à huis clos.

Lang s'est carré dans son fauteuil et a bu un trait de cognac.

– Voilà qui devrait faire réfléchir Rycart. Comment va-t-il pouvoir maintenir une accusation pour crime de guerre, à présent ?

– Mais votre ordre de mission au ministère de la Défense…

– Il est authentique, a-t-il concédé avec un haussement d'épaules. C'est vrai, je ne peux pas nier que j'ai recommandé l'usage de la force aérienne d'intervention. Et il est tout aussi véridique que le gouvernement britannique ne peut nier que nos forces spéciales se trouvaient à Peshawar à l'époque de l'opération Tempête. Et nous ne pouvons pas nier non plus que ce sont nos services de renseignement qui ont pisté ces hommes jusqu'à l'endroit où ils ont été arrêtés. Mais il n'y a aucune preuve que nous ayons transmis cette information à la CIA.

Lang m'a souri. J'ai demandé :

– Mais nous l'avons fait ?

– Il n'y a aucune preuve que nous ayons transmis cette information à la CIA…

– Mais si nous l'avons fait, ce serait certainement considéré comme de l'aide et de la complicité…

– Mais il n'y a aucune preuve que nous ayons transmis cette information à la CIA.

Il faisait durer encore son sourire, quoique agrémenté à présent d'un imperceptible pli de concentration sur le front, comme un ténor qui ferait durer une note à la fin d'une aria difficile.

– Comment l'a-t-elle obtenue, alors ?

– C'est une question délicate. Pas par un canal officiel,

c'est certain. Et tout aussi certain que ce n'est pas passé par moi.

Il y a eu un long silence. Le sourire s'est évanoui.

– Eh bien, a fini par demander Lang, qu'est-ce que vous en pensez ?

– Ça paraît un peu... (j'ai essayé de trouver une façon assez diplomatique de le dire)... technique.

– Ce qui signifie ?

Ma réponse sur la bande est tellement fuyante, tellement dégoulinante de circonlocutions nerveuses, qu'il y a de quoi éclater de rire.

– Eh bien, vous savez, vous admettez vous-même que vous vouliez que les forces d'intervention les arrêtent – sans aucun doute pour, vous savez, des raisons compréhensibles –, et même si elles n'ont pas accompli effectivement le travail elles-mêmes, le ministère de la Défense, si j'ai bien compris, n'a pas vraiment pu nier leur participation, sans doute parce que nos forces ont réellement été impliquées, même si – même si – elles n'étaient que garées au coin de la rue. Et, apparemment, les services de renseignements – vous savez – britanniques ont bien indiqué à la CIA où les trouver et les arrêter. Et ensuite, quand on les a torturés, vous n'avez pas condamné la méthode.

La dernière phrase a été prononcée très vite. Lang a répliqué froidement :

– Sid Kroll est très satisfait de l'engagement que lui a donné la CIA. Il pense que la procureur devra peut-être même renoncer à toute l'affaire.

– Eh bien, si Sid le dit...

– Mais *merde*, s'est soudain exclamé Lang.

Et il a frappé le bord de la table. Sur l'enregistrement, on dirait une explosion. Le type des Services spéciaux qui somnolait sur la banquette a levé brusquement les yeux.

– Je ne regrette pas ce qui est arrivé à ces quatre types. Si on avait compté sur les Pakistanais, on n'aurait jamais pu mettre la main sur eux. Il fallait les arrêter pendant qu'on en avait l'occasion, et si nous les avions laissés filer, ils seraient passés dans la clandestinité, et la prochaine fois qu'on en aurait entendu parler, ç'aurait été quand ils se seraient mis à tuer nos concitoyens.

– Vous ne regrettez vraiment pas ?

– Non.

– Pas même pour celui qui est mort pendant son interrogatoire.

– Oh, lui, a fait Lang avec dédain. Il avait un problème cardiaque – un problème cardiaque non diagnostiqué. Il aurait pu mourir à tout moment. Il aurait même pu mourir un matin en se levant de son lit.

Je n'ai rien dit. J'ai feint de prendre des notes.

– Ecoutez, a dit Lang, je ne soutiens pas la torture, mais permettez-moi de vous préciser quelque chose. Primo, cela donne effectivement des résultats – j'ai vu les rapports. Secundo, avoir le pouvoir, au bout du compte, c'est s'efforcer d'opter pour le moindre mal, et, quand on y réfléchit, qu'est-ce que quelques minutes de souffrance pour une poignée d'individus par rapport à la mort – je dis bien *la mort* – de milliers de personnes ? Tertio, n'essayez pas de me faire croire que c'est quelque chose de propre à la guerre contre le terrorisme. La torture a toujours fait partie intégrante de la guerre tout court. La seule différence, c'est que dans le passé, il n'y avait pas ces putains de médias pour aller le crier sur les toits.

– Les hommes arrêtés au Pakistan clament qu'ils sont innocents, ai-je avancé.

– Bien sûr qu'ils clament leur innocence ! Qu'est-ce que vous voulez qu'ils disent d'autre ?

Lang m'a examiné attentivement, comme s'il me voyait vraiment pour la première fois.

– Je commence à croire que vous êtes trop naïf pour ce travail.

Je n'ai pas pu résister. J'ai répliqué :

– Contrairement à Mike McAra ?

– Mike ! s'est esclaffé Lang en secouant la tête. Mike avait un autre genre de naïveté.

L'appareil entamait une descente plus rapide à présent. La lune et les étoiles avaient disparu. Nous dévalions les nuages. Je sentais les changements de pression dans mes oreilles et j'ai dû me pincer le nez en déglutissant brusquement pour y remédier.

Amelia a parcouru l'allée centrale.

– Tout va bien ? a-t-elle demandé.

Elle semblait soucieuse. Elle avait dû entendre l'accès de colère de Lang. Tout le monde avait dû l'entendre.

– Nous travaillons juste un peu sur mes mémoires, a répondu Lang. Je lui racontais ce qui s'est passé pour l'opération Tempête.

– Vous enregistrez ? a insisté Amelia.

– Si ça ne pose pas de problème, ai-je répliqué.

– Vous devriez faire attention, a-t-elle dit en se tournant vers Lang. Rappelez-vous ce qu'a dit Sid Kroll.

– Les enregistrements restent votre propriété, ai-je précisé. Pas la mienne.

– Ils peuvent quand même être cités à titre de preuves.

– Cessez de me traiter comme si j'étais un enfant, a coupé sèchement Lang. Je sais ce que je veux dire. Réglons ça une fois pour toutes.

Amelia s'est laissée aller à écarquiller un peu les yeux, puis s'est retirée.

– Ah, les femmes ! a marmonné Lang.

Il a pris une nouvelle gorgée de cognac. La glace avait fondu, mais le breuvage conservait une couleur foncée. Il avait dû être vraiment bien tassé, et il m'est venu à l'esprit que notre ancien Premier ministre était légèrement ivre. J'ai senti que c'était le moment à saisir.

– Dans quel sens pourrait-on dire que Mike était naïf ? ai-je demandé.

– Peu importe, a bredouillé Lang.

Il étreignait son verre, le menton sur la poitrine, la mine sombre. Puis il s'est soudain redressé.

– Enfin, prenez par exemple toutes ces conneries de libertés civiles. Vous savez ce que je ferais si j'étais à nouveau au pouvoir ? Je dirais, bon, d'accord, on établit deux queues dans les aéroports. A gauche, on aura les files pour lesquelles on n'aura pratiqué aucun contrôle préalable des passagers, établi aucun profil psychologique, aucune donnée biométrique, rien qui puisse empiéter sur les sacro-saintes libertés civiles de quiconque, ni utilisé aucune information obtenue sous la torture. Et à droite, on aura les files vers tous les vols pour lesquels on aura fait tout ce qui est possible pour assurer la sécurité des passagers. Les gens pourront alors choisir sur quel avion ils veulent voyager. Ce serait génial, non ? De s'asseoir pour regarder dans quelle file les Rycart de ce monde choisiraient *réellement* de mettre leurs enfants, dans les moments cruciaux ?

– Et Mike était comme ça ?

– Pas au début. Mais Mike, malheureusement, a découvert l'idéalisme sur le tard. Je lui ai dit – d'ailleurs, cela a été notre dernière conversation –, je lui ai dit que si notre Seigneur Jésus-Christ avait été incapable de résoudre les problèmes du monde quand Il était descendu sur la terre pour vivre parmi nous – et il était le fils de Dieu ! –, n'était-il pas un peu déraisonnable de sa part d'attendre que je règle tout en dix ans ?

– Est-il vrai que vous ayez eu une grave dispute avec lui ? Juste avant sa mort ?

– Mike a proféré des accusations absurdes. Je pouvais difficilement faire comme s'il n'avait rien dit.

– Puis-je vous demander quelle sorte d'accusations ?

J'imaginais déjà Rycart et la procureur de la Cour pénale internationale en train d'écouter ensemble l'enregistrement et se redresser comme un seul homme en entendant cela. J'ai été obligé de déglutir à nouveau. Ma voix sonnait assourdie à mes oreilles, comme si je parlais dans un rêve ou si je m'entendais crier de très loin. Sur l'enregistrement, le silence qui suit est très court, mais sur le moment il m'a paru interminable, et la voix de Lang, lorsqu'il a repris la parole, était affreusement basse.

– Je préfère ne pas les répéter.

– Cela avait-il un rapport avec la CIA ?

– Mais vous le savez sûrement déjà, a commenté Lang avec amertume, puisque vous êtes allé voir Paul Emmett ?

Cette fois, le silence est aussi long sur l'enregistrement que dans mon souvenir.

Ayant largué sa bombe, Lang a regardé par le hublot et bu son cognac. Quelques lumières isolées avaient commencé à apparaître sous l'avion. Je pense qu'il devait s'agir de bateaux. J'ai dévisagé Lang et remarqué que les ans l'avaient enfin rattrapé. Cela se voyait dans l'affaissement des chairs autour de ses yeux, et dans la peau distendue sous sa mâchoire. Mais peut-être n'était-ce pas l'âge. Peut-être était-il simplement épuisé. Je doute qu'il ait beaucoup dormi au cours des semaines précédentes, probablement depuis que Mike McAra avait proféré ses accusations. En tout cas, lorsqu'il s'est tourné de nouveau vers moi, son expression ne reflétait aucune colère, simplement une grande lassitude.

– Je veux que vous compreniez, a-t-il dit avec une insistance particulière, que tout ce que j'ai fait, que ce soit en tant que chef du parti ou comme Premier ministre – absolument tout –, je l'ai fait par conviction, parce que je croyais que c'était juste.

J'ai bredouillé une réponse. J'étais en état de choc.

– Emmett prétend que vous lui avez montré des photos, a-t-il repris. C'est vrai ? Je peux les voir ?

J'avais les mains qui tremblaient un peu en sortant les clichés de l'enveloppe et je les ai poussés vers lui par-dessus la table. Il a fait défiler les quatre premiers très rapidement puis s'est arrêté sur la cinquième photo – celle qui le montrait avec Emmett sur scène – avant de revenir au début pour les regarder de nouveau, s'attardant sur chaque image.

– Où les avez-vous eues ? a-t-il demandé sans lever les yeux des clichés.

– McAra les avait commandées aux archives. Je les ai trouvées dans sa chambre.

Dans les haut-parleurs, le copilote nous a priés d'attacher nos ceintures.

– C'est étrange, a murmuré Lang. C'est étrange comme nous avons tous tellement changé, et cependant comme nous sommes restés exactement les mêmes. Mike ne m'a jamais parlé de ces photos. Oh, ces foutues archives !

Il a plissé les yeux pour étudier de plus près l'une des photos prises au bord de l'eau. J'ai remarqué que c'étaient les filles, plus que lui-même ou Emmett, qui semblaient le fasciner particulièrement.

– Je me souviens d'elle, a-t-il commenté en tapotant la photo. Et d'elle. Elle m'a écrit une fois, quand j'étais Premier ministre. Ruth n'était pas contente. Ô Seigneur, a-t-il dit soudain avant de se passer la main sur le visage. Ruth.

Pendant un instant, j'ai cru qu'il allait s'effondrer, mais lorsqu'il a levé les yeux vers moi, il avait le regard clair.

– Que se passe-t-il, ensuite ? Y a-t-il une procédure, dans votre métier, pour traiter ce genre de situation ?

Des formes lumineuses apparaissaient très clairement par les hublots à présent. J'ai distingué les phares d'une voiture sur une route.

– Le client a toujours le dernier mot concernant ce qui doit entrer dans le livre, ai-je expliqué. Toujours. Mais, de toute évidence, dans le cas présent, étant donné les événements...

Sur l'enregistrement, ma voix se perd, puis il y a un bruit sourd tandis que Lang se penche et me saisit le bras.

– Si vous faites allusion à ce qui est arrivé à Mike, laissez-moi vous dire que j'en ai été absolument consterné.

Il me regardait sans ciller. En fait, il consacrait tout ce qui lui restait d'énergie à essayer de me convaincre, et j'avoue volontiers que malgré tout ce que j'avais découvert, il y est parvenu : aujourd'hui encore, je suis certain qu'il disait la vérité.

– Si vous ne voulez croire à rien d'autre, je vous demande de croire que sa mort n'a rien à voir avec moi, et que je garderai jusqu'à mon dernier jour l'image de Mike dans cette morgue. Je suis certain que c'était un accident. Mais d'accord, admettons, histoire de discuter, que ce n'en était pas un.

Il a resserré son étreinte sur mon bras.

– A quoi pensait-il donc lorsqu'il est allé à Boston pour confondre Emmett ? Il était dans la politique depuis assez longtemps pour savoir qu'on ne fait pas ce genre de chose – pas quand les enjeux sont aussi élevés. Vous savez, d'une certaine façon, c'est lui qui s'est tué. C'était un acte suicidaire.

– C'est bien ce qui m'inquiète, ai-je répliqué.

– Vous ne pensez pas sérieusement qu'il pourrait vous arriver la même chose ? a dit Lang.

– Ça m'a traversé l'esprit.

– Vous n'avez aucune crainte à avoir. Je peux vous le garantir.

J'imagine que mon scepticisme se voyait comme le nez au milieu de la figure.

– Oh, allez, vieux ! m'a-t-il pressé, ses doigts se serrant à nouveau sur ma chair. Il y a quatre policiers qui voyagent avec nous dans cet avion en ce moment même ! Pour qui nous prenez-vous ?

– Eh bien, justement, ai-je rétorqué. Quel genre de personne êtes-vous vraiment ?

Nous volions bas au-dessus des arbres. Les feux du

Gulfstream balayaient de sombres vagues de feuillages. J'ai essayé de dégager mon bras.

– Pardon, ai-je insisté.

Lang m'a lâché à contrecœur et j'ai attaché ma ceinture. Il en a fait autant. Ensuite, il a regardé l'aérogare par le hublot puis s'est retourné vers moi, consterné, alors que nous plongions gracieusement vers la piste.

– Seigneur, vous en avez déjà parlé à quelqu'un, n'est-ce pas ?

Je me suis senti devenir écarlate.

– Non, ai-je protesté.

– Si.

– Non.

Sur l'enregistrement, ma voix est aussi faible que celle d'un enfant pris la main dans le sac.

Il s'est incliné à nouveau vers moi.

– A qui en avez-vous parlé ?

En contemplant la forêt sombre qui s'étendait au-delà de l'aéroport, là où n'importe quoi pouvait être tapi, j'ai eu le sentiment que c'était ma seule assurance-vie.

– Richard Rycart, ai-je lâché.

Cela a dû être un coup terrible pour lui. Il ne pouvait manquer de comprendre que c'était la fin de tout. Je le vois encore, immobile, semblable à ces immeubles autrefois chic mais désormais condamnés, quelques instants après que les charges de démolition ont explosé : pendant quelques secondes, la façade demeure curieusement intacte avant de commencer à s'effondrer lentement. Lang était ainsi. Il m'a adressé un long regard vide, puis s'est laissé retomber dans son fauteuil.

L'avion s'est immobilisé devant l'aérogare. Les moteurs se sont tus.

*

A cet instant, enfin, j'ai fait quelque chose d'intelligent.

Tandis que Lang restait prostré, à contempler sa ruine, et qu'Amelia se précipitait pour découvrir ce que j'avais pu dire, j'ai eu la présence d'esprit d'éjecter le disque du mini-enregistreur et de le glisser dans ma poche. A sa place, j'ai inséré le disque vierge. Lang était trop sonné pour faire attention, et Amelia trop préoccupée par lui pour remarquer quoi que ce soit d'autre.

– Bon, a-t-elle décrété d'un ton ferme. C'est assez pour ce soir.

Elle a pris le verre vide de sa main placide et l'a remis au steward.

– Il faut que nous vous ramenions chez vous, Adam. Ruth attend à la grille.

Elle s'est penchée pour détacher la ceinture de l'ex-Premier ministre, puis a saisi la veste de son costume sur le dossier du fauteuil. Elle la lui a présentée de façon qu'il puisse se glisser dedans et l'a agitée légèrement, à la façon d'un torero avec une cape, mais sa voix avait une inflexion très tendre quand elle a appelé :

– Adam ?

Il s'est levé, comme en transe, pour lui obéir, son regard vide tourné vers le cockpit tandis qu'elle guidait ses bras dans les manches. Elle m'a jeté un regard meurtrier par-dessus l'épaule de Lang, et a articulé, furieusement et très distinctement, avec sa diction impeccable coutumière :

– Qu'est-ce que vous foutez ?

C'était une bonne question. Qu'est-ce que je foutais ? A l'avant de l'appareil, la porte s'est ouverte et trois des agents des Services spéciaux sont descendus. Un courant d'air froid a parcouru la cabine. Lang s'est dirigé vers la sortie, précédé de son quatrième garde du corps, Amelia juste derrière lui. J'ai rapidement fourré mon enregistreur et les photos dans ma sacoche et je les ai suivis. Le pilote était sorti du cockpit pour le saluer, et j'ai vu Lang redresser manifestement les épaules avant de s'avancer vers lui, main tendue.

– C'était parfait, a dit Lang d'un ton vague, comme toujours. C'est ma compagnie aérienne préférée.

Il a serré la main du pilote puis s'est penché derrière lui pour faire de même avec le copilote et le steward.

– Merci, merci beaucoup.

Ensuite il s'est tourné vers nous, toujours souriant de son sourire professionnel, mais celui-ci s'est effacé rapidement ; Lang paraissait accablé. Le garde du corps avait déjà descendu la moitié de l'escalier. Il ne restait plus qu'Amelia, moi, et les deux secrétaires qui attendions de sortir à sa suite. Je parvenais tout juste à reconnaître la silhouette de Ruth, qui se découpait contre la vitre illuminée de l'aérogare. Elle était trop éloignée pour que je puisse voir son expression.

– Ça ne vous ennuie pas de patienter un petit peu ? a-t-il demandé à Amelia. Et vous aussi ? a-t-il ajouté en se tournant vers moi. Il faut que je parle en privé à ma femme.

– Tout va bien, Adam ? s'est enquise Amelia.

Elle le connaissait depuis trop longtemps, et je suppose qu'elle l'aimait trop pour ne pas savoir que quelque chose n'allait pas du tout.

– Ça va aller, a assuré Lang.

Il lui a effleuré le coude, puis nous a adressé à tous, y compris moi et les membres d'équipage, un petit salut de la tête.

– Mesdames, messieurs, merci et bonsoir.

Il a franchi la porte et s'est arrêté en haut des marches pour regarder autour de lui tout en lissant ses cheveux. Amelia et moi le regardions depuis l'intérieur de l'avion. Il était exactement tel que je l'avais vu la première fois – cherchant encore, par habitude, un public avec lequel communiquer, bien que l'esplanade illuminée et venteuse devant l'aérogare fût déserte, à l'exception des gardes du corps qui attendaient en bas et d'un technicien au sol en bleu, qui travaillait tard et devait être pressé de rentrer chez lui.

Lang a dû lui aussi repérer Ruth à la vitre, car il a soudain levé la main en guise de salut, puis a descendu l'escalier avec grâce, pareil à un danseur. Il a mis le pied sur la piste et a parcouru une dizaine de mètres vers l'aérogare quand le technicien a appelé « Adam » en agitant le bras. La voix était anglaise, et Lang a dû reconnaître l'accent d'un compatriote, parce qu'il s'est tout à coup écarté de ses gardes du corps pour marcher vers l'homme, main tendue. Et c'est ma dernière image de Lang : celle d'un homme qui gardera éternellement la main tendue. C'est imprimé sur ma rétine – son ombre chaleureuse plaquée contre la boule de feu d'un blanc incandescent qui l'a totalement englouti ; puis il n'y a plus eu que les débris qui volaient partout, les gravillons acérés, le verre, la chaleur intense et le silence sous-marin de l'explosion.

SEIZE

« Si vous risquez d'être le moins du monde déçu de ne pas voir votre nom figurer sur le livre ou de ne pas être invité au cocktail donné pour sa sortie, vous serez un nègre très malheureux. »

Je n'ai rien vu d'autre que ce premier éclair de lumière éblouissante : j'avais trop de bouts de verre et de sang dans les yeux. La puissance de l'explosion nous a tous projetés en arrière. Amelia, je l'ai appris plus tard, s'est cogné la tête contre le bord d'un siège et a sombré dans l'inconscience tandis que je gisais dans l'allée, plongé dans l'obscurité et le silence durant ce qui aurait pu être des minutes ou des heures. Je n'ai ressenti aucune douleur, sauf lorsque l'une des deux secrétaires terrifiées m'a enfoncé son haut talon dans la main en cherchant désespérément à sortir de l'avion. Mais je ne pouvais rien voir, et j'ai dû attendre plusieurs heures avant d'entendre convenablement. Aujourd'hui encore, j'ai parfois des bourdonnements dans les oreilles. Cela me coupe du reste du monde, comme des interférences radio. On a fini par m'emporter et m'administrer une merveilleuse piqûre de morphine qui m'a explosé dans le crâne tel un feu d'artifice réconfortant. J'ai ensuite été évacué par hélicoptère avec tous les autres rescapés vers un hôpital près de Boston – un établissement très proche en fait de l'endroit où habitait Emmett.

Vous est-il déjà arrivé, enfant, de faire quelque chose qui vous a paru vraiment terrible sur le moment et pour quoi vous étiez sûr de recevoir une punition ? Je me souviens d'avoir brisé l'un des vieux 33 tours si précieux de mon père, et de l'avoir remis dans sa pochette sans rien dire. J'en ai eu des sueurs froides pendant des jours, convaincu que le châtiment allait me tomber dessus à tout moment. Mais personne n'en a jamais parlé. Et lorsque j'ai enfin osé jeter un nouveau coup d'œil dessus, le disque avait disparu. Mon père avait dû trouver les morceaux et les avait mis à la poubelle.

J'ai éprouvé un sentiment similaire après l'assassinat d'Adam Lang. Pendant les un ou deux jours qui ont suivi, alors que je me trouvais couché dans ma chambre d'hôpital, le visage bandé, un policier montant la garde à l'extérieur, dans le couloir, je ne cessais de me repasser les événements de la semaine dans ma tête, et je n'avais qu'une certitude : je ne quitterais pas cet hôpital vivant. Quand vous y réfléchissez, il n'y a pas d'endroit plus commode qu'un hôpital pour se débarrasser de quelqu'un : j'imagine que c'est presque de la routine. Et qui ferait un meilleur assassin qu'un médecin ?

Mais au bout du compte, ç'a été comme pour le disque de mon père. Il ne s'est rien passé du tout. Pendant que j'étais encore aveugle, j'ai été interrogé avec beaucoup de ménagements par un certain agent spécial Murphy, du bureau du FBI de Boston, sur tout ce dont je pouvais me souvenir. Le lendemain après-midi, une fois les pansements de mes yeux retirés, Murphy est revenu. Il évoquait un de ces jeunes prêtres musclés dans un film des années cinquante, et il était cette fois accompagné d'un Anglais ténébreux qui appartenait aux services de sécurité britanniques, le MI5, et dont je n'ai jamais réussi à saisir le nom

– sans doute, j'imagine, parce que je n'étais pas vraiment censé le saisir.

Ils m'ont montré une photographie. Ma vision était encore floue, mais j'ai pu néanmoins identifier le fou que j'avais rencontré au bar de mon hôtel et qui avait monté sa garde solitaire sous une banderole biblique, à l'entrée de l'allée conduisant à la propriété de Rhinehart. Il s'appelait, m'ont-ils dit, George Arthur Boxer. C'était un ancien major de l'armée britannique dont le fils avait été tué en Irak et dont la femme était morte six mois plus tard dans un attentat suicide à Londres. Dans l'état de déséquilibre où ces deuils l'avaient plongé, il avait tenu Adam Lang pour personnellement responsable et l'avait traqué jusqu'à Martha's Vineyard après avoir appris la mort de Mike McAra par les journaux. Il s'y connaissait parfaitement en munitions et était très au courant des méthodes des services de renseignements. Il avait étudié les techniques d'attentat suicide sur des sites se réclamant du djihad islamique. Il avait loué une petite maison à Oak Bluffs, y avait apporté des provisions de peroxyde et d'herbicide, et en avait fait un laboratoire de production d'explosif artisanal. Et il avait été facile pour lui de savoir quand Lang rentrerait de New York en voyant la voiture blindée aller le chercher à l'aéroport. Comment il avait réussi à pénétrer sur le terrain d'aviation, personne ne le savait, mais il faisait sombre, il y avait une clôture longue de plus de six kilomètres, et les experts avaient toujours estimé que quatre agents des Services spéciaux et une voiture blindée auraient dû constituer une protection suffisante.

Il fallait cependant être réaliste, a dit l'homme du MI5. Il y avait des limites à ce que pouvaient accomplir les services de sécurité, surtout lorsqu'il s'agissait d'attentats suicides. Il a cité Sénèque en latin, puis en a donné une traduction judicieuse : « Celui qui méprise sa propre vie se rend maître de la vôtre. » J'ai eu l'impression que tout le monde était assez soulagé de la manière dont avaient tourné les événements : les Anglais parce que Lang avait été tué sur le sol américain ; les Américains parce qu'il avait été tué par un Britannique ; et tous parce qu'il n'y aurait pas de procès pour crimes de guerre, pas de révélations embarrassantes, et pas d'hôte qui s'attarderait au-delà du moment où il était le bienvenu, passant à Georgetown de table en table pendant les vingt années à venir. On pouvait presque dire que c'était la relation privilégiée anglo-américaine en action.

L'agent Murphy m'a interrogé sur le vol depuis New York, et a voulu savoir si Lang avait manifesté la moindre inquiétude concernant sa propre sécurité. J'ai répondu en toute sincérité que ce n'était pas le cas.

– Mme Bly, a ajouté l'homme du MI5, nous dit que vous avez enregistré un entretien avec lui pendant la dernière partie du vol.

– Non, elle se trompe, ai-je assuré. J'avais effectivement posé l'appareil devant moi, mais je ne l'ai pas mis en marche. En tout cas, ce n'était pas une interview à proprement parler. Nous avons bavardé, rien de plus.

– Cela vous ennuie, si je jette un coup d'œil ?

– Je vous en prie.

Ma sacoche se trouvait dans le placard, près de mon lit. L'agent du MI5 y a pris le mini-enregistreur et en a éjecté le disque. Je le regardais faire, la bouche sèche.

– Je peux vous emprunter ceci ?

– Gardez-le, ai-je dit en le regardant fouiller dans le reste de mes affaires. Au fait, comment va Amelia ?

– Elle va bien, a-t-il assuré en glissant le disque dans son attaché-case. Merci.

– Pourrais-je la voir ?

– Elle est rentrée à Londres la nuit dernière.

J'imagine que ma déception devait être manifeste, parce que l'homme du MI5 a ajouté avec un plaisir glacial :

– Ce n'est pas surprenant. Elle n'a pas vu son mari depuis avant Noël.

– Et Ruth ? ai-je demandé.

– Elle rapatrie en ce moment même le corps de M. Lang, a répondu Murphy. Votre gouvernement a envoyé un avion les chercher.

– Il recevra tous les honneurs militaires, a ajouté l'homme du MI5, une statue au palais de Westminster et des funérailles à l'abbaye si elle veut. Il n'a jamais été aussi populaire que depuis qu'il est mort.

– Il aurait dû le faire il y a des années, ai-je répliqué, mais ils n'ont pas souri. Est-il vrai que personne d'autre n'a été tué ?

– Personne, a assuré Murphy. Et c'est un miracle, croyez-moi.

– En fait, a précisé l'homme du MI5, Mme Bly se demande si M. Lang n'a pas reconnu son assassin et ne s'est pas dirigé délibérément vers lui en sachant que quelque chose de ce genre risquait de se produire. Pourriez-vous nous éclairer là-dessus ?

– Ça me paraît très tiré par les cheveux, ai-je assuré. J'ai cru que c'était une citerne de carburant qui avait explosé.

– Ç'a été une sacrée explosion, est convenu Murphy en faisant rentrer la pointe de son stylo avant de le glisser dans sa poche intérieure. Nous avons fini par retrouver la tête du tueur sur le toit de l'aérogare.

*

Deux jours plus tard, j'ai regardé les funérailles de Lang sur CNN. J'avais plus ou moins recouvré la vue et j'ai pu voir que tout était fait dans le meilleur goût : la reine, le Premier ministre, le vice-président américain et la moitié des dirigeants européens ; le cercueil recouvert du drapeau britannique ; la garde d'honneur ; la cornemuse solo interprétant un chant funèbre. J'ai trouvé que le noir seyait parfaitement à Ruth : c'était vraiment sa couleur. J'ai essayé de repérer Amelia, mais je ne l'ai pas vue. Pendant une pause dans le déroulement de la cérémonie, il y a même eu une interview de Richard Rycart. Naturellement, il n'avait pas été invité au service, mais il avait pris la peine de mettre une cravate noire, et il a rendu, depuis son bureau des Nations unies, un hommage très émouvant : un grand confrère... un vrai patriote... nous avions nos désaccords... sommes restés amis... mes pensées vont à Ruth et à sa famille... en ce qui me concerne, le chapitre est clos.

J'ai retrouvé le téléphone portable qu'il m'avait donné, et je l'ai jeté par la fenêtre.

Le lendemain, jour prévu pour ma sortie de l'hôpital, Rick est venu de New York pour me dire au revoir et me conduire à l'aéroport.

– Tu veux d'abord la bonne nouvelle, ou la bonne nouvelle ? a-t-il demandé.

– Je ne suis pas certain que nous ayons la même conception de ce qu'est une bonne nouvelle.

– Sid Kroll vient d'appeler. Ruth Lang veut toujours que ce soit toi qui finisses les mémoires, et Maddox t'accordera un mois supplémentaire pour travailler sur le manuscrit.

– Et la bonne nouvelle, c'est ?

– Oh, très malin. Ecoute, ne prends pas ça de haut. Ça risque de marcher du tonnerre. C'est la voix d'outre-tombe d'Adam Lang. Tu n'es plus obligé de travailler ici : tu pourras finir le boulot à Londres. Au fait, tu as une mine affreuse.

– Sa voix d'outre-tombe ? ai-je répété, incrédule. Alors maintenant, je devrais être l'écrivain de l'ombre d'un type qui est au royaume des ombres ?

– Allons, c'est une situation riche de possibilités. Réfléchis. Tu pourras écrire ce que tu voudras, dans les limites du raisonnable. Personne ne sera là pour t'en empêcher. Et puis tu l'aimais bien, non ?

J'ai réfléchi. En fait, je n'avais fait que ça depuis que je n'étais plus sous l'effet des sédatifs. Pire que la douleur qui me vrillait les yeux et les oreilles ; pire même que ma peur de ne jamais sortir vivant de cet hôpital, j'éprouvais un terrible sentiment de culpabilité. Cela peut paraître curieux, étant donné ce que j'avais appris, mais je n'arrivais pas à trouver en moi le moindre sentiment d'autojustification ni la moindre rancœur contre Lang. C'était moi le fautif. Ce n'était pas seulement que j'avais trahi mon client, tant d'un point de vue personnel que professionnel : c'était la succession d'événements que mes actes avaient déclenchée. Si je n'étais pas allé voir Emmett, Emmett n'aurait pas pris contact avec Lang pour l'avertir au sujet des photos. Lang n'aurait peut-être alors pas été aussi pressé de revenir à Martha's Vineyard le soir même pour voir Ruth. Je n'aurais pas eu à lui parler alors de Rycart. Alors, alors... ? Cela n'avait cessé de me ronger tandis que j'étais allongé dans les ténèbres. Je n'arrivais tout simplement pas à effacer le teint blafard qu'avait pris le visage de Lang dans l'avion, tout à la fin.

« Mme Bly se demande si M. Lang n'a pas reconnu son assassin et ne s'est pas dirigé délibérément vers lui en sachant que quelque chose de ce genre risquait de se produire... »

– Oui, ai-je dit à Rick. Oui, je l'aimais bien.

– Eh bien voilà. Tu lui dois bien ça. Et puis, il y a un autre détail à prendre en considération.

– Qui est ?

– Sid Kroll a prévenu que si tu ne remplissais pas tes obligations contractuelles et ne finissais pas le livre, ils te colleraient un procès au cul.

*

Je suis donc rentré à Londres et, durant les six semaines qui ont suivi, je ne suis guère sorti de mon appartement, sauf une fois, au début, pour aller dîner avec Kate. Nous nous sommes retrouvés dans un restaurant de Notting Hill Gate, soit exactement entre nos deux appartements – en terrain aussi neutre que la Suisse, et à peu près aussi cher. La façon dont Adam Lang était mort semblait avoir étouffé jusqu'à son hostilité, et m'avait, j'imagine, conféré une sorte de prestige en tant que témoin oculaire. J'avais décliné tout un tas de demandes d'interview, de sorte qu'elle était la première, en dehors des agents du FBI et du MI5, à qui je décrivais ce qui s'était passé. J'avais terriblement envie de lui raconter ma dernière conversation avec Lang. Je l'aurais fait. Mais comme souvent avec ce genre de choses, au moment où j'allais me lancer, le serveur est arrivé pour nous parler du dessert et, lorsqu'il s'est retiré, Kate a déclaré qu'elle avait quelque chose à me dire d'abord.

Elle allait se marier.

Je dois avouer que ç'a été un choc. L'autre type ne me plaisait pas. Vous sauriez qui c'est si je vous donnais son nom : beau mec, un visage taillé à coups de serpe, habité, c'est un spécialiste des voyages en coup de vent dans les pires coins du monde, d'où il revient avec des descriptions déchirantes de la souffrance humaine, le plus souvent la sienne.

– Félicitations, ai-je dit.

Nous avons sauté le dessert. Notre histoire, notre relation – notre *truc*, quel qu'il fût – s'est achevée dix minutes plus tard, sur le trottoir, devant le restaurant, avec une bise sur la joue.

– Tu allais me dire quelque chose, a-t-elle rappelé juste avant de monter dans le taxi. Pardon de t'avoir coupé. Mais je ne voulais pas que tu dises quelque chose de trop, tu sais, personnel, sans que tu saches d'abord où j'en étais, et...

– Ça ne fait rien, ai-je assuré.

– Tu es sûr que ça va ? Tu parais... différent.

– Je vais très bien.

– Si tu as besoin de moi, je serai toujours là pour toi.

– Tu seras là ? ai-je dit. Je ne sais pas pour toi, mais moi, pour l'instant, je suis ici. C'est où, là ?

Je lui ai ouvert la portière du taxi. Je n'ai pas pu m'empêcher d'entendre que l'adresse qu'elle donnait au chauffeur n'était pas celle de son appartement.

Après cela, je me suis retiré du monde. Je passais toutes mes heures de veille avec Lang, et, maintenant qu'il était mort, je découvrais que j'avais enfin trouvé sa voix. Chaque matin, j'avais davantage l'impression de m'asseoir devant un oui-ja que devant mon clavier. Quand mes doigts tapaient une phrase qui sonnait mal, je les sentais presque physiquement attirés vers la touche Supprimer. J'étais comme un dialoguiste qui produirait des répliques en ayant à l'esprit une star particulièrement exigeante : je savais qu'il aurait pu dire ceci, mais pas cela ; qu'il aurait pu jouer cette scène-là, mais jamais celle-ci.

La structure générale du livre en est restée aux seize chapitres de McAra, et ma méthode a été de toujours travailler avec le manuscrit original à ma gauche : de le retaper entièrement et, tandis qu'il passait par mes doigts et mon cerveau pour entrer dans mon ordinateur, de le débarrasser de tous les clichés maladroits de mon prédécesseur. Je n'ai pas mentionné Emmett, bien entendu, et j'ai même coupé la citation anodine qui ouvrait le dernier chapitre. L'image d'Adam Lang que je présentais au monde était très conforme au personnage qu'il avait toujours choisi d'interpréter : celle du garçon lambda qui tombe dans la politique presque par hasard et qui accède au pouvoir parce qu'il n'obéit à aucun clan ni aucune idéologie. J'ai raccordé cette version avec la chronologie en suivant la suggestion de Ruth qui voulait que Lang se soit tourné vers la politique pour sortir de la dépression où il avait sombré en arrivant à Londres. Je n'ai pas eu trop besoin de faire vibrer la corde sensible. Lang était mort, tout de même, et le fait que le lecteur connaisse déjà la fin de l'histoire imprégnait toute l'autobiographie – j'estimais que cela devrait suffire à contenter les plus morbides. Il demeurait cependant utile de présenter une page ou deux de lutte héroïque contre ses démons intérieurs, etc.

> *Je trouvai dans l'exercice en apparence fastidieux de la politique un réconfort à mes souffrances. J'y trouvai de l'activité, de la compagnie, une façon d'assouvir ma passion pour les nouvelles rencontres. J'y trouvai une cause plus importante que moi-même. Et surtout, j'y trouvai Ruth...*

Dans ma version de l'histoire, l'engagement politique de Lang ne s'est réellement exprimé que quand Ruth est venue frapper à sa porte, deux ans plus tard. Cela paraissait plausible. Et qui sait ? C'était peut-être même vrai.

Je me suis mis à rédiger les mémoires d'Adam Lang le 10 février, et j'ai promis à Maddox que tout serait terminé, les cinq cent cinquante feuillets, pour la fin mars, ce qui impliquait que je devais produire plus de onze feuillets par jour. J'avais fixé un tableau sur le mur, et je pointais chaque matin. J'étais comme le capitaine Scott revenant du pôle Sud : il fallait que je parcoure ces distances quotidiennes si je ne voulais pas être irrévocablement distancé et périr dans le désert immaculé de toutes ces pages blanches. Cela représentait un gros travail, surtout si l'on considère que je n'ai pu conserver pratiquement aucune ligne de McAra sauf, curieusement, la toute dernière du manuscrit, celle qui m'avait fait hurler silencieusement en la lisant à Martha's Vineyard : « Ruth et moi regardons ensemble vers l'avenir, quoi qu'il nous réserve. » Lisez donc ça, bande de salauds, me suis-je dit, et refermez ce bouquin sans avoir une boule dans la gorge.

J'ai ajouté « FIN », et puis j'imagine que j'ai fait une sorte de dépression nerveuse.

*

J'ai envoyé un exemplaire du manuscrit à New York, et un autre au bureau de la fondation Adam-Lang à Londres, à l'intention personnelle de Mme Ruth Lang – ou, comme j'aurais dû plus exactement la désigner à présent, de la baronne Lang de Calderthorpe, le gouvernement venant de lui offrir un siège à la Chambre des lords afin de lui manifester tout le respect de la nation.

Je n'avais pas eu de nouvelles de Ruth depuis l'assassinat. Je lui avais écrit pendant que je me trouvais encore hospitalisé : une parmi les cent mille lettres de condoléances qu'elle avait, disait-on, reçues, aussi n'avais-je pas été surpris de n'obtenir en réponse qu'une lettre type imprimée. Mais, une semaine après mon envoi du manuscrit, un message rédigé à la main sur le papier à en-tête en relief rouge de la Chambre des lords m'est parvenu :

> Vous avez comblé tous mes espoirs... et plus encore ! Vous avez su magnifiquement capter sa tonalité et le faire revenir à la vie – avec toute son énergie, sa compassion et son humour merveilleux. SVP, venez me voir ici, à la Chambre, dès que vous aurez un moment libre. Ce serait formidable de savoir ce que vous devenez. Martha's Vineyard semble si loin dans le temps et dans l'espace ! Merci encore pour votre talent. Et c'est un livre à part entière !
> Avec toute mon affection,
> R.

Maddox s'est montré tout aussi enthousiaste, mais sans l'affection. Le premier tirage devait être de quatre cent mille exemplaires, et la date de sortie était prévue pour la fin mai.

Voilà. Le travail était terminé.

Il ne m'a pas fallu très longtemps pour m'apercevoir que je n'étais pas en très bon état. J'imagine que l'énergie, la compassion et l'humour merveilleux de Lang m'avaient permis de tenir, mais une fois qu'il est sorti de moi, je me suis effondré comme un costume vide. Pendant des années, j'avais survécu en occupant une vie après l'autre. Mais Rick avait insisté pour que nous attendions la publication des mémoires de Lang, « le livre qui me ferait découvrir », disait-il, avant de négocier de nouveaux contrats plus avantageux. Le résultat était que, pour la première fois d'aussi loin que je pouvais m'en souvenir, je n'avais pas de travail en cours. Je souffrais d'une terrible combinaison de léthargie et de panique. Je parvenais à peine à rassembler l'énergie nécessaire pour sortir du lit avant midi, et, une fois levé, je restais prostré en robe de chambre sur le canapé, à regarder la télévision. Je ne mangeais pas grand-chose. J'avais cessé d'ouvrir le courrier et de répondre au téléphone. Je ne me rasais plus. Je ne quittais mon appartement pendant un certain temps que les lundis et les jeudis, pour éviter de croiser la femme de ménage. J'avais envie de la mettre à la porte, mais je n'en avais pas le courage, alors j'allais m'asseoir dans un parc s'il faisait beau, ou dans un café miteux à proximité quand ce n'était pas le cas. Et comme on est en Angleterre, ce n'était souvent pas le cas.

Pourtant, paradoxalement, tout en étant englué dans une sorte de stupeur, je me sentais agité en permanence. Rien ne gardait des proportions normales. Je m'angoissais pour des détails ridicules – où j'avais pu mettre une paire de chaussures, par exemple, ou s'il était bien sage de placer tout mon argent dans la même banque. Cette anxiété pathologique me rendait physiquement fébrile, constamment essoufflé, et c'est alors que je me trouvais dans ces dispositions que tard, un soir, environ deux mois après avoir terminé le livre, j'ai fait une découverte qui, dans l'état de nerfs où j'étais, s'est révélée pour moi calamiteuse.

Je me suis retrouvé à court de whisky et je savais que je n'avais pas plus de dix minutes pour courir à la supérette de Ladbroke Grove avant la fermeture. C'était à la fin du mois de mai, il faisait sombre et il pleuvait. J'ai attrapé la première veste qui me tombait sous la main et avais déjà dévalé la moitié de l'escalier quand je me suis aperçu que c'était celle que je portais le soir où Lang avait été tué. Elle était déchirée sur le devant et maculée de taches de sang. Dans une poche se trouvait toujours l'enregistrement de ma dernière conversation avec Adam, et dans l'autre, les clés de la Ford Escape SUV.

La voiture ! Je l'avais complètement oubliée. Elle était toujours garée à l'aéroport Logan. Le parking coûtait dix-huit dollars par jour ! On allait me réclamer des *milliers* de dollars !

Ma panique doit certainement vous paraître – et à moi aussi aujourd'hui – complètement ridicule. Mais j'ai remonté les marches au pas de course, le pouls affolé. Il était dix-huit heures passées à New York, et Rhinehart était déjà fermé. On ne répondait pas non plus à la maison de Martha's Vineyard. En désespoir de cause, j'ai appelé Rick chez lui et, sans préliminaire, lui ai débité tous les détails du problème. Il m'a écouté pendant à peu près trente secondes, puis m'a intimé brutalement de la fermer.

– Il y a des semaines que cette histoire est réglée. Les types du parking ont commencé à trouver ça suspect et ont appelé les flics, qui ont appelé à leur tour le bureau de Rhinehart. Maddox a réglé la facture. Je n'ai pas voulu t'embêter avec ça parce que je savais que tu avais autre chose à faire. Bon, écoute-moi, mon ami. J'ai l'impression que tu as subi un méchant choc traumatique à retardement. Tu as besoin d'aide. Je connais un psy...

J'ai raccroché.

Quand j'ai fini par m'endormir sur le canapé, mon rêve récurrent de McAra est revenu – celui dans lequel il flotte tout habillé dans la mer, à côté de moi, et où il me dit qu'il ne va pas y arriver : *continuez sans moi.* Mais cette fois, au lieu de me réveiller, le rêve a duré encore un peu. Une vague emportait McAra, avec son gros imperméable et ses bottes à semelles de caoutchouc, jusqu'à ce qu'il ne soit plus qu'une forme sombre et lointaine, le visage enfoui dans l'écume mince, ballotté par le ressac sur le rivage. Je marchais dans l'eau pour le rejoindre et réussissais à mettre mes mains autour de son corps massif, puis, dans un suprême effort, je le faisais rouler sur lui-même, et, soudain, il me regardait, couché, nu sur une paillasse blanche, Adam Lang penché au-dessus de lui.

Le lendemain matin, j'ai quitté mon appartement de bonne heure et suis allé prendre le métro en bas de la côte. Il m'est venu à l'esprit qu'il n'en faudrait vraiment pas beaucoup pour me tuer. Un bond rapide juste devant le train qui approchait, et puis l'oubli. Bien mieux que la noyade. Cela n'a été qu'une impulsion des plus fugitives, ne serait-ce que parce que je ne pouvais supporter l'idée que quelqu'un devrait nettoyer après. (« On a fini par retrouver sa tête sur le toit de l'aérogare... ») Je suis donc monté dans la rame et j'ai parcouru toute la ligne jusqu'à Hammersmith, puis j'ai traversé la rue pour gagner l'autre quai. Je me suis dit que bouger, c'était le meilleur remède contre la dépression. Il ne fallait pas arrêter d'avancer. A Embankment, j'ai changé de nouveau pour Morden, qui m'a toujours fait penser à la fin du monde. Nous avons traversé Balham et je suis descendu deux arrêts plus loin.

Il ne m'a pas fallu longtemps pour trouver la tombe. Je me rappelais que Ruth avait mentionné un enterrement au cimetière de Streatham. J'ai cherché son nom et un gardien m'a indiqué la pelouse. Je suis passé devant des anges de pierre aux ailes de vautour et des chérubins moussus aux boucles de lichen, des sarcophages victoriens grands comme des remises de jardin et des croix enguirlandées de marbre rose. Quant à la contribution de McAra à la nécropole, elle se caractérisait par sa discrétion. Pas d'épitaphe ornementée – pas de « Ne dis point que le combat de rien n'a pu servir* » ni de « C'est bien, bon et fidèle serviteur », pour notre Mike. Juste une plaque de pierre avec son nom et ses dates de naissance et de mort.

C'était une matinée de fin de printemps, alanguie de pollen et de gaz d'échappement. La circulation remontait dans le lointain Garratt Lane en direction du centre de Londres. Je me suis accroupi et j'ai posé mes mains sur l'herbe humide. Comme je l'ai déjà souligné, je ne suis pas du genre superstitieux, mais j'ai senti à cet instant un véritable soulagement m'envahir, comme si j'avais fermé un cercle ou accompli une mission.

C'est alors que j'ai remarqué, posé contre la pierre et à demi dissimulé par les herbes folles, un petit bouquet de fleurs flétries. Il y avait une carte accrochée, rédigée d'une écriture élégante, à peine lisible après les innombrables averses londoniennes : « En souvenir d'un ami sincère et d'un camarade de travail loyal. Cher Mike, repose en paix. Amelia. »

*

Lorsque je suis rentré chez moi, je l'ai appelée sur son portable. Elle n'a pas paru étonnée de m'entendre.

– Bonjour, a-t-elle dit. Je pensais justement à vous.

---

* « Say not the struggle naught availeth », célèbre poème d'Arthur Hugh Clough (1819-1861) (*N.d.T.*).

– En quel honneur ?

– Je suis en train de lire votre livre – le livre d'Adam.

– Et ?

– C'est bien. Non, en fait, c'est mieux que ça. On a l'impression de le retrouver. Il ne manque qu'une seule chose, je crois.

– Et qu'est-ce que c'est ?

– Oh, cela n'a pas d'importance. Je vous le dirai si je vous vois. Peut-être aurons-nous l'occasion de discuter, à la réception de ce soir.

– Quelle réception ?

Elle a ri.

– *Votre* réception, gros malin. Pour la sortie de votre livre. Ne me dites pas que vous n'avez pas été invité.

Je n'avais parlé à personne depuis un certain temps. Il m'a fallu une ou deux secondes pour lui répondre.

– Je ne sais pas si j'ai été invité ou non. A vrai dire, je n'ai pas ouvert mon courrier depuis un moment.

– Vous avez sûrement reçu une invitation.

– Ne croyez pas ça. Les auteurs n'aiment pas trop avoir leur écrivain de l'ombre qui les regarde par-dessus les petits-fours.

– Peut-être, mais l'auteur ne sera pas là, non ? a-t-elle dit d'une voix qu'elle aurait voulue enjouée mais qui sonnait désespérément faux. Avec ou sans invitation, vous devriez y aller. En fait, si réellement vous n'avez pas reçu de carton, vous pouvez entrer avec moi. Sur mon invitation, il est indiqué « Amelia Bly, invitation valable pour deux personnes ».

La perspective de voir du monde a précipité à nouveau les battements de mon cœur.

– Oh, mais vous ne voulez pas emmener quelqu'un d'autre ? Votre mari par exemple ?

– Oh, lui. Ça n'a rien donné, malheureusement. Je ne m'étais pas rendu compte à quel point il s'ennuyait quand il était ma deuxième personne.

– Je suis désolé de l'apprendre.

– Menteur, a-t-elle répliqué. Je vous retrouve à la sortie de Downing Street à sept heures pile. Le cocktail se donne juste de l'autre côté de Whitehall. Je n'attendrai pas plus de cinq minutes, alors, si vous décidez de venir, ne soyez pas en retard.

*

Après avoir parlé à Amelia, j'ai parcouru attentivement plusieurs semaines de courrier accumulé. Il n'y avait aucune invitation au cocktail. Si l'on gardait à l'esprit les circonstances de ma dernière rencontre avec Ruth, ce n'était pas très surprenant. Il y avait, bien entendu, un exemplaire du livre terminé. Il était plutôt beau. La couverture, qui lorgnait vers le marché américain, montrait une photo de Lang, d'une élégance nonchalante, qui s'adressait au Congrès américain au grand complet. Les photographies à l'intérieur ne comprenaient aucune de celles de Cambridge que McAra avait découvertes. Je ne les avais pas transmises au documentaliste. J'ai parcouru les remerciements, que j'avais rédigés avec la voix de Lang.

Ce livre n'existerait pas sans le dévouement, le soutien, la sagesse et l'amitié du regretté Michael McAra, qui a collaboré avec moi pour sa composition de la première à la dernière page. Merci, Mike – merci pour tout.

Mon nom ne figurait nulle part. Au grand regret de Rick, j'avais renoncé à être crédité comme collaborateur. Je ne lui ai pas expliqué pourquoi, à savoir que je me croyais plus en sécurité ainsi. Le texte expurgé et mon anonymat serviraient, je l'espérais, de message à quiconque là-bas pouvait me surveiller pour lui signifier que je ne cherchais pas à créer le moindre problème.

J'ai mariné dans mon bain pendant une bonne heure cet après-midi-là en me demandant si j'allais ou non me rendre à cette réception. Comme d'habitude, je pouvais faire durer ces atermoiements pendant des heures. Je me disais toujours que je pouvais ne pas y aller tandis que je me rasais puis enfilais un costume foncé décent et une chemise blanche, puis lorsque je suis sorti dans la rue et ai pris un taxi, et même alors que je me tenais au coin de Downing Street, à sept heures moins cinq : il était encore temps de faire demi-tour. De l'autre côté du large boulevard cérémoniel de Whitehall, je voyais les voitures privées et les taxis s'arrêter devant la maison des Banquets, où devait certainement se tenir le cocktail. Les flashes des photographes clignotaient dans le soleil du soir, pâle réminiscence de l'ancienne gloire de Lang.

Je ne cessais de chercher Amelia, vers le haut de la rue et le garde à cheval en faction devant les Horse Guards, et vers le bas, au-delà du Foreign Office, en direction de la maison de fous néogothique qu'est le palais de Westminster. Un panneau juste en face de l'entrée de Downing Street indiquait les salles du Cabinet de guerre, agrémenté d'un dessin représentant Churchill avec cigare et V de la victoire. Whitehall me fait toujours penser au Blitz. Je me le représente d'après les images qui ont peuplé mon enfance : les sacs de sable, le papier blanc sur les vitres, les projecteurs fouillant l'obscurité, le ronronnement des bombardiers, la déflagration des explosifs, la lueur rougeoyante des incendies dans l'East End. Trente mille morts rien qu'à Londres. Alors *ça*, comme aurait dit mon père, c'était une *guerre,* rien à voir avec ce goutte-à-goutte de désagréments, d'angoisse et de folie. Pourtant, Churchill se rendait toujours à pied au Parlement par St. James's Park, soulevant son chapeau pour saluer les passants, escorté par un seul agent qui le suivait à dix pas.

Je pensais encore à tout cela quand Big Ben a fini de carillonner l'heure. J'ai regardé une fois de plus à gauche et à droite, toujours sans repérer le moindre signe d'Amelia, ce qui m'a étonné d'elle, vu que je l'avais étiquetée comme étant du genre ponctuel. Mais alors, j'ai senti qu'on me touchait la manche. Je me suis retourné, et elle se tenait derrière moi. Elle émergeait de la gorge sans soleil qu'est Downing Street, en tailleur bleu foncé, une serviette à la main. Elle avait vieilli, fané, et j'ai entrevu son avenir : une adresse chic, un tout petit appartement, un chat. Nous avons échangé un salut poli.

– Voilà, a-t-elle dit. Nous y sommes.

– Nous y sommes, ai-je répété alors que nous restions, gênés, à quelques pas l'un de l'autre. Je n'avais pas compris que vous étiez retournée travailler à Downing Street.

– Je n'étais que détachée auprès d'Adam. Le roi est mort, a-t-elle lâché.

Soudain, sa voix s'est brisée. Je l'ai enlacée et lui ai tapoté le dos, comme on le fait avec un enfant qui vient de tomber. J'ai senti sa joue humide contre la mienne. Lorsque nous nous sommes écartés, elle a ouvert sa serviette et en a sorti un mouchoir.

– Pardon, a-t-elle dit avant de se moucher et de faire claquer ses hauts talons sur le sol pour se morigéner. Je crois toujours que j'ai surmonté ça, et puis je m'aperçois que ce n'est pas le cas. Vous avez une mine affreuse, a-t-elle ajouté. En fait, on dirait...

– Que je reviens d'outre-tombe ? ai-je dit. Merci. On me l'a déjà dit.

Elle a vérifié son visage dans le miroir de son poudrier et a procédé à quelques retouches rapides. J'ai pris conscience qu'elle était pleine d'appréhension. Elle avait besoin de quelqu'un pour l'accompagner. Et même moi, je ferais l'affaire.

– Bon, a-t-elle dit en refermant le poudrier d'un coup sec. Allons-y.

Nous avons remonté Whitehall au milieu d'une foule de touristes printaniers.

– Alors, vous étiez invité, en fin de compte ? a-t-elle demandé.

– Non. En fait, je suis même plutôt étonné que vous le soyez.

– Oh, ce n'est pas si étrange, a-t-elle répliqué en s'efforçant de prendre un air désinvolte. Elle a gagné, non ? Elle est l'icone nationale. La veuve éplorée. Notre Jackie Kennedy à nous. Ça ne la gênera pas de m'avoir dans les parages. Je ne suis plus une menace ; juste un trophée qui défile à son triomphe.

Nous avons traversé la rue.

– Charles Ier est sorti par là pour être exécuté, a-t-elle fait remarquer en tendant la main. On aurait quand même pu penser à l'association d'idées, non ?

– Le personnel n'est plus ce qu'il était, ai-je répliqué. Ça ne se serait jamais produit lorsque vous étiez responsable.

J'ai su que c'était une erreur d'être venu à l'instant où nous sommes entrés. Amelia a dû ouvrir sa serviette pour les agents de sécurité. Mes clés ont déclenché le détecteur de métaux et j'ai dû subir une fouille en règle. Debout, les mains levées, et tandis qu'on me palpait l'entrejambe, je me suis dit que c'était vraiment dingue de ne même plus pouvoir aller à une soirée dans se faire fouiller. Dans le grand espace dégagé de la maison des Banquets, nous nous sommes heurtés à la clameur des conversations et à un mur de dos tournés. J'avais toujours eu pour principe de ne pas venir aux cocktails donnés pour la sortie de mes livres, et maintenant, je me rappelais pourquoi. Un nègre est à peu près aussi bienvenu que l'amour d'enfance du marié à un mariage mondain. Je ne connaissais absolument personne.

J'ai saisi adroitement deux flûtes de champagne sur le plateau d'un serveur et en ai tendu une à Amelia.

– Je ne vois pas Ruth, ai-je commenté.

– Je suppose qu'elle est au cœur de la mêlée. A votre santé, a-t-elle dit.

Nous avons trinqué. Du champagne : j'en voyais encore moins l'intérêt que du vin blanc. Mais il ne semblait pas y avoir autre chose.

– C'est Ruth, en fait, qui manque à votre livre, à mon avis.

– Je sais, ai-je répondu. Je voulais la mettre en scène davantage, mais elle n'a pas voulu en entendre parler.

– Eh bien, c'est dommage.

Le champagne semblait enhardir la généralement prudente Mme Bly. A moins que ce ne fût juste le lien qui nous unissait désormais. Nous étions tout de même des survivants – des rescapés des Lang. Quoi qu'il en soit, elle s'est penchée vers moi, me gratifiant d'une bouffée familière de son parfum.

– J'adorais Adam, et je sais qu'il éprouvait la même chose pour moi. Mais je ne me faisais aucune illusion : il ne l'aurait jamais quittée. Il me l'a dit lors de ce dernier trajet jusqu'à l'aéroport. Ils formaient une équipe à part entière. Il savait parfaitement qu'il n'aurait rien été sans elle. Il a été très clair là-dessus. Il lui devait tout. C'est elle qui comprenait réellement les règles du pouvoir. C'est elle qui avait au départ les contacts au parti. En fait, je ne sais pas si vous le saviez, mais c'est même elle qui était censée entrer au Parlement. Ce n'était pas lui au départ. Ça ne figure pas dans votre livre.

– Je ne le savais pas.

– Je le tiens d'Adam lui-même. Ce n'est pas très connu – en tout cas, je ne l'ai jamais vu écrit nulle part. Mais il semblerait que le siège avait été préparé pour elle, et qu'elle s'est retirée à la dernière minute pour lui laisser la place.

J'ai repensé à ma conversation avec Rycart.

– Le député du Michigan, ai-je murmuré.

– Qui ça ?

– Le député en place était un certain Giffen. Il était tellement proaméricain qu'on l'avait surnommé le « député du Michigan ».

Un malaise confus commençait à sourdre dans mon crâne. J'ai demandé :

– Je peux vous poser une question ? Avant qu'Adam ne soit tué, pourquoi vouliez-vous à tout prix garder le manuscrit sous clé, en lieu sûr ?

– Je vous l'ai dit : pour des raisons de sécurité.

– Mais il n'y avait rien, là-dedans. Je le sais mieux que personne. J'en ai lu chaque mot pétri d'ennui une bonne dizaine de fois.

Amelia a jeté un coup d'œil autour d'elle. Nous nous trouvions toujours à la lisière de la réception. Personne ne nous prêtait la moindre attention.

– Entre vous et moi, m'a-t-elle glissé à voix basse, ce n'était pas *nous* que ça concernait. Apparemment, c'étaient les Américains. D'après ce que je sais, ce seraient eux qui auraient signalé au MI5 qu'il y avait quelque chose dans la version initiale du manuscrit susceptible de représenter une menace pour la sécurité nationale.

– Comment pouvaient-ils le savoir ?

– Aucune idée. Tout ce que je peux dire, c'est que, immédiatement après la mort de Mike, ils ont demandé expressément que le manuscrit ne soit pas divulgué tant qu'ils n'auraient pas eu l'occasion de le passer au crible.

– Et ils l'ont fait ?

– Impossible à dire.

J'ai repensé à ma conversation avec Rycart. Que lui avait confié McAra au téléphone déjà, juste avant de mourir ? « La clé de tout se trouve dans l'autobiographie de Lang... tout est dans le début. »

Cela signifiait-il que leur conversation avait été interceptée ?

Je sentais que quelque chose d'important venait de changer, qu'une partie de mon système solaire venait de modifier légèrement son orbite, mais je n'arrivais pas à déterminer précisément d'où cela venait. Il fallait que je trouve un endroit plus calme et que je prenne le temps de réfléchir. Cependant, j'avais conscience, déjà, que la sonorité de la fête n'était plus la même. La clameur des conversations diminuait. Les *chut !* se multipliaient. Un homme réclama avec emphase « Silence ! » et je me suis retourné. Sur le côté de la salle, face aux grandes fenêtres et non loin de l'endroit où nous nous tenions, Ruth Lang attendait patiemment sur une estrade, un micro à la main.

– Merci, a-t-elle déclaré. Merci beaucoup. Bonsoir à vous tous.

Elle s'est interrompue et un grand silence s'est répandu sur les trois cents personnes présentes. Elle a repris sa respiration. Elle avait la voix enrouée.

– Adam me manque tout le temps. Mais il ne m'a jamais autant manqué que ce soir. Pas seulement parce que nous sommes tous réunis ici pour la sortie de ce livre merveilleux, et qu'il devrait être parmi nous pour partager la joie de l'histoire de sa vie avec nous, mais parce qu'il était si fort pour les discours alors que je suis lamentable à cet exercice.

J'ai été surpris par le professionnalisme de son éloquence, par la façon dont elle avait amené la tension émotionnelle pour la dégonfler d'une boutade. Il y eut des rires dans l'assemblée. Elle paraissait bien plus sûre d'elle en public que dans mon souvenir, comme si l'absence de Lang lui avait donné la place de s'épanouir.

– Par conséquent, a-t-elle repris, vous serez soulagés d'apprendre que je ne vais pas me lancer dans un discours. Je voudrais simplement remercier quelques personnes. Je voudrais d'abord remercier Marty Rhinehart et

John Maddox, pour être non seulement des éditeurs formidables, mais aussi des amis précieux. Je voudrais remercier Sidney Kroll pour son esprit et ses conseils avisés. Et au cas où ceci donnerait l'impression que les seules personnes impliquées dans la publication des mémoires d'un Premier ministre britannique sont américaines, je voudrais aussi remercier tout spécialement Mike McAra, qui, pour des raisons tragiques ne peut pas non plus être avec nous. Mike, tu es dans nos pensées.

La grande salle a résonné d'un roulement de « Bravo ! ».

– Et maintenant, a poursuivi Ruth, puis-je proposer un toast en l'honneur de celui que nous devons réellement remercier ?

Elle a levé son verre de jus d'orange macrobiotique ou je ne sais pas ce que c'était.

– A la mémoire d'un grand homme et d'un grand patriote, d'un père formidable et d'un mari merveilleux – à Adam Lang !

– A Adam Lang ! avons-nous tous tonné à l'unisson, puis nous avons applaudi, et continué d'applaudir, faisant encore monter l'intensité sonore, pendant que Ruth saluait gracieusement tous les coins de la salle, y compris le nôtre. C'est alors qu'elle m'a vu, a cillé puis s'est reprise et a souri en levant son verre vers moi en guise de salut.

Elle a quitté rapidement l'estrade.

– La veuve joyeuse, a sifflé Amelia. La mort lui va bien, vous ne trouvez pas ? Elle s'épanouit de jour en jour.

– J'ai l'impression qu'elle vient par ici, ai-je répliqué.

– Merde, a lâché Amelia en vidant son verre. Dans ce cas, je me tire d'ici. Ça vous dirait, de m'emmener dîner quelque part ?

– Amelia Bly, me proposeriez-vous de *sortir* avec vous ?

– Je vous retrouve dehors dans dix minutes. Freddy ! a-t-elle lancé, ravie de vous voir.

Alors qu'Amelia allait saluer quelqu'un d'autre, la foule devant moi a semblé s'écarter, et Ruth est apparue, très différente de la dernière fois où je l'avais vue : les cheveux brillants, la peau lissée, amincie par le chagrin et vêtue d'une tenue sur mesure noire et soyeuse. Sid Kroll la suivait de près. Elle a pris mes mains dans les siennes et a fait mine de m'embrasser, sans me toucher réellement mais en frôlant chaque joue de sa masse de cheveux courts.

– Bonjour Ruth. Bonjour Sid.

J'ai salué l'avocat d'un signe de tête. Il m'a fait un clin d'œil.

– On m'a assuré que vous ne pouviez pas supporter ce genre de manifestations, a-t-elle dit, me tenant toujours les mains et me fixant de ses yeux noirs et brillants, sinon je vous aurais invité. Vous avez eu mon mot ?

– Oui, merci.

– Mais vous n'êtes pas passé me voir !

– Je ne savais pas si vous vous montriez simplement polie.

– Moi, polie ! a-t-elle protesté en me secouant les mains avec un air de reproche. Il faut que vous veniez me voir.

Puis elle a fait cette chose que me font toujours les gens importants dans les cocktails : elle a regardé par-dessus mon épaule. Et j'ai vu, presque instantanément et sans erreur possible, une lueur d'inquiétude passer dans ses yeux, suivie aussitôt par un mouvement de tête presque imperceptible. J'ai libéré mes mains et me suis retourné pour voir Paul Emmett. Il était à moins de deux mètres de moi.

– Bonjour, a-t-il dit. Je crois que nous nous sommes déjà rencontrés.

J'ai fait volte-face vers Ruth. J'ai essayé de parler, mais aucun mot n'est sorti de ma bouche.

– Ah, ai-je proféré. Ah...

– Paul a été mon directeur d'études quand j'ai eu ma bourse Fulbright à Harvard, a-t-elle dit d'une voix calme. Il faut qu'on parle, vous et moi.

– Ah...

Je me suis écarté d'eux tous à reculons. Je suis rentré dans un homme qui a protégé son verre et m'a prié en riant de faire attention. Ruth disait quelque chose, l'air grave, et Kroll aussi, mais j'avais les oreilles qui bourdonnaient et je ne pouvais les entendre. J'ai vu Amelia qui me dévisageait et j'ai agité faiblement les mains, puis j'ai fui la grande salle et traversé le hall pour déboucher dans la splendeur impériale et creuse de Whitehall.

*

Lorsque je me suis retrouvé dehors, il paraissait évident qu'une nouvelle bombe venait d'exploser. J'entendais le hurlement des sirènes au loin, et une colonne de fumée s'élevant de quelque part derrière la National Gallery faisait déjà paraître celle de Nelson ridicule. Je me suis mis à courir de manière désordonnée vers Trafalgar Square et me suis précipité devant un couple outré sur le taxi qu'ils s'apprêtaient à prendre. Les issues se fermaient dans tout le centre de Londres comme sous l'effet d'un incendie de forêt galopant. Nous nous sommes engagés dans une rue à sens unique pour trouver la police en train d'en bloquer l'autre bout à grand renfort d'adhésif jaune. Le chauffeur a aussitôt passé la marche arrière, me projetant en avant sur le bord de mon siège. Je suis resté dans cette position pendant tout le reste du trajet, la main accrochée à la poignée au-dessus de la portière, tandis que nous tournions et virions par les petites rues en direction du nord. Lorsque nous sommes arrivés devant mon immeuble, je lui ai réglé le double de sa course.

« La clé de tout se trouve dans l'autobiographie de Lang... tout est dans le début. »

J'ai attrapé mon exemplaire du livre achevé, l'ai porté sur mon bureau et me suis mis à feuilleter les premiers chapitres. Je faisais rapidement glisser mon doigt au milieu de la page, balayant du regard tous ces sentiments fabriqués et ces souvenirs remaniés. Ma prose professionnelle, imprimée et reliée, avait rendu toutes les aspérités de la vie humaine aussi lisses qu'un mur laqué.

Rien.

Je l'ai balancé, dégoûté. Quel tissu d'âneries : quel exercice sans âme et purement commercial. J'étais content que Lang ne soit pas là pour le lire. En fait, je préférais l'original : au moins y avait-il de l'honnêteté dans son côté sérieux et laborieux. J'ai ouvert un tiroir et en ai sorti le manuscrit original de McAra, tout abîmé d'avoir été manipulé, et, à certains endroits, presque illisible sous mes ratures et corrections. « Chapitre Un. La femme mise à part, les Lang sont d'origine écossaise et ils en sont fiers... » Je me rappelais ce début impérissable que j'avais si impitoyablement rayé à Martha's Vineyard. Mais, quand on y réfléchissait, chacun des débuts de chapitre de McAra était épouvantable ; je n'avais pu en garder aucun. J'ai fouillé parmi les feuilles volantes, le gros manuscrit s'ouvrant et se tortillant entre mes mains maladroites comme s'il était vivant.

« Chapitre Deux. De Lang, nous étions désormais trois, et je décidai de m'installer dans une petite ville où nous pourrions vivre loin du tohu-bohu de la vie londonienne... » « Chapitre Trois. Ruth vit bien avant moi la possibilité que je devienne dirigeant du parti... » « Chapitre Quatre. Etudiant les échecs de mes prédécesseurs, je résolus d'être différent... » « Chapitre Cinq. En y réfléchissant, notre victoire aux élections législatives paraît inévitable, mais à l'époque... » « Chapitre Six. 76, c'est le nombre des agences séparées qui supervisaient la Sécurité sociale... » « Chapitre Sept. Fut-il jamais un pays aussi chargé d'histoire que l'Irlande du Nord... ? »

« Chapitre Huit. Recruté parmi des gens de tous les horizons, j'étais fier de chacun de nos candidats aux élections européennes... » « Chapitre Neuf. En règle générale, les nations recherchent leur intérêt propre dans la politique étrangère... » « Chapitre Dix. Tant que le nouveau gouvernement devait affronter le problème majeur du... » « Chapitre Onze. Agent de la menace terroriste d'après les dernières études... » « Chapitre Douze. La CIA nous informe qu'en Afghanistan... » « Chapitre Treize. En décidant de lancer une attaque contre des zones civiles, je savais... » « Chapitre Quatorze. L'Amérique a besoin d'alliés qui sont préparés... » « Chapitre Quinze. Par des indiscrétions, je savais avant la conférence annuelle du parti qu'on réclamait ma démission... » « Chapitre Seize. Le professeur Paul Emmett, de l'université de Harvard, a décrit l'importance unique... »

J'ai pris les seize débuts et les ai disposés à la suite sur le bureau.

« La clé de tout se trouve dans l'autobiographie de Lang... tout est dans le début. »

Le début ou *les débuts* ?

Je n'ai jamais été très bon pour les devinettes. Mais en passant d'une page à l'autre et en entourant les tout premiers mots de chaque chapitre, malgré une ou deux petites fautes, je n'ai pas pu ne pas la voir – cette phrase que McAra, craignant pour sa sécurité, avait dissimulée dans le manuscrit, tel un message sorti de la tombe : « La femme De Lang Ruth Etudiant En Soixante-seize Fut Recruté En Tant que Agent de La CIA en L'Amérique Par Le professeur Paul Emmett, de l'université de Harvard. »

DIX-SEPT

« Un écrivain de l'ombre ne doit pas espérer de gloire. »

J'ai quitté mon appartement le soir même, pour ne plus jamais y retourner. Un mois s'est écoulé depuis. Pour autant que je le sache, je n'ai manqué à personne. Il m'est arrivé, surtout au cours de la première semaine, enfermé seul dans ma chambre d'hôtel minable – j'en suis à la quatrième –, de croire avec certitude que j'avais sombré dans la folie. Je me disais qu'il fallait que j'appelle Rick, pour qu'il me donne les coordonnées de son psy. J'avais sûrement des bouffées délirantes. Mais alors, il y a environ trois semaines, après une dure journée passée à écrire et au moment où j'allais m'endormir, j'ai entendu aux infos de minuit que l'ancien ministre des Affaires étrangères Richard Rycart s'était tué à New York dans un accident de voiture, avec son chauffeur. L'info ne venait, je le crains, qu'en quatrième position. Il n'y a rien de plus ex qu'un ex-homme politique. Cela n'aurait pas fait plaisir à Rycart.

J'ai su dès lors qu'il n'y avait pas de retour possible.

Bien que j'aie passé le plus clair de mon temps à écrire et réfléchir à ce qui a pu se produire, je ne peux toujours pas vous dire avec précision comment McAra a découvert la vérité. Je présume qu'il a dû concevoir les premiers doutes aux archives, lorsqu'il est tombé sur l'opération Tempête. Il était déjà profondément déçu par les années de pouvoir de Lang, incapable de comprendre pourquoi ce qui avait commencé avec de si belles espérances s'était achevé dans un tel chaos. Lorsqu'il avait, à sa manière obstinée, effectué ses recherches sur les années de Cambridge et était tombé sur les photos, il avait dû y voir la clé du mystère : si Rycart avait entendu des rumeurs au sujet des liens d'Emmett avec la CIA, il était raisonnable de supposer que McAra les avait entendues aussi.

Mais McAra était au courant d'autres détails encore. Il savait certainement que Ruth avait eu une bourse Fulbright à Harvard, et il ne lui avait sans doute pas fallu plus de dix minutes pour apprendre sur internet qu'Emmett enseignait la spécialité qu'elle avait choisie sur le campus vers le milieu des années soixante-dix. Il savait aussi mieux que quiconque que Lang ne prenait guère de décision sans avoir consulté sa femme au préalable. Adam était le brillant démarcheur politique, et Ruth la stratège. S'il fallait déterminer entre les deux lequel avait l'intelligence, le sang-froid et le caractère impitoyable qui sont l'étoffe d'une bonne recrue idéologique, le choix était vite fait. McAra ne pouvait pas en être certain, mais je pense qu'il avait assemblé une partie suffisante du puzzle pour faire part de ses soupçons à Lang au cours de la dispute terrible qui a opposé les deux hommes la veille du jour où McAra avait résolu d'aller confondre Emmett.

J'essaye d'imaginer ce que Lang a dû ressentir en entendant l'accusation de McAra. Il s'est montré dédaigneux, j'en suis sûr ; furieux aussi. Mais, un jour ou deux plus tard, quand le corps s'est échoué et que Lang a été contraint de se rendre à la morgue pour identifier McAra – qu'a-t-il pensé à ce moment-là ?

Presque chaque jour, je réécoute l'enregistrement de

ma dernière conversation avec Lang. La clé de tout est là, j'en suis sûr, pourtant, chaque fois, l'histoire semble à portée de main sans que je puisse l'atteindre. Il faut tendre l'oreille, cependant nos voix sont reconnaissables. Les réacteurs de l'avion vrombissent en bruit de fond.

> MOI : *Est-il vrai que vous ayez eu une grave dispute avec lui ? Juste avant sa mort ?*
> LANG : *Mike a proféré des accusations absurdes. Je pouvais difficilement faire comme s'il n'avait rien dit.*
> MOI : *Puis-je vous demander quelle sorte d'accusations ?*
> LANG : *Je préfère ne pas les répéter.*
> MOI : *Cela avait-il un rapport avec la CIA ?*
> LANG : *Mais vous le savez sûrement déjà, puisque vous êtes allé voir Paul Emmett ?*
> [75 secondes de silence]
> LANG : *Je veux que vous compreniez que tout ce que j'ai fait, que ce soit en tant que chef du parti ou comme Premier ministre – absolument tout –, je l'ai fait par conviction, parce que je croyais que c'était juste.*
> MOI : [Inaudible]
> LANG : *Emmett prétend que vous lui avez montré des photos, c'est vrai ? Je peux les voir ?*

Puis il n'y a rien d'autre que le bruit des réacteurs pendant qu'il examine les photos, et j'avance jusqu'au moment où il s'attarde sur les filles, à ce pique-nique au bord de l'eau. Il semble d'une tristesse indicible.

> *– Je me souviens d'elle. Et d'elle. Elle m'a écrit une fois, quand j'étais Premier ministre. Ruth n'était pas contente. Ô Seigneur, Ruth...*
>
> *Ô Seigneur, Ruth...*
>
> *Ô Seigneur, Ruth...*

Je l'écoute et le réécoute. Il est évident à sa voix, maintenant que je l'ai suffisamment décryptée, qu'en cet instant, alors qu'il pense à sa femme, toute son inquiétude va à elle. J'imagine qu'elle avait dû l'appeler tard dans l'après-midi, complètement affolée parce que j'étais allé voir Emmett et lui avais montré des photos. Il fallait qu'elle lui parle en personne le plus vite possible – toute l'histoire menaçait d'être révélée –, d'où la panique pour trouver un avion. Dieu seul sait si elle se doutait de ce qui attendait son mari sur la piste : je ne le pense pas, même si l'on n'a jamais vraiment élucidé les manquements aux règles de sécurité qui ont permis au drame de se produire. Mais c'est la façon dont Lang ne finit pas sa phrase que je trouve émouvante. « Qu'as-tu fait ? » est sans doute ce qu'il avait l'intention d'ajouter. « Ô Seigneur, Ruth, qu'as-tu fait ? » C'est, me semble-t-il, à cet instant précis que les jours de suspicion se cristallisent brusquement dans son esprit, et qu'il prend conscience que les « accusations absurdes » de McAra étaient certainement fondées en fin de compte, et que la femme qu'il connaît depuis trente ans n'est pas celle qu'il croyait.

Pas étonnant qu'elle ait proposé mon nom pour terminer l'autobiographie. Elle avait beaucoup de choses à cacher et elle a dû penser avec certitude que l'auteur des mémoires un peu flous de Christy Costello serait la dernière personne sur terre à pouvoir les découvrir.

Je voudrais écrire davantage, mais, en regardant la pendule, je crains malheureusement qu'il ne faille se contenter de ça, du moins pour le moment. Comme vous vous en doutez, je préfère ne pas traîner trop longtemps au même endroit. Je sens déjà que des étrangers commencent à s'intéresser à moi d'un peu trop près. Mon plan est d'emballer un exemplaire de ce manuscrit et de le remettre à Kate. Je devrai le glisser dans sa boîte dans une heure environ, avant que quiconque ne soit réveillé, accompagné d'une lettre lui demandant de veiller sur ce paquet mais de ne pas l'ouvrir. Elle ne devra le lire que si elle n'a aucune nouvelle de moi dans un mois, ou si elle apprend qu'il m'est arrivé quelque chose, et elle pourra alors décider de la meilleure façon de le faire publier. Elle pensera que je sombre dans le mélo, et elle aura raison. Mais je lui fais confiance. Elle le fera. S'il y a quelqu'un d'assez têtu et prêt à remuer ciel et terre pour que cette chose soit imprimée, c'est bien Kate.

Où pourrais-je aller maintenant ? Je n'arrive pas à me décider. Je sais ce que j'aimerais vraiment faire. Cela va peut-être vous surprendre, mais je voudrais retourner à Martha's Vineyard. C'est l'été en ce moment, là-bas, et, curieusement, cela me plairait de voir ces chênes de Bannister en feuilles et de regarder les bateaux de plaisance quitter Edgartown toutes voiles dehors pour se lancer à l'assaut de Nantucket Sound. J'aimerais retourner sur cette plage de Lambert's Cove et sentir le sable chaud sous mes pieds nus, regarder les familles jouer dans les vagues et étendre mes membres dans la chaleur du soleil lumineux de Nouvelle-Angleterre.

Ce qui me place devant un dilemme que vous saurez sans doute apprécier, maintenant que vous avez atteint le dernier paragraphe de ce livre. Suis-je censé me réjouir de ce que vous lisiez ceci ou non ? Je suis heureux, sans doute, de pouvoir enfin m'exprimer en mon nom et avec ma propre voix. Et déçu, cela va sans dire, parce que cela signifie vraisemblablement que je suis mort. Mais, comme le disait toujours ma mère, j'ai bien peur que dans cette vie, on ne puisse pas tout avoir.

Remerciements

Je voudrais remercier Andrew Crofts pour m'avoir permis d'utiliser des citations de son excellent manuel, *Ghostwriting* (A. & C. Black, 2004). Deux autres nègres à succès, Adam Sisman et Luke Jennings, ont eu la bonté de partager leur expérience avec moi. Philippe Sands, avocat de la Couronne, m'a gratifié de ses conseils généreux concernant le droit international. Rose Styron a consacré plusieurs jours à me faire visiter Martha's Vineyard : je n'aurais pu trouver guide plus aimable et mieux informé. Mon éditeur américain, David Rosenthal, et mon agent aux Etats-Unis, Michael Carlisle, se sont montrés encore plus efficaces et encourageants que d'habitude, et ils sont l'un et l'autre aussi éloignés de leurs pairs dans ce livre qu'il est possible de l'être.

Robert Harris
Cap Bénat, le 26 juillet 2007